월혼

윤슬 장편소설

월흔

윤슬 장편소설

月痕

III

제6장第六章

검은 모래 늪

검은 모래 늪

오로지 단단한 암석으로만 만들어진 깊은 골짜기는 시야를 차단하는 데 탁월했다. 그것은 추격자의 시야뿐만 아니라 도망자의 시야도 어둡게 만들어 주었지만 선택지가 별로 없는 입장에선 감지덕지였다.

높은 산처럼 둘러싼 돌들 사이에서 간신히 추적을 따돌린 두 인영은 가쁜 숨을 몰아쉬며 암석이 만들어 낸 그늘 아래로 몸을 피했다. 분명 페시안의 땅이건만, 과연 이곳이 페시안이 맞는지 의심스러울 정도로 두 사람의 생김새는 이곳 사람들과 판이하게 달랐다.

"아오, 이게 뭐야!"

금을 통째로 녹여 만든 듯한 짙은 금발을 거칠게 털어 대며 니젠이 있는 힘껏 짜증을 냈다. 전력으로 암석을 찬 발이 아프지도 않은지 계속 옆에 있는 암석에 발길질을 해 댔으나 막상 곁에 있는 다른 남자는 일말이 신경도 쓰지 않았다.

눈부신 백금발과 에메랄드를 연상케 하는 투명하고 깊은 진녹의 눈동자. 깊게 내려앉은 속눈썹과 섬세한 외모는 흡사 신화 속의 영원히 자라지 않는 소년처럼 느껴졌다. 하나 남자라고 믿을 수 없는 앳되고 여린 생김새가 무색할 정도로 표정에서부터 맴도는 차가운 기운이 놀라울 정도로 압도적이었다.

"빌어먹을."

현재 기분을 가볍게 평한 이안이 짜증스럽게 머리를 쓸어 올렸다. 땀에 젖은 백금발이 햇빛에 비쳐 마치 보석처럼 빛났다. 걸치고 있는 로브가 불편한지 그가 살짝 인상을 썼으나 그마저도 곧 지웠다.

"이게 뭐냐고! 아오, 그 망할 인간들! 갑자기 나타나서 다짜고짜!"

열이 뻗치는지 분이 풀릴 때까지 한바탕 암석에 발길질을 마친 니젠이 씩씩거리며 이안을 돌아보았다. 더운지 로브를 벗은 이안은 그 와중에도 침착하게 자신들이 도망쳐 온 방향과 앞으로 가야 할 방향을 가늠해 보고 있었다. 니젠은 허탈해져서 이안을 바라보았다.

니젠의 집요한 시선에도 이안은 무심하고 무감각한 표정으로 무언가를 생각하는 모양새였다. 니젠은 그런 이안이 이해되지 않았다. 쟤는 이 와중에 저런 게 눈에 들어온단 말인가!

"야, 뭐 할 말 없냐?"

이안이 흘긋 니젠에게 시선을 주었다가 다시 암벽 너머로 시선을 돌렸다. 한 치의 동요도 보이지 않는 차분한 표정이었다.

"내부 분열이겠지."

제법 짜증스러운 표정과 달리 목소리는 고저 없이 평온했다.

"그다지 평화로운 나라는 아니니까."

알고는 있지만 그래도 이 상황이 어이없지 않은 걸까?

어떤 심기의 동요도 느껴지지 않는 고요한 목소리에 니젠이 더 불을 뿜었다. 다시 발길질을 하며 열을 푸는 니젠을 완전히 무시하고 어디 적당한 바위에 걸터앉은 이안이 벗어 놓은 로브 위에 챙긴 것들을 꺼내 놓기 시작했다. 습격당한 와중에 급하게 챙긴 것들인지라 웬만한 패물들은 전부 현장에 놓고 왔다. 이안은 어쩔 수 없이 그곳에 놓고 와야 했던 기사들이 유독 신경 쓰였다. 니젠은 역시 날뛰지 못한 게 불만인 듯했다. 니젠을 지켜보다 이안이 가볍게 숨을 내쉬었다.

"망할 페시안에 크롬웰과 친선 교류를 하는 걸 반대하는 작자들이 무척이나 많이 서식하고 있다니까 어쩌겠어. 이미 감수하고 온걸."

습격을 전혀 생각지도 못한 건 자신도 똑같으면서 다 알고 있었다는 듯 말하는 이안이 니젠은 이해되지 않았다.

"이 상황에도 그런 말이 나오냐, 넌?"

"시비 걸지 마라. 받아 줄 기분 아니니."

이안 역시 기분이 안 좋은 모양이었다. 그 이안이 저런 말을 할 정도라니. 사뭇 날이 선 목소리에 니젠이 발길질을 멈추었다.

이안도 기분 나쁘다는 걸 확인한 니젠은 기분이 나아졌는지 바로 빙그레 웃었다. 물론 다시 가차 없이 인상을 구겨 버렸지만. 여전히 풀리지 않는 짜증이 더위와 함께 니젠을 화나게 만들었다.

"누군 네 냉정한 분석을 들어줄 기분인 줄 아냐? 아오, 빡쳐. 그냥 눈치 보지 말고 다 쓸어버릴 걸 그랬어. 대체 날 왜 말린 거야? 그냥 다 죽여 버릴 수 있었는데."

"넌 나만 지키면 돼."

불민 이런 외침에 이안이 냉정하게 대꾸했다.

"그리고."

이안은 주변을 살피는 걸 중단하고 니젠을 돌아보았다.

"우리 말고 다른 자가 있었어."

그건 니젠 역시 알고 있었다. 그래도 그걸 이안의 입에서 듣다니 의외였다.

항상 책상 앞에 앉아서 서류만 만지는 녀석이 어느새 그런 것까지 봐 뒀던 걸까 싶어 조금 놀라웠다.

"그 와중에 또 그건 봤냐?"

아무리 이안이 제 한 몸 지킬 검술은 배웠다고 해도 그 짧은 시간 안에 그런 혼잡한 장소에서 어떤 무언가를 알아차린다는 건 웬만한 감각과 통찰력이 아니고서야 힘들었다. 니젠은 갈고 닦인 무인이라 그런 것도 있었지만 무엇보다 타고났기 때문에 알아차릴 수 있었다. 하지만 이안의 경우는 여러모로 다를 것이 자명했다. 그나마도 고민하다 곧 납득하고 말았지만.

하긴 이런 놈이니까 그 아스타테아의 정점에 앉은 거겠지.

"왜 도우려 한 건진 모르겠지만 어쨌든 우리를 도우려는 자들이 있어. 그자가 우릴 찾아낼 거야."

이안은 그렇게 말했지만 니젠의 의견은 좀 달랐다.

"……그놈들한테 썰리지나 않았을지 모르겠다."

크롬웰에서 데리고 온 기사단과 페시안 측에서 호위로 보내온 전사들이 있었던지라 나중에 도우러 온 추가 병력까지 가세하면 완전히 몰살당하진 않았을 거라 생각했다. 그 생각까지 마치고 나니 슬슬 배가 고팠다. 니젠은 상황 정리를 끝내자 아까의 열 받았던 기분이 깨끗이 씻겨 나간 듯해 주적주적 이안 옆으로 걸어갔다.

사막을 지나오진 않았지만 워낙 이 나라 지리가 지리인지라 모래바람이 잦아 챙겨 쓴 로브며 얼굴에 두르는 천을 벗어 하나씩 정리하던 이안이 갑자기 움직임을 멈췄다. 다른 생각 중이었던 니젠이 뭔가 달라진 공기에 정신을 차렸다. 니젠이 고개를 돌리자 거기엔 박살이 난 회중시계를 쥔 채 심상치 않은 기색을 풍기는 이안이 있었다.

어, 이거 안 좋은데.

잔뜩 굳은 몸에서 풍기는 기세가 살벌하고 위압적이었다.

"다 죽여 버리고 싶다."

방금까지만 해도 태연하게 소지품이나 정리하던 그 이안이 아니었다. 반쯤 자제력을 상실한 무시무시한 기세에 니젠은 슬금슬금 자리를 피했다. 안전거리를 확보한 니젠이 불안한 시선으로 이안을 살펴보았다.

이안은 제 손 위에 올려진 회중시계를 내려다보고 있었다. 뚜껑이 처참하게 찌그러진 회중시계는 척 보기에도 상태가 심각해 보였다. 아마 공격을 받았을 때 영향을 받은 것 같은데…….

문제는 그 회중시계가 보통 회중시계가 아니라는 점이었다. 이안이 심각하고 진지하게 고려했다.

"지금이라도 다 죽여 버릴까."

"참아라, 이안."

불안한 시선으로 보고 있었지만 차가운 화산이 바로 터질 리는 없었다. 조금 기세를 누그러뜨린 이안이 회중시계를 열어 보았다.

다행히 안에 있는 태엽 등의 중요한 부품들은 크게 손상되지 않아 보였다. 니젠은 다른 건 몰라도 이안이 매일 들여다보는 그 회중시계가 얼마나 중요한 건지는 알고 있었다.

"그거 조카가 준 거 아니야?"

"어."

한숨과 함께 이안이 회중시계를 실크 손수건 위에 내려놓았다.

"성년이 된 기념으로……."

조심스럽게 회중시계를 싸는 모습을 지켜보며 니젠이 조그맣게 다독였다. 그리 효과는 없었지만 나름대로 이안의 폭발을 지연시키려는 니젠의 처절한 노력이었다.

"돌아가면 수리할 수 있겠지."

"못 하면 외교고 뭐고 다 죽여 버릴 거야."

"……."

오랫동안 이안의 옆에 있었던 니젠은 이게 빈말이 아니라 진심이라는 걸 알 수 있었다. 어디 신화 속에 나오는 어린 미동처럼 여리게 생겨 가지고 성격은 자신보다 더한 놈이었다. 여기 페시안 놈들은 알까, 사절로 온 놈이 이런 놈이라는 걸. 아마 모를 거라는 데에 자신의 전 재산을 걸 수도 있었다.

"그러게 왜 사신 같은 걸 하겠다고 했어, 안아?"

"내가 하겠다고 한 거 아니다. 만장일치로 의회 모두가 내가 가길 원했잖아? 게다가 대신들이 차례대로 찾아와서 내 옷자락 붙잡고 애원하는 꼬라지를 눈앞에서 봐 놓고 뭐래?"

"그래도 평소였다면 무시했을 거잖아."

니젠이 태연하게 대꾸했다. 이안도 그 점은 깔 수 없는지 그냥 한숨만 내쉬었다.

"망할 놈의 자식들을 믿을 수가 있어야지."

거칠게 인상을 쓴 이안이 불만스럽게 입술을 깨물었다. 이안은 뭔가 하고 싶은 말이 많은 모양새였다. 니젠은 갑자기 그를 건드리고 싶은 마음이 싹 사라졌다. 아까의 열 받은 기분이었다면 충분히 건드려 봤겠지만 아쉽게도 지금은 정상이었다. 무엇보다 이안은 한 번 터지면 감당이 되지 않는 놈이었다. 짜증이 치솟는지 이안이 다시 한 번 머리를 쓸어 올렸다.

"전대 사 쿤이었다면 모르겠지만 지금 라 쿤은 만만한 인간이 아니야. 괜히 헛물켜다 삽질이라도 해 놓고 가면 또 해결해야 되는 건 나잖아? 지금 크롬웰엔 이 정도 사안을 능란하게 처리할 인재가 없어."

"아예 없는 건 아니잖아?"

니젠이 달래듯 말했지만 이안의 대꾸는 냉정했다.

"걔넨 너무 어려."

대답 대신 니젠은 어깨를 으쓱였다. 니젠이 손을 내밀자 이안이 그 손을 잡고 일어났다. 늘어진 짐들도 대충 챙겼고 추격자들도 따돌렸겠다, 둘은 슬슬 자신들이 처한 상황을 자각했다. 어쩌다 이르게 된 곳이었지만 지형의 난해함은 하늘을 찔렀다. 둘은 길을 잘못 들면 죽을 수도 있겠다는 생각을 했다. 니젠이 걱정스럽게 이안을 돌아보았다.

"식량은 있냐?"

"급하게 가져온 이틀 치."

로브 안에 매달린 휴대 가방엔 항상 약간의 구급약품과 식량이 있었다. 이안은 혼자 여행을 다녀 본 적은 딱히 없었지만 누군가가 이렇게 하는 게 좋다는 조언을 해 줬기 때문이었다. 그 조언이 이리 도움이 될 줄이야. 희미한 미소를 흘리던 이안은 습격 후 도망칠 때 급하게 하나 낚아 온 배낭을 니젠에게 넘겼다. 배낭을 넘겨받은 니젠이 암울한 표정을 지었다.

"……여기서 헤매기라도 하면 죽음이구나."

"아껴 먹으면 사나흘 정돈 버틸 수 있어."

그렇다고 해도 적은 양이었다. 페시안의 환경 특성상 물을 구하기 힘들다는 것 때문에 배낭엔 거의 물밖에 없었다. 니젠이 꽤나 심각하게 인상을 썼다.

"나 굶을까?"

"헛소리 말고."

더 들을 가치도 없다는 듯 이안이 고개를 돌렸다.

그런 태도가 고맙긴 했지만 니젠은 일주일 정도 굶어도 움직이는 데엔 지장이 없었다. 아무래도 앞날은 모르는 거니 그는 이안을 위해 식량을 아껴 놔야겠다고 다짐했다. 배낭을 가볍게 어깨에 메고 니젠이 한쪽 방향을 가리켰다. 사방이 암석이었는데도 니젠은 어디로 가야 할지 대충 감을 잡을 수 있었다.

"저쪽이다."

이안은 이견 없이 니젠의 뒤를 따랐다. 뛰느라 힘들었을 텐데 잠깐 쉬었던 게 도움이 된 건지 이안은 무리 없이 니젠을 따라 움직였다. 저렇게 비리비리하게 보여도 이안은 기본 체력 하나는 대단한 남자였다. 그나저나 대자연이 보여 주는 풍광은 대단했지만 뭐라고 해야 하나.

"여기 지형은 참……."

"지랄 맞군."

"……."

이안의 감상엔 거침이 없었다. 니젠은 잠시 말을 아꼈다. 그 감상이 자신의 감상과 정확히 일치한다는 점이 더 슬펐다. 길은 구불구불한 것도 아니고 그렇다고 걸어 다니기 힘든 것도 아니었다. 문제는 높게 솟은 바위 숲이 시야를 완전히 차단해서 여기가 어디쯤인지도 모르게 만든다는 것이었다. 그래, 사실은 솟은 게 아니라 쟤네도 깎인 거겠지. 그래도 니젠은 바람이 부는 방향과 희미하게 느껴지는 기운들로 얼추 방향을 찾을 수 있었다.

"안아."

나지막한 부름에 이안이 시선을 들었다. 니젠은 꽤나 심각한 표정으로 고뇌했다.

"우리 살아 나갈 수 있을까?"

"……."

사신 일행을 향한 습격은 따지고 보면 그리 놀라운 일이 아니었다. 오히려 언제고 일어나지 않을까 대비하고 있었던 일. 하지만 나름대로 대비하고 있었음에도 제대로 막아 내지 못했다는 게 충격의 핵심이었다. 도대체 어디에서 어긋난 것인가?

"상황을 정리하고 보니 이미 사신은 없었습니다."

오랜만에 보는 우마르가 침통한 표정으로 고개를 숙였다. 그 모습을 지켜보는 나시르는 속이 까맣게 타들어 가는 기분을 맛보았다.

"상도들의 선력이 저희의 예상 이상이었습니다. 샤르자의 전사

거의 대부분을 데려와 습격했습니다. 습격 시간이 아침인 것도 그랬지만 사신 일행에게 들키지 않으려고 멀리 떨어져 있었던 탓에 저희의 대처가 한발 느렸습니다. 다만 이후 샤르자 측의 행동을 보면 사신을 죽이거나 납치하지는 못한 것이 확실합니다."

적들은 자신의 전력을 쏟은 듯했다. 우마르 또한 가능한 모든 사병을 동원했지만 결론적으로 그것은 쏟아지는 폭포 줄기를 두 손으로 막겠다고 나서는 꼴이나 다름없었다.

의외였던 것은 사신 측 병력이었다. 낙엽처럼 휩쓸릴 줄 알았던 기사들은 느닷없는 습격에 당황하긴 했지만 대열을 유지한 채 즉시 대응했다. 인상적인 장면이었으나, 오래 버틸지언정 이길 수 있는 전투는 아니었다. 우마르가 합세하지 않았다면 기사들은 전멸이었다. 하지만 우마르도 바쁜 전황 속에서 사신의 실종은 막지 못했다.

"대체 어떻게 사라진 거지?"

베히다트가 질문했다. 우마르가 공손히 두 손을 모았다.

"전황이 혼란스러운 와중에 사신 측의 기사와 함께 잘 도망친 것 같습니다. 한데 문제가……."

말끝을 흐리는 우마르의 말을 베히다트가 용케 알아들었다.

"경계 지역이라 아무도 살지 않아 모른다, 이 말이로군."

알 페시안과 샤르자의 경계 지역. 그곳은 바위들이 끝없이 늘어선 협곡이었다. 풍화와 침식이 만들어 낸 참으로 멋들어진 경치였지만 대신 지형이 험하고 바위산이 마치 미로처럼 꼬여 있어 그곳에 발을 들인 자들에겐 위기를 안겨다 주는 장소. 바위 협곡은 알 페시안을 천혜의 요새로 만들어 주는 동시에 샤르자와의 잦은 교류를 막는 방해물이었다.

"대낮에 대놓고 덮칠 줄이야."

나시르가 혀를 찼다. 카림은 심각한 표정으로 고개를 숙였다. 우마르는 잠시 둘을 돌아보았다가 깊은 한숨을 내쉬었다.

"안내인으로 있던 시종부 관료가 죽었습니다. 혹시 몰라 희생된 크롬웰 기사들의 시신까지 전부 수습해서 잘 놔두었습니다만 알페시안으로 가져오려면 시간이 꽤 걸릴 겁니다. 살아남은 기사들도 휴식할 수 있도록 조치는 취했습니다만……."

"정작 중요한 사신이 어디 있는지는 모른다는 거군."

큰일이 벌어졌다는 말로는 이 사태를 표현할 수 없었다. 정말 초유의 사태가 벌어진 것이다. 난감했다. 사신을 잃어버리다니. 우마르는 사전에 대비했음에도 벌어진 비극적인 상황에 고개를 떨구었다.

"뭐라 드릴 말씀이 없습니다."

"괜찮다."

베히다트는 우마르의 입장을 충분히 이해했다.

"그 정도면 충분히 애썼다."

따뜻한 주군의 말에 가신은 감히 고개를 들 수 없어 머리를 조아렸다. 우마르의 처참한 표정을 보니 나시르는 괜히 마음이 아파 왔다.

"마냥 절망적인 상황 또한 아니니까. 이런 경우 또한 대비를 해두지 않았던가. 쉽지 않겠지만."

베히다트의 말에 모두가 고개를 끄덕였다. 나시르가 머리를 쓸어올리며 한숨을 내쉬었다.

"하긴 샤르자 입장에선 사신을 죽여서 크롬웰의 진노를 사기만 하면 전쟁은 벌어질 터이니 이부지리로 손 안 내고 저희의 전력을 깎을 절호의 기회였겠죠. 어차피 제풀에 꺾이겠거니, 대족장이 아닌 장로들이 움직이는 거라고 해서 별로 심각하게 생각하지 않았던 게 문제였나…….”

벌써부터 말린 기분이라 나시르는 입맛이 썼다. 바레인에 집중하느라 샤르자 장로들의 움직임을 상대적으로 가볍게 보았던 것이 이렇게 되돌아올 줄이야. 그래도 이렇게 전력으로 몰아붙일 줄은……. 적당히 위협만 가하리라 가늠했던 것이 빗나간 건 좀 뼈아팠다. 사건이야 어찌 되었든 샤르자와 관련된 지역에서 일어난 일이니 바레인은 문책을 피해 갈 수 없었다. 우마르도 그 점을 확실히 인지한 듯 보고했다.

“일단 범인이 샤르자의 사병들이라는 증거는 충분히 확보했습니다.”

“듣던 중 반가운 소식이군.”

그래도 역시 제일 중요한 건 사신의 행방이었다.

“아직 사신이 죽은 건지 확실하지 않다.”

시체가 아니라 살아 있는 상태여야 가장 이상적이겠지만 시체라도 수습을 하느냐 하지 못하느냐가 관건이었다. 베히다트는 그 점을 지적했다.

“되도록이면 빠른 시일 내에 찾아내도록.”

“기꺼이 명을 받들겠습니다.”

명을 받자마자 우마르가 고개를 숙이고 알현실을 나갔다. 조용히 서 있던 카림이 드디어 한마디 했다.

“사신이 살아 있다고 해도 문제입니다.”

어떻게 나올지 예상이 되지 않는 데다, 우선 크롬웰의 거물급 인사가 아니었던가. 그럼에도 베히다트는 크게 동요하지 않았다. 일의 우선순위를 따지자면 그 걱정은 나중 문제였으니까.

옅게 미소 지으며 베히다트가 뇌까렸다.

"우선은 찾아야겠지. 그것이 시체든 아니든."

섬세한 문양이 새겨진 검은 초승달. 초승달 안에 그려진 교차된 두 개의 칼. 손잡이는 아래를, 칼날은 위를 향해 있었다.

방으로 돌아온 아시나는 빤히 손수건을 쳐다보다가 괜히 인상을 찌푸렸다. 못 알아볼 리가 없었다.

교차된 두 개의 칼은 크롬웰 황실 기사단의 인장이었다. 다섯 개밖에 없는 크롬웰 기사단. 백, 청, 흑, 적, 녹.

백의 인장은 똑바로 꽂힌 긴 검이고 청의 인장은 교차되어 꽂힌 칼, 녹의 인장은 나란히 일자로 겹쳐진 검이었다. 흑은 똑바로 위를 보고 있는 검이고, 이렇게 칼날이 위로 교차된 두 개의 칼은 오로지 적의 기사단을 나타냈다.

적의 기사단. 손수건을 움켜쥔 아시나가 복잡한 표정을 지었다. 어떻게 못 알아보겠는가. 바로 아버지가 있는 기사단의 인장인데.

"이건……."

대체 어떤 의미일까. 손수건을 본 순간부터 온갖 생각이 맴돌았다. 일부러 놔두고 간 것인가, 그렇다면 의도는 무엇인가. 아시나는 손수건을 다른 누가 보지 않게 세 작은 주머니에 집어넣었다.

분명 그 자리에 이 손수건을 놓고 갈 사람은 한 명밖에 없었다. 그리고 이 분장을 알아볼 수 있는 사람도 사신밖에 없었다. 비관적으로 깊어지는 생각을 잘라 낸 아시나는 내일 자키야가 오면 자세히 알아봐야겠다고 생각했다.

"뭘 그리 골몰히 생각 중인 거지?"

익숙한 목소리에 흠칫 놀라 뒤를 돌아보니 어느새 문가에 베히다트가 서 있었다. 익숙한 실루엣이 시야에 들어오자 아시나는 애써 태연한 척 가장하며 그를 바라보았다.

"왔어요?"

"왜 놀라지?"

뭐라 대답해야 좋을까.

아시나는 재빨리 머릿속에서 손수건에 대한 이야기를 몰아냈다.

"……오늘은 안 올 줄 알았어요."

베히다트의 시선이 꽂혔다. 그 대답이 진실인지 살펴보기라도 하듯 베히다트가 뚫어져라 아시나를 바라보았다. 집요한 시선에 긴장되었지만 아시나는 아무렇지 않게 어깨를 으쓱였다. 뭔가 의심이 지워지진 않았지만 베히다트는 그 이상 추궁하지 않았다.

"이리 와."

손을 뻗으며 말하는 목소리가 너무 가라앉아 있어 차마 그 손을 거절할 수 없었다. 자기도 모르게 일어나 다가간 아시나가 크고 단단한 남자다운 손에 자신의 손을 겹치자 그가 아시나를 끌어당겨 품에 가두었다. 낯설어야 할 게 분명한 남자의 품이거늘, 아시나는 어느새 그 품이 익숙해진 자신이 어리석어 입술을 깨물었다.

"표정이 안 좋아요."

"어."

완전히 남자의 품에 갇혀 안겨 있으면서도 아시나는 자신을 꼭 안는 베히다트가 오히려 자신에게 매달리는 것 같다고 느꼈다.

"너만큼 골치 아픈 일이거든."

아시나가 조금 뾰로통하게 쏘아붙였다.

"그렇게 골치 아프면 이만 놔주지 그래요?"

"그럴 순 없지."

말끝에 묻어나는 웃음에 아시나는 괜한 걱정이었나 싶어 인상을 썼다. 하나 마치 안식이라도 구하듯 간절한 몸짓에 자신도 모르게 입을 다물었다. 알 수 없는 평온이 찾아왔다. 베히다트는 그대로 아시나를 안은 채로 벽에 기댔다. 아시나는 자신을 숨 막히게 안은 품 너머로 보이는 문이 괜히 아득하게 느껴졌다.

"아직도 페시안을 여행하고 싶은가?"

느닷없이 내려앉은 나지막한 목소리. 건조한 음성엔 그 어떤 감정도 담겨 있지 않았다. 아시나는 괜히 발끈했다.

"그동안 누누이 말했지만 난 크라차를 둘러보려고 온 거였어요."

"그래서 페시안은 싫다?"

슬그머니 웃음기를 지우며 그가 물었다. 딱 잘라 대답하라는 의도가 명백해서, 아시나는 보기 좋게 기세를 누그러뜨렸다.

"……그런 건 아니지만."

우물쭈물 말을 줄이는 아시나의 입술을 내려다보며 그가 피식 웃었다. 그 입술에 입 맞추고 싶고 단숨에 파고들어 모든 숨결을 빼앗고 싶었다. 하지만 이 탐욕이, 이 욕망이 결코 거기에서 멈추지 않을 것을 알기에 그 입술을 가까이 하는 것조차 지금은 금기였다.

가질 순 없지만 만지는 건 괜찮았다. 베히다트는 손가락을 뻗어 앙다문 붉은 입술을 쓸며 옅게 웃었다.

"여행하다 길을 잃어버린 적도 있나?"

대체 무슨 의도로 이런 질문을 하는 걸까. 아시나는 의아해하면서도 순순히 대답했다.

"당연하죠."

"그럴 땐 어떻게 했지?"

음, 어려운 질문은 아니었지만 아시나는 대답하기가 망설여졌다. 왜 이러지? 베히다트가 특별히 평소와 다른 모습을 보이고 있는 건 아니었다. 하지만 무언가…….

그가 갑자기 길 잃은 어린아이처럼 느껴지는 건 대체 왜일까?

"당연히 멈춰 서서 왔던 길을 되돌아가거나, 그럴 수 없을 땐 누가 지나가길 기다리죠."

"아무도 오지 않을 땐?"

아시나는 잠시 베히다트의 눈동자를 들여다보았다. 그가 무엇을 원하는지 알고 싶었다. 깊은 시선에선 어떤 것도 엿볼 수 없었지만 아시나는 아득한 눈동자가 조금 안타깝다는 생각이 들었다. 그녀가 오랫동안 말이 없자, 그는 조용하지만 단호하게 답을 재촉했다.

"……찾아가요. 그게 어디든, 내가 걸으면 그게 길일 테니까."

혼자 남은 게 무서웠던 적은 단 한 번도 없었다. 난감하고 곤란하긴 했지만 이대로 죽겠다 싶은 기분은 느껴 보지 못했다. 길은 언제나 있는 법이고 내가 그걸 찾지 못한 것뿐이니 그럼 나는 나에게 맞춰진 길을 만들어 가면 되는 것이 아니던가.

어디를 보고 걷는지는 항상 그때마다 달랐다. 하늘을 볼 때도 있고 바람에 맡길 때도 있고 새들이 날아가는 방향이라든가, 개미들이 움직이는 방향 등 지표가 되어 줄 만한 것들은 많았다. 어차피 이 세상은 하나로 이어져 있으니까. 방랑의 낭만을 느끼기도 전에 배가 고프고 외롭고 죽을 정도로 괴로울 수도 있겠지만 괜찮았다. 그래도 살아 있으니까.

"그렇군."

그가 납득한 듯 고개를 끄덕였다. 아시나는 뭔지 모르게 불안했다. 평소와 다른 베히다트가 괜히 신경 쓰였다.

"사신은 괜찮아요?"

굳이 아는 척하고 싶지 않았지만 아시나는 짐짓 태연하게 말을 돌렸다.

"들은 모양이군."

"들리니까 어쩔 수 없죠."

아시나는 샐쭉하게 대꾸했다. 베히다트는 아시나를 느슨히 놔주면서도 절대 자신에게서 멀리 떨어지도록 허락하지 않았다. 자신을 똑바로 바라보는 허기진 시선에 아시나가 머쓱하게 입을 열었다.

"큰일 난 거 아니에요?"

"큰일이라면 큰일이지."

정확히 어느 나라의 어떤 사신인지도 모르지만 아시나는 괜히 실종되었다는 사신이 걱정되었다.

"어떻게 안 돼요, 베히 님? 라 쿤이잖아요?"

순진한 발언이라는 건 알고 있었지만 아시나는 약간 짓궂은 마음도 없지 않았다. 이 남자가 과연 어디까지 할 수 있을까 하는. 그 마음을 읽었는지 베히다트가 낮게 웃었다.

"라 쿤이 무척이나 전지전능한 것처럼 이야기하는군."

"아니었어요?"

아무것도 모른다는 듯 천진하게 시선을 드는 아시나를 보며 그가 웃었다. 다시 제 품으로 아시나를 꽉 끌어안으며 한숨과 같이 말했다.

"내게 혜안 따윈 없어."

아시나의 숨소리가 멈췄다.

"그러니 네가 누구인지도 모르지."

흔들리는 제 마음을 너무 잘 알고 있어서 아시나는 그 어떤 말도 할 수 없었다. 이렇게 애원하듯 넌지시 물어 오면 저도 모르게 대답해 버리고 말 것 같았다.

이 남자는 대체 내 정체에 대해 왜 이렇게 집착하는 걸까? 첩자일지도 몰라서 그런다는 건 알았다. 하지만 아무리 생각해도 그것 이상의 무언가가 분명 존재했다. 파고드는 온기에 마음을 놓고 싶은 기분을 뿌리치며 그녀는 애써 신경을 다른 곳으로 돌렸다.

"그래도 이 땅을 풍요롭게 만들잖아요. 그거면 충분하지 않을까요?"

"마치 라 쿤에 대해 모든 걸 다 안다는 듯 말하는군."

"아는 척은 누구나 할 수 있는걸요?"

시선을 마주치며 아시나가 빙그레 웃자, 베히다트가 따라 웃었다. 순식간에 누그러진 부드러운 시선이 아시나를 내려다보았다. 이런 사소한 것에도 설레는 자신이 이상한 걸까. 아시나는 괜히 베히다트의 옷자락을 잡으며 제 머리를 점령하는 생각을 몰아내려 애썼다.

"무슨 대가 같은 게 있어요? 힘을 사용하는……."

"글쎄."

베히다트가 나지막하게 웃었다.

"있다면 있고, 없다면 없지."

애매한 대답에 아시나가 인상을 찡그렸다.

"그게 뭐예요?"

"개인에 따라 다르다는 소리야."

잠긴 목소리가 무심하게 가르쳐 주었다. 아시나는 자신을 숨 막히도록 꽉 껴안은 남자를 올려다보았다. 오롯이 자신만을 내려다보는 붉은 눈동자.

"그럼 베히 님은요?"

아시나가 물었다.

"없어."

그가 대답했다.

"아니, 없었어."

곧이어 정정된 대꾸에 아시나가 소리 없이 그를 올려다보았다. 깊게 가라앉는 시선. 고뇌하는 어두운 시선이 끝없는 바다처럼 아득했다.

"그럼, 지금은 대가가 있어요?"

대답은 바로 들려오지 않았다. 다만 새벽의 바다처럼 고요하고 잔잔한 시선이 크게 요동쳤다는 것만은 알 수 있었다. 그 눈동자가 대체 무엇을 바라보고 있는지, 무엇을 원하는지 알고 싶었다. 한참의 시간이 지난 후, 들릴락 말락 깊이 잠긴 목소리가 고요히 뇌까렸다.

"그러는 게 아닐까 생각 중이야."

손수건에 적힌 문장에 대해 물어보고 싶었지만 아시나는 좀처럼 자키야에게 말을 꺼낼 시기를 잡시 못했다. 물론 시너들이 지켜보고 있기 때문이기도 했고 그 뒤로 딱히 자키야에게서 어떤 기미도 느껴지지 않아서 갈피를 확실히 잡을 수 없어서였다. 그렇게 어영부영 이틀이라는 시간이 흘렀다.

사신에 대한 행방 역시 묘연한지 요새 들어 자주 찾아오던 베히다트의 발걸음도 뜸해지고 당연한 이야기지만 나시르와 카림과도 마주칠 시간이 없었다. 자연스럽게 아시나는 오랜 시간을 같이 보내는 자키야에게 집중했다.

지난 며칠 동안 같이 지내며 눈치로 그녀에 대해 알아낸 몇 가지 새로운 사실 중 하나는 궁정 사람들에게 자키야가 가지는 영향력이 게디크 대재상이 가지는 영향력보다 더 크다는 사실이었다.

보통 그 반대인 경우가 정상이기에 웬만해선 납득이 안 되는 현실이었다. 하지만 그녀가 뒤에서 뭐라고 불리고 있는지 알고 나니 이해가 되었다. 일명 '지위 없는 페시안의 공주'. 그게 자키야에게 따라붙는 꼬리말이었다.

"그래서 어렸을 때부터 여행을 다니신 건가요?"

"그렇죠. 아주 아기 때부터 다녔어요."

아시나가 빙긋 웃었다. 자키야는 이해할 수 없다는 듯 고개를 갸웃거렸다.

정확히 무슨 연유에서인지는 모르지만, 전대 사 쿤이 자키야를 마치 딸처럼 곁에 두고 살핀 덕에 거의 공주 취급을 받으며 자랐다고 했다. 심지어 사 쿤이 사후에 자신의 대를 이을 쿤이 자키야를 신부 삼았으면 한다는 유언 비슷한 것까지 남길 정도로 사 쿤은 그녀를 각별히 챙겼다. 이 나라에서 쿤이 어떤 존재인지를 되새겨 본다면 자키야가 받은 총애로 게디크가 지금의 위치를 손에 넣었다는 게 어느 정도 납득이 갔다.

자키야가 믿을 수 없다는 듯 입을 열었다.

"놀랍군요."

"흔한 일은 아니죠."

가볍게 대꾸하며 아시나는 빙그레 웃었다.

하지만 그래도 모르겠단 말이지. 왜 이 여자가 특별히 총애를 받게 되었는지는…….

분명 계기가 된 사건이 그전에 있었을 텐데 그 누구도 그에 대한 이야기를 해 주지 않았다. 그 사건이 지금의 자키야와 지금의 라쿤을 만들었고, 하렘 폐쇄의 단서가 된 것이 뻔했다. 호기심은 폭발하는데 채울 방법이 없으니 속이 답답했다. 나시르가 있다면 구슬려서 들어 보겠는데, 이거 참.

"음, 엄마는 무척 반대가 심했는데, 뭐, 어쩌겠어요. 내 인생 내 맘대로 살겠다는데. 기를 쓰고 반대하시다가 지금은 두 손 들고 어느 정도 포기하셨어요. 하하."

그래도 그나마 건진 수확이라면 자키야와 어느 정도 친분을 쌓았다는 점?

아시나는 부드럽게 웃는 자키야를 쳐다보며 흥미 어린 시선을 거두지 않았다.

"그랬군요."

"네."

"아시나 양에게 이미니는 어떤 존재인가요?"

꽤 잔잔한 질문이었지만 그 안에 들어 있는 감정을 모르는 바 아니었다. 아시나는 짐짓 모르는 척 넘기며 나름 진지하게 고민했다.

"음, 글쎄요. 있을 땐 좋고 없을 땐 그립고 잔소리할 땐 귀찮다가 그래도 막상 사라지는 건 싫은? 뭐라 딱 꼬집어 말할 수 없어요."

"그렇…… 군요."

그래도 단언할 수 있는 건 무척이나 사랑한다는 것이다. 대답을 들은 자키야가 씁쓸하게 웃었다. 무언가 그리운 듯한 표정이 괜히 지켜보는 아시나까지 슬프게 만들었다.

"어쩐지 부럽군요."

"음, 그런가요?"

"어머님께 잘해 드리세요."

알고는 있지만…….

아시나는 애매하게 웃었다. 그래도 막상 얼굴을 보면 그게 잘 안 된다는 점이 참 이상했다. 어머니에 대한 이야기 때문인지 분위기가 조금 가라앉았다. 아시나는 굳이 이 분위기를 바꾸려 노력하지 않았다. 묘한 정적이 계속되었다.

"아시나 양은 라 쿤을 어떻게 생각하나요?"

느닷없는 질문에 아시나가 시선을 들었다. 차를 마시던 중이라 바로 대답을 하지 않아도 된다는 점은 좋았는데 어째 차가 목구멍으로 쉽게 넘어가지 않았다. 대체 뭐라 대답해야 하는 거지?

"어……."

담담한 시선을 보내고 있었지만 아시나는 쉽게 입을 뗄 수가 없었다. 몰랐다면 모를까, 이미 아시나는 자키야가 베히다트를 보는 시선이 어떤지 알고 있었다. 조금 껄끄러운데. 예전이었다면 거침없이 대답했을 테지만 지금은 좀 힘들었다.

"좋은…… 남자죠, 베히 님은."

아시나가 내놓은 애매한 대답에 자키야가 말없이 웃었다. 그 씁쓸한 미소에 아시나는 어째 자신이 죄를 지은 듯한 기분을 맛보았다.

"그런가요. 베히 님이군요."

지은 죄는 없는데 어째서 이런 죄책감이 느껴지는 것일까. 괜한 혼란에 아시나가 이마를 찡그렸을 때였다. 뭔가를 감내하는 듯 자키야가 애잔하게 웃었다. 그녀가 삭이고 있을 감정이 어떤 것인지 아시나는 짐작조차 할 수 없었다. 그저 할 수 있는 건 얌전히 입 다물고 앉아 있는 것뿐. 그나마 다행이라면 자키야는 충분히 감정을 절제할 수 있는 여인이라는 점이었다.

"좋은 분이시죠. 정말로."

"네, 좋은……."

뭐, 마냥 좋다고는 할 수 없지만. 자신한테 한 짓이 있어서 입맛이 쓴 아시나와 달리 자키야는 무언가를 회상하는 듯 잠시 그리운 표정을 지었다. 그것도 잠시, 숨을 크게 들이켠 자키야가 아시나를 똑바로 쳐다보았다. 아시나는 강한 시선에 자신이 무슨 잘못이라도 저질렀나 잠깐 고민했다. 그 순간 차분한 음성이 깃털처럼 내려앉았다.

"당신을 만나고 싶어 하는 사람이 있어요."

지금 자신이 들은 것이 맞는 것인가. 아시나가 시선을 들어 자키야를 쳐다보았다.

"나를요?"

"예."

흔들림 없이 마주하는 시선에서는 어떤 결의마저 느껴졌다. 아시나는 혼란스러워서 인상을 찡그렸다. 반나고 싶어 하는 사람이 있을 리가 없는데. 그런 동요를 읽어 낸 것인지 자키야가 차분하게 무언가를 탁자 위에 올려놓았다.

"이걸 전해 주면 자신과 만날 마음이 생길 거라 하시더군요."

"……."

자키야가 건넨 것은 작은 상자였다. 아시나는 불안한 기분으로 상자를 받아 들었다. 열어 봐야 하는데 열기 싫은 기분. 분명 엄청 싫은 것이 들어 있을 거라고 예언이라도 할 수 있었다. 그냥 무시하고 넘기고 싶었는데, 바로 앞에서 자키야가 지켜보고 있어서 나중으로 미룰 수도 없었다.

어쩔 수 없지. 아시나는 숨을 한 번 크게 들이마셨다. 그리고 손에 쥔 상자를 조심스럽게 열었다. 상자 안에 있는 건 막상 별것 아니었다. 흔한 머리빗. 하지만 그 빗에 새겨진 문양이 아시나의 시선을 사로잡았다.

서로 마주 보고 있는 크기가 다른 두 개의 초승달.

예감은 하고 있었지만 막상 마주한 기분은 처참했다. 아시나는 눈을 한 번 질끈 감았다가 떴다.

"……대체 누구죠?"

상자를 덮으며 아시나가 물었다.

자키야가 조금은 건조하게 담담히 받아 쳤다.

"그건 만나 보면 아시게 될 거예요."

남대륙이라고 너무 안일하게 생각했던 것인가.

방으로 돌아와 혼자 있게 된 아시나는 잘 놔두었던 손수건을 붙잡은 채 고민에 빠졌다. 이런 식으로 서서히 압박하는 건 상상 이상의 스트레스였다. 접근하는 상대의 의도는 알 것 같지만 이건 안다고 해도 어떻게 대비할 수 있는 종류가 아니었다. 누군지는 몰라도 엄청 신중한 듯했다. 압박해 오는 방식만 놓고 보면 그랬다. 다만 접근 방식이 조금 성급하다고 해야 하나. 어울리지 않게 거칠었다.

"그래도 내 정체를 단번에 알아챌 수 있는 사람이 있을 줄은 몰랐는데."

워낙 어릴 때부터 집을 비우고 여행을 다녔던 터라 아시나와 정말 가까이 지내는 사람이 아니면 무성한 헛소문에 쉬이 휩쓸려 버리기 마련이었다. 본래 모습과는 다른 모습으로 여행을 다니는 탓에 외견만 보고 자신의 정체를 바로 알아볼 자는 극히 드물었다. 거기다 사촌 중 하나가 가끔 파티에서 아시나를 사칭하고 돌아다녔기 때문에 혼란은 배로 커졌다. 그게 오랜 시간 굳어져 가문과 관련된 사람이 아니라면 본모습을 봐도 쉬이 그녀의 정체를 알아내지 못했다. 그렇다고 페시안에 가문과 관련된 사람이 있을 리는 없을 터.

손수건을 집어넣고 아시나는 달빛이 비치는 창가로 몸을 돌렸다. 잠을 청하고 싶은 마음은 굴뚝같은데 머리가 어지러워서 잠이 오지 않았다.

"……일단 무시하는 건 좋지 못하겠지."

대충 알고 압박해 오는 게 아니었다. 그녀의 정체를 완벽하게 알고 있었다. 그렇지 않고서야 이렇게 직접적으로 아시나와 연관된 두 개의 문장을 들이밀 수는 없었다. 깊은 한숨이 저절로 나왔다.

도대체 누구지. 어떤 의도를 가지고 접근하든 분명 좋지 않은 건 확실했다. 아시나는 머리가 아파 와 고개를 푹 숙였다.

"아직 안 잔 건가?"

오늘은 안 오는 줄 알았는데. 누가 방 안으로 들어오는 기척은 느끼지 못했다. 느닷없는 방문이었지만, 아시나는 놀란 것 이상으로 반가웠다. 누군가가 자신을 만나러 왔다는 것 자체가 이렇게 기쁜 일이 될 거라고는 그동안 상상조차 하지 못했다.

술렁이는 마음을 잠재우고 아시나는 천천히 시선을 돌렸다. 그 시선 끝에 놀랍도록 그리운 남자가 서 있었다.

"……왔어요?"

이렇게 반가우면서도 티를 내고 싶지 않은 마음은 대체 어떤 여심이란 말인가. 애써 태연한 척하며 몸을 돌렸다. 달빛이 내는 역광 탓에 그림자 진 베히다트의 얼굴이 보이지 않았다.

"설마 날 기다린 건가?"

"아니거든요."

서서히 다가온 베히다트의 손이 아시나의 허리를 감싸 쥐었다.

"오랜만에 보는군."

당연하게 자신을 끌어안는 남자의 품이 익숙하면서도 아시나는 괜히 볼멘소리를 했다.

"이 인사 좀 안 하면 안 돼요?"

"안 돼."

어쩐지 단호하게 자르는 목소리에 웃음기가 어려 있었다. 입술을 삐죽인 아시나는 그냥 포기했다. 무엇보다 아시나를 끌어안고 내뱉는 베히다트의 안도 어린 한숨이 참을 수 없을 만큼 좋았다.

이렇게 흔들리면 안 되는데.

나는 언젠가 떠날 사람이라고 되뇌면서도 이미 손은 굵고 큰 베히다트의 손 위에 살포시 얹어졌다. 처음엔 그렇게 적응이 안 되었는데, 마냥 싫고 왜 이러나 싶기도 했는데 이젠 어느새 이 품 안에서 안정을 찾고 있었다. 완전히 낯선 이곳에서 유일하게 이 품이라면 걱정 없이 기대도 되지 않을까 하는, 그런 안정감. 이렇게 강한 어깨니까, 그래서 이 품에 백성들이 기대는 거겠지? 아시나는 희미하게 웃었다.

괜히 '혹시 모든 여자에게 이러는 것은 아닌가?' 하는 의미 없는 질투를 하다 아시나는 스스로를 비웃었다. 언제 그런 걸 신경 썼다고. 그래도 자신이 좋아하는 남자에게 첫 번째이고 싶다는 욕망은 버리기 힘든 미련이었다. 유일할 수는 없을 테니…….

"저기, 베히 님."

아시나의 부름에 베히다트가 시선을 주었다. 우울한 생각이 들기 전에 아시나는 할 수 있는 걸 하기로 했다. 자신을 오롯이 바라보는 시선에 웃으며 조심스레 입을 열었다.

"혹시 자키야 양이랑 친해요?"

그가 날카로운 시선을 던졌다.

"갑자기 그런 건 왜 묻지?"

"그냥…… 자키야 양에 대해 알고 싶어서요."

아시나를 만나고자 하는 자는 어떤 식으로든 자키야와 연관된 인물일 확률이 컸다. 그러니까 일단 자키야에 대해 자세히 알아 두는 것이 어떤 면에서나 유리했다. 어떤 인물인지 알아 놔야 대응하기도 편할 테니까. 아시나는 조심스럽게 베히다트의 눈치를 살피며

살살 물어보았다.

"어렸을 때, 자키야 양이 하렘에서 살았다고 했어요."

"난 하렘에서 크지 않았다."

의외의 대답이었다. 아시나는 두 눈을 크게 떴다. 분명 모든 왕의 아이는 하렘에서 큰다고 했는데? 베히다트가 놀란 아시나의 뺨을 쓰다듬으며 옅게 웃었다. 그 의문에 해답을 주기라도 하듯 그가 이어 말했다.

"모친이 죽을병에 걸려 궁 밖의 외가에 맡겨졌지. 일족들의 말에 따르자면 어째서인지 어머니가 나를 하렘 밖으로 보내고 싶어 했다더군."

어쩌면 머지않은 시일 안에 자신에게 닥칠 변고를 알았기 때문에 그렇게 필사적이었을지도 모른다고 후에 그의 외조모가 회고하곤 했었다. 별로 달갑지 않은 기억이었지만 막상 그 말을 늘어놓는 베히다트는 더없이 나른했다.

"그래도 여섯 살 이후엔 궁으로 소환되었으니 어찌 보면 같이 자란 건가."

"……."

그래서 같이 자랐다는 것인가, 아니라는 것인가. 확실히 해 줬으면 하는 마음을 담아 아시나가 인상을 썼다. 에라, 모르겠다. 참지 못한 아시나가 단도직입적으로 물었다.

"그래서 친해요?"

"아니."

생각 외로 단호한데.

대꾸하는 베히다트에게 망설임이라는 건 없었다.

"……안 친하군요."

어째 입맛이 좀 씁쓰레했다. 뭔가 서로에 대해 잘 아는 그런 분위기였는데. 일방적인 자키야의 짝사랑이라는 건 알고 있지만 막상 간접적으로라도 확인하고 나니 묘했다. 자키야가 안쓰러워지면서 동시에 같은 처지에 있는 자신이 안타까운 그런 감정. 말이 없어진 아시나를 주의 깊게 응시하며 베히다트가 물었다.

"친했으면 했나?"

아시나가 놀라며 얼버무렸다.

"음, 딱히 그런 건 아니었지만……."

"아니었지만?"

"그래도 뭔가 가까워 보였거든요."

굳이 말을 하지 않아도 태도나 눈빛에서 드러나는 감정이 분명 있었다. 눈치만으로 봤을 때는 둘 사이에 무언가가 있어 보였는데.

"둘만 가진 공통점이 존재하지."

열심히 고민하는 아시나를 보며 안쓰러운 감정이라도 들었는지 베히다트가 툭 지나가듯 말했다. 아시나는 단박에 두 눈을 동그랗게 떴다.

"알고 싶나?"

"알려 줄 거예요?"

"뭘 해 줄 건데?"

아시나는 깊은 내적 갈등을 시작했다. 미끼로 뭐를 걸까 격렬하게 고민하는 게 지켜보는 베히다트에게도 느껴졌다. 베히다트가 소리 내어 웃건 말건 아시나는 여전히 고민을 계속했다. 대체 이 남자한테 뭘 해 준다고 해야 넘어올까?

"내가 뭘 했으면 좋겠어요?"

"나중에 말해도 되나?"

"음……."

미루는 건 싫은데. 감당 못 할 요구를 해 올 수도 있는 노릇이고. 그래도 일단은 알고 싶다는 호기심과 지적 탐구심이 거부할 수 없을 정도로 강했다.

"무리한 요구는 안 들어줄 거예요!"

"유념하지."

이제 말해 달라는 듯 아시나가 베히다트의 팔뚝을 잡았다. 베히다트가 무언가를 생각하는 듯 시선이 깊어졌다.

"유일한 생존자."

생존자……?

대꾸 대신 아시나는 가만히 베히다트를 지켜보았다. 한참 사색에 잠겨 있던 베히다트가 그대로 아시나를 침대로 끌어들였다.

"전에 하렘이 왜 폐쇄되었는지를 내게 물었지?"

"그거랑 관계가 있는 거군요."

"눈치가 빠르군."

그 정도는 누구나 알지 않을까? 하지만 아시나는 딱히 그걸 소리 내어 말하진 않았다.

"큰 참사가 있었다."

참사라고 말했지만 막상 그걸 꺼내는 베히다트의 목소리가 너무 담담해서 아시나는 정말로 어떤 끔찍한 일이 있었을 거라는 연상이 쉽게 되지 않았다. 잠시 말을 끊은 베히다트가 뒤이어 천천히 덧붙였다.

"한 왕자가 하렘에 있는 여인과 아이 모두를 죽이고 자신도 자살했지. 이유는 몰라, 누구도. 심지어 사 쿤조차 모르고 돌아가셨다."

"……아이 모두요?"

이해되지 않았다. 왜? 납득이 되지도 않았다. 어째서? 지금 내가 뭘 들은 거지?

놀란 아시나의 어깨를 다독인 그는 이해한다는 반응을 보였다.

"거기서 살아남은 유일한 어린 아들."

그것이 베히다트.

"그리고 운 좋게 살아남은 여자아이 하나."

아시나는 숨을 죽였다.

"사 쿤의 소녀."

그게 자키야인 거구나.

굳이 모든 걸 설명해 주지 않아도 알 수 있었다. 베히다트가 속마음이라도 꿰뚫어 본 듯 네가 생각하는 그것이 맞노라고 웃어 주었다.

"피투성이로 엉망이 된 침실에서 시체와 뒤엉켜 있어 운 좋게 살아남았다지. 처음 발견되었을 땐 말을 못 했다고 하더군."

그래서 사 쿤이 곁에 두고 그렇게 자기 자식처럼 키운 것인가. 살아남았다는 점도, 어쨌든 사 쿤의 총애를 받았단 점도 하나같이 언뜻 보면 행운이었는데 아시나는 무언가 이루 말할 수 없이 안타까웠다. 그것이 과연 행운이라 말할 수 있는 것이란 말인가. 아시나의 반문을 직접 듣기라도 한 듯 베히다트가 고저 없는 목소리로 대꾸했다.

"졸지에 모든 처첩과 어린 자식들을 모조리 잃은 사 쿤은 쓰러졌고 자키야는 그 참사의 유일한 생존자가 되었지. 무슨 생각인진 모르겠지만 자키야는 그 이후로 쓰러신 사 쿤 옆에 머물며 간호하더군. 자기 자신도 충격이 컸을 텐데 말이지."

아시나는 고개를 떨구었다.

"……너무 잔인해요."

"뭐가?"

냉소적으로 비웃었지만 그녀가 한 말의 의미를 알아듣지 못한 건 아니었다. 아시나는 어린 소녀가 받았을 정신적인 충격이 너무 안타까웠다. 누군가의 보살핌에 기대 투정 부리며 요양을 해도 모자랐을 텐데, 사건의 유일한 생존자로서 그 끔찍한 일을 계속 기억해야 하는 증인이 되었고 가족도 아닌 다른 아저씨 옆에 묶여 간호까지 해야 했다. 친아버지는 그 와중에 비극으로 얻은 총애에 자신의 야망을 채우기 급급했고…….

자키야가 그 나이 대에 맞지 않게 성숙한 게 단번에 이해가 되었다. 공주라는 과분한 칭호로 불리면서도 몸가짐이 흐트러지지 않는 이유가 있었던 거구나. 자키야에 대한 애잔함이 밀려왔다. 그와 동시에 베히다트에 대한 연민도 같이 흘러들었다.

"그래서 당신이 라 쿤이 된 건가요?"

"그건 아니야."

가라앉은 목소리로 그가 부정했다. 차라리 그랬으면 나았겠지만. 쓴웃음에 아시나는 조금 긴장했다. 베히다트는 아시나의 머리카락을 만지작거렸다. 회고하는 것만으로 기분이 내려앉지만 닿아 있는 온기가 처참한 기분을 달래 주었다.

"그냥 모든 게 거기서 끝났다면 괜찮았을 테지. 아마 나도 평화롭게 살지 않았을까 싶다."

"거기서 안 끝났어요?"

"그래, 정작 문제는 다른 것이었지."

베히다트의 눈빛이 변했다. 깊숙이 숨겨진 비밀을 엿보는 기분에 아시나는 두근거리면서도 무서웠다.

"뭐…… 였는데요?"

간신히 운을 떼는 아시나의 뺨에 손을 얹으며 그가 시큰하게 웃었다.

"그 왕자가 가장 유력한 쿤 후계자였다는 것. 그리고 충격으로 쓰러진 사 쿤이 일어나지 못했다는 것."

요 몇십 년, 페시안이 극히 혼란스러웠다는 건 아시나도 대충 알고 있었다. 자세히는 몰라도 간략하게 건너건너 들을 수 있었으니까. 하지만 라 쿤이 즉위한 후 모든 혼란이 사라졌다는 사실 역시 같이 들었다. 막상 그 소식을 접했을 땐 아무 생각도 안 들었는데 지금은 생각이 많아졌다. 모든 상황을 반전시키기 위해 대체 이 남자는 얼마큼의 노력을 한 걸까.

"졸지에 훌륭한 후계자를 잃은 이 나라는 너도 나도 왕위를 잇겠다고 나서는 왕족들로 인해 전쟁터로 변했다. 나는 어려 궁정의 보호를 받느라 아무것도 몰랐지만, 이미 성인이 되어 나름의 지위를 가지고 호시탐탐 때만 노리던 왕족들은 신이 나서 판을 쳤지. 차라리 누가 후계를 정해 줬다면 좋았을 텐데. 사 쿤께선 정사를 돌볼 여력도 없어 그렇게 시름시름 앓으시다 내 나이 열셋에 돌아가셨다. 그 이후로 무려 오 년 동안 왕족 간의 왕위 쟁탈 내전으로 전국이 시름했지."

"폐쇄될 만했네요……."

참사가 있었다는 그 하렘에 억울하게 죽은 원혼들이 아직도 남아 있을지 모른다고 생각하니 어쩐지 섬뜩함보다 애잔함이 앞섰다.

"그래서 어떻게 되었어요?"

"듣지 않았나?"

"그래도 듣고 싶어요."

그녀가 제법 강한 어조로 대꾸했다. 전엔 관심이 없어서 흘려들었다. 하지만 지금은 아니었다. 이 남자가 어떻게 왕이 되었는지, 어떻게 라 쿤이 되어서 이 나라를 다시 정상화시킨 건지 그게 궁금했다. 알고 싶었다. 비록 별거 아니라고 해도.

아시나의 의지가 그녀의 눈빛에서 느껴진 건지 베히다트가 슬그머니 입꼬리를 느슨하게 했다.

"전통적인 방법을 택했지."

"뭔데요?"

그가 차갑게 웃었다.

"죽음의 사막에서 4년 동안 생존."

뭔가 생각지도 못한 방법이었다. 아시나는 두 눈을 깜빡였다. 아시나의 반응이 즐거운지 그의 입가에 걸린 미소가 더 진해졌다.

"그곳에 있는 후계자들은 누구의 도움도 받을 수 없어. 한 가지 단서를 주자면 지르다에 오아시스라는 건 없다."

"살 수는 있는 거예요?"

터무니없었다. 물 없이 4년을 버티라니. 바다가 있다고 하지만 바다까지 가는 거리는 둘째 치고 바닷물은 오히려 갈증만 더 키울 뿐이었다. 경악하는 아시나의 반응을 베히다트는 마음껏 즐겼다.

아시나가 기겁했다.

"아니, 어떻게 살아남았어요?"

"쉽게 가르쳐 줄 것 같나."

"……."

아시나가 입을 다물자 베히다트가 입술 끝을 비틀어 웃었다.

"누구도 죽음의 사막에서 4년을 버티지 못해. 3개월 버티는 것도 기적이지. 그냥 사막을 헤매다 죽게 되는 거다."

아무리 후계를 뽑는 거라지만 조금 무식한 방법이 아닌가 하는 생각이 들었다. 게다가, 지금 베히다트가 여기 있다는 건 그럼.

"그럼, 지금 다른 왕족들은……."

"모두 그 땅에서 죽었다."

아시나가 숨도 쉬지 않고 말했다.

"당신이 대단하게 느껴져요."

진심을 담아 한 말인데 그걸 들은 베히다트가 만만치 않다는 듯 응수했다.

"내 입장에선 거길 헤매고 있던 네가 더 대단해."

"하지만 난……."

아시나가 조금 복잡한 표정을 지었다. 이런 말을 해도 될까. 하지만 말하지 않고는 배길 수 없었다.

"난 어디에 있어도 죽지 않아요."

"그건 무슨 자신감이지?"

약간 어이없다는 어조로 베히다트가 응수했지만 아시나는 애매한 표정으로 말을 이었다.

"내가 어디에 있든 날 구하러 와 줄 사람이 있거든요."

베히다트의 눈이 가늘어졌다. 그 시선을 기꺼이 견디며 아시나가 마서 덧붙여 말했다.

"물론 대가는 비싸지만."

누구에게도 말할 수 없지만 아시나는 정말 어디에 있든 죽지 않을 자신이 있었다. 물론 그 사실을 실험하는 것 자체를 엄마가 기겁을 하고 싫어하기 때문에 일부러 목숨까지 걸어야 하는 위험한 모험은 하지 않지만.

"그래서, 도움은 많이 받았나?"

"음, 재작년까지는 같이 다녔어요. 도움이라는 것도 많이 받았죠. 다만 재작년에 좀 심하게 싸워서 냉전 중이거든요. 그래도 내가 부르면 달려오겠지만."

아마 구해 주고 나서 2차전을 할 것이 뻔했다. 아시나는 고마우면서도 얄미운 여행 친구를 떠올리다 인상을 찌푸렸다. 베히다트가 두 눈을 가늘게 떴다.

"남자인가?"

아시나는 신기했다.

"어떻게 알았어요?"

"남자가 많군."

"어, 그런가요?"

어쩐지 대꾸하는 베히다트가 묘하게 화가 난 것 같았다. 아시나는 일부러 웃으며 애매하게 대꾸했다.

"남자라면 목숨을 걸어서라도 구하러 와 주겠지."

"딱히 목숨은 걸지 않던데."

농담이 아니라 진짜였다. 거의 가족 같은 사이였으니까. 하지만 분명 설명해도 이해하지 못할 게 뻔하므로 아시나는 침묵을 택했다. 어쩐지 자신의 얼굴에 꽂히는 시선을 견디는 게 조금 힘들었다. 그녀는 일부러 딴짓을 했다. 베히다트는 다른 곳을 뚫어져라 쳐다보는 아시나를 보며 웃었다. 그 미소에 아시나가 간신히 안도했다.

"음, 이런 거 물어봐도 되나 고민돼요."

"물어봐."

그래도 되나. 하지만 쉽게 건드리긴 좀 뭐한 질문이었다.

정말로 물어봐도 되냐는 듯 쳐다보니 시선을 받아 주던 베히다트가 너그럽게 아시나를 붙잡았다. 덕분에 아시나는 용기를 얻었다.

"그 왕자, 친한 사람이었어요?"

"아니."

대답은 칼 같았다. 오히려 무언가 끊어 내려는 듯한 기운마저 느껴져서 아시나는 그 대답을 곧이곧대로 믿을 수 없었다. 말없이 닿는 그녀의 시선을 피하며 베히다트가 표정을 굳혔다.

"그냥 가끔 우리 일족 영지로 말을 타고 와 멀찌감치 서서 날 지켜보다 돌아가곤 하던 남자였다."

누구인지 궁금하지도 않았다. 시선이 마주치고 그림자가 시야에 들어올 때마다 가벼운 의아함만 남아 있었을 뿐. 그가 자신을 쭉 지켜봤다는 건 알고 있었다. 그래도 언제나 느닷없이 나타나 어느 사이엔가 사라지던 이방인이라, 왜 나타나는 건지는 궁금했어도 그가 누구인지는 관심도 없었다.

그때 조금만 더 관심을 두었다면 무언가가 달라졌을까? 후에 그런 후회 한 소각이 수면 위로 떠오르긴 했지만 어렴풋이 알고 있었다. 그렇다고 해도 달라질 건 없었을 거라는 것을.

아시나가 말없이 빤히 쳐다보자 그 뺨을 건드리며 베히다트가 웃었다.

"그래도 굳이 접점을 따지고 본다면 내 유일한 친형이라는 거겠지. 어머니와 아버지가 모두 같은."

그랬구나. 아시나는 어떤 대꾸도 해 주지 못했다.

그는 남의 일이라도 되는 듯 담담하고 건조하게 웃었지만 그걸 듣는 아시나의 기분은 전혀 담담하지 못했다. 인상을 찡그리는 아시나의 미간을 검지로 꾹 누르며 베히다트가 마저 말했다.

"후에 들었다. 그날 참사에 어머니도 같이 돌아가셨다는 걸."

역시나 침통한 음성은 아니었다. 하지만 아시나는 그 말을 듣고 괜히 숙연해졌다. 물론 그다음에 바로 두 눈을 동그랗게 뜨긴 했지만.

"잠깐, 어머니는 태어나고 얼마 안 돼서 돌아가셨다고 했잖아요!"

"6살이면 얼마 안 되었지."

"나한테 거짓말했어요?"

아시나가 발끈하자 베히다트가 웃었다. 그는 뭐가 그리 웃긴지 입가에 미소가 떠나지 않았다.

"아니."

단호한 대답이었지만 신뢰가 가지 않았다. 아시나의 불신 어린 시선을 감내하면서도 그는 어떤 동요도 없이 대꾸했다.

"실제 모두가 나에게 그렇게 말했거든. 태어나자마자 돌아가셨다고."

"……."

잔잔하게 들려오는 목소리가 깊게 울렸다. 아시나는 무언가 말로 표현할 수 없는 수많은 감상을 느꼈으나 남는 생각은 하나뿐이었다.

이 남자는 정말 강한 사람이구나.

"어머니 품에 안겨 본 적 없는 것도 마찬가지고."

무심코 생각해 버리고 만다. 어떤 절망의 강을 건넌다고 해도 이 남자라면 흔들림 없이 헤쳐 나갈 수 있을 거라고. 이 단단하고 거대한 어깨를 보며 그 누가 기대지 않을 수 있을까. 잔잔한 깨달음이 손끝에 닿았다.

결국 홀로 설 수밖에 없는 지고의 자리, 고독할 수밖에 없는 게 당연하건만 그 어디에도 틈 같은 건 보이지 않았다. 그 누구도 필요로 하지 않는 위대함.

그래서 이 남자가 라 쿤이 된 것인가.

"당신 정말 대단한 사람이군요."

하지만 이렇게 거대한 남자가 외로워 보이는 건 무엇 때문일까……. 단순히 그의 아래에 있는 자가 아니기 때문인가, 이 옆에 서고 싶기 때문인가. 아시나는 잠시 제 손을 꽉 쥐었다. 이렇게 크고 위대한 남자가 홀로 곱씹고 있을 그 고독이 손에 잡힐 듯 선했다. 아시나가 시선을 내렸다. 자신의 감정을 누군가에게 보여 주고 싶지 않았다.

이렇게 되기까지 얼마나 많은 고난들이 있었을까. 결코 평탄하지 않았을 과거가 괜히 안쓰러웠다.

"무슨 생각을 하는 거지?"

더 이상 둘 사이의 침묵이 무겁지 않았다. 베히다트가 파고드는 게 서운하지도 않았다. 아시나는 조심스레 고개를 들어 자신을 내려다보는 시선에 눈을 맞추었다.

"당신이 외로울 수도 있겠다는 생각을 했어요."

그가 낮게 웃었다.

"외롭다?"

"외롭지 않았어요?"

아시나가 조심스레 물었다. 약간 젖어 든 그녀의 붉은 눈동자가 황홀할 정도로 아름다웠다. 시선을 떼지 못하게 만드는 눈동자 가까이 얼굴을 가져가 대며 그가 시큰하게 웃었다.

"하나도."

"한 번도?"

그는 대답 대신 가만히 아시나를 깊게 끌어안았다. 답을 재촉하는 몸짓에 그가 힘없이 웃었다.

"글쎄."

거침없이 아시나의 이마에 뺨을 기대며 그가 나지막이 읊조렸다.

"그 말을 들으니 외로워지는데."

아시나는 조금 어두운 정원의 숲을 보며 생각에 잠겨 있었다. 둘이 산책을 다녀오겠다며 시녀들을 물린 자키야가 데려온 곳은 궁정 내의 숲이었다. 건물과 성벽 사이를 메운 숲. 언뜻 볼 때마다 울창하다고 생각은 했지만 그 안에 길이 있을 줄은 몰랐다.

아마도 건물과 건물을 잇는 뒷길을 숨기기 위한 일종의 장치였던 듯한데, 밀담을 나눌 장소로는 최상이었다.

나뭇잎을 스치는 바람의 부산스러운 소리와 함께 바스락거리는 기척이 느껴져 뒤를 돌아보았다. 그리고 그곳에서 한 남자가 모습을 드러냈다.

"……."

바레인.

자신이 아는 그 이름을 곱씹으며 아시나는 혼란에 빠졌다. 본 건 딱 두 번밖에 없었지만 절대 잊을 수 없는 사람이었다.

저 남자가, 왜 여기에?

자키야는 자리를 비운 지 오래였다. 길 끝에 선 바레인이 아시나를 조용히 응시했다. 그 자리에 있는 누구도 먼저 입을 열지 않았다. 깊은 침묵과 함께 나뭇잎이 바람에 쓸리는 소리만이 아득히 그 공간을 메웠다.

"……."

환상인가?

바레인이 미미하게 미간을 찌푸렸다. 사실을 알고 있는 것과 그 사실을 직접 제 눈으로 확인하는 것은 분명 차이가 있다는 걸 알면서도 그는 놀라 동요하고 있는 자신을 어찌할 수가 없었다. 더 놀라운 것은, 그날과 한 치도 변함이 없는 광경이었다.

환하게 들이치는 햇볕이 노골적으로 내리쬐고 있는데도 색이 죽기는커녕 오히려 더 창백하고 하얗게 흘러내리는 은발이 자연스럽게 시선을 잡아끌었다. 소매 없는 푸른색의 옷이 유난히 푸르렀다. 옷과는 반대로 붉은, 진홍빛의 눈동자가 바레인을 똑바로 응시했다.

착각인 줄 알았는데.

그날과 달리 지금은 해도 떠 있고 풍경도 다르고 심지어 아시나의 옷차림도 달랐다. 하지만 그날의 환상과 조금도 다름이 없었다.

지금은 이렇게 누구인지 단번에 알아볼 수 있는데 어째서 그날은 그게 안 되었던 것인가. 곤란한 아시나의 표정을 훑으며 바레인이 천천히 다가갔다.

"오랜만에 뵙는군요."

"……그런가요."

긴장해서 그런지 턱이 떨렸다. 아시나는 조금 가빠지는 호흡을 가다듬으며 바레인을 똑바로 바라보았다. 이미 머릿속은 온갖 잡생각에 점령당해 제대로 된 생각이 이어지지 않았지만 애써 평정심을 찾으려고 노력했다.

처음 봤을 때부터 했던 생각이지만, 바레인은 어딘가 그늘진 남자였다. 그 그늘을 드리우는 게 스스로라는 점이 다른 이들과 달랐지만.

"처음 뵈었을 때와 많이 달라지셨군요."

"많은 일이 있었거든요."

태연히 맞받아치고 있었지만 아시나는 조금 힘겨웠다. 촘촘한 모래 늪이 자신의 발을 빨아들이는 것 같은 착각. 바레인이 빙그레 웃었다.

"당신이 보낸 건가요?"

탐색은 필요 없었다. 아시나는 단도직입적으로 물었다. 이런 남자한테 시간을 끌어 봤자 먹히는 건 자신이었다. 핵심을 찌르는 질문에 바레인은 조용히 아시나를 응시했다. 급하게 굴지 않으려고 했지만 아시나는 참지 못하고 다시 입을 열었다.

"세 개의 초승달."

그 순간 바레인이 차갑게 웃었다.

"왜 이런 곳에 계시는 겁니까, 초승달의 주인이?"

주인 같은 거 아니라고 말해 봤자 통하지 않을 테지. 아시나는 마른침을 삼키며 잠깐 주먹을 말아 쥐었다가 풀며 숨을 들이켰다. 어디서부터 어디까지 알고 있는 건지 알아내야 했다. 눈앞의 바레인에게는 한 치의 틈도 보이지 않지만 완벽한 인간이란 없다. 여유로운 태도로 미루어 보아 바레인은 자신이 완전히 우위에 섰다고 생각하는 것 같았다. 그게 사실이긴 하지만. 아시나는 천천히 미간을 좁혔다.

"어떻게 알아낸 거죠?"

"지금 그게 중요한 겁니까?"

당연히 아니었다.

아시나는 입술을 깨물었다. 이 상황에서 완전히 불리한 건 아시나였다. 약점을 잡은 바레인은 먹잇감을 몰아넣은 사자처럼 만족스러운 미소를 지었다. 너그러워 보였지만 절대 그렇지 않을 웃음에 아시나의 표정은 더욱 굳어졌다.

"라 쿤께서도 알고 계십니까?"

"……."

질문이 아니었다. 떠보는 것도 아니었다. 너에 대해선 다 알고 있다는 듯 바레인이 웃었다. 아시나는 대답을 기각했다. 이건 모른다고 해도 문제였고 설령 안다고 해도 문제였다. 바레인도 그 점을 정확히 알고 있었다. 쥐덫에 걸린 생쥐가 된 아시나는 그저 고양이가 어떻게 행동할지 지켜보아야 했다.

"그래서 나에게 원하는 게 뭐죠?"

그녀는 빨리 본색을 드러내라는 듯 종용했다. 노선적인 시선에 바레인은 잠시 미소를 지웠다. 다분히 위협적일만 했지만, 아시나는 아무 표정 없는 바레인의 얼굴이 서북스럽지도 무섭지도 않았다. 베히다트에 비하면 이런 위압감은 정말 아무것도 아니었다.

바레인의 시선이 아시나에게 닿았다. 안타깝게도 바레인은 어째서 라 쿤이 이 여자를 가까이 두었는지 비로소 이해할 수 있었다.

운이 좋군.

늘 그랬지만 그는 정말 운이 좋은 남자였다.

"제가 뭘 원하는 것 같습니까?"

도리어 되묻는 바레인의 질문에 아시나는 입술을 앙다물었다. 사실 몰랐다. 짐작도 가지 않았다. 도대체 이 남자가 나한테 원하는 게 무엇인지.

샤르자의 대족장. 아시나가 알고 있는 바레인의 정보는 그것이 전부였다. 그렇다 하더라도 실제로 상대를 마주하게 되면 자연스럽게 알게 되는 사실도 있는 법이었다. 자세나 태도라든가 버릇, 어조, 표정에서 드러나는 것들이 의외로 많았다.

부족한 건 하나도 없는 사람이었다. 정말 모든 걸 다 가진 듯한 남자가 자신에게 대체 뭘 원할 수 있단 말인가.

무엇보다 이런 식으로 접근하는 것은 바레인으로서도 위험부담이 컸다. 직접 모습을 드러낼 필요 없이 자키야에게 모든 걸 일임할 수도 있었을 터. 그러지 않았다는 건 자키야가 완전히 바레인의 사람이 아니라거나 혹 그렇다고 해도 전폭적으로 신임할 수 있는 관계는 아니라는 뜻이었다. 그래도 어느 정도 교류는 있는 거겠지. 지금까지 지켜본 바만 가지고 결론을 내리자면, 자키야가 바레인과 직접 어울릴 것 같진 않았다. 그럼 역시 아버지인가. 그놈의 아버지가 문제구먼.

거기까지 추론을 해내는 데 성공했어도 여전히 아시나는 바레인이 자신의 정체를 드러내는 위험을 감수하면서까지 자신에게 직접 접근하려는 이유를 찾지 못했다. 대체 뭐지. 그것만 알면 이 협상도 어느 정도 유리하게 끌어올 수 있을 텐데.

"잘 모르겠어요. 그걸 알았다면 여기에 나오지 않았겠죠. 내게 원하는 게 뭐죠?"

본디 협상 테이블에서 무지라는 건 약점이 되기 마련이었다. 그래서 없어도 있는 척, 몰라도 아는 척, 불리해도 유리한 척하는 게 기본 중의 기본이었다. 하지만 그것도 상대에게 통할 때나 쓰는 전략일 뿐. 이렇게 완벽한 판을 짜는 자들을 상대할 때는 자고로 솔직함이 최고의 무기였다. 직접 만나서 대화한 건 이번이 두 번째이지만 아시나는 다신 이 남자를 상대하고 싶지 않았다. 이 남자는 베히다트보다 더 위험했다.

"저에게 협력해 주셨으면 합니다."

협력? 예상하지 못한 단어에 아시나가 콧잔등을 찌푸렸다. 바레인이 웃으며 아시나를 주시했다. 웃지 않는 눈동자가 보내는 시선이 생각 이상으로 소름 돋았다.

"협력?"

"예, 제가 원하는 대로 해 주셨으면 합니다."

그 말의 의미는 너무나 명백했다. 아시나는 저도 모르게 이마를 찡그렸다.

"……지금 나더러 당신 뜻대로 움직이란 말인가요?"

꼭두각시처럼?

뒷말은 생략되었지만 둘 다 알아들었다. 바레인이 환하게 웃었다.

"역시 이해가 빠르시군요."

이 남자가 지금 뭐라고 지껄이는 거지.

황당해서 말을 잇지 못하는 아시나에게로 다가서며 바레인이 더 진한 미소를 지었다.

"알고 계시겠지만 여긴 페시안입니다. 적국에 홀몸으로 왔다면 그에 상응하는 각오는 하셨겠죠. 페시안에서 크롬웰인 하나가 쥐도 새도 없이 사라지는 건 그리 큰일이 아니랍니다."

"지금 협박하는 거예요?"

"알면서 뭘 물어보시죠?"

같은 협박인데 느껴지는 위기감이 달랐다. 베히다트와 달리 이 남자는 정말로 망설임 없이 자신을 죽일 거란 생각이 아시나를 몰아붙였다. 사람을 보는 눈 하나는 정확한지라 아시나는 자신의 판단이 틀렸다고 확신할 수 없었다.

죽는 건 무섭지 않았다. 다만 자신의 죽음이 악용될 수 있다는 게 갑자기 더 큰 압박으로 다가왔다.

"뭘로 죽일 건데요? 칼로?"

애써 웃으며 아시나가 응수하자 바레인이 말없이 물러났다. 다른 대답은 없었지만 아시나는 그런 반응이 더 무서웠다. 뭐라고 말을 좀 해 보란 말이다.

"왜 굳이 그런 방법을 쓸까요? 다른 쉬운 방법이 있는데."

"쉬운 방법?"

그게 뭐지? 의아한 표정으로 반문하는 아시나에게 바레인이 부드럽게 속삭였다.

"그저 당신이 누구인지 밝히면 되니까요."

……그건 정말로 첩자 취급을 하겠다는 말이었다.

질린 표정으로 우두커니 선 아시나와 달리 바레인은 상큼하게 웃으며 물러났다. 웃는 것만 보면 정말 선한 청년인지라 아시나는 방금 자신을 협박한 그 남자가 맞는지 헷갈렸다. 아쉽다는 표정으로 물러나며 바레인이 상냥하게 말했다.

"그럼 잘 생각해 보시기 바랍니다."

"……."

생각할 게 대체 어디 있어.

떨어지는 물소리가 제법 듣기 좋았다. 찻주전자에서 흘러내리는 찻물을 내려 보다 바레인이 빙그레 미소 지었다. 다 따른 찻물이 찻잔 안에서 보기 좋게 찰랑였다. 잘 우려진 빛깔 좋은 찻물을 바라보던 그는 자신이 손수 차를 따라 준 상대를 보기 위해 시선을 들었다.

"대재상과는 오랜만에 함께 차를 마시는군요."

사람 좋은 미소를 지으며 찻잔을 집어 든 남자는 게디크 대재상이었다. 게디크는 유연하게 차향을 맡으며 한 모금 찻물을 들이켰다. 궁정 내에선 보는 눈이 많아 자주 마주치지도 않았던 관계였지만 오랜만에, 특별히 자리를 함께하고 있었나. 낭연히 다른 자들의 눈을 피해 마련한 아주 은밀한 자리였다.

“오랜만에 뵈었는데 이런 말은 외람되지만, 오래 있진 못할 것 같습니다. 허허.”

“저 역시 오래 붙잡고 있을 생각은 없었습니다.”

예의 바른 대꾸였지만 게디크는 살짝 굳은 표정을 삼켰다. 도대체 무슨 말을 하기 위해 자신을 불렀단 말인가. 이유야 대충 짐작하고 있었지만 게디크는 단순히 그 이유 때문에 자신을 만나고자 한 건 아니라고 여겼다.

차를 한 모금 더 마신 게디크의 시선이 바레인을 훑었다. 우연찮게 자신을 돕고 자신과 함께하고 있지만 상대는 언제 마음을 돌려 적이 된다고 해도 이상하지 않을 사내였다. 게디크는 알고 있었다. 샤르자 장로들이 아무리 샤르자 독립을 외쳐 댄다고 해도 그것은 그들의 꿈일 뿐, 바레인의 꿈은 아니었다. 크라차가 소망하는 페시안의 약화도, 자신이 원하는 장로 체제의 권력 구도도 그의 소망과 같지 않았다. 억지로 불안을 살그머니 짓누른 게디크가 다시 사람 좋은 미소를 지었다.

“한데 제 여식이 도움이 되고 있는 겁니까? 우리 능력 좋은 대족장을 못 믿는 건 아니지만……. 역시 좀 걱정이 되어서 말입니다. 허허.”

바레인은 눈을 찡그리며 서투르게 정 많은 아버지를 연기하는 게디트를 지긋이 응시하다가 메마르게 웃었다.

언제 그렇게 자신의 딸에게 애정이 있었다고.

사 쿤이 여러 차례 가족과 떨어져 자라는 자키야를 가엽게 여겨 일족에게 돌려보내 줬지만 자키야는 번번이 다시 알 페시안으로 돌아왔다. 모두에겐 자키야가 혼자 남은 사 쿤을 걱정해 곁에 있고 싶다고 청한 것이라 알려져 있지만, 그 이면에 게디크가 있다는 사실은 궁정에 조금이라도 발을 붙인 사람이라면 누구나 알고 있는 사실이었다. 물론 아비이니 딸에 대한 기본적인 애정은 있겠다만 게디크가 보여 주는 자키야에 대한 애정은 그와는 다른, 변질된 어떤 것이었다.

황금을 만드는 돌을 아끼는 심정이 저런 것이려나. 비웃음일지 모를 미소가 입가에 맴돌다 사라졌다. 바레인은 진심으로 자키야를 동정했다. 이런 야망으로 똘똘 뭉친 남자 밑에서 태어나 일평생을 꼭두각시로 살아야 한다니. 자신과 비슷하면서도 다른 처지에 입맛이 썼다.

"걱정하실 것 없으십니다. 위험한 일은 아니니까요."

"허허, 그래도……."

조금 망설이는 기색으로 게디크가 눈살을 찌푸렸다.

"너무 섣불리 건드린 건 아닌가 조금 후회도 됩니다."

바레인은 대답 대신 온화하게 미소했다. 그의 말에 이의가 있는 것은 아니었다. 자신이 생각해도 섣부른 행동이었으니까. 다만 그래도 된다는 확신이 있었다.

"자키야 양은 잘하고 있습니다."

잘라 내듯 단호한 바레인의 대꾸에 게디크의 표정이 변했다. 무언가 더 하고 싶은 말이 있는 표정이었지만 그는 구태여 무언가를 말해 긁어 부스럼을 만드느니 그냥 입을 다무는 것을 선택했다. 바레인은 이런 점 덕택에 그가 오래도록 알 페시안에 있을 수 있는 게 아닐까 생각했다. 어쩐지 허탈하게 웃으며 게디크가 차를 마저

마셨다.

"대족장께서 그리 말하신다면 그런 것이겠죠."

게디크의 안색이 너무 좋지 않은 듯하여 바레인이 상냥하게 운을 뗐다.

"걱정하실 것 없습니다."

"하하, 이 늙은이의 우려일 뿐이외다. 나이를 먹으니 점점 인내하는 게 힘들어져서 말이지요. 너무 느린 게 아닌가 하는……."

"이제 곧입니다."

게디크의 말을 자르며 바레인이 환하게 웃었다. 그 미소에 게디크는 아무 말도 하지 못하고 도로 입을 다물었다.

아시나는 태평하게 이불을 덮으며 생각에 잠겼다. 남의 나라 사정엔 끼고 싶지 않았다. 어디까지나 아시나는 외국인이고 남의 나라니까 그 구조라든가 대립 구도에 어두운 게 당연했다. 그러나 바레인을 만나 이야기한 그 짧은 시간 덕에 대충 이 나라가 어떻게 돌아가고 있는지 감을 잡았다.

"좋아해야 하는 건지, 나 원."

정치가 안정된 나라에서 태어났다는 게 이렇게 축복받은 일인지 몰랐다. 새삼 가진 것에 감사하는 자세를 만들어 준 건 고마운데, 문제는 눈앞에 닥친 일이란 말이지.

"……거절하고 싶은데."

아무리 생각해도 바레인이 자신에게 좋은 일을 시킬 것처럼 보이진 않았다. 분명 곤란한 일을 시키겠지. 문제는 거절한 뒤의 일을 감당할 수 있느냐였다. 죽이겠다는 협박보다 더 무서운 건 자신의 정체를 밝힐 수도 있다는 그 사실 자체였다.

미치겠네.

"나시르가 필요해!"

일단 바레인에 대해 알아야 했다. 되도록이면 자세히.

하지만 나시르는 지금 사라진 사신 때문에 골머리를 앓고 있을 게 분명했다. 카림한테라도 물어볼까. 그러고 싶었지만 카림과 아시나 사이에 진을 치고 있는 시녀 군단이 조금 거슬렸다. 아시나가 남자라는 성별을 가진 누군가와 말을 섞기라도 하면 설령 그게 자신들의 시종장이라도 시녀들이 매서운 시선으로 쳐다봤으니까.

무엇보다 시녀들을 끼고 물어볼 내용이 아니었다. 그럼 일단 알고 있는 단서로 어느 정도 판단을 해야 한다는 건데, 문제는 알고 있는 게 별로 없다는 점이었다.

"……분명 카림이랑은 안 친했어."

카림은 베히다트의 심복이었다. 카림의 성정과 충성심으로 미루어 보았을 때 베히다트 역시 카림을 전적으로 믿고 신뢰하는 관계인 건 확실했다. 그렇다면 자연스레 베히다트와 바레인의 사이도 별로라는 거겠지.

단순히 카림과 바레인 둘만의 문제일 수도 있겠지만 대재상이 바레인과 친분이 있는 것, 곧바로 베히다트에게 아시나의 정체를 말하지 않고 이렇게 따로 접근하여 수작을 부리려는 것까지 포함해서 보았을 때 나오는 결론은 '베히다트와 바레인은 사이가 좋지 않다.'였다. 핵심은 이게 어느 정도로 좋지 않은가지만…….

아시나의 시선이 허공을 맴돌다 멈추었다.

모든 것들에 우선해서 아직 풀리지 않은 의문 하나가 홀로 무겁게 가라앉았다.

"대체 내 정체를 어떻게 안 거지?"

서기관실은 초비상이 걸린 상태였다. 물론 다른 관료들도 바빴지만 특히 나시르는 정신을 차릴 새도 없었다. 우마르가 사람을 풀어 경계 지역을 직접 뒤지고 있지만 워낙 경계 지역이 넓고 별다른 흔적도 없어 찾는 데 애를 먹고 있었다. 땅이 넓은 건 둘째 치고 어디로 간 건지 흔적을 발견할 수 없다는 점이 가장 곤란했다.

"분명 먼저 추적했던 놈들이 흔적을 전부 지운 거겠지."

"이거 곤란한걸."

카림은 어쩔 수 없이 아시나를 호위해야 하는 상태라 도와줄 수 없다지만 운신의 폭이 자유롭다고 해도 써먹을 수가 없었다. 카림이 움직이면 모든 이목이 집중될 것이다. 은밀하게 움직이는 건 우마르가 제격이었다. 하나 나시르는 사신이 실종된 지 사흘째가 되자 이걸 수면 위로 드러내야겠다고 생각했다.

"그들이 무슨 일을 꾸미고 있다는 게 뻔한데 너무 망설이고 있었습니다."

나시르가 자책하자 우마르가 다정하게 위로했다.

"너무 요란하게 찾는 것도 좋지는 않아. 수면 위로 끄집어 내면 분명 대족장들에게 도움을 청해야 하는데 그렇게 되면 샤르자 측에서 먼저 손을 쓸 염려도 있으니까."

"하긴, 아무래도 드러내서 찾는다면 샤르자 쪽이 먼저 찾을 확률이 높으니까요."

"그런 문제인 거지."

어쨌든 이곳에서 나시르가 도와줄 수 있는 건 없었다. 나시르는 사신이 살아 있기만을 바랐다.

"생존한 크롬웰의 기사들은 어떻습니까?"

"다들 건강해. 의외더군. 조금 더 앓을 줄 알았더니만."

"그렇습니까?"

반문하긴 했지만 나시르는 그거야말로 다행이라고 생각했다.

"상황에 대해 묻거나 그러진 않습니까? 따로 통솔하는 데에 문제 있을 것 같은데."

"뭐……."

우마르가 턱을 쓸며 생각에 잠겼다.

"특이한 건 없네만 뭐랄까, 예상보다 자기 주군에 대한 걱정은 안 하더군. 뭐라더라? 니젠 님이 같이 가셨으니 마땅히 살아 계실 거라고 하던데."

"니젠?"

처음 듣는 이름이었다. 나시르는 설명을 요구하는 눈으로 우마르를 응시했다.

"나도 잘은 모른다만 기사들끼리의 대화를 들어 보니 공작이 따로 소유한 기사단의 기사단장이라 하더군. 기사단장이면서 공작의 수호 기사라던데, 언뜻 인간이 아니라더군."

"인간이 아니라고요?"

나시르가 인상을 찌푸렸다. 우마르가 허허로이 웃으며 흥미로운 듯 말을 이었다.

"크롬웰에도 그리 흔한 일은 아니지만 크롬웰 땅 자체에 다른 유사 인간이 같이 살고 있어서 그런 사람들이 간혹 나온다고 하더군. 요정의 자식이라던가 뭐 그런 거? 뭐라더라. 그래, 지금 웰든 대공도 인간이 아니라던데."

"……네?!"

그건 처음 듣는 정보였다.

"인간이 아니라니요?"

놀랐다는 말로 표현이 안 되는 심정이 바로 이런 기분일까. 나시르가 넋이 나간 표정으로 되물었다. 웰든 대공이라 함은 지금 크롬웰을 지배하는 라페니히 황제의 이복동생이자 북측의 중요한 군수 간부였다. 그런 핵심 인물이 인간이 아니라니. 처음 접하는 정보에 놀란 나시르와 달리 우마르는 꽤나 태연하게 말을 이었다.

"듣기로는 신의 일족이라 하더군. 베르딘? 그런 이름이었는데. 그 때문에 분명 지금 마흔이 넘은 나이일 텐데 아직도 청년으로밖에 안 보인다고 하더군."

"그런……."

생각지도 못한 문화 충격에 나시르는 할 말을 잃었다. 그러거나 말거나 우마르는 별거 아니라는 듯 웃었다.

"그래도 그냥 인간이랑 별다른 점은 없다고 하던데. 그건 확실히 흥미로웠어."

아무래도 확실히 해 둬야 할 필요성을 느꼈다. 나시르가 마음의 준비를 마치고 물었다.

"지금 황제는 확실히 인간이랍니까?"

"그쪽은 인간이라더군."

긴장했던 것이 한순간에 풀렸다. 나시르가 눈에 띄게 안도하자 우마르가 껄껄 웃었다. 그 순간 누군가가 서기관실의 문을 두드렸다.

"네, 들어오십시오."

문을 열고 들어선 건 다름 아닌 지금 이 궁정에서 가장 바쁜 시간을 보내고 있을 이만이었다. 우마르는 그를 보자마자 환한 미소로 맞이했다.

"오랜만이 아닌가, 이만."

두 사람에게 다가선 이만이 편안한 미소를 지었다.

"우마르 님을 뵙고 싶어 왔습니다만, 제가 방해한 것입니까?"

나시르도 우마르도 고개를 가로저었다. 이만의 방문은 반길 일이었다.

"같은 궁정에 있으면서도 자주 뵙지 못하니 언제 오셔도 환영입니다."

"어허, 나시르. 그건 자주 오면 민폐란 소리인가?"

"그럴 리가요."

나시르가 웃자 이만이 잘 접은 양피지를 우마르에게 건넸다.

"시하드께서 내리셨습니다. 전하라 하시더군요."

"흠, 지금 알현하긴 힘든가?"

우마르가 양피지를 받아 들며 물었다. 이만은 잠시 생각하는 듯 말이 없었다.

"아무래도 안 될 듯합니다. 다우드가 사라졌다는 보고를 받으셔서 지금 좀 바쁘시거든요."

"……?"

나시르와 우마르, 두 사람 다 경악했다. 나시르는 황급히 정신을 차리고 되물었다.

"지금 그게 무슨 소리입니까, 이만 님."

"다우드라면 설마 무스카트의 대족장 다우드를 말하는 건가?"

이만은 별다른 동요 없이 고개를 끄덕였다.

"예, 다우드 님께서 소하르에 들어선 뒤로부터 소식이 묘연하시다고 합니다. 듣기로는 습격을 받으신 듯합니다. 그래서 아까 시하드께서 소하르 쪽으로 예니센을 보내셨습니다."

실종된 대족장을 찾기 위해 군대가 움직이는 건 당연했다. 다만 나시르는 그게 누가 만들어 놓은 상황인지에 집중했다. 설마 바레인인가. 하지만 바레인이 딱히 다우드를 노릴 이유가 없었다. 무스카트는 여섯 자치구 중에서도 가장 영향력이 약한 구역이었다. 그래도 혹시 모르니 나시르가 황급히 머리를 굴릴 때였다. 자상하게 웃고 있던 이만이 갑자기 얼굴에서 미소를 지웠다.

"그보다 묻고 싶은 게 있는데 말입니다."

"말하게나."

우마르의 자비로운 대꾸에 이만이 미안한 표정으로 고개를 가로저었다.

"죄송하지만 이번엔 우마르 님이 아니라 나시르에게 궁금한 겁니다."

우마르가 흥미롭다는 듯 나시르를 돌아보았다. 나시르는 생각에 잠겨 있다가 깨어났다.

"저…… 말입니까?"

얼떨떨했지만 뭐 안 될 일도 아니었다. 나시르가 고개를 끄덕이자 이만이 꽤나 진중한 표정으로 물었다.

"나시르가 아이라님과 많은 대화를 나누었다는 소리를 듣고 묻는 겁니다."

"예?"

이만이 진중한 표정으로 입을 열었다.

"나시르, 우리가 아이라님을 믿을 수 있을까?"

순간 숨을 들이켠 나시르가 인상을 찡그렸다. 무척이나 애매한 질문이었다. 나시르는 갑자기 이 시기에 이만이 이런 질문을 하는 이유를 알 수 없었다.

우마르는 덩달아 흥미롭게 나시르의 대답을 기다렸다. 다른 자들이라면 모르겠지만 자신이 존경하는 두 남자의 시선을 동시에 받은 나시르는 행복보단 곤란한 감정이 앞섰다.

신뢰라.

"외국분이시지만 그분이 말하는 정보나 성정은 믿을 수 있습니다."

대답을 들은 이만은 꽤나 모호한 표정으로 물러났다. 나시르는 아시나가 되도록이면 자신의 주군과 엮이지 않길 바랐으나 그와 별개로 아시나의 매력은 인정했다. 무엇보다 그녀는 무언가를 숨길 사람이 아니었다. 그러기엔 아시나가 사는 세상이 너무 깨끗했으니까.

분명 그렇게 올곧은 성정을 가질 수 있는 배경엔 그녀를 보살피는 사람들의 노력이 있을 게 분명했다. 그러나 그와 동시에 가볍게 보이는 아시나의 그늘에 숨어 도사리고 있는 무언가가 두려웠다.

"저는 잘 모르겠습니다."

이만이 곤란한지 한숨을 내쉬었다. 분명 시종장인 이반노 아시나를 가까이서 봤을 텐데 굳이 이렇게 물어본다는 건 꽤나 의미심장한 일이었다.

"그런가. 그럼 질문을 바꿔야겠네."

"네?"

그가 빙그레 웃었다. 이만의 눈동자가 차갑게 빛났다.

"나시르, 그대는 아이라를 믿는가?"

이안은 무표정하게 주변을 둘러보았다. 며칠째 헤매는 동안 같은 풍경만 지속되고 있는지라 지금 빠져나가고 있는지, 아니면 같은 곳만 맴돌고 있는 것인지 알 수가 없었다. 아무리 니젠의 방향감각과 길 찾는 능력이 짐승같이 예리하다고 해도 보이는 사방이 전부 암석인지라 이안의 입장에선 같은 곳을 맴도는 것 같았다.

"힘들어?"

니젠이 손을 털며 물었다. 높이가 꽤 되는 암석 위를 가뿐히 올라가 주변을 살피고 내려온 것임에도 니젠은 힘든 기색을 보이지 않았다. 원래도 무한에 가까운 체력이라는 건 알고 있었지만 가끔 이렇게 확인하게 될 때면 기분이 살짝 이상해지곤 했다. 뭐, 오래 가진 않았지만.

"얼마 안 먹었는데 괜찮나?"

"응? 나 한 삼 개월 동안 안 먹어도 괜찮은데."

아무렇지 않은 척 니젠이 웃었지만 이안의 시선은 쉽게 떨어지지 않았다. 깊게 생각에 잠겨 있던 이안이 홀로 결론을 내렸다. 인가에 도착하면 많이 먹어야겠군. 자신을 배려해서 일부러 이런다는 걸 모르는 게 아니라 난감했다. 가벼운 한숨과 함께 이안이 고개를 돌렸다.

"이 돌산은 언제 끝나는 거지."

딱히 대답을 바라고 한 질문은 아니었다. 그건 차라리 짜증에 가까운 탄식이었다. 더군다나 지금 갇혀 있는 지형이 북대륙엔 없는 지형이라, 정말 다른 차원에 뚝 떨어져 격리당한 기분이었다. 처리해야 할 일이 산더미였는데 이런 곳에 발이 묶여 시간만 낭비되었다. 손대야 할 일들 목록을 떠올려 보며 이안은 눈을 감았다. 그래, 애당초 페시안에 온 것 자체가 따지고 보면 큰 손해였다. 머리가 지끈거렸다.

"짜증 나? 화나? 나 피해 있을까?"

이안이 꽤나 심오한 표정으로 이마를 짚고 있으니 니젠이 해맑게 물었다. 니젠을 올려다본 이안이 뭐라 대꾸하려다 나지막하게 한숨을 내쉬었다.

"그냥 있어."

피해 있고 싶은데. 이뤄지지 않을 소망을 바라며 니젠은 이안의 앞 아무 바위에 걸터앉았다.

"일단 근처에 인간은 보이지 않아. 우리 찾으러 오는 인간도 없는 기색이던데. 애들 다 전멸했나?"

"진심으로 그럴 거라 생각해?"

이안이 심각하게 물었다. 니젠은 잠시 생각하는 듯 말이 없더니 이내 얄궂게 웃었다.

"아니."

그럼 그렇지.

어쨌거나 지금까지 일어난 일만으로는 오기 전에 예상했던 그대로였다. 이안은 생각을 가다듬었다. 정식으로 초대받아 온 사신을 습격할 정도로 과격한 무리들이 도사리고 있는데 알 페시안에 도착한다고 해서 마냥 안전할 거란 생각은 들지 않았다. 페시안 측에서도 호의적이지만은 않을 것이고, 무엇보다 자신에게 협조해 줄지가 제일 미지수였다.

"수르트에 괜히 놓고 왔나?"

이안의 혼잣말에 니젠이 바로 고개를 저었다.

"다 끌고 오는 것도 불가능했잖아. 남길 수밖에 없었어."

"그래, 내가 명령해 놓고 온 것도 이행할 겸 말이지."

어차피 크롬웰에서 사신으로 페시안에 올 사람은 그밖에 없었지만 정작 그를 남대륙으로 오게 만든 건 다른 이유였다. 안 왔다면 모를까 이미 온 이상 소기의 목적은 달성하고 돌아가야지.

이안이 자리에서 일어났다.

"안내해라."

"저쪽이야."

따라 일어난 니젠이 이안을 잡아끌었다. 이안은 이견 없이 니젠의 뒤를 따랐다. 계속 뛰고 걷느라 힘들었을 텐데 잠깐 쉬었던 것으로 이안은 무리 없이 니젠을 따라 움직였다. 저렇게 비리비리하게 보여도 이안은 기본 체력이 대단한 남자였다. 그나저나 며칠째 해매고 있는 입장에서도, 지긋지긋하다는 생각보다 참 대단한 광경이라는 감상이 들었다. 뭐랄까…….

"여기도 참 대단하다."

니젠은 순수하게 감탄했다. 이안은 감상조차 느껴지지 않는 것인지 묵묵히 걸었다. 니젠은 이안이 힘들지 않을까 연신 기색을 살펴보았으나 정작 이안은 아무 생각도 없어 보였다. 그보다 니젠이 길이나 제대로 찾았으면 하는 생각으로 이안이 고개를 들었을 때였다. 아무 의도 없이 고개를 돌리던 이안이 갑자기 그 자리에 멈춰 섰다.

한참 휘적휘적 긴 다리로 앞서 걸어가던 니젠이 그 기색을 눈치채고 뒤를 돌아보았다. 이안이 가만히 선 채 시선을 고정하고 있었다. 니젠이 다시 돌아가 이안의 곁에 섰다.

"저거 뭐지?"

"뭐가?"

이안이 대답 없이 어딘가를 빤히 쳐다보았다. 니젠은 길 찾는 것을 그만두고 어리둥절한 얼굴로 이안의 시선 끝을 향해 고개를 돌렸다. 시야에 겨우 잡힐 정도로 먼 곳에서 누군가 위태롭게 걷고 있었다. 이런 험지에 또 다른 여행자가 있다는 자체도 나름 흥미로운 것이었는데 둘의 흥미를 잡아 끈 것은 그 검은 인영에게 따라붙은 듯한 복면의 남자들이었다.

도망치고 있는 것인가?

"위험한 거 아니야?"

니젠이 저도 모르게 칼을 붙잡았다.

"도와줘야 하나?"

갈까 말까 망설이고 있을 때였다. 당장이라도 뛰쳐나갈 준비가 되어 있는 니젠과 달리, 이안이 고개를 돌리며 무넌하게 불었다.

"왜?"

"……."

이 상황과 전혀 어울리지 않는 평화로운 대꾸에 니젠은 할 말을 잃었다. 무어라 말해야 하는 걸까. 니젠이 이안을 빤히 응시하자 이안이 다시 시선을 돌려 힘겹게 암벽 사이로 숨는 남자를 응시했다.

"그래, 도와줘."

마치 그 말을 기다렸다는 듯 니젠이 튀어 나갔다.

아무리 시야에 보이는 거리라고 해도 분명 무척이나 먼 거리였는데 그는 거리끼지 않았다. 니젠이 내팽개치고 간 배낭을 이안이 집어 들고 메는 사이 그는 이미 그곳에 가 있었다.

이안을 보호해야 한다는 이유 때문에 며칠 전 의문의 괴한들에게 습격당했을 때부터 참았던 분노를 이제 폭발시키기라도 하는 건지 칼을 쓰는 태도에 자비가 없었다. 이안은 잠시 주변을 돌아보다가 슬금슬금 물러나는 습격자들을 주시했다.

이제 보니 자기 스트레스 풀러 갔구먼. 애초에 약자를 도와주러 가기 위한 선한 행동은 아니라고 생각했지만 저것도 나름 대단했다.

"뭐, 남을 돕는 건 뭐든 좋다고 신전에서도 그랬으니까."

그 자리에서 관전하기엔 내리쬐는 햇볕이 너무 따가웠다. 이안은 빈틈없이 후드를 뒤집어쓰고 근처 가장 가까운 암벽 그늘 아래로 몸을 피했다.

깎인 바위 조각들이 앉기 편하게 나뒹굴고 있었다. 무거운 배낭을 내려놓고 쉬고 있으려니 그새 모든 걸 끝낸 니젠이 지쳐 쓰러진 남자를 들쳐 메고 잘도 걸어왔다.

흡사 짐짝을 들쳐 멘 듯한 자세에 이안이 미미하게 인상을 썼다.

니젠은 오랜만에 날뛰어서 기분이 좋은지 연신 방긋방긋 웃었다. 다행히 그렇다고 다친 인간을 아무렇게나 막 내려놓진 않았다.

"구해 왔어!"

"어."

의식을 잃진 않았지만 남자는 매우 지친 모습이었다. 너덜너덜해진 옷도 그렇고 행색이 말이 아니었다. 이안은 남자의 정체가 심상치 않다고 생각했다. 차림새는 간편해도 입고 있는 직물의 질이 고급스러웠고 인물에게서 느껴지는 기운도 심상치 않았다. 구급약을 쓰려는 니젠을 제지한 이안이 남자를 빤히 내려다보았다.

남자는 인상을 찌푸리다 이내 놀란 표정을 지었다.

"북인……?"

하얀 피부가 제일 먼저 눈에 띌 수밖에 없었다. 이안은 자신을 보는 놀란 눈을 익숙하게 받아 주었다.

"북인이 왜 이런 곳에……."

"거기엔 깊고 엄청난 사연이 있어서 말이지요. 당신처럼."

태연한 이안의 대답에 남자가 움찔하며 입술을 깨물었다. 이안은 그런 사소한 행동도 놓치지 않고 지켜보았다.

"그래도 생명의 은인인데 너무 경계하지 않는 편이 좋지 않을까 합니다만?"

이안의 목소리는 지극히 건조하고 무감각했다. 특별히 협박을 할 의사는 없었다. 이안은 자신이 쓰고 있던 후드를 벗었다. 남자는 이안의 곱상한 외모를 보자마자 인상을 찡그렸다. 이안이 구급약이 들어 있는 가방을 니젠에게 넘겼다. 니젠은 다친 상처에 도움이 될 만한 약을 꺼내 남자에게 넘겨주었다.

"크롬웰의 인장……."

알아볼 거라 생각하진 못했는데, 알아보니 굳이 숨길 필요는 없었다. 무엇보다 남자는 크롬웰의 인장을 보고서도 별다른 경계를 하지 않았다. 좀 긴장한 모양새긴 했지만. 이안은 등을 기댔던 큰 바위를 테이블처럼 쓰며 팔을 올려놓았다. 그리고 턱을 괸 채 남자를 내려다보았다.

"크롬웰에서 온 사신입니다. 도중에 안내인과 헤어져 길을 잃는 바람에 노숙하고 있었습니다."

"아, 사신이셨군요. 몰라뵈어 죄송합니다."

눈에 띄게 안심하는 남자를 보며 이안이 비릿하게 웃었다.

"모르셔도 어쩔 수 없죠. 하아……."

꼬라지가 말이 아닌 건 자신도 마찬가지였다. 냉소적으로 제 모습을 한번 내려다본 이안이 니젠을 돌아보았다. 방금까지 남자에게 구급약을 건네주며 상처 치료를 돕던 니젠이 뿌듯하고 흐뭇한 표정으로 칼에 묻은 피를 닦고 있었다. 친절한 귀공자와 잔인한 전사의 어울리지 않는 조합을 번갈아 보던 남자가 물었다.

"그런데 어째서 이런 상태로……."

"오던 도중에 습격을 받았습니다. 작정한 건지 감당할 수 있는 숫자가 아니라 저희 몸만 간신히 피신한 상태입니다. 그런데 그쪽 분은 왜 그런 상태로?"

습격이라는 단어에 남자의 표정이 눈에 띄게 굳어졌다.

"사정이 조금 깁니다."

쉽게 속내를 꺼낼 사안은 아니었지만 이안은 거침없었다. 무엇보다 졸지에 이런 곳에 억지로 유배된 모양새라 무척이나 심심했다.

"말해 보시죠. 시간도 남는데."

남자는 잠시 이안을 올려보았다. 섬세한 생김새가 언뜻 그를 유약하게 보이도록 만들었지만 그는 결코 외모대로의 인물이 아니었다. 호락호락하게 넘어갈 기색이 아니라는 걸 알아차렸다. 밝히지 않아도 괜찮겠지만 그래도 도와준 은혜가 있어 남자는 마음을 굳게 먹었다.

사막 제일의 율법 중 하나가 바로 '은혜는 두 배로, 원수는 열 배로'였으니까.

"저는 무스카트의 대족장, 다우드라고 합니다."

"대족장이셨군요?"

이안의 표정이 살짝 찌푸려졌다.

"그런데 왜 그런……?"

페시안의 대족장은 크롬웰에 있는 공후작에 준하는 존재였다. 다만 후작들보단 좀 더 독립적이고 더 전통적이라는 점이 달랐다. 어쨌든 라 쿤에게 있어 매우 까다로운 존재들이었다.

다우드가 심각한 표정으로 굳게 말했다.

"아마도 제게 큰일이 생길 듯합니다."

그 말은 과거형이 아니라 미래형이었다. 이안이 뭐라 대꾸를 하기도 전에 다우드가 먼저 선수를 쳤다.

"알 페시안으로 가시겠죠?"

굳건한 다우드의 표정과 말투는 단호했다. 이안은 이 남자가 전형적인 무인 타입의 인간이라는 판단을 내렸다. 한데 조금 묘하군. 무인치고는 머리를 쓸 줄 아는 자였다. 자신이 무언가를 캐낼 시기를 놓쳤는데도 조금도 불쾌하지 않았나. 상대에게서 느껴지는 굳건한 벽은 쉽게 허물 수 있는 종류의 것이 아니었다. 이안이 빙그레 웃었다.

"돌아갈까 고민도 했지만……."

설령 이대로 돌아간다 해도 아무도 붙잡지 않을 것이다. 습격을 받아 돌아왔다고 하면 라페니히 황제와 대신들도 모두 고개를 끄덕이며 납득할 것이 뻔했다. 다른 때였다면 성가시다며 이대로 발길을 돌렸겠지만, 그건 부서진 회중시계를 보기 전 이야기였다.

"그러면 절 습격한 자들이 환호하겠죠. 그건 좀 싫어서 말입니다."

니젠이 옆에서 못되어 먹었다는 혼잣말을 했지만 이안은 개의치 않았다. 사막의 율법은 모르지만 당한 건 이자까지 쳐서 갚아야 하는 게 아스타테아의 지론이었다. 하물며 그 지론을 아스타테아의 공작이자 가주가 지키지 않을 리는 없는 법. 이안의 대답을 들은 다우드가 몸을 추스르며 일어났다. 그의 표정엔 결연한 의지가 담겨 있었다.

"그럼 절 도와주신 답례로 알 페시안까지는 제가 안내하겠습니다."

괜찮은 제안이었다. 이안이 고개를 끄덕였다.

"그거 좋네요."

이안은 웃으며 니젠에게 다우드를 앉히라는 손짓을 했다. 다시 억지로 자리에 앉게 된 다우드가 어리둥절한 표정을 지었다. 이안이 상냥하게 입을 열었다.

"일단 좀 쉬죠."

"아."

자신의 행색을 돌이켜 본 다우드가 무언가를 깨달은 듯 이마를 찡그렸다.

물통을 집어 든 이안이 한숨을 내쉬었다.
"여긴 너무 덥군."

오랫동안 고민했지만 아시나는 결국 답을 찾지 못했다. 고민을 할수록 마음만 더 복잡해졌다. 잠을 자지 못해 붉어진 눈이 얼마나 고뇌했는지를 보여 주었지만 고뇌의 효과는 미미했다. 시간은 아시나를 기다려 주지 않았고 무거운 마음만 가득한 채 새로운 하루가 시작되었다.

"간밤에 주무시지 못하셨습니까?"

얼마나 피곤해 보였으면 시녀들도 보고 놀라 물어볼까. 아시나는 대답 대신 고개만 끄덕였다.

"시하드께서 오지 않으셔서 못 주무신 겁니까?"

우려 섞인 질문에 아시나는 얼떨떨한 표정을 지었다. 시녀들이 알 만하다는 듯 너도나도 입을 열었다.

"사신 일행 때문에 바쁘셔서 그런 거예요."

"맞습니다. 너무 걱정 마세요, 아이라님."

그렇게 내 상태가 심각해 보였던 건가?

사람 취급도 안 하던 시녀들이 갑자기 서너 마디씩 건네니 적응이 되지 않았다. 왜 갑자기 살갑게 구는 거지? 졸지에 바쁜 남편 때문에 독수공방해서 서러운 아내가 된 기분이었지만 뭐 괜찮았다. 그게 아니라고 변명하고 싶은 마음도 없었다. 아시나는 그냥 시녀들이 오해하도록 놔두었다. 고민을 너무 많이 했더니 이젠 될 대로 되라는 심정마저 들었다. 아침 세안과 함께 옷을 갈아입고 화장까지 마친 아시나는 요 며칠 익숙해진 대로 자키야를 맞았다. 시하드 궁전에서 맞을 수 없어 어쩔 수 없이 하렘까지 가야 했는데 그 길을 걸으면서도 아시나는 꽤나 깊게 고민했다.

"어제는 평안하셨습니까?"

"별일은 없었죠……."

아시나를 맞는 자키야는 전과 다름없는 태도였다. 하지만 아시나는 그녀가 어쩐지 전에 비해 딱딱해졌다고 생각했다. 어떤 각오 같은 걸 하고 온 듯한 태도에 아시나는 괜히 씁쓰레해졌다. 딱히 원망할 생각은 없는데. 조금 껄끄럽긴 했지만 자키야가 싫어진 건 아니었다. 이 사건의 발단을 제공한 사람이 자키야라지만 그녀가 무슨 잘못이겠는가. 동요한 듯 동요하지 않는 자키야의 모습이 괜히 지켜보는 사람을 더 복잡한 기분으로 몰아넣었다.

"오늘은 뭘 할 건가요?"

그래도 아시나는 둘 사이에 새로운 벽이 생겼다는 사실을 부정하진 않았다. 아니, 벽이 아니라 강이라고 해야 하나. 자키야가 미미하게 웃었다. 그 미소에서 자키야가 가진 어떤 감정이 희미하게 느껴졌다. 설령 원망을 받는다고 해도 개의치 않겠다는 그런 종류의 의지.

지난 며칠, 같이 지내며 사이가 꽤 가까워진 듯해 좋았는데…….

아쉬움은 남았지만 아시나는 미련을 남기지 않기로 했다. 여행길에 만난 모든 사람들과 다 같이 다닐 수는 없는 법이니까. 언제나 갈림길에서는 이별을 존중해야 했다. 각자 가는 길이 다르니까.

"일단 좀 쉴까요? 아시나 양의 상태가 걱정됩니다."

"……그러도록 하죠."

아시나는 배려에 감사하며 자리에 앉았다. 하렘 건물 근처에 있는 정자가 오늘 둘이 시간을 보낼 장소였다. 하렘, 문득 시선이 하렘 건물에 닿으니 예전과는 다른 감상이 피어올랐다. 그냥 예쁘고 잘 지었다고만 생각했는데. 저곳에서 그런 사건이 일어났다니. 햇살에 비쳐 희게 빛나는 고운 건물을 보고 있으니 제 눈엔 그저 평화롭게 느껴졌다.

도대체 3왕자는 왜 그런 끔찍한 일을 저지른 걸까? 어째서 그런 일이 일어났어야 했던 걸까…….

"오늘은 그럼 점심까지만 함께하고 일찍 돌아가겠습니다."

"어, 그래도 돼요?"

잠시 딴생각을 하느라 자키야에게 집중하지 못했다. 아시나는 꼭 하루를 다 채워야 자키야가 돌아갈 수 있는 것이 아니었나 잠시 기억을 더듬었다.

"가끔은 괜찮습니다. 어차피 정식 시녀도 아니니까요."

"그건 그렇지만……."

그래도 너무 노골적인데.

자키야는 태연하게 고개를 돌리며 시선을 피했지만 아시나는 테이블에 팔을 올려 턱을 괸 채 자키야를 빤히 바라보았다. 왜 베히다트가 그녀와 친하냐는 질문에 그렇게 단호하게 아니라고 대답한 건지 이제 알 듯도 했다.

많은 벽이 있구나. 나와 베히다트 사이 못지않게.

"그렇군요. 알겠어요."

아시나는 수긍하며 웃었다. 자키야가 그렇다는데 딱히 할 말이 없었다.

어울리지 않는 깊은 침묵이 둘 사이에 깔렸다. 아시나는 문득 자키야가 생각에 잠겨 있다는 사실을 발견했다. 이렇게 오랫동안 아무 말도 없이 앉아 있는 자키야는 처음이었다.

"뭐 하나 물어봐도 될까요?"

아시나가 조심스럽게 입을 열었다. 자키야는 대답 대신 조용히 아시나를 응시했다.

"자키야에게 베히 님은 어떤 존재죠?"

찰나 자키야의 시선이 흔들렸다. 짧았지만 표정도 허물어졌다. 곧 태연히 원래대로 돌아왔지만 그렇게 큰 동요는 처음이었다. 호기심이 상처를 줄 수 있다는 걸 알면서도 알고 싶었다. 아니, 확실히 하고 싶었다.

"글쎄요, 뭐라 정의하는 것이 좋을까요."

씁쓸하게 웃으며 자키야가 고개를 숙였다. 아시나는 대답 없이 자키야의 말을 차분히 기다렸다.

"절대로 다가갈 수 없는 분이시죠, 제게 시하드는."

아무리 원한다고 해도.

작게 자키야가 덧붙인 말에 아시나는 자신도 모르게 숙연해졌다. 절대로 다가갈 수 없다니. 그렇게 단정을 지을 만큼의 관계인 건가. 언뜻 이해가 가지 않았다. 하지만 조금만 생각해 보니 자키야의 그 말이 어떤 의미인지 금세 깨달을 수 있었다.

"그렇군요."

우선 자키야에게 있어 가장 큰 문제는 아버지였다. 게디크 대재상. 직접 만나 본 적은 없어 딱히 어떤 인물이라고 정의 내릴 수는 없지만 보통 인물은 아니었다. 그래, 일단 베히다트와 각을 세우는 관계라는 것부터 평범하진 않겠지.

세상에 부모를 쉽게 거역할 수 있는 자식이 어디 있을까? 특히 부모님에게 받는 사랑을 포기할 수 없는 자식에게 거역이라는 말은 거의 금기였다. 미묘한 동질감마저 느껴졌다. 어머니가 없는 자키야에게 하나 남은 아버지란 존재가 어떤 것일지 잘 상상되지 않았지만 사 쿤에게 보인 감정 못지않게 게디크에게도 그런 애틋함이 있을 거라 판단했다.

아시나는 둘의 관계가 꼭 자신과 엄마 같다고 생각했다. 우리 여왕님도 저렇게 막무가내지. 암, 그럼.

비슷한 상황을 알아서 그런가, 게디크 재상의 말을 얌전히 따르면서도 우울한 기색이 가득한 자키야가 조금 안쓰러웠다. 아시나는 그녀를 이해했다. 그렇다고 이 상황을 너그럽게 받아들이겠다는 건 아니었지만.

그럼 이 여자는 대체 어디까지 바레인과 엮인 것인가?

바레인에 대해 물어보고 싶지만 쉽게 입이 떨어지지 않아 속절없이 시간만 흘려보내고 있을 때였다.

"자키야 님."

시녀 하나가 짐짓 심각한 표정으로 다가오더니 자키야를 호출했다. 아시나는 허락을 구하는 눈빛으로 자신을 보는 자키야에게 고개를 끄덕였다.

"……가 부르십니다."

누가 불렀다고? 시녀가 워낙 작게 말해서 알아듣지 못했다. 자키야는 귓속말을 듣고 바로 심각한 표정을 지었다. 아시나는 그 앞에 앉아 무슨 이야기를 한 것일까 추측했다.

"잠깐 자리를 비워도 될까요, 아시나 양?"

"예?"

안 될 건 없었다. 아시나는 미미하게 인상을 썼다. 어쩌지.

마음 같아선 허락하고 싶지 않았는데, 자키야의 시선이 워낙 간절해서인지 아시나는 저도 모르게 고개를 끄덕였다.

"감사합니다. 곧 돌아오겠습니다."

다급히 자리를 뜨면서도 자키야는 기품을 잃지 않았다. 사라지는 자키야의 뒷모습을 지켜보며 아시나는 난감했다. 도대체 무슨 일인데 저리 헐레벌떡 가는 거람. 그때까지만 해도 그녀는 별생각이 없었다. 하지만 자키야는 그 이후로 해가 질 때까지 돌아오지 않았다.

찻잔을 내려놓은 바레인의 표정이 꽤나 심오했다. 시중을 들던 시동까지 물린 바레인은 오랜만에 자신만의 시간을 가졌다. 쌓아 놓은 서류도 들춰 보지 않고 가만히 앉아서 흐트러진 옷매무새와 머리도 정리할 생각 없이 오로지 시간만을 보냈다.

이럴 시간이 없다는 것도, 쌓아 놓은 일과 해결해야 할 일이 많다는 건 알고 있지만 정작 일어나서 움직일 동기가 되지 못했다. 그렇다고 온전히 쉬고 있는 것도 아니었다.

열린 창밖에서 시원한 바람이 들어와 창문 근처에 달린 얇은 휘장을 팔락이게 만들었지만 바레인에게까진 닿지 않았다. 사시사철 페시안에서 가장 아름다운 경치를 자랑하는 뷔요세브 궁전이건만 눈에 들어오지 않았다. 바레인은 눈을 감았다. 그저 나지막한 숨만이 연기처럼 흩어졌다. 눈을 감고 있으면 모든 게 지워져서 자신이 살아 있는 기분조차 들지 않았다.

늘 이런 느낌 속에 잠겨 있었다.

뭘 해도 누구를 만나도 채워지지 않는 무언가를 안고 숨을 쉬었다. 그것을 공허라고 부르기엔 목 끝까지 차오르는 갑갑함이 방해했다. 그렇다고 뭔가가 채워지길 바라는 것도 아니었다. 그저 사라졌으면. 그게 무엇이든.

이런 기분에 온전히 지배당한 것은 도대체 언제적이었는가. 바레인이 다시 눈을 떴다.

"……지겨워."

사 쿤이 페시안에 군림하던 시절, 대족장의 아들이기 때문에 어쩔 수 없이 와야 했던 뷔요세브 궁전은 아름다웠으나 어린 아이에겐 지나치게 컸고 지나치게 차가웠다.

그게 싫은 것은 아니었으나 어린 눈에 온기가 없는 궁정 사람들은 그저 숨만 쉬는 석고상과도 같았다. 살아 있는 석고상들 틈에서 숨을 내쉬던 기분이 어떠했던가.

"딱히 기억나지 않는군."

조금 거센 바람에 팔락이는 서류 소리가 거슬렸다. 미미한 바람이어서 날아가진 않았지만 바레인의 시선은 책상에 머물렀다. 샤드자에서 보내온 서류들 또한 거기에 쉬어 있었다. 내족장의 아들로 태어난 것에 불만은 없었다. 그랬기에 알 페시안으로 와야 했던 것에도 별다른 억하심정은 없었다. 당연히 뛰어나야 한다며 요구받던 것들도 실제로 뛰어났기에 버겁지 않았다. 오히려 무엇을 해도 너무나 쉬워서 해내지 못하는 사람들이 한심하다고 생각했었다. 조금은 따라오는 녀석들도 왜 저렇게 필사적인 걸까 의문이었을 뿐, 다른 생각은 없었다. 그 열심히 하는 녀석 중 하나였던 카림을 떠올린 바레인은 메마르게 웃었다.

"샤르자의 숙원을 이뤄 줄 수 있는 것은 너뿐이다."

자식에게 주는 애정이 기르는 가축을 대하는 것과 같았던 아버지가 떠올랐다. 특별히 그것이 싫은 것은 아니었다. 싫었다면 대족장이 되지도 않았을 터. 단순히 좋지도 싫지도 않았고 모든 게 지겨울 뿐이었다. 장로들도, 대족장 자리도, 샤르자도 전부.

벗어던질 수 있다면 기꺼이 그러겠지만 또 마땅히 그것들을 버린다 해도 문제였다. 그렇다고 특별히 원하는 것도 없었으니까. 너무나 무료하고 지겹기만 했던 시간들. 장로들이 염원하는 샤르자의 독립은 그들의 꿈이었지 그의 꿈은 아니었다. 마찬가지로 게디크와 잘릴을 돕는 것 역시 어쩌다 그렇게 되었을 뿐. 냉정하지만 그들이 야망을 성취하든 말든 그것엔 한 톨만큼의 관심도 없었다. 아니, 어쩌면 애초에 돕지 않는 것이 더 자신다웠을지도.

이 모든 일의 발단엔 다른 것이 껴 있었다.

"그냥 그렇게 지겨웠다면 좋았을 텐데."

궁정에서, 숨만 쉬는 석고상들 사이에서 처음으로 인간처럼 느껴지는 남자를 보았다. 처음으로 자신과 비슷한 동류를 보았다. 자신과 비슷한 또래의 사내아이.

권력을 향한 탐욕과 야망과 쾌락과 부를 향한 처절한 발버둥만 가득하던 그곳에 자신과 똑같은 표정으로 똑같이 시간을 보내는 인간이었다. 어느 것에도 큰 관심이 없지만 주어진 것은 완벽하게, 아니, 그 이상으로 해내는 존재가 딱 하나 있었다.

그가 대족장이 되기 위해 궁정을 벗어나 샤르자로 갔을 때만 해도 베히다트는 사 쿤의 수많은 왕자들 중 하나일 뿐이었다. 당연히 당시 성인인 왕자들 중 한 명이 으레 그렇듯 왕위를 잇겠거니 했었다. 모두에게 충격적이었던 베히다트의 쿤 계승도, 희귀하다는 '라'의 칭호도, 이어진 깔끔한 내부 정리도 무엇 하나 바레인에게 놀라움을 선사한 것은 없었다. 단지 조금 의아한 정도였을 뿐.

자신과 똑같다고 생각한 남자가 자신의 모든 능력을 발휘해서 무언가에 힘을 쓴다는 사실이 그저 놀랍고 의아했다. 다른 자였다면 관심조차 주지 않았겠지만 그이기에 주시하게 되었다. 왜 저렇게 열심인가를.

"의외였지."

베히다트가 라 쿤이 된 이유 중 하나가 어떤 목적이 있어서라는 걸 알아내는 건 너무나 쉬운 일이었다. 그리고 그 일이 무엇과 관계되어 있는지도. 암암리에 그것이 무엇인지 알아내려는 베히다트의 움직임이 흥미로워 손을 뻗어 보았을 뿐이었다.

무언가를 원한다는 감각, 평생 모를 줄 알았는데.

바레인의 입술 끝이 비틀렸다. 저도 모르게 쓴웃음이 나왔다. 하필이면 자신이 처음으로 가지고 싶어진 것이 그 남자와 연관되어 있을 줄이야. 그 남자가 지금껏 모든 걸 감수하며 원하던 진실이 자신의 손에 있는 것과 다르지 않은 상황에 헛웃음이 나왔다. 시선이 차갑게 가라앉았다.

여자라는 게 그렇게 눈부셨던가.

아시나를 만나고 바레인이 느낀 감상은 그 한마디가 전부를 대변했다. 그날 밤의 환상은 거짓이 아니었다. 두 번째에는 밝은 대낮의 햇살 아래에서 만났지만 어디에서 봤든 시선을 사로잡았을 만큼 어여뻤다. 왜 그녀를 이제야 알아차린 거지 싶을 정도로.

그녀가 아이라였다는 것, 자신이 몰라봤었다는 것, 그리고 그 남자의 수중에 있다는 사실이 한데 뒤엉켜 기분을 바닥으로 치닫게 만들었다. 성미에 차지 않는 짜증이 치밀었다. 대체 어쩌고 싶은 걸까. 자신에게 물어봤지만 나오는 답은 없었다.

"후우……."

단순히 달빛의 마력일 뿐이었다고 치부하기엔 낮에 보았던 아시나의 모습이 좀처럼 뇌리에서 지워지지 않았다. 무언가가 이렇게 목에 걸린 가시처럼 거슬리고 신경 쓰이는 건 난생처음이었다. 자신 안에 이렇게 커다랗고 끈적한 욕망이 숨어 있을 줄은 미처 알지 못했다.

떨쳐 내려 해도 없어지지 않고 지우려고 해도 떠올랐다. 무언가를 마시면 진정이 될까 하여 손을 뻗었지만, 찻잔은 바레인의 손에 쥐어지지 못하고 그대로 바닥에 떨어졌다.

단순히 그녀가 아이라라는 사실 하나만으로 기분이 나락으로 치달았다. 지금 이 순간, 둘이 같이 있을지도 모른다는 가능성 하나만으로 지옥이 열렸다. 도대체 왜 이렇게 동요한단 말인가. 그깟 여자 하나 때문에.

"……그래, 못 뺐을 것도 없지."

바레인이 웃었다. 불길하게 빛나던 눈동자가 이내 눈꺼풀이 닫히며 사라졌다.

아시나는 밤을 좋아했다.

특히 깊은 새벽, 곧 동이 트기 전 푸르스름한 하늘을 더 사랑했다. 그래서 여행을 떠나는 건 언제나 깊은 밤이었다. 새벽에 별을 동무 삼아 작별 인사도 없이 여행길에 오르는 게 좋았다. 깊은 숲 속이나 산속에선 밤길이 위험해서 얌전히 자리 잡고 앉아 있는 편이었지만 지금도 여전히 야밤에 나돌아 다니는 걸 좋아했다.

"일단 수락하고 말을 듣는 척하다가 뒤통수 때릴까?"

잊고 싶은데 아름아름 떠오르는 생각에 아시나의 표정이 속절없이 어두워졌다. 깊은 한숨이 차가운 공기가 되어 허공에 흩어졌다. 아시나는 창가에 머리를 기댔다. 창가로 쏟아지는 달빛에 하얀 얼굴이 창백하게 보였다.

달빛 속에 선 아시나는 아름다웠다. 그 무엇보다도.

그녀는 두 눈을 감았다. 아무래도 오늘도 잠들지 못할 듯싶었다.

"샤르자의 대족장……."

샤르자는 페시안에서 가장 잘사는 구역이었다. 수르트에 있었을 때 들었던 이야기들을 조합하면 샤르자는 이전에도 부유했고 지금도 부유하고 이후에도 부유할 놈네였다. 북과 따로 무역도 할 수 있고 파시와 가장 긴밀한 협조를 하는 곳이며 무엇보다 오랜 시간 쌓아 놓은 부가 어마어마했다.

다른 구역이 겪는 고질적인 식량 문제부터 인구 문제, 질병 문제까지 여타 기본적인 문제가 전혀 일어나지 않는 곳이었다. 페시안의 외딴 섬. 수르트 사람들은 샤르자를 그렇게 불렀었다. 그래서 샤르자는 관광해도 될 거라고 그랬었지.

"……달이 맑네."

근심 어린 얼굴에 창백한 달빛이 닿았다. 희한하게도 아시나는 달빛이 자신을 어루만져 주는 것 같다고 느꼈다. 웃기는 말이었지만. 희미하게 웃으며 창에 고개를 더 가까이 들이대었다. 페시안의 달은 유난히 크고 동그랗고 하얘 보였다.

이렇게 있으면 달 속으로 빨려 들어갈 수도 있을 것 같아.

"안 자고 뭐하는 거지?"

깊은 새벽 찬바람이 면사포처럼 아시나의 뺨을 쓸었다. 놀라 뒤돌아본 아시나의 시야에 문을 열고 들어온 한 남자가 흐릿하게 보였다. 그래, 이곳에 올 수 있는 남자는 하나밖에 없다.

베히다트.

오늘도 못 오는 줄 알았는데. 솟구치는 반가운 마음을 애써 억누르며 아시나는 미미하게 웃었다.

"……달을 보고 있었어요."

"달?"

그가 웃었다. 의아한 기색이었지만 그리 자세히 캐묻진 않았다.

아시나는 가만히 창가에 선 채 베히다트가 자신에게 걸어오는 모습을 숨죽여 지켜보았다. 하얀 달빛과 대조되어 문가의 어둠은 더욱 까맸다. 하지만 그 어둠 속에서도 베히다트의 모습은 확실히 구별할 수 있었다.

이 남자는 왜 이렇게 쓸데없이 매력적인 걸까?

강렬한 태양에 홀려 싹을 틔운 새싹처럼 어느새 제 마음에 깊이 뿌리내린 연심이 낯설었다. 며칠 보지 못했다고 이렇게 얼굴을 볼 수 있다는 것 하나만으로 기쁨이 넘쳐흘렀다. 알지 못한 감정들이었다. 알 수 없던 감각들이었다. 이렇게 모든 게 새롭고 황홀한데, 내가 잊을 수 있을까? 자문해 봤지만 대답이 쉽게 나오지 않았다.

"그래서 잠도 들지 않고 달을 보고 있었다?"

"이상해요?"

애써 찡한 감정을 삼키며 그녀가 물었다. 어느새 다가온 베히다트가 달빛이 쏟아지는 선 안으로 들어왔다. 그의 회색 머리카락에 달빛이 닿아 마치 은처럼 빛났다.

"아니."

그가 손을 뻗었다. 아시나는 얌전히 그의 손이 자신의 허리를 단단히 붙잡고 그대로 끌어안는 걸 가만 놔두었다. 그냥 놔두고 싶었다. 그가 다른 손으로 아시나의 머리카락을 쥐었다. 그리고 그 위에 입술을 대었다.

"지나치게 어울려."

낮은 목소리가 속삭이듯 아시나를 홀렸다. '이 순간이 영원했으면 좋겠어.' 마음속에서 익숙한 목소리가 그렇게 속삭였다. '그럴 수 없다는 걸 잘 알잖아.' 조금 다른 목소리가 또 그렇게 말을 했다. 아시나는 그저 모든 걸 잊고 이 순간을 누리고 싶었다.

"보고 싶었어요."

아시나가 두 팔을 벌려 베히다트의 목을 끌어안았다. 베히다트의 몸이 흠칫했다. 자신이 끌어안은 남자가 멈칫했다는 걸 알고 있지만 상관하지 않았다. 이 마음, 이대로 말하지 못하면 자신이 죽을 것 같았다.

"내 고양이가 오늘따라 왜 이러지?"

베히다트가 의아하다는 듯 머리 위에서 웃었다. 그래도 기분 나쁜 기색은 아니라 아시나는 안심했다.

"그냥 보고 싶어서 보고 싶다고 말한 건데, 안 돼요?"

그가 시간을 두고 웃었다.

"안 될 건 없지."

자신에게 안긴 아시나를 끌어안으며 그가 가만히 숨을 내쉬었다. 마음이 놓인다는 것이 이런 것일까? 쉴 새 없이 무언가를 확인하고 정리하고 추진하며 정신없이 움직이다가 자신도 모르게 찾아온 것뿐이었다. 산책을 할까 싶어 발이 가는 대로 움직이다가 도착한 방문 앞에서 그는 잠깐 망설였다. 자고 있을 게 뻔한데 왜 왔는가 싶어서. 하나 그대로 돌아가기엔 아쉬워서, 자는 얼굴이라도 보고 가고 싶은 마음에 문을 열었다. 깨어 있을 거란 생각은 하지 않았는데. 누군가가 자신을 기다리고 있다는 게 이렇게 벅찬 기분이었던가 고민해 보던 그가 옅게 웃었다. 오랫동안 사막을 헤매다 오아시스를 만난 여행자가 된 듯한 느낌이었다.

돌아오는 나른한 반응에 아시나는 괜히 투정 부렸다.

"근데 고양이라고 안 부르면 안 돼요?"

"싫은가?"

"싫다기보단 그냥……."

역시 이상해. 사람인데 고양이라 불리다니, 거기에 베히다트가 고양이라고 부를 때마다 전과 달리 기분이 묘해졌다. 진짜 총희라도 된 것 같은 기분. 우물쭈물 아시나가 쉽게 답을 못하고 있으니 그가 그녀를 다독이며 침대에 앉혀 놓았다. 시선을 맞춰 주는 붉은 눈동자에 아시나는 새삼 눈물이 날 것 같았다. 내가 이렇게 감수성이 풍부한 여자였던가.

"그럼 다르게 불러 주지."

이 남자는 왜 하필 오늘따라 이렇게 다정한 거람. 아시나가 입술을 삐죽였다. 그 입술에 베히다트의 손가락이 닿았다.

"뭐가 좋을까?"

"글쎄요."

아시나는 시큰둥했으나 베히다트는 그 모습도 애달프게 느껴졌다. 이상하지, 바로 눈앞에 있는데도 그리운 건.

지난 며칠 머릿속에서 아른거리던 아시나가 바로 앞에 있는데 너무나 멀게 느껴졌다. 보고 있어도 보고 싶고 곁에 있어도 실감이 나지 않는다. 이런 기이한 기분, 이 기분의 이름은 대체 무엇일까. 그걸 알려 주는 자가 있다면 억만금도 아깝지 않을 듯했다.

"내 달."

베히다트가 옅게 웃었다.

"달님이라고 부르지."

꽤나 의미심장한 목소리가 나지막이 내려앉았다. 물론 아시나는 그 호칭의 의미를 전혀 알지 못했다.

"달?"

"그래."

오묘한 표정으로 생각에 잠긴 아시나를 바짝 끌어안으며 베히다트가 고개를 기댔다. 그것은 마치 매달리는 어린아이처럼 간절한 몸짓이었다.

"내 달님."

사신관의 응접실. 손님을 맞이하는 방은 웬만한 궁전 못지않게 크고 화려했다. 기가 질릴 만한 곳이었으나 아카는 그곳의 소파가 완전히 제 자리라는 듯 편하게 앉아 빙그레 웃었다.

"과연 어떻게 나올까?"

꽤나 의미심장한 태도에 바레인이 잠시 그를 돌아보았지만 다시 자신이 할 일을 묵묵히 했다.

아카는 말없이 바레인을 지켜보았다. 티 내진 않았지만 이렇게 동요한 바레인은 처음이었다. 항상 모든 것이 덧없다는 듯 관심을 두지 않던 남자가 아니었던가. 이젠 자신의 기억이 맞는지 의심스러웠지만 바레인의 미미한 변화는 놓치지 않고 잘 관찰하고 있었다.

"다라 대족장은 어디 갔어?"

"아직 일어나지도 않았을 거다."

"아, 또 술 마셨구나."

아카는 단박에 잘릴이 어제 무엇을 했는지 깨달았다. 바레인이라면 몰라도 잘릴의 생활 방식이야 뻔했다. 술 마시는 것뿐만 아니라 분명 여자까지 끼고 놀았을 게 분명했다. 머리가 나쁜 것과는 별개로 다라 대족장이라는 지위와 그의 무력은 누구나 동경하는 것이었으니까.

아카는 진지하게 턱을 괸 채 바레인의 모습을 응시했다. 어쩌다 엮여서 상대하고 있지만 아카의 원래 신분으로는 평생 만나기도 힘든 사람이었다.

넓은 샤르자 땅에는 수많은 일족이 모여 살고 있고 그중에서도 유력한 가문의 족장만이 대족장이 될 수 있었다. 사실 아카는 같은 하늘 아래 이런 남자가 있을 거라 상상해 본 적도 없었다. 물론 지금은 제 눈으로 보고 있지만.

"만나 보니 어땠어?"

약간의 침묵 뒤에 아카가 물었다. 바레인은 대답 대신 아카를 슬쩍 봤다. 혹시 답을 해 줄지 몰라 아카가 숨을 죽였지만 그는 좀처럼 답을 해 줄 기미가 없었다.

바레인은 꽤나 심각한 표정을 지었다. 처리해야 할 건 산더미였는데 손에 잡히지 않았다. 아카가 노린 건 아니겠지만 그 때문에 생각이 흐트러진 건 사실이었다. 바레인은 남몰래 나지막이 한숨을 내쉬었다. 아직도 희미하게 남은 잔상이 그를 계속 괴롭혔다.

"예뻤지? 진짜 예뻤지?"

그건 묻는 게 아니었다. 바레인은 눈으로만 아카를 흘긋 쳐다보고 다시 서류에 시선을 주었다. 시선은 글자에 가 있었지만 불행히도 이미 생각은 딴 곳을 헤매고 있었다. 바레인에게서 오는 반응이 좋지 않았지만 아카는 개의치 않고 자신이 묻고 싶은 것을 물어보았다.

"페시안 옷은 잘 어울렸어? 나 그거 좀 궁금했는데. 북인이 페시안 옷 입은 건 한 번도 본 적이 없거든. 남인이 크롬웰 옷 입은 건 많이 봤어도."

돌아오는 대답이 없어도 아카는 혼자서 잘도 떠들었다. 물론 이번에도 이렇다 할 반응은 없었다.

"그런데 진짜 라 쿤의 총희가 된 거야? 둘이 대체 어떻게 만난 거지?"

"할 일 없나?"

결국 성가신 건지 바레인이 보고 있던 서류를 놓고 아카를 노려보았다. 건드린 지 어언 두 시간하고도 반. 드디어 돌아온 반응에 아카는 한숨을 내쉬며 자세를 바로잡았다.

"응, 나 이번 일 끝내고 쭉 휴가거든."

"팔자가 늘어졌군."

"좋은 직장이지."

비아냥거림을 맞받아치며 아카가 빙그레 웃었다.

"크라차 어디에서 일하든 이것만큼 대접은 못 받을걸?"

더 이상 상대할 가치를 못 느낀 건지 바레인은 다시 서류에 시선을 주었다. 할 일이 쌓여 있었다. 웬만하면 아카를 보내고 싶었으나 워낙 무슨 짓을 저지를지 알 수 없는 요주의 인물인지라 감시 겸 붙잡아 놓은 것이었다. 무엇보다 아시나의 정체를 알고 있어서 더 풀어 줄 수 없었다. 누구라도 그 사실을 아는 자가 더 나오면 안 되니까. 아카는 더 이상 누구에게도 말하지 않겠다고 했지만, 충성하는 주인에 대한 게 아니라면 누구에게나 정보를 팔 녀석이었다.

"나 뭐 하나 물어봐도 돼?"

바레인이 시선을 가늘게 떴다. 또 아시나에 관한 이야기라면 이대로 축객령을 내릴 생각이었다. 하지만 놀리는 건 그쯤 하기로 결심한 건지 돌아온 질문은 다른 일에 관한 것이었다.

"샤르자 장로들이 사신 일행을 덮칠 거라는 거, 알고 있었어?"

"그 정보는 또 어디서 들은 거지?"

"대답부터 해 줬으면 하는데."

아카가 냉정하게 몰아붙였다.

바레인은 잠깐 입을 다물었다가 크게 숨을 내쉬었다. 어차피 숨긴다고 해서 숨겨질 일이 아니었다.

"알고 있었어."

"그런데 그냥 가만 놔뒀단 말이야?"

아카가 인상을 찌푸리며 소리쳤다. 바레인은 머리를 짚으며 등받이에 몸을 기댔다.

"그럼 내가 어떻게 했어야 했지?"

"내가 건드리면 안 좋을 거라고 예고해 줬잖아!"

이해가 안 간다는 듯 아카가 인상을 썼다. 바레인은 차갑게 열을 내는 아카를 노려보았다. 정보를 받은 건 받은 것이지만 어찌할지 판단하는 건 바레인 자신의 몫이었다.

"그래서?"

바레인이 되물었다.

"왜 안 좋은지는 안 가르쳐 줬잖아?"

아카가 말도 안 된다는 듯 인상을 찌푸렸다.

"하. 이거 왜 이러실까, 총명한 대족장께서."

허탈해하는 그를 보며 바레인은 그가 왜 저렇게 과민 반응하는지 이해하지 못했다. 아카는 머리를 거칠게 쓸어 올렸다. 그는 지금 임무보다 다른 걱정 때문에 안절부절못하는 중이었다.

"대족장, 설마 이번 사신이 누군지 못 들었어?"

"들었어, 크롬웰의 실세."

아카가 바로 그거라는 듯 얼른 대꾸했다.

"그래! 이안 공작!"

북에 대해 사정이 밝은 아카는 '아스타테아 공작'이라고 말하지 않았다. 당연히 재무대신이라고 부르지도 않았다. 바레인은 그 차이를 몰랐지만 아카는 그 사소한 차이에 꽤나 힘을 실었다.

"정말 너네 장로들 멍청한 거 아니야? 어떻게 이안 공작을 공격할 생각을 했지?"

"습격은 실패했어. 정성 꽤나 쏟은 모양인데 아깝게 되었지."

"당연히 실패하지. 이안 공작은 만만한 인물이 아니야. 엄청 까칠하다고. 당신들 진짜 잘못 걸렸단 말이야."

바레인은 아직도 아카가 왜 저렇게 호들갑을 떠는지 동조할 수 없었다. 아카는 속이 터지는 기분이었다. 그는 이럴 줄 알았으면 조금 더 무섭게 경고해야 했나 후회까지 하고 있었다.

그 남자한테 이 일을 방해받고 싶진 않았는데.

아카는 신경질적으로 머리를 긁었다. 이 일에 이안이 얽히는 순간 자신의 입장이 상당히 곤란해졌다. 다행히 아직까지 사신이 죽었다는 소식은 들려오지 않았다. 그래서 바레인은 뭐가 문제냐는 태도였지만 아카는 솔직한 심정으로 다 그만두고 북으로 돌아가 버리고 싶었다.

크롬웰은 아스타테아 공작 손바닥 위에 있는 거나 다름없다. 이안이 이 일에 관해 조금이라도 알게 되고, 관심을 가진다면 이 계획은 거기서 끝이었다. 그럼 앞으로 도대체 어떻게 해야 하는 거지? 아카의 머릿속이 복잡해졌다.

"대체 뭐가 걸리는 거지? 사신이 죽었을까 봐?"

"……그런 문제가 아니야."

아카는 그냥 깊게 한숨을 내쉬었다. 심호흡이 간절히 필요한 순간이었다.

"아직 죽었다는 소식은 들려오지 않았다. 걱정하지 마."

"당연하지! 안 죽었어, 그 인간!"

바레인이 심심한 위로를 했지만 아카는 여전히 굳은 표정을 펴지 못했다. 아카는 이안이 죽을 리가 없다는 걸 잘 알고 있었다. 아마 바레인이 나서서 죽이려고 했어도 이안 공작은 살았을 터였다. 그를 지키고 있는 건 인간이 아니니까.

"공작이 죽었으면 그게 가만있지 않았을 거야."

늘 공작 곁에서 한시도 떨어지지 않는 그 남자를 생각하며 아카는 인상을 찌푸렸다. 딱히 그 남자가 아니라고 해도 아스타테아의 사병은 강했다. 거기다 이번엔 사신이라고 녹의 기사단까지 끌고 오지 않았던가. 크롬웰에선 우스개 삼아 북대륙의 모든 기사들을 끌어모은다 해도 크롬웰 다섯 기사단은 이기지 못할 거라는 농담도 있었다. 크롬웰은 분명 평화로운 나라였으나 절대 국방이 약한 나라는 아니었다. 오히려 나라가 평화로울수록 기사들의 군기는 더 날카로워졌다.

"꼬였어. 분명히 들킬 거야."

실종이라고 하지만 다른 실종 사건처럼 길을 잃어버려 조난당하는 그런 일은 일어나지 않을 게 분명했다. 어떻게 해서든 빠져나왔겠지. 알 페시안까지 무사히 도착할 것이다. 그가 살아 있다는 건 다행이었다. 주인한테 깨지지 않아도 되니까. 이안은 주인이 아끼는 존재였다. 하지만 그와 동시에 다른 문제가 발생할 것이다. 그래, 이제 이안 공작이 알 페시안에 도착해서부터가 진짜 문제였다.

"뭘 들킬 거란 말이지?"

"내 정체!"

아카가 거의 절규하듯 대답했다. 그는 거의 절망을 느끼고 있었다.

"들키면 안 된단 말이야. 주인이 싫어한다고."

"관련이 있는 모양이지?"

"관련 있지, 당연히! 같은 크롬웰 귀족이잖아!"

답답한 소리 좀 그만하라는 듯 아카가 소리쳤다.

"우리 주인이 얼마나 무서운지 대족장은 모르지?"

"너 같은 망나니가 벌벌 떨 정도로 무서워한다는 건 알지. 왜? 죽이기라도 하나?"

바레인의 비아냥에 아카가 몸을 떨었다.

"……죽여 주면 오히려 고맙지."

상상하기도 싫은 듯 그가 진저리를 쳤다.

"궁금하군."

바레인이 흥미를 내비쳤다. 하지만 아카는 이것만큼은 절대로 알려 줄 수 없다는 듯 입을 꽉 다물었다.

협력자이긴 하지만 바레인은 단 한 번도 아카의 주인을 만나 본 적이 없었다. 둘 다 조심해서 그런 것도 있었지만 굳이 대면할 필요성을 느끼지 못했다. 때문에 둘은 언제나 대리인에 대리인을 거쳐 뜻을 전했다. 아직까지 그 방법에 불만을 느낀 적은 없었다.

바레인은 아카를 통해 아카의 주인이 얼마나 악랄하고 대단한 남자인지 충분히 알 수 있었다. 그리고 그가 얼마나 이 페시안에 관심이 많은지 역시.

자신도 대족장이 되고 나서야 그의 존재를 눈치챘다. 남인들은 남대륙이 온전히 라 쿤의 손아귀 위에 있다고 생각하지만 그건 반은 맞고 반은 틀렸다. 그들은 페시안의 어둠 속에 도사리고 있는 것이 무엇인지 모른다.

"대족장, 지금 잘못 걸린 거야. 분명 그냥 넘어가지 않을 거라고."

고민을 끝낸 아카가 음산하게 경고했다. 아스타테아 가문 자체도 무섭지만 그보다 이안 공작이 더 무서웠다. 이안은 크롬웰의 검은 재상이라고 불린 아버지만큼 강렬한 인상은 없지만 역대 가주 중에서 가장 잡음이 없는 공작이었다. 그 점이 소름 끼쳤다. 그렇게 거대한 가문을 아무런 사건과 소음 없이 이끈다는 건 보통 역량으로는 불가능했다.

"괜찮아, 장로들이 저지른 짓이니까."

"그 얘기가 아닌데."

"그럼 사신 쪽에서 따로 복수라도 한다는 말이었나?"

웃음기 어린 반문에 아카가 바로 그거라는 듯 박수를 쳤다.

"그래! 그거 때문에 우리 일에 시상이 올 수 있다고!"

"설마 그 정도 변별력도 없는 인물인가?"

"변별력을 따지기 전에 원래 거기는 공격당하면 상대의 뿌리를 뽑을 때까지 달려드는 가문이야. 괜히 북대륙의 모든 사람들이 아스타테아를 무서워하는 게 아니라고."

물론 아카도 무서웠다. 안 되겠다. 무섭다고 발만 할 때가 아니었다. 아카는 바로 결단을 내렸다.

"대족장."

"왜."

바레인은 왜인지 싫은 기분을 받았다. 그 예감은 틀리지 않았다. 아카가 진지하게 물었다.

"나 크라차에 먼저 가 있으면 안 될까? 아니다, 먼저 가 있을게."

여기 있다가 괜히 봉변을 당하긴 싫었다. 아카가 벌떡 일어나 나갈 차림을 했다. 물론 시녀가 가져다 준 과일들도 잘 쌌다. 비싼 과일들! 어서 빨리 준비해서 크라차로 튈 결심을 한 아카의 행동엔 군더더기가 없었다. 꼼꼼하게 모든 과일을 다 챙긴 아카가 이제 막 나갈 태세를 취할 때였다. 바레인이 일어나더니 별안간 아카 앞에 섰다. 아카는 자신에게 내민 하얀 종이를 보고 의아했다.

"이거 뭐야?"

"도중에 수르트로 가서 전해."

수르트라는 말에 아카가 순식간에 미간을 좁혔다.

"수르트까지 들를 시간이 있을까?"

"안 할 건가?"

바레인이 무심하게 서신을 다시 뺏으려 했다.

"아니, 할 거야."

아카는 졸지에 맡게 된 서신을 흔들었다. 안에 별건 없는지 별다른 소리는 들리지 않았다.

"그런데 여기에 뭐가 들은 거야?"

아카의 질문에 바레인이 웃었다. 그건 정말 의미심장한 미소였다.

"비밀."

시간이 지나도 나아지는 건 하나도 없었다. 오히려 불안감만 증가할 뿐. 가시방석이라는 건 이런 기분인 거겠지.

상대는 이런 불안이 커지길 원하는 건지 아무런 낌새도 보이지 않았다. 결국 먼저 움직여야 하는 건 아시나였다. 쉽게 선택할 수 없는 문제였지만 그렇다고 질질 끌 수는 없었다.

아시나는 자키야가 오면 바로 말해야겠다고 결정했다. 그런데 이상하게 오늘 자키야는 평소보다 늦게 도착했다. 같이 지낸 지 오래된 건 아니지만 항상 오찬 전에 도착해 저녁 전까지 함께했는데 오늘따라 점심시간이 다 지나고 나서야 도착한 그녀를 보며 아시나는 괜히 찝찝했다. 어제 그렇게 가 버린 뒤라 혹시 무슨 일이 있는 게 아닌가 하는 걱정도 들었다.

"늦게 찾아뵈어 죄송합니다."

"아니에요."

의아하긴 했지만 크게 문제 삼을 거리는 아니었다. 자키야에게 할 말은 따로 있었다. 어떻게 전해야 할까. 괜스레 찻잔을 매만지는 손길만 성말랐다. 도대체 어떻게 말을 꺼내야 주변을 감싸고 있는 시녀들이 못 알아차릴까? 정말 힘든 고민이었다.

그래서였을까, 아시나는 조금 어두워진 자키야의 안색을 살피지 못했다. 우울한 기색은 곧 지웠지만 그늘진 표정까진 어쩔 수 없었다.

"오늘은 무엇에 대해 가르쳐 드릴까요?"

"어, 음……."

아시나는 잠시 갈등했다. 눈을 굴리다가 조심스레 물었다.

“극동 지역에 대해 알고 싶은데, 배울 수 있을까요?”

페시안의 극동 지역이라면 둘밖에 없었다. 일명 동페시안으로 분류되는 샤르자와 마안. 바레인에 대해 말하고 싶다는 뉘앙스를 돌려 말한 것이지만 총명한 자키야가 그걸 못 알아들을 리가 없었다. 표정을 감추려 시선을 내린 자키야가 잠시 후 빙그레 웃으며 아시나에게 권유했다.

“조금 걸을까요?”

“그러죠.”

아무래도 대화를 흘리지 않는 방법은 소음과 함께하는 것이 최고였다. 특히 이렇게 갇힌 공간에선 더더욱. 일어난 두 사람은 조심스레 정원으로 향했다. 페시안의 정원은 대부분 구조가 똑같았다. 연못을 중심으로 건물들이 대칭형으로 배치되어 있는데 하렘과 시하드 궁으로 통하는 중정도 비슷했다. 맑은 물이 흐르는 연못을 보면서 아시나는 괜히 다른 잔상에 빠졌다. 그러고 보니 이곳은 처음 붙잡혀 왔던 날 밤에 베히다트와 마주쳤던 곳이었다. 아릿하게 떠오르는 만남을 생각하다 아시나는 그리 오래되지 않은 일이라는 사실에 한숨을 내쉬었다.

“대족장을 불러 드릴까요?”

아시나가 오래도록 말을 꺼내지 않으니 자키야가 먼저 말을 열었다. 아시나는 정신을 차렸다. 지금은 괜한 감상에 잠겨 있을 때가 아니었다.

“아니요.”

아시나는 고개를 가로저었다. 굳이 위험하게 그 남자를 또 만나고 싶지 않았다. 이미 결정 내린 것에 어떤 여지도 남기고 싶지 않았다. 아시나의 대답에 자키야가 의아한 표정을 지었다. 그 찰나, 아시나가 확고한 대답을 들려주었다. 그 말을 들은 자키야는 바로 반응하지 않았다. 때마침 불어온 강한 바람에 괜히 마른 잎 쓸리는 스산한 소리만 주변을 가득 메웠다.

"……그러시군요."

다음에 들려온 대답은 묘했다. 아시나는 이미 내린 결정이니 후회하고 싶지 않았다.

"그렇게 되었다고 전해 주세요."

"그러도록 하죠."

고개를 끄덕이는 자키야의 대답은 선선했으나 아시나는 뭔지 모를 미미한 불안함을 감추진 못했다.

돌산을 겨우 빠져나온 이안 앞에 펼쳐진 건 사람이 보이지 않는 길들뿐이었다. 식량이 필요해 한 번 마을을 들렀을 때를 제외하곤 거의 모든 길이 외딴길이었다. 왜 마을을 끼고 지나가지 않는지 이안은 의아했지만 성마른 기세로 무작정 알 페시안에 도착해야 한다는 다우드의 의지가 너무 강해서 어떻게 말릴 생각도 들지 않았다.

"우리, 기사단 기다려야 하는 거 아니야?"

5시간의 강행군을 마치고 잠깐 점심을 먹으며 쉬는 시간에 니젠이 걱정스러운 표정으로 물었다. 이안을 살리겠다고 버려두고 온 기사단이 슬슬 걱정되는 모양이었다. 거의 공석 취급당하고 있긴 하지만 나름 기사단장이었으니까. 이해 못 하는 바는 아니었다.

"저 남자를 말릴 수 있겠어?"

이안은 대답 대신 질문했다. 짧게 쉬는 타이밍에도 체력을 손해 보면 안 된다며 명상에 잠긴 나우드가 이안의 시선 끝에 있었다. 니젠이 대꾸 대신 한숨을 내쉬었다.

"칼 잘 쓰던데."

니젠의 가벼운 평가에 이안도 고개를 끄덕였다.

"아무리 적어도 마흔넷 정도는 되었을 텐데 의외더군. 원래 사막 전사들은 저리 강한 건가?"

기본적으로 저 하나 지킬 검술은 익힌 터라 이안도 나름 전사들을 보는 눈이 정확했다. 니젠은 대답 대신 어깨만 으쓱였다. 오는 도중에 만난 복면의 습격자들을 처리할 때 이안은 칼을 잡지 않았다. 니젠과 다우드만으로도 충분했다. 습격자들을 베는 다우드의 칼은 강인하고 단호했다. 하지만 다친 곳이 낫지 않아 다우드가 처질 땐 니젠이 들쳐 업고 이동했다. 새삼 대단한 녀석이라 생각하며 이안이 니젠을 응시했다. 니젠은 웬일로 섬세한 고민을 하는 중이었다.

"그래도 우리 걱정하고 있을 텐데 살아 있다는 표시는 해야 되지 않을까?"

니젠이 어떻게 하는 것이 좋은가를 두고 나름대로 고민에 잠겨 있을 때였다. 이안이 서늘하게 운을 뗐다.

"우리가 습격받을 거란 걸 페시안 측에선 이미 알고 있었을 거야."

"뭐?"

니젠이 험상궂게 표정을 일그러뜨렸다. 이안은 진정하라는 의미로 손을 흔들었다.

"그게 무슨 소리야?"

"그러니까 그 습격은 예정되어 있었을 거라고."

"그런데 왜 안 말렸대?"

당장 알 페시안으로 달려가 깽판이라도 칠 기세로 니젠이 소리쳤다. 명상하던 다우드가 눈을 뜨고 둘을 돌아보았다. 이안은 미소로 그를 안심시켰지만 다우드는 쉽게 다시 명상에 들려 하지 않았다. 결국 니젠이 인상을 찡그리고 짜증을 낸 후에야 다우드가 시선을 돌렸다.

"말했잖아. 우리를 반기지 않는 세력이 있다고."

니젠은 어쩌라는 듯 인상부터 찡그렸다.

"그래서 뭐? 알잖아, 나 멍청한 거."

"자랑이냐?"

"설명해 줘!"

다우드가 다시 이쪽을 돌아봤다. 이안은 머리를 짚었다. 니젠은 있는 대로 짜증을 부리며 괜히 주변에 있는 돌부리를 발로 찼다. 꿈쩍도 하지 않는 돌부리를 미루어 보았을 때 발이 아팠을 게 분명했는데 니젠의 표정은 하나도 변하지 않았다.

"그 세력이 아마 라 쿤과 적대하고 있을 확률이 커."

"그래서!"

"그래서 라 쿤 쪽에서 우리를 지켜보고 있었을 거라고."

설명을 들은 니젠은 더 화를 냈다.

"막을 생각은커녕 지켜보고 있었을 거라고? 우리가 구경거리냐?"

"도우러 왔잖아."

"누가!"

니젠이 윽박질렀다. 시끄러운 소리에 귀를 막으며 이안이 인상을 찡그렸다.

"우리 도망치기 전에 닥쳤던 또 다른 무리들."

"아."

이제야 생각났는지 니젠이 표정을 풀었다. 뭔가 나름 자신의 생각을 정리하는 듯 조용한 니젠을 지켜보며 이안은 자신의 로브를 털었다. 로브 끝에 수놓인 초승달 문양이 유난히 진해 보였다.

"그런데 그거랑 우리 기사단이랑 무슨 관계야?"

한참 상황 정리를 끝낸 니젠이 물었다. 이안은 짜증조차 내지 않았다.

"습격당할 걸 알고 수습하러 왔으니 알 페시안 측에서 기사들을 보호하고 있을 확률이 높아. 그러니까 알 페시안에 가서 우리가 라쿤을 만나면 자연스레 기사단 쪽도 우리 이야기를 알게 될 거야."

"아, 그렇구나."

니젠이 알겠다는 듯 고개를 끄덕였다.

"그럼 알 페시안에 빨리 가는 게 유리하겠네?"

"그렇겠지."

무심한 이안의 대꾸에 니젠이 해맑게 웃었다.

"그럼 얼른 가자."

"일단 쉬고."

"난 다 쉬었는데."

이안이 한숨을 내쉬었다.

"내가 너냐?"

"알았어."

얌전히 자리에 앉은 니젠이 가만히 이안을 돌아봤다. 검을 쓰는 두 남자 사이에서 걷고 있는데도 한마디 불평도 없이 이 속도를 따라오는 게 만만찮을 텐데 이안은 힘든 기색 하나 없었다. 늘 대단하다고 생각했지만 지금은 더 대단하게 보였다.

어릴 땐 그저 재수 없는 녀석이라 여겼던 이안이 북대륙의 거의 전부를 손바닥에 놓고 굴리는 아스타테아 공작이 되었다는 게 여전히 실감되지 않았다. 니젠의 시선이 이안에게 고정되어 있었다.

"왜?"

꽂혀 있는 집요한 시선을 느낀 건지 이안이 건조하게 물었다. 어릴 땐 잘 웃고 사교적인 편이었는데 나이를 먹고 이안은 좀 변했다. 아니지, 이안이 변하게 된 것은 12살의 나이로 가주가 된 이후부터였다. 혹독한 가주 계승 과정을 거치며 자못 많이 달라졌다. 어째서인지 아버지도 싫어하게 됐고 말이지.

이안의 아버지이자 한때 크롬웰 제1의 권력자로 손꼽히던 검은 재상을 떠올린 니젠이 여전히 모르겠다는 표정으로 고개를 가로저었다.

"혹시 우리 습격한 자들이 크롬웰과 관련된 건 아닐까?"

"가문 전체가 몰살당하고 싶다면 그랬겠지."

"흠, 하긴. 크롬웰 내부나 근처에서 그런 일을 꾸몄다면 네가 모르진 않았을 테니. 역시 무리인가?"

"모를 순 있지만 너도 알잖아? 이미 일이 일어난 이상 누구 짓인지 밝혀내는 건 어렵지 않아. 목숨쯤은 걸고 한 짓이겠지."

이안이 가볍게 말했지만 니젠은 동의하기 쉽지 않았다. 무언가 생각하던 니젠이 이안을 돌아보았다.

"네 아버지가 꾸민 일이라면?"

충분히 일리 있는 의문 제기였다. 크롬웰 내에서 이안의 영향권을 벗어나려면 그 정도 인물은 되어야 했다. 하지만 이안은 너무나 간단하게 그 의혹을 불식시켰다.

"고작 이런 방법으로?"

그는 아버지가 자신을 죽이고 싶었다면 얼마든지 조용하게 의혹 없이 처리할 수 있다는 걸 알고 있었다. 공작위에서 물러난 지 벌써 이십여 년이 넘어가는데도 검은 재상의 그늘이 크롬웰에서 걷히지 않는 것만 봐도 알 수 있었다.

"날 죽이고 싶었다면 진작 죽였겠지."

굳이 이렇게 복잡한 방법을 쓰지 않아도 그럴 능력이 있는 사람이었다. 파시와 크라차를 손쉽고 은밀하게 자신의 뜻대로 굴릴 수 있게 만들어 놓은 것만 봐도 그 능력이 얼마나 대단한지 알 수 있었다. 싫어하긴 하지만 이안은 자신의 아버지가 가진 능력만큼은 인정했다.

그래, 그러니까 자신이 친히 남대륙에까지 오는 수고를 들이고 있지 않은가.

"그리고 내가 없으면 당신이 다시 끌려 나와야 해. 이제야 살 만하다며 놀고 있는데 잘도 날 죽이고 싶겠다. 차라리 죽이고 싶어 할 만큼 싫어해 줬다면 좋겠군. 그럼 마음 편히 복수할 수 있을 테니까."

이안은 짜증을 냈다. 삐뚤어진 아버지의 사랑 표현은 이안에게 있어 괴롭힘 그 이상도 이하도 아니었다. 차라리 미워해 주는 편이 덜 성가셨다. 하지만 무엇보다 친애하는 어머니 때문에 진심으로 아버지를 배척할 수도 없다는 게 제일 성가셨다.

"복잡하구먼."

니젠이 두 손을 들었다. 이안은 대답 대신 자리에서 일어났다.

"이제 가자."

"엘바가 나를 보길 원한다고?"

올라온 보고를 모두 훑은 베히다트가 느슨하게 물었다. 이만은 대답 대신 묵묵히 고개를 끄덕였다. 전야제가 끝난 알 페시안은 이제 전역이 본격적인 축제 분위기로 한창 들떠 있었다. 그 분위기가 궁정이라고 다를 리 없는 법. 이미 모든 손님들뿐 아니라 관료들도 해가 지면 정무를 접고 이 기쁨을 누리기 바빴다. 사신이 실종된 사건이 분위기에 찬물을 끼얹긴 했지만 그렇다고 오래 기다려 온 축제의 열기가 식을 리 없었다.

"무엇 때문이지?"

신이 돌아온 것을 기뻐하는 축제였으나 베히다트는 며칠째 사신 실종 사건으로 바쁘다는 핑계로 연회를 빠지는 중이었다. 어차피 축제는 게디크가 주도했고 분위기도 게디크 파의 독점적인 친목 과시였으므로 그는 굳이 그 자리에 낄 필요성을 느끼지 못했다.

"자세히는 모르겠지만 엘바에게 무슨 일이 생긴 듯합니다. 꽤 굳은 표정이었습니다."

마호가니 책상을 손가락 끝으로 톡톡 두들기다 베히다트가 고개를 들었다.

"미츠하르가 다친 건가?"

"그건 아닙니다."

이만은 단호하게 고개를 지었다. 베히다트는 두 손을 깍지 낀 채 생각에 잠겼다. 그것 외엔 딱히 엘바가 자신을 찾아올 일이 없었다.

"니즈와에 어떤 일이 있었나?"

"특별한 사건은 없었습니다."

어차피 고민한다고 해도 쉬이 나올 답이 아니었다. 베히다트는 일단 이 알현을 수락하기로 했다.

"언제를 원하던가?"

"언제라도 상관없다 하셨습니다. 빠르면 빠를수록 좋다고."

이만이 부드럽게 웃으며 대꾸했다. 엘바의 느긋한 성미를 고려해 봤을 때 빠르면 빠를수록 좋다는 말은 뭔가 심상치 않았다. 베히다트가 고개를 끄덕였다.

"그럼 데려와라."

"알겠습니다."

재빨리 대답한 이만이 고개를 숙였다. 베히다트는 그가 바로 나갈 것이라 생각했지만 이만은 그 자리를 지키고 있었다. 아무런 표정 변화 없이 물끄러미 올려 보는 시선에 베히다트는 의아함을 느꼈다.

"뭐지?"

이만이 빙그레 웃으며 자세를 바로 했다.

"시하드시여, 굿은 참견이지만 한 가지 여쭤 보아도 되겠습니까?"

"말하라."

평소라면 분명 허락을 받지 않고 물었을 게 뻔했다. 평소 같지 않은 태도에 그는 흥미를 느꼈다. 이만은 뜸을 들이지 않고 물었다.

"침소에 있는 여인을 어찌하여 아이라로 삼으신 겁니까?"

생각지도 못한 질문에 베히다트의 표정이 굳었다. 이만은 아무런 저의 없는 눈빛으로 올곧게 자신의 주인을 응시했다. 그는 꽤 곤란했다. 물론 이만은 믿음직스러운 신하였고 그의 대리인이었다. 별이 잠든 곳으로 떠난 지난 몇 개월의 부재중, 대외적인 것은 재상이 처리했다 해도 궁정과 알 페시안 내부의 행정은 대부분 이만이 떠안았다. 아마 아이라로 삼은 직후 이만이 물어 왔다면 모든 걸 이야기해 줬을 수도 있었다. 하지만 이제와 아시나에 대한 것을 대답하려니 뭔가 내키지 않았다.

"굳이 답이 필요한가?"

답을 미루는 베히다트의 말에 이만이 부드럽지만 단호하게 쐐기를 박았다.

"제가 납득할 수 있는 답이 필요합니다."

"반드시?"

"오히려 시하드를 가장 옆에서 떠받드는 시종장으로서 늦은 질문이라 생각합니다."

이만은 쉽게 물러나지 않았다. 완고함이 마음에 들면서도 동시에 꽤 곤란했다.

"건방지군."

움찔할 법도 한데 이만은 웃는 얼굴 그대로 제게 내려질 답을 기다렸다. 베히다트는 잠시 턱을 쓸었다. 자신도 모르게 변명을 하고 싶은 기분이 들어 조금 미묘했다. 어째서 사실을 숨기고 싶은 거지? 자신의 변화에 의아함이 밀려왔다. 제 안의 무언가에 조금씩 금이 그어졌다. 미미한 균열. 언제 생겨난 건지 모를 틈이었다. 낯선 자신의 모습이 당황스러웠다. 하지만 그걸 눈앞의 신하에게 들길 수는 없었다.

"어떤 사정이 있었다."

딱 잘라 내는 대답에 이만이 조심스레 물었다.

"제게 말하실 수 없는 것입니까?"

"네가 굳이 신경 쓸 필요가 없는 것이다."

적어도 아시나가 도망치기 전 하렘에 있을 때이기만 했어도. 하지만 지금은 그녀에 관한 이야기를 외간 남자와 나누는 것조차 싫었다.

이런 심경의 변화를 깨달은 베히다트가 굳게 입을 다물었다. 이상하게 음울해진 공기에 이만은 그 이상 묻는 걸 포기했다.

"그렇다면 그 부분은 더 이상 생각하지 않겠습니다."

서운한 마음조차 없었다. 이만은 그저 무언가가 갑자기 걱정스러웠다. 하지만 걱정해야 할 것의 정체가 정확히 어떤 것인지는 알 수 없었다.

"더 물을 말이 있는가?"

이번에야말로 갈 거라고 생각했는데 이만은 여전히 자리를 지켰다. 그 말은 아직 할 말이 있다는 것. 베히다트가 미미하게 인상을 썼다.

"허락하실 겁니까?"

"그대가 이러는 건 오랜만이군."

"저도 목숨은 아까우니까요."

그는 정말 이따금 중요한 시기에만 이랬다. 처음 입궁했을 때를 제외하면, 이만이 서기관에서 시종장으로 임명받았을 때 이후로 처음이었다. 이만도 알고 있었다. 그때는 이만의 파격적인 승진 때문에 알 페시안이 완전히 뒤집혔었다. 시종장이라는 위치는 워낙 막중해 나이도 어리고 인맥도 부실한 어린 관료가 덜컥 맡기엔 무리인 자리였다. 물론 처음 시종장이 되었을 때의 논란은 전부 불식시킨 지 오래였다.

"말하라. 들어주지."

허락을 받았음에도 이만은 쉽게 입을 열지 못했다. 베히다트는 느긋하게 그가 무슨 말을 할지 기다려 주었다. 약간의 망설임 끝에 이만이 물었다.

"아시나 양이 소중하십니까?"

잠깐의 정적 후, 베히다트가 물었다.

"그건 어떤 의미의 질문이지?"

"그 정도는 제 주인이시라면 충분히 알아차리셨을 거라 생각합니다."

제법 도전적인 대꾸에 베히다트가 입꼬리를 비틀며 웃었다.

"날 시험하는군. 건방지게."

"이런 종이라는 걸 아시면서도 거두시지 않으셨습니까?"

이만은 흔들림 없이 베히다트를 응시했다. 그의 주군은 평소와 다를 바 없어 보였으나 어째서인지 이만은 그가 흔들리고 있다고 느꼈다. 깊은 침묵이 지나간 후 이만이 방긋 웃었다.

"되었습니다."

베히다트가 무슨 뜻이냐는 듯 고개를 들었다. 마주쳐 오는 붉은 눈동자를 곧게 응시하며 이만은 부드럽게 수긍했다.

"질문에 대한 답은 이미 들은 것 같군요."

깊은 침묵과 정적 사이에서 이미 제가 원하는 대답을 얻었다. 이만은 만족했다. 베히다드는 그제야 인사를 하며 자리에서 물러나는 이만을 마음에 들지 않는다는 듯 지켜보았지만 그는 망설임 없이 자리를 떴다.

"곧 엘바 님을 데려오겠습니다."

석연치 않아 하는 주군을 놔두고 이만은 미련 없이 집무실을 떠났다. 가벼운 걸음으로 금세 회랑으로 걸어가자 곧이어 전사 하나가 이만에게 다가왔다.

"어떻지?"

"별다른 움직임은 없었습니다."

대답은 바로 나왔다. 이만은 조금 굳은 얼굴로 고민에 잠겼다.

"오늘은 특히 더 면밀히 살펴보도록."

"예."

전사가 빠르게 사라지자 회랑엔 이만 혼자만이 남았다. 건너편 건물 너머에 있을 밝은 불빛과 떠들썩함이 이곳까진 전해지지 않는 모양이었다. 분명 연회로 떠들썩할 방향을 지켜보다 이만은 곧 고개를 가로저으며 손가락을 까딱였다. 시종 하나가 이만에게 빠르게 다가왔다.

"부르셨습니까."

"연회에 가서 엘바 님을 모셔 오도록. 시하드께서 찾으신다."

"예."

본디 제가 할 일이었지만 마음이 바뀌었다. 이만은 완전히 방향을 틀어 예정되지 않은 곳으로 향했다. 그곳은 시하드 궁에서도 가장 깊숙이 존재하는 어떤 방이었다. 방 근처에 머물던 전사들이 멀리서부터 고개를 숙였다. 상시 대기 중인 시녀들도 예를 차리기 바빴다. 모두에게 답례를 해 줄 생각도 없이 이만은 일단 문 앞에 서서 손기척부터 냈다. 두꺼운 문이었지만 문 앞에 선 자의 부산스러움이 느껴졌다. 시녀들이 움직이는 거겠지. 약간의 시간을 기다린 뒤 이만은 열린 문 사이로 발을 디뎠다.

시종장이라는 직위가 아니었으면 접근조차 못 했을 곳.

문이 열리자 의아한 표정으로 이쪽을 응시하는 한 여인과 눈이 마주쳤다.

"오랜만에 찾아뵙습니다."

부드러운 인사에도 불구하고 아시나는 쉽게 경계를 풀지 않았다.

"……오랜만이에요."

경계하면서도 무례하지 않은 태도에 이만이 빙그레 웃었다.

그날 나시르는 이 여인을 신뢰한다고 답했다. 그리고 이만은 그 이유를 알고 싶었다.

아시나는 저도 모르게 긴장했다.

해가 지고 저녁때도 지난 이 시간에 방문할 사람이라곤 한 사람밖에 없다고 생각했는데 예상치 못한 손님이었다. 잔뜩 경계하는 아시나를 달래기라도 하듯 이만이 계속 사람 좋은 웃음을 지었다. 그러나 아시나는 그런 사람을 신뢰하지 못했다. 무엇보다 이만은 사람 다루는 게 너무 능숙했다. 경험상 이런 사람일수록 위험했다. 약간 바레인과 비슷한 느낌마저 풍겼다.

"무슨 일이시죠?"

그냥 무작정 쳐들어와서 싱글벙글 웃기만 하는 이만을 보며 결국 참지 못한 아시나가 먼저 물었다. 먼저 묻는 것 자체는 딱히 책잡힐 일이 아니어서 괜찮았으나 문제는 상대방의 태도였다.

"지내시는 데 불편함이 없을까 하여 찾아왔습니다."

"딱히 없는데요."

오히려 너무 잘 지내고 있어서 탈이었다. 물론 마음은 싱숭생숭하지만. 그래도 몸은 편하고 그 덕에 조금 나태해진 아시나가 불만스럽게 인상을 썼다. 그 표정을 지켜보다 이만이 조금 서운하다는 듯 대꾸했다.

"그러십니까?"

어째서 내가 죄책감을 느끼고 있는 거지.

아시나는 묵묵히 어색한 표정을 지었다. 안 그래도 바레인이며 자키야며 팔자에도 없는 분쟁에 엮여서 정신이 없는데 그런 상태에 감시자처럼 보이는 남자까지 등장하니 너무 피곤했다. 차라리 베히다트가 낫겠어. 그 남자도 여러모로 피곤하긴 했지만 어차피 맞아야 할 고난이라면 익숙한 고난이 더 나았다.

"뭘 알고 싶어 온 거죠?"

애초에 빙빙 돌리는 건 취향에 안 맞았다. 무엇보다 아시나는 이제 좀 피곤했다. 이만은 아시나의 질문에 잠시 흥미로운 표정을 지었으나 곧 노련하게 대응했다.

"무슨 말씀이신가요, 저는 그저 정말 아이라님께서 잘 지내고 계시나 걱정스러워 들른 것뿐이랍니다."

"시종장이 그런 일도 하나요?"

명백히 의심하는 질문이었다. 하나 이런 도발에 넘어가기엔 이만이 그 자리에 버티고 선 세월은 만만치 않았다.

"당연히 궁내의 모든 일을 관리합니다. 축제라고 들떠서 궁 안의 모든 사람이 즐거워하는데 아이라님께서는 같이 축제를 즐길 분들이 없지 않습니까? 어쩌면 소외되지 않으셨을까, 그게 조금 걱정이 되어 들렀습니다."

어쩐지 요 며칠 내오는 음식이 좋다고 했다. 이제 이해가 된 아시나가 떫은 표정을 지었다. 짧게 지은 표정이었지만 이만은 놓치지 않고 보았다.

"뭘 위한 축제죠?"

전에 나시르가 대충 알려 주었지만 자세히 무엇을 위한 축제인지는 몰랐다. 할 말도 없고 해서 아시나는 괜히 질문이나 날렸다. 잠시 놀란 표정을 한 이만은 곧 스스로 납득했다.

"아, 북인이시라 축제에 대해 잘 모르시는군요."

"대충은 알아요. 쿤이 가끔 자리를 비웠다가 다시 돌아오면 무사히 돌아왔다고 그걸 기념 삼아 축제를 연다고 들었어요."

이만이 상냥하게 덧붙였다.

"정확히는 버리지 않아 주셔서 감사하다는 의미로 여는 축제죠."

아시나는 순간 할 말을 잃었다. 이게 무슨 소리지.

"버리지 않았다고요?"

"혹 쿤들의 성지, 아슈마에를 아십니까?"

짐짓 편한 태도로 이만이 되물었다. 들어본 적은 있었다. 아시나는 대도서관에서 봤던 내용을 애써 떠올렸다. 아슈마에, 쿤들만 갈 수 있는 페시안의 성지. 오로지 자격이 있는 자들만 발을 들일 수 있는 신비의 장소. 존재하지만 존재하지 않는 곳이기도 한 그곳은 분명히 페시안 지역 내에 존재하지만 아무도 정확한 위치를 몰랐다.

죽음의 사막에 존재한다는 추측이 가장 신뢰를 얻고 있으나 쿤들이 정확히 어디에 있다는 걸 밝히지 않아 쿤들 외엔 모른다고 했다.

"조금은 알아요."

그래도 아는 주세에 모른다고 하기 그렇고 그렇다고 확실히 말하는 건 망설여져서 되도록 애매하게 대답했다. 아시나가 내놓은 답에 이만이 다행이라는 듯 웃으며 고개를 끄덕였다.

"그럼 그 부분에 대한 간단한 설명은 생략해도 되겠군요."

그렇다고 아예 통째로 생략하면 곤란한데. 아시나가 괜히 아는 척했다고 후회할 때였다.

"페시안은 쿤들의 권능으로 유지되는 나라입니다. 쿤께서 자리를 오래 비우시면 비우실수록 나라 곳곳에 이변이 일어나죠."

"이변이요?"

"물이 마르는 건 기본이고 가뭄과 지진, 쉴 새 없이 불어 닥치는 모래 폭풍에 완전히 사람이 살 수 없는 땅으로 돌변합니다."

그 정도일 줄은 몰랐다. 아시나는 제법 심각한 표정으로 이만이 하는 말을 경청했다.

"페시안의 어디에 계시든 쿤께서 페시안 영토 내에만 계신다면 그런 대형 재해는 일어나지 않습니다. 하지만 아슈마에는 다릅니다. 성지로 가시면 당장 알 페시안의 물부터 마르기 시작합니다."

"그래서……."

"예, 버림받지 않았다고 기뻐하는 축제를 여는 겁니다."

흡사 버려진 기억이라도 있는 듯한 태도였다. 예상치도 못한 정보를 얻은 셈이었다. 하지만 아시나는 여전히 이 엄청 바빠 보이는 시종장이 왜 자신을 찾아온 건지 이유를 알 수 없었다.

"정말 기쁜 축제겠네요."

여러 의미가 담긴 결론이었다. 어쩐지 냉소적인 아시나의 대꾸에 이만이 부드럽게 웃었다.

"아이라께서도 기쁘십니까?"

"잘 모르겠어요."

아시나는 대답하면서도 탐색당하고 있다는 느낌을 지울 수가 없었다. 도대체 뭘 원하는 것인가. 지금 이 뜬구름 잡는 소리는 아마 본론이 아닐 터였다. 아시나는 자신에게 꽂히는 상냥하면서도 냉정한 시선에 주목했다. 그 순간 이만이 버릇처럼 웃었다.

"역대 쿤들을 페시안에 묶어 놓는 가장 전형적이고 고전적인 방법이 바로 아이라를 들이는 것이었습니다. 자고로 남자는 술과 여자면 반은 넘어오니까요."

거기에 도박과 담배만 하면 완전히 몹쓸 남자의 모든 조건을 다 갖췄다. 아시나는 크게 대꾸할 가치를 느끼지 못했다. 아시나가 잠자코 아무 말도 하지 않자 방 안에 켜켜이 쌓이는 정적을 음미하던 이만이 이내 웃으며 물러났다.

"오늘 시하드께선 오지 않으실 겁니다. 처리할 일이 많으시거든요."

그런 걸 왜 알려 주는 거지?

의아했으나 아시나는 굳이 그 점을 짚고 넘어가진 않았다.

"알려 줘서 고마워요."

"별말씀을."

이제 물러날 생각인지 이만이 고개를 숙였다. 아시나는 슬그머니 긴장의 끈을 놓았다가 다시 자신에게 꽂히는 시선에 깜짝 놀라 허리를 곧추세웠다.

"아이라께선 이제 어쩌실 겁니까?"

"음, 잘 생각이에요."

"그거 참 좋은 생각이네요."

문가로 향하며 이만이 빙그레 웃었다.

"그럼 좋은 꿈꾸시길."

조용히 닫히는 문을 보며 아시나는 조금 얼떨떨했다. 완전히 혼자 남을 때까지 그녀는 가만히 침대 끄트머리에 앉아 고민했다. 그리고 황당한 표정으로 인상을 찡그렸다.

"뭐지, 이 상황."

뭔가 씻을 수 없는 찝찝함이 애매하게 잔존했다. 그러거나 말거나 아시나가 침대로 향하니 시녀들은 소리 없이 불을 끄고 방에서 나갔다. 진짜 자려고 했던 마음도 잠깐, 아시나는 잠들지 못하고 다시 일어나야 했다.

진짜 뭐하려고 온 거지?

잠까지 못 들 정도로 괴롭힌 문제 하나를 풀었더니 다른 문제가 주어진 기분이었다. 아니, 대체 뭔데 바람처럼 왔다가 쌩하니 사라진 거냐고. 도무지 이해를 할 수가 없었다. 안 되겠다. 아시나는 자리를 박차고 일어섰다. 문은 어차피 잠겨 있을게 뻔했으므로 앞으로 다가가 두들겼다. 시녀들에게 전하는 다시 돌아오라는 신호였는데 이상하게도 밖에서 느껴지는 기척이 없었다.

뭐지? 의아해서 다시 두들기다 아시나가 설마 하는 마음으로 문손잡이에 손을 가져다 댔다. 철컥하는 소리와 함께 당연히 열리지 않을 거라 생각한 문이 너무나 쉽게 열렸다.

뭐야.

"다 어디 갔지?"

문이 쉽게 열린 것도 황당한데 더 놀라운 건 문 앞을 지키는 사람이 단 한 사람도 없다는 점이었다. 이게 무슨 일이지? 놀란 아시나가 인상을 찡그리고 있을 때였다.

갑자기 뒤에서 접근한 검은 손이 아시나의 입을 덮었다. 아시나는 소리 한 번 지르지 못하고 그대로 붙잡혔다.

처리해야 할 사안들이 산더미처럼 쌓여 있어서 부득이 베히다트는 엘바를 집무실로 부를 수밖에 없었다. 어째서 엘바를 안내한 게 이만이 아닌 다른 시종인 건지 의아했지만 딱히 언급하지 않았다. 이만의 예고대로 엘바는 답지 않게 굳은 표정으로 집무실에 들어섰다.

"사정이 여의치 못해 그대를 이곳으로 부르게 되어 미안하군."

"아니요, 급히 뵙길 청한 건 저이니 괜찮습니다."

엘바는 심각한 표정으로 고개를 숙였다.

"그래, 무슨 일이지?"

말을 돌릴 필요를 느끼지 못해서 베히다트는 단도직입적으로 엘바에게 용건을 물었다. 다행히 엘바 또한 그걸 원한 건지 바로 입을 열었다.

"오늘 낮에 도착한 소식입니다. 니즈와를 지나쳐 소하르로 향한 다우드가 행방불명되었다고……."

"들은 건가?"

심각하게 말을 잇던 엘바가 순간 당황했다.

"이미 알고 계셨습니까?"

얼떨떨한 되물음에 베히다트는 고개를 끄덕였다. 굳이 엘바에게 그 사건을 숨길 필요성을 느끼지 못했다. 그가 아예 모르고 있으면 모를까.

“소하르 측 전령이 먼저 소식을 전해 왔다. 행방불명된 다우드를 찾기 위해 일단 예니센들을 보냈다.”

“과연 시하드다운 공정한 처사이십니다.”

엘바는 감탄하며 고개를 숙였다. 하지만 그렇다고 바로 물러나고 싶지는 않았다. 가장 중요한 볼일이 해결된 것은 다행이었으나 뭔가 맥이 빠지는 것 또한 사실. 엘바는 가만히 눈치를 보다 잠시 후 입을 열었다.

“혹 이즈미르와 무슨 일이 있으셨습니까?”

베히다트가 가볍게 웃었다.

“그대가 보기엔 문제가 있어 보이나?”

“아니요.”

괜히 떠보려다 실패한 엘바가 얌전히 입을 다물었다. 베히다트는 가만히 엘바를 지켜보다 짐짓 모르는 척 물었다.

“연회는 잘 즐기고 있는가? 오랜만에 올라왔는데 편히 잘 쉬고 있는지 모르겠군.”

“분에 넘칠 정도로 먹고 마시고 즐기고 있습니다. 과분하게 제 아들자식까지 불러 주셔서 그저 감사할 따름입니다.”

“그렇다니 다행이군.”

아마 이 축제를 제일 마음껏 즐기고 있는 것은 엘바가 아닐까. 니즈와라는 지역 자체가 워낙 들판에 풀어진 양 떼 같은 느낌이라 그곳의 대족장인 엘바는 미묘하게 이곳저곳에서 소외를 받는 중이었다. 엘바는 자기만 빠진 채 무언가 일이 벌어지는 낌새가 싫은 눈치였지만 베히다트의 생각은 달랐다. 오히려 폭풍의 핵에서 멀리 떨어져 있는 것이야말로 가장 큰 행운이 아니던가. 그래서인지 더 엘바를 이 상황에 끌어들이고 싶지 않았다.

"미츠하르는 괜찮던가?"

"예?"

나지막한 질문에 엘바가 두 눈을 동그랗게 떴다. 그가 예상하지 못한 질문인 듯했다.

"다음 대의 대족장으로 어떻던가?"

"아……. 아직 부족하죠. 더 경험을 쌓아야 할 겁니다."

그러는 것치고 그는 아들을 꽤나 자랑스러워하는 아버지였다. 이미 자신의 아들을 다음 후계로 내세우기 위해 은근히 얼굴을 내보이는 일도 끝냈고, 인맥 관리 역시 마쳤을 게 틀림없었다.

엘바가 다스리고 있는 니즈와는 여섯 자치구 중 가장 평화로웠다. 샤르자가 특유의 부유함으로 인해 단 것에 개미가 꼬이듯 더럽다면, 소하르는 뛰어난 인재들이 넘쳐나서 서로 물어뜯느라 너덜너덜해진 형국이었다. 둘 사이에 낀 마안은 가장 영향력이 큰 둘 때문에 언제나 휘둘리느라 소란스러웠고 무스카트는 알 페시안과 가장 멀고 가장 내륙에 위치해 있어서 고립되기 쉬웠다. 그에 반해 다라는 영지 대부분이 황무지라는 것과 잦은 가뭄으로 고통받고 있었고 그 때문에 호시탐탐 무스카트의 영토를 노려서 둘 사이엔 깊은 골이 있었다. 반면 니즈와는 샤르자만큼 부유하지도 소하르만큼 인재가 뛰어나지도 마안이나 다라, 무스카트처럼 전사들이 뛰어나지도 않았지만 도리어 그래서 아무 문제도 없었다.

아마 지금의 분란 역시 모르고 있겠지.

"엘바."

"예?"

베히다트가 너그러이 말했다.

"궁금한 것이 있다면 주저하지 말고 물어보도록."

역시 궁금한 것이 있었던 것인지 엘바가 두 눈을 굴렸다.

"저어, 시하드시여."

"말하라."

엘바가 잠깐 고민하다가 제법 진지하게 입을 열었다.

"새로 삼으신 아이라께서 그렇게 어여쁘십니까?"

베히다트가 두 눈을 가늘게 떴다. 엘바가 긴장한 기색이 이쪽에까지 전해졌다. 혹여 말을 잘못 꺼낸 것인가 홀로 고뇌하는 중년을 지켜보다 베히다트가 목 안으로 웃음을 삼켰다.

"그대가 보면 반할 정도로 어여쁘다."

생각보다 유한 대답에 엘바가 두 눈을 동그랗게 떴다. 이런 시하드의 반응은 그 역시 처음 보는 것. 놀라움에 쉽게 입이 다물어지지 않았다.

"어, 그, 저기 말입니다. 소신이 한번 뵙고 싶은데 어떻게 안 될까요?"

다른 자였다면 바로 내쳤겠지만 베히다트는 엘바이기에 비교적 유한 반응을 보였다.

"그럼 내 아이라의 아름다움에 버금갈 금이라도 바칠 건가?"

베히다트의 흔치 않은 농에 엘바의 호기심이 더더욱 커져 갔다. 그가 전의 쿤들이 자주 하던 내기를 꺼내자 엘바가 심각하고 진지하게 맞받아쳤다.

"보석이라면 바칠 수 있습니다."

집안이 패망하는 한이 있어도 갖다 바치겠다는 결연한 의지가 담긴 시선에 베히다트가 꽤나 기분 좋게 웃었다.

"내 달님에게 물어보도록 하지."

찰나였다. 심각하게 얼마를 준비해야 할까 고민하던 엘바가 두 눈을 동그랗게 떴다. 방금 들은 말 때문에 머릿속을 어지럽히던 생각들이 하얗게 지워졌다.

"방금, 뭐라고……."

달, 달님. 자신이 들은 칭호가 맞는 것인가. 경악한 표정에도 베히다트는 아랑곳하지 않고 엘바를 지그시 응시했다.

"어, 너무 오랜만에 듣는 칭호라 놀랐습니다만 설마 혹시 시하드시여, 제가 생각하는 그게, 설마……."

엘바가 뒷말을 꺼내려고 할 때였다. 베히다트가 은밀하게 경고했다.

"아직 생각만 하고 있도록."

물론 시하드를 거스를 생각이 요만큼도 없는 엘바는 착실하게 입을 다물었다.

다행히 정신을 잃은 건 아니었다.

아시나는 붙들려 어딘가로 이동 중이라는 걸 깨닫고는 속으로 상황을 파악해 보려고 노력했다. 소리를 지르고 싶어도 입부터 막혀서 불가능했고 무엇보다 비로 반항을 하기엔 사세가 좋지 못했다.

아무리 아시나라고 해도 작정하고 붙들고 있는 남자를 뿌리칠 수 있는 힘은 없었다. 결국 아시나는 상대가 방심해서 실수하기만을 바랐다.

정말 페시안 한번 잘못 와서 험한 꼴은 다 보는구나. 감금도 모자라 이제는 납치라니.

납치되는 와중에도 이상하다는 생각을 그만둘 수가 없었다. 특히 침소 앞을 지키고 있어야 할 전사가 없었다는 점이 마음에 걸렸다. 어째서? 도대체 그 많던 호위들이 어딜 간 거지? 다분히 수상한 상황이라고 해도 이대로 궁 밖을 나간다면 그건 정말 의외의 행운이었다. 하지만 안타깝게도 그대로 궁을 나가는 기색은 없었다. 괴인은 얼마 지나지 않아 아시나를 내려놓고 떨어졌다. 아시나는 갑자기 발이 땅에 닿는 기분이 아찔해서 인상을 찡그렸다.

"데려왔습니다."

낯선 목소리였다. 아시나는 깜짝 놀라 주변을 둘러보았다. 다행인지 불행인지 이곳은 아시나도 잘 알고 있는 곳이었다.

하렘…….

그것도 하렘의 중정中庭이었다. 대체 이 시간에, 왜 이곳에 자신이 와야 했는지 알 수가 없어 멍하니 서 있었다. 그 순간 서늘한 목소리가 건너왔다.

"제 전령이 무사히 모셔 왔군요."

달빛에 모습을 드러낸 남자는 아는 얼굴이었다. 아시나는 저도 모르게 인상을 찡그렸다.

"바레인 대족장?"

바레인이 해연히 환하게 웃었다.

"알아보시는군요. 다행히 절 잊진 않으셨네요."

어떻게 잊겠나, 이런 존재감을.

이 일을 저지른 상대를 알자마자 아시나는 부글부글 속이 끓어 올랐다. 이게 대체 무슨 짓이지?

"이게 무슨 무례죠?"

아시나의 질책을 부드럽게 흘려 넘기며 바레인이 한 걸음 다가왔다. 이미 괴인은 어둠에 동화되어 어딘가로 사라진 지 오래였다. 하지만 멀지 않은 곳에 있을 터였다. 아시나가 어떤 태도를 취하건 바레인은 여유로움을 잃지 않았다.

"무례를 저지른 점은 매우 죄송합니다. 하나, 이런 방법이 아니라면 뵙지 못할 테니까요."

아시나는 입술을 질끈 깨물었다. 안 그래도 붉은 입술이 더 붉게 변했다.

"제 대답이라면 이미 자키야 양에게 전했을 텐데요."

바레인은 이미 알고 있다는 듯 해맑게 웃었다.

"아, 아시나 양의 대답은 자키야 양에게서 아주 잘 전달받았습니다."

"그런데 어째서!"

항의하는 아시나를 내려 보며 바레인이 연신 화사한 미소를 지었다. 아시나는 그런 그가 도무지 이해되지 않았다. 답을 전해 들었음에도 자신을 데려왔다? 그것도 이렇게 거의 납치 비슷하게. 왜지? 이해할 수 없었다. 도대체 무엇을 노리고 있기에? 이렇게까지 할 정도로 자신이 이용 가치가 있는 인물이란 말인가. 머리가 차갑게 가라앉았다.

이곳이 크롬웰이라면 몰라도 페시안에선 그지 라 군의 충희 ㅗ

이상도 이하도 아닌데. 혼란스러운 아시나를 눈앞에 두고 바레인은 들고 있던 부채를 접었다. 고요한 공기와 함께 소리 없이 지은 서늘한 미소가 소름 끼쳤다.

"그렇게 쉽게 제 손아귀에서 빠져나갈 수 있을 거라 생각하셨습니까?"

잘못 걸렸다. 순간 든 생각은 그것이었다. 아예 처음부터 만나선 안 되는 사람이었다. 미끼를 던졌을 때 무시하고 넘겼어야 했다. 차라리 그편이 이것보단 나았으리라. 뒤늦은 후회를 하며 아시나는 미미하게 떨리는 손을 꼭 말아 쥐었다.

"……그게 무슨."

목소리마저 살짝 떨려 왔다. 아시나는 태연히 대하고 싶었지만 동요를 숨길 수가 없었다. 바레인이 조용히 다가왔다.

"어째서 시하드의 편을 들어 주신 겁니까? 제 협박이 그리 무섭지 않으셨던가요?"

이건 진심으로 분노하는 목소리였다. 동상이라도 입을 듯한 싸늘함에 놀라며 아시나는 최대한 그를 자극하지 않으려 애썼다.

"무서워요. 지금도 떨고 있는 걸요."

"정말 그러십니까?"

낮에 봤던 것과는 완전히 딴판이었다. 어둠을 등지고 선 바레인은 서늘하고 소름 끼쳤다. 숲길에서 헤매다 맹수를 만난 것과도 달랐다. 이 남자는 이미 자신이 취할 행동에 대한 모든 경우의 수를 계산한 뒤 접근한 것이다.

자신의 마음대로 움직이지 않았다는 서늘한 분노는 전해져 왔지만 아시나는 바레인이 그 정도로 이성을 잃을 남자가 아니라고 생각했다. 그리고 이 상황에서 더 명확히 드러난 사실은 정말로 바레인이 베히다트와 척을 지고 있다는 것이었다.

"내가 당신 뜻대로 움직이지 않아 화가 난 건가요, 바레인?"

"아니요, 그럴 리가."

바레인이 산뜻하게 웃어 보였다. 정말 어울리지 않는 선한 미소였으나 아시나는 그래서 더 치가 떨렸다. 한 번 발을 잘못 들였을 뿐이었는데 더럽게 꼬였다. 상대가 자신의 정체를 알고 있다는 언질을 보냈을 때부터 이런 상황을 예상했어야 했다. 아시나는 놀라고 당혹스러워서 섣불리 행동했던 자신을 질책했다.

폐쇄된 하렘에는 불빛 하나도 없었다. 그건 건물 안이 아니라 사이에 있는 정원이라고 해도 마찬가지였다. 사람이 살지 않아서 드는 기묘한 분위기가 이 공간을 더 적막하게 만들었다. 무섭게 내리누르는 침묵에 아시나는 어떤 말도 하고 싶지 않았다. 무슨 말을 하건 이 모래 늪에 더 깊이 빨려 들 것 같았다.

"혹시 기억하십니까?"

"뭘……."

문득 바레인이 웃었다.

"달이 비치던 회랑, 그날 밤의 일을요."

기억하고 있었어?

아시나가 조용히 경악했다. 그걸 기억하고 있을 줄이야. 자세한 언급은 없었지만 아시나의 굳은 표정에 바레인의 미소가 더 진해졌다.

"뭘 하고 계셨던 거죠?"

들켰니, 안 들켰나 조마조마하던 것 때문에 그날 뭐했는지는 이미 다 잊어버렸다. 아마도 기억에 남지 않은 걸 보니 쓸데없을 게 분명했다.

"그냥…… 밤 산책을 나갔을 뿐이었어요……."

당연히 바레인은 그 말에 수긍하지 않았다.

"머리 색은 왜 바뀌신 거죠?"

"그 이유를 말해야 할 의무는 제게 없는 것 같은데요."

아시나가 딱 잘라 말했다. 도발적인 어조에도 바레인은 불쾌해하지 않았다.

"그럼요. 말하지 않으셔도 됩니다."

어차피 말할 거라 기대하지도 않았다. 바레인은 천천히 숨을 내쉬었다. 아시나는 뭐가 그리 불안한지 주변을 살펴보았지만 아직 놔줄 생각은 없었다. 원래 준비되어 있던 모든 계획을 어그러뜨리고라도 손대고 싶을 만큼 매혹적이었지만 인내했다. 저 하얗고 가느다란 목을 졸라 버리고 싶었지만 그 충동도 이겨 냈다. 지금은 아니었다.

더 불안하고 더 위험하게, 자신이 내민 손을 잡지 않으면 버틸 수 없을 정도로 몰아붙여야 했다. 그래야 약해진 마음을 손에 넣기 쉬어질 테니.

"하지만 이렇게 비밀투성이인 여자를 믿을 수 있는 남자가 세상에 얼마나 존재할까요?"

은근하게 들려준 말에 흔들리는 게 피부에 닿을 듯 느껴졌다. 흐트러진 호흡과 찡그린 얼굴만 보아도 그녀가 느낄 불안을 가늠해 볼 수 있었다.

"돌아갈래요."

아시나가 거침없이 뒤돌았다. 바레인은 바로 코앞에서 보게 된 뒷모습에 약간은 씁쓸한 미소를 지었다. 그렇다고 서운한 건 아니었다. 이런 상황이야 이미 어느 정도 각오한 것이었으니.

"지금이라도 늦지 않으셨습니다."

아시나가 발걸음을 멈췄다. 뒤를 돌아보진 않았지만 바레인은 그녀의 마음이 갈팡질팡 질척거리고 있다는 걸 알고 있었다.

"제 말을 들으시는 게 좋으실 텐데요."

아시나는 숨을 골랐다. 마음이 격한 파도처럼 물결쳐서 중심을 잡기가 힘들었지만 그래도 흥분하고 싶지 않았다. 마음을 비우고 단순하게 생각한다면 바레인의 말이 맞을 수도 있었다. 그를 돕는 척하면서 이 궁을 나갈 기회를 얻어 그대로 북으로 튀면 끝나는 일이었다. 남쪽에서 벌어진 일, 북대륙으로 가면 알 게 뭔가. 하지만 여기엔 누구도 미처 알지 못한 것이 하나 끼어 있었다. 그건 바로 아시나가 베히다트를 좋아하게 되었다는 사실이었다.

아시나는 도저히, 그 남자를 배신할 수 없었다.

"바레인 대족장은 포기를 모르시는군요."

가릴 처지가 아니라는 건 알지만 적어도 바레인의 도움은 받고 싶지 않았다. 아시나는 다시 뒤를 돌아보았다. 비스듬히 자신을 바라보는 시선에 바레인이 묘한 표정을 지었다.

"이렇게 직접 말할 기회도 주어졌으니 이번 기회에 분명히 대답하죠."

잠깐의 틈도 없이 말이 이어졌다.

"싫어요."

딱 잘라 대답하는 아시나의 표정엔 한 점의 후회도 없었다.

바레인은 깔끔하게 회유를 접었다. 이런 짓이 통할 인물이 아니었다. 고목의 뿌리처럼 단단한 의시가 아시나의 눈빛에서 엿보였다. 쓰라렸지만 바레인은 쉽게 단념했다. 그가 환하게 웃었다.

"마지막 기회가 아깝게 날아갔군요."

어차피 기회는 많으니까. 그렇게 되뇌며 그가 입을 열었다.

"다음에 뵐 땐 협조 같은 건 청하지 않겠습니다. 이미 당신에겐 제가 나쁘게 찍힌 모양이니까요."

아시나의 몸이 작게 멈칫했다. 이 남자가 지금 뭐라고 말하는 거지? 다음? 다음이라고?

다음은 없을 거라 아시나가 말하려던 참이었다. 그보다 먼저 바레인이 경고했다.

"조심하십시오."

"뭘 말이죠?"

조금 수상했으나 아시나는 자신도 모르게 대꾸했다. 바레인이 선하게 웃으며 부채로 아시나를 가리켰다.

"이제 당신이 직접 정체를 밝힌다고 해도 누구 하나 믿어 주지 않을 테니까요."

"그게 무슨……."

미처 되묻기도 전에 바레인이 팔을 뻗었다.

"자, 가 보시죠."

서늘하게 웃는 얼굴은 더 이상 어떤 여지도 주지 않았다. 아시나는 순간 무슨 질문을 해도 답을 얻을 수 없을 거라는 걸 알았다. 얌전히 바레인이 가리키는 방향으로 걷는 순간 튀어나온 괴인의 모습에 소리 지르지 않은 걸 감사히 여겼다. 심장이 멈추는 줄 알았네.

괴인은 처음에 데려올 때와 달리 조용하고 얌전하게 길을 안내했다. 돌아가는 동안 별다른 이야기는 나오지 않았다. 페시안의 전사들과 달리 눈앞의 검은 옷을 입은 사내는 존재감이 안개처럼 희미했다. 어쨌든 안전하고 빠르게 아시나는 시하드 궁으로 되돌아올 수 있었다.

궁정은 조용했다. 당연한 거겠지만 스산할 정도로 조용했다. 무사히 방으로 돌아간 아시나는 방 안으로 들어서려다 깜짝 놀랐다. 마주친 검은 눈동자가 불신을 담고 있었다.

"대체, 어딜 다녀오신 겁니까?"

숨이 멈췄다. 심장도 잠깐이지만 멈춘 기분이었다. 너무 놀라서 어떻게 되어 버린 것 같았다. 겨우 숨을 들이켜고 마른침을 삼켰지만 입술이 쉽게 떼어지지 않았다. 갇힌 뒤로 오랜만에 보는 것 같다. 하렘에 있었을 땐 그래도 자주 마주쳐서 괜찮았는데. 왜인지 카림은 못 마주친 시간에 더 사나워진 것 같았다.

"카림이야말로 어딜 갔었나요?"

약간 원망 섞인 어조에 카림의 시선이 더 어두워졌다.

아시나의 반문이 마음에 들지 않는지 그가 인상을 썼다. 그래도 그는 순순히 아시나의 질문에 대답했다.

"시종장께서 잠시 보자 하셔서 자리를 비웠습니다."

"시종장이?"

뭔가 이상했다. 갑자기 시종장이 왜 그런 일을 한 거지? 게다가 카림뿐만 아니라 모든 전사들이 자리를 비웠다. 심지어 시녀들조차. 도대체 뭐지? 알 수 없는 상황에 아시나가 인상을 썼을 때였다. 제대로 된 고민을 하기도 전에 카림이 아시나의 바로 앞에 섰다. 놀란 아시나가 숨을 죽였다.

카림이 특별히 무언가를 한 것은 아니었다. 그런데 점점 심상치 않아지는 기세 때문에 아시나는 불안했다. 카림이 갑자기 왜 이렇게 살벌하게 노려보는 거지?

그 의문은 머지않아 풀렸다. 카림이 손을 들었다. 아시나는 반사적으로 움찔했으나 그 손을 쳐 내진 않았다. 카림이 아시나의 머리에 붙어 있는 무언가를 집어 들었다. 그건 작은 나뭇잎이었다.

"뭘 하고 오신 겁니까?"

아무리 생각해도 덫이라는 생각밖에 들지 않았다. 사냥꾼의 몰이. 처음 접근했을 때부터 모든 게 지금 이 상황을 의도한 것이다. 그걸 이제라도 깨달았기에 다행이었지만 동시에 이제 깨달아서 큰일이었다. 아시나는 한참 고민을 거듭하다 새벽의 끄트머리에 겨우 지쳐서 잠들었다.

무슨 일이 일어나도 크게 일어날 거라 단단히 마음먹었던 것과 달리 다음 날 아침, 사형과도 같은 부름은 없었다.

좋아해야 하는 건지 싫어해야 하는 건지 갈피도 잡지 못한 채 아시나는 피곤한 몸을 이끌고 하렘으로 건너갔다. 시녀들에게 왜 어젯밤에 밖에 없었느냐 물어보고 싶었지만 이제 와선 무의미한 질문이었다. 분명 시종장이 시켰다고 대답하겠지.

"어쩐지 별로 달갑지 않더라."

어제, 능숙하게 숨겼지만 시종장에게서 은연중 묻어 나왔던 미미한 적의가 계속 목에 걸린 가시처럼 거슬렸다. 크게 개의치 않았지만 이럴 줄 알았으면 좀 더 조심할 걸 그랬다. 그렇게 조심성 없이 돌아다니다 큰일 난다고 하던 엄마의 예언이 이번에도 적중했다.

어머니, 어머니는 사실 예언자였나 봅니다.

"엄마 말 틀린 거 하나 없지 그럼."

듣는 당시에는 너무 듣기 싫어서 그게 문제지. 으레 모든 자식이 그러하듯 우를 범한 뒤 후회하던 아시나는 다른 생각에 잠겼다. 이 와중에 그녀는 베히다트가 걱정이었다.

"……모르진 않을 거야."

아시나는 이제 와 왜 베히다트가 사막에서 만난 자신을 대뜸 감옥에다 처넣었는지 이해했다. 아무리 사소해도 모든 걸 의심할 수밖에 없었구나. 동쪽에선 바레인이 버티고 있고 궁내에는 대재상이 나대고 거기에 크라차에 크롬웰까지 있으니 사실상 그의 주변엔 적들밖에 없는 상황.

아시나는 모르는, 상상도 해 본 적 없는 완전히 다른 세상 이야기였다. 분명 같은 땅 위를 밟고 서 있는데…….

"피곤하신가 봅니다."

"왔어요?"

익숙하게 맞이했지만 대답 대신 고개를 숙이는 자키야 역시 썩 좋은 모습은 아니었다.

"무슨 일 있었어요?"

자신도 기분이 안 좋은데 눈앞의 여인까지 이러하니 숨 막혀 죽을 것 같았다. 아시나가 짐짓 모르는 척 묻자 자키야가 고개를 들었다. 마주한 눈동자는 아무 동요 없이 깨끗했다.

"제가 아시나 님의 시녀가 된 이유, 알고 계십니까?"

아시나는 순간 갈등했다. 안다고 해야 하나, 모른다고 해야 하

나. 하지만 자키야는 딱히 대답을 원한 게 아니었는지 바로 말을 이었다.

"시하드께 정체가 수상한 여인이 붙어 있다고 하여 진위 여부를 가리기 위해 제가 동원된 것입니다."

지나칠 정도로 솔직한 고백에 아시나는 조금 떨떠름해졌다.

"……알고 있어요."

"역시, 알고 계시는군요."

자키야는 쓴웃음을 지었다. 아시나는 갑자기 이런 이야기를 왜 꺼내는 건지 알 수가 없었다. 이해하지 못하겠다는 아시나의 표정을 마주하며 자키야가 당연하다는 듯 고개를 끄덕였다.

"나흘 뒤, 저는 다라로 돌아갑니다."

차를 마시던 아시나는 순간 차를 뱉을 뻔했다. 이 여자가 지금 뭐라고 한 거지?

"다라…… 라면 그……."

"예, 페시안의 서쪽에 있는 자치구입니다."

"그럼 일족에게로 돌아간다는 말인가요?"

"역시 이해가 빠르시군요."

갑자기 왜?

뭔가 좋지 않은 예감이 들었다. 자키야는 그 이유까진 말해 줄 수 없는지 잠잠히 시녀가 내온 차를 마셨다.

"시하드는 이미 뵈었고 알 페시안에서 더 이상 제가 필요한 일은 없을 겁니다."

마치 아시나의 의문에 대답하듯 자키야가 말했다. 쓴웃음을 삼키는 자키야를 보며 아시나는 정신이 사나워졌다.

왜 자키야를 돌려보내는 거지? 이것 역시 바레인과 관련이 있는 것인가? 자신이 덫에 걸린 시점에서 이 행보는 정말 의심스러웠다. 일단 게디크는 바레인과 협력 관계였다. 게디크에게 있어 자키야는 분명 사랑스러운 딸 이상의 가치가 있을 터. 이건 분명 뭔가 있었다. 둘이 원하는 게 뭐지? 베히다트가 가진 권력? 하지만 그건 핏줄과 이능이 가져다 준 대체할 수 없는 불가결한 것이다. 페시안에서 라 쿤을 누를 수 있는 방법은 없다. 그럼 대체 무엇을 원하는 거지?

그게 무엇이 되었든 아시나는 기본적으로 베히다트가 위험할 것이라 생각했다. 그 남자는 대체 무엇 때문에 일이 이 지경이 될 때까지 방관한 거지? 아니, 이 상황을 모르고 있나? 모르고 있어도 문제고 알고 있다고 해도 의문이었다.

자신의 상황도 상황이지만 아시나는 난데없이 베히다트가 얽힌 상황 때문에 머리가 아팠다. 그 남자도 알까? 자기가 사방이 적으로 둘러싸인 가운데 홀로 있다는 것을.

아, 물론 완전히 혼자는 아니지만…….

그래도 적이 너무 많았다.

어떡하지. 어쩌지. 분명 지금 제 코가 석 자에 나 살기도 바쁜데 베히다트가 걱정되어서 미칠 것 같았다.

"제 아버님은 야망이 많은 분이십니다."

생각에 잠겨 있던 아시나가 고개를 들었다. 나지막한 목소리는 태연했지만 그녀는 놀랐다. 아시나는 반사적으로 시녀들의 위치를 확인했다. 다행히 시녀들은 조금 멀리 있었다. 신경이 쓰이는지 자키야가 더욱 목소리를 낮추었다.

"대재상의 자리에까지 오르셨지만 그보다 더 많은 것을 원하시죠. 그건 샤르자의 대족장도 마찬가지일 겁니다."

도대체 뭘 말하고 싶은 걸까. 아시나는 어찌하면 좋을지 알 수 없다는 표정으로 자키야를 바라보았다.

"오래전부터 두 분 사이에 모종의 관계가 있다는 건 알았습니다. 하지만 저는 끼어들 수 없었죠. 이번 일 역시 아시나 양이 갇혀 있지 않았다면 제가 끼어들 틈은 없었을 겁니다."

"……이런 말을 내게 하는 의도가 뭐죠?"

아시나를 담은 자키야의 눈동자는 깨끗했다. 아무런 사심 없는 진심. 그녀가 물었다.

"협박받으신 거죠?"

알면서 왜 묻는 거지. 대답 대신 아시나는 입술을 꾹 다물었다. 자키야는 다 안다는 듯 한숨 섞인 한탄을 했다.

"바레인 님은 그렇게 녹록한 분이 아니십니다. 아마 더 세차게 몰아붙이고 서서히 숨통을 조일 거예요."

그러겠지. 충분히 그럴 인물이었다.

아시나는 제가 느꼈던 예감이 틀리지 않았다는 게 슬펐다. 자랑할 건 아니지만 사람을 보는 건 자신 있었다. 자신을 이용해 대체 뭘 하려는 건지는 몰라도 그게 자신에게 좋지 않다는 건 알 수 있었다. 그래, 베히다트한테도 좋지 않겠지. 도대체 여기서 더 어떻게 안 좋아질 수 있는 건지 그것도 의문이었다. 그러나 지금 이 순간 가장 의문인 건 자키야가 이 화제를 먼저 꺼냈다는 점이었다.

왜? 그녀는 바레인의 편이 아니었던가.

굳이 네 편, 내 편을 나누자는 건 아니지만 이건 목숨 줄이 달려 있는 사투였다. 줄을 잘못 서는 순간 모든 게 끝난다. 당연히 흑과 백이 나뉠 수밖에 없는 구도라 언뜻 자키야의 태도가 이해되지 않았다. 그 순간 의문을 해결해 주기라도 하듯 자키야가 입을 열었다.

"저는 시하드를 돕고 싶습니다."

조금 쓸쓸한 기색으로 자키야가 시선을 내렸다.

"비록 제가 제 아버지와 다른 길을 간다고 해도 사 쿤께 받았던 은혜를 조금이라도 되갚기 위해서라면……."

아시나는 조금 놀랐다. 그 순간 자키야가 쓰게 웃었다.

"제 마음과 별개로 시하드를 진심으로 따르고 있으니까요."

희미한 미소가 자신마저 씁쓸하게 만들었다. 그녀가 베히다트를 어떻게 생각하고 있는지 모르는 바가 아니었으니까. 하지만 그러는 순간에도 아시나는 다른 생각이 앞섰다.

바레인이 이 사실을 알까? 자신을 이용하려는 인간이었다. 자키야에 대해 그 남자가 모를 리 없었다. 그럼 지금 자키야의 이 행동은 바레인의 계산에 들어간 것인가, 아닌가.

고작 두세 번의 만남으로 모든 걸 파악하기엔 무리가 있었다. 망할, 어떤 인간인지 어느 정도 능력이 있는지 누군가의 대략적인 평가라도 들을 수 있으면 좋겠는데. 아시나의 망설임이 눈에 보인 모양이었다.

"걱정할 것 없어요. 지금 하려는 건 아버지께서도 바레인 님도 모르실 일입니다."

자키야가 단호하게 잘라 말했다. 아시나는 그래도 안심이 되지 않았다.

"아시나 양은 잘 보르셨지만 시하드께선 제게 어마어마한 은혜를

베푸신 분입니다. 그런 분에게 조금이라도 도움이 되고 싶어요."

"그래서요?"

"당신은 지금 시하드께 방해되는 존재입니다."

이것만큼 잔인한 말이 있을까.

아시나는 인상을 찌푸렸다. 원해서 엮이게 된 게 아니라고 해명을 늘어놓아도 이 여자한테 자신은 그냥 사랑하는 임의 방해물이었다. 뭐, 사실이긴 하지만. 그래서 화도 나지 않았다. 그냥 자신이 한심했을 뿐. 비참하다는 게 이런 기분인가.

"나도 알아요. 그래서요?"

"북으로 돌아가세요."

냉정하기 그지없는 한마디.

아시나는 자신도 할 수 있다면 그러고 싶다고 대답하려고 했다. 하지만 그것보다 먼저 자키야가 입을 열었다.

"나흘 뒤, 저와 함께 떠나시지요. 어떤가요?"

쉬이 대답할 수 있는 문제가 아니었다. 아시나가 혼란스러운 표정을 지었다. 예기치 못한 엄청난 기회이긴 했다. 자키야가 조금 더 심각한 표정으로 덧붙여 말했다.

"저와 함께 알 페시안을 나가면 제가 수르트까지 갈 수 있는 일행을 붙여 드리겠습니다. 안전은 보장해요."

악마가 유혹한다고 생각할 정도로 달콤한 제안이었다.

이곳을 뜨는 것, 그것은 이 모든 압박에서 벗어날 수 있는 유일한 방법이었다. 바레인의 협박을 무용지물로 만드는 방법. 한 줄기 빛이 비추는 기분마저 들었다. 하지만 아시나는 그 제안을 덥석 받아들일 만큼 순진하지 못했다.

“나한테 왜 이런 제안을 하는 거죠?”

숨기지 않는 불신에 자키야가 웃었다. 그리고 서글프게 시선을 내리깔았다.

“이게 제가 시하드께 해 드릴 수 있는 유일한 것이니까요.”

제7장第七章

세 개의 초승달

세 개의 초승달

집무실의 공기는 차가웠다. 겨울철 한파가 이런 것이리라 싶을 정도로 으스스한 동시에 살얼음 위를 걷기라도 하듯 살벌했다. 나시르와 카림은 어떤 말도 꺼낼 수 없었다. 지금 이곳은 이만이 전해 준 사실과 우마르가 가져온 소식 때문에 완전히 초토화가 되었다.

가장 상석에서 말없이 집무를 보던 베히다트는 깊은 침묵을 지키고 있었다. 그를 지켜보는 나시르는 혼란스러웠다. 오로지 카림만이 우직하게 자리를 지키고 있었다.

"일단, 사신 이야기부터 마무리 지을까요?"

꽤 한참의 시간이 지난 후, 눈치만 보고 있던 나시르가 조심스레 손을 들었다.

도저히 말을 꺼낼 분위기는 아니었지만 나시르는 그래도 마냥 이러고 있을 수만은 없었다. 셋 다 시간이라면 금을 주고 사더라도 부족할 사람들이었으니까. 다행히 나시르의 용기는 무시당하지 않

았다. 베히다트가 시선만 들어 나시르에게 발언할 기회를 주었다

"말하라."

여전히 숨도 크게 쉬기 힘든 살벌한 분위기였지만 나시르는 이 정도에도 만족했다.

"우선 소하르에서 사라진 다우드는 마안이나 샤르자 쪽으로 몸을 피했을 가능성이 높습니다. 소하르에서 직접 알 페시안으로 오는 길목은 위험하니까요."

"우마르의 의견은 어떻던가?"

"샤르자로 갔을 거라 하셨습니다."

다우드는 습격을 받았다 해도 목숨이 위험하다는 이유로 도망을 칠 남자가 아니었다. 베히다트는 고심하다 다시 나시르를 바라보았다.

"그대의 생각은?"

"저 역시 샤르자입니다."

다만 문제는 샤르자와 소하르, 샤르자와 알 페시안을 가르는 크고 거대한 협곡이었다. 오로지 돌산으로 가득한 협곡은 미로처럼 꼬여 있어서 쉬이 길을 찾을 수 없었다. 문이라고 부르는 일정 장소를 지나가는 것 외엔 접근하는 것조차 금기시되는 그런 곳이었다.

"사신에 대한 건 어떻게 되었지?"

"흔적이 없습니다. 누가 계속 의도적으로 흔적을 지우고 있는 모양입니다."

"똑똑하군."

나시르가 인상을 찌푸렸다. 금방 찾을 수 있을 줄 알았는데 습격을 한 샤르자 장로 측의 전사들이 뛰어난 것인지 아니면 사신의 곁

에 붙어 있다는 기사가 뛰어난 것인지 도무지 행방을 찾을 수가 없었다. 협곡 자체의 난이도 때문에 수색이 더뎌지는 것도 한몫했다. 하지만 나시르는 그 인간이 아니라는 기사 쪽이 더 신경 쓰였다. 이왕이면 그쪽에서 흔적을 지우는 거면 좋을 텐데.

다시 침묵이 가라앉았다. 무슨 일이 있어도 항상 평정을 잃지 않던 제 주인이 평소와 다르다는 건 나시르 역시 알고 있었다. 나른한 미소도 여유도 찾아볼 수 없었다. 무언가에 화가 난 상태. 지금 베히다트의 신경과 정신을 잡고 있는 건 다우드도 크롬웰의 사신도 바레인도 아니었다.

어쩌다 이렇게 된 것일까?

나시르는 속으로 한탄했다. 라 쿤의 자리에 올랐을 때부터 줄곧 원해 왔던 계획이 이제 결실을 보려고 하는데 정작 그것을 가장 원하는 자가 다른 것에 정신이 팔려 있었다. 이루 말할 수 없는 안타까움이 나시르를 덮쳤다. 하지만 그보다 이렇게 될 걸 알면서도 관망하고 있던 자신에 대한 한심함이 더 우선이었다.

더 적극적으로 말렸어야 했는데. 후회로 입술이 바싹 마르는 나시르를 두고 여태 조용히 입을 다물고 있던 카림이 자신의 주군을 강하게 응시했다.

"이제 어쩌실 겁니까?"

오랜 침묵을 깨고 나온 하나의 질문. 그 질문의 의도는 명백했다. 베히다트가 시리게 웃었다.

"뭘 말이지?"

나시르는 꽤 심각한 표정으로 턱을 괴고 앉아 있었다. 우마르가 던져 주고 간 정보들을 읽고 정리하며 코앞에 쌓인 문제를 해결하려고 고군분투해도 모자랄 와중에 하는 딴생각인지라 어느 누가 타박을 해도 상관없었으나 정작 카림도 이만도 그를 나무라지 않았다.

언제나 바쁜 이만도 업무에 복귀해야 하고 카림도 자기 자리로 돌아가야 했으나 나시르는 그때까지도 쉽게 결론을 내지 못하고 있었다.

"뭘 그렇게 괴로워해?"

카림의 질문에 나시르가 고개를 들었다.

"……그냥. 앞날이 안 보여서."

"어?"

그게 무슨 소리냐는 듯 카림이 인상을 구기자 나시르가 자세를 바꾸며 말을 이었다.

"왜, 대충 일이 일어나기 전에 이건 이렇게 되겠다, 저건 저렇게 흘러가겠다 싶은 뭔가가 있는데 이번 일은 하나부터 열까지 다 모르겠어. 감이 안 잡혀."

아시나가 큰 문제가 될 거라는 건 예상했지만 그건 북쪽의 첩자가 아닐까 하는 쪽이었지, 이런 식으로 문제가 될 줄은 예상치 못했다.

너무 과신하고 있었던 것인가, 자신의 주군을.

늘 인간이 아니라 여겨서 이번 역시 그럴 거라 은연중에 단언했던 모양이었다. 대족장들이 앞다투어 그 어떤 미희를 갖다 바쳐도 금세 흥미를 잃던 그를 알아서인지 이번 역시 그러리라 방심했다. 끌리고 있다는 걸 알고 있으면서도 그래도 금세 원래대로 돌아오겠지, 설마 평범한 사내들처럼 변하는 건 아니겠지, 안일하게 생각했던 것이 이제와 돌이켜 생각해 보면 전부 자신의 불안함을 정당화하려는 핑계에 불과했다.

다시 생각하면 그렇게 무언가에 지나칠 정도로 휘둘리는 시하드는 본 적이 없었다. 심지어 그를 라 쿤으로 만든, 지금의 그가 쿤의 자리를 지키고 있는 거의 유일한 이유라고 할 만한 '3왕자 관련 계획'도 베히다트는 언제나 어떤 사사로운 감정 없이 오로지 냉정한 태도로 일관했다. 감정에 휘둘리거나 고뇌하는 모습을 그는 지금껏 단 한 번도 본 적이 없었다.

"미치겠군."

도망치게 만들어야 했다. 그 마음이, 호기심이, 미혹이 깊어지기 전에 그 여자를 치웠어야 했다. 이미 돌이키기엔 너무 늦어 버렸다.

"그 여잔 처음부터 수상했어."

"어, 알아."

"그런데 이제 와 무엇에 동요하는 거지?"

나시르는 고통스러운 표정으로 카림을 돌아보았다. 카림은 자신이 태연하게 굴고 있다고 생각하는지 몰라도 내심 충격받은 게 겉으로 드러나 있었다. 평소라면 신경도 쓰지 않았을 녀석이 증오라는 감정을 보이는 걸 보면 쉬이 알 수 있었다.

나시르는 깊은 한숨을 내쉬었다. 잘못 꿴 바늘처럼 뭔가 시원치 않았다. 그래도 나시르는 제 자신보다 자신의 주군을 걱정했다. 제 자신이 이 정도이건만 베히다트는 어떻겠는가? 지금 베히다트의 속은 까맣게 타들어 가고 있을 게 분명했다.

"동요하는 게 아니야. 뭐랄까, 그게……."

베히다트를 떠올리자 다시 기분이 착잡해졌다.

갑자기 깊은 회의가 그늘을 드리웠다. 3왕자에 대한 것은 금기였다. 하렘 참사 이후로 3왕자에 관한 것은 어느 것도 밖으로 새어 나가는 일이 없었다. 대외적으로는 그가 원래 미쳐 있었다고, 그러다 정신 발작을 일으켜 큰 비극이 일어난 것이라 공표되었다. 그렇게 된 데에는 사 쿤의 공이 가장 컸고 앞다투어 후계자 자리를 노리는 왕족들도 한몫했다.

그것이 진실이 아니라는 것은 조금만 주의를 기울인다면 누구나 알 수 있었다. 하지만 즉위한 직후 베히다트가 이 일을 건드리려 했을 때 전대의 대족장 전부가 반대했다. 이유는 알 수 없었지만 모든 궁정 관료들의 존경을 한 몸에 받는 소하르의 대족장인 현명한 비가조차 그것을 반대했다. 때문에 비밀을 파헤치는 일은 조용하고 은밀하게 시작되었다. 나시르는 북대륙에 대한 의혹을 해소할 수 있을 것 같다는 이유 하나로 이 일에 끼어들었다. 물론 얄미운 샤르자의 뒤통수를 칠 기회라는 사적인 이유도 존재했다. 우마르 역시 처음엔 반대하다 그 일의 진위를 알아내야 모든 게 제자리로 돌아갈 것이라는 베히다트의 굳은 의지에 꺾여 따르게 되었고 이만은 재미있다는 이유 하나만으로, 카림은 시하드의 뜻이라면 뭐든 따르겠다는 맹세로 합류했다.

그러니 고작 여자 하나 때문에 흔들려서는 안 되었다.

"모르겠군."

나시르는 깊은 한숨을 내쉬었다. 3왕자 문제를 제쳐 두더라도 지금 이 상황은 뭔가 이상했다. 증거가 명백하다고 해도 의심이 생겼다. 너무 아귀가 잘 들어맞는다고 해야 하나. 이만을 신뢰하지 않는 건 아니었다. 그는 나시르가 존경하는 남자였으니까. 카림을 믿지 못하는 것도 아니었다. 그런데도 여전히 마음 한편으로는 아시나가 그럴 리 없다는 생각이 들었다.

어째서일까. 굉장히 설명하기 애매했다. 사람 보는 눈 하나는 자신이 있었는데 그만큼 상대가 속이는 데 뛰어났던 것인가, 아니면 자신이 너무 허술했던 것인가. 분명한 건 결론을 내리기 위한 퍼즐 조각 하나가 부족하다는 것이다. 나시르는 말꼬리를 끌다가 결국 말머리를 돌렸다.

"근데 카림, 넌 괜찮냐?"

갑자기 화살이 자신에게 돌아오자 카림이 인상을 찌푸렸다. 나시르가 분위기를 전환할 겸, 그를 놀리듯 가볍게 웃었다.

"그래도 꽤 친하지 않았었나, 아시나 양이랑?"

"누가 그런 여자랑!"

카림이 발끈했다. 그래도 호위를 맡으면서 정이 붙은 모양이었다. 이렇게 반발하는 모양새를 보고 있자니 나시르는 기분이 더 가라앉았다. 카림이 머리를 문지르며 입을 다물었다. 굳게 다문 표정에 꽤 복잡한 심경이 드러났다. 그래, 그럼 그렇지. 그는 남에게 뭐라 말할 처지가 아니었다.

"왜 아깐 아무 말도 안 했어?"

"굳이 내 심정을 말할 필요가 없었으니까."

카림이 무뚝뚝하게 대답했다. 나시르는 대꾸 대신 어깨를 으쓱였다. 아시나가 바레인과 연관되어 있다는 증거를 주고 가 버린 이만은 증거를 던져 놓기만 하고 결론이 나오면 분부대로 움직이겠다고 의견을 밝혔다. 나시르는 더 신중하게 살펴야 한다고 발언했지만 결국 결정은 베히다트가 내리는 것이다.

"……괜찮을까?"

아니, 괜찮지 않겠지. 정해진 답을 괜히 고민하고 있었다.

나시르의 시선이 깊게 가라앉았다. 이성을 잃어 감정에 휘둘리는 베히다트는 상상조차 어려웠다. 그런 일이 생기지 않을 거라 굳게 믿고 있지만 이 역시 장담하긴 어려웠다.

부디 평정을 되찾으시길.

어차피 답은 한 가지로 정해져 있다.

그가 어떻게 생각하고 어떻게 행동하든 그건 상관없었다. 이용할 수 있을 때까지 이용한다. 얻어 낼 수 있는 건 모두 얻어 낸다. 그리고 더 이상 이용 가치가 떨어지면 깔끔하게 정리한다. 그뿐이었다. 지금껏 그 방식에 의문을 품은 적은 없었다. 불편을 느껴 본 적도 없었다. 정신없이 처리해야 할 일들이 사방에 산재했을 때 그것은 최적의 방법이었고 지금까지 완벽했다. 그래, 이번만 제외하고.

"바레인."

새카만 하늘 위로 홀로 떠오른 달이 교교했다.

나시르는 아시나의 일보다 다른 것을 더 크게 우려했다. 이만 역시 아닌 듯 나시르에게 동조하고 있었다. 베히다트는 두 남자가 걱정하는 것이 무언지 알고 있었지만 그 걱정과 우려가 너무 터무니없다고 생각했다. 그래, 너무 허무맹랑했다. 그 여자가 그렇게까지 견제해야 될 인물이란 말인가.

이만은 구체적인 의견을 내놓진 않았지만 어떤 방향으로든 아시나가 황궁에 오래 있지 않길 원했고 카림은 그저 침묵을 지켰다.

나시르는 아직 그 무엇도 확신할 수 없다며 신중하자고 했지만 결국 이만과 같은 쪽이었다.

그렇게 명백한 증거가 나왔는데 대체 거기서 더 무엇을 조사한단 말인가. 결국 모두가 확인 과정의 하나일 뿐이었다. 뜨거운 배신감이 끓어올랐으나 자신도 알고 있었다. 배신이라 이름 붙일 수 없다는 사실을. 그 누구도 그녀를 온전히 믿지 않았다.

안일했나? 눈앞의 달콤함에 속아 미처 그 뒤에 무엇이 있을지 보지 못한 것인가?

뒤통수를 후려 맞은 것처럼 정신이 번쩍 들었다. 그동안 그녀에 대해 알아냈던 모든 것이 무너졌다. 그 무엇이 진실인지 알 수 없었다.

"……그래."

동요하고 있다, 확실히.

입이 썼다. 나시르에겐 아닌 척했지만 흔들리는 게 느껴졌다. 어째서 이런 감정이 치미는가? 스스로에게 물어봐도 대답은 돌아오지 않았다. 나시르와 이만은 우려하는 시선을 보낼 뿐이었고 카림은 스스로도 혼란스러워했다. 결국 제대로 된 답을 내야 하는 건 자신이었다.

그는 이를 악물었다.

마음은 이미 침소로 달려갔지만 몸은 여전히 집무실에 있었다. 처리해야 할 일이 산더미라서가 아니라 그냥 갈 수 없었다. 지금 간다면, 가서 그 하얀 얼굴을 보게 된다면, 분명 목이라도 조를 것 같았다.

"히."

절로 헛웃음이 나왔다. 겪어 본 적 없는 기분, 겪어 볼 리가 없었던 기분. 이 새로운 감정에 좋아해야 하는 것인가 쓴웃음이 지어졌다. 무언가에 분노해 본 기억이 있었던가.

제 자신이 동요한다는 것조차 그는 놀라웠다. 무언가에 이렇게 화가 나는 것도 그는 처음 경험하는 중이었다. 온몸이 뜨거운 어떤 것에 지배당하는 기분이었다. 그런데 웃긴 건 그 지배를 거부하고 싶지 않다는 사실이었다. 그는 자신이 화를 참고 있는 것이 기적이라 여겼다. 자신이 이렇게 충동적인 인간이었던가. 자문을 해 봤으나 답할 수 없었다. 생각을 해야 한다고 머리는 되뇌는데 그 어떤 생각도 머리에 들어오지 않았다. 도대체 그 여자가 무엇인데 자신을 이렇게 만든단 말인가? 산 채로 지옥에 처박히는 기분이 끔찍했다. 자신조차 모를 자신의 모습이 낯설고 우스웠다. 피가 거꾸로 솟은 것도 잠시였다.

다신 믿지 않겠다 선언해 놓고 어느새 또 믿었던 모양이었다. 그 웃음에 속아 넘어간 모양이었다.

"속았다라……."

헛웃음이 나왔다. 과연 속았다는 말을 할 수 있을까? 기만했다고 따질 수나 있을까?

둘 사이엔 처음부터 아무것도 없었는데.

베히다트의 몸이 멈칫했다. 아무것도 없다. 이상하게 그 문장이 너무 뼈아프게 느껴졌다. 예상치 못한 공허가 그를 덮쳤다. 저도 모르게 숨을 삼켰다. 디디고 있던 발밑이 무너져 내린다는 게 이런 기분인가. 거칠게 숨을 내뱉었지만 이유도 알 수 없이 숨이 찼다. 평정을 찾아야 한다는 건 알고 있지만 머리가 원하는 걸 몸이 들어주지 못하고 있었다. 어째서지? 이유를 알 수 없는 상태였다.

그는 어머니가 죽었다는 소식을 들었을 때조차 담담했다. 하렘을 지옥으로 만들어 놓고 도망쳐 자살한 3왕자가 자신의 친형이라는 사실을 알았을 때도 초연했다. 어쩔 수 없이 후계자 싸움에 휘말려 사막으로 떠밀려졌을 때도 태연했다. 문제가 던져지면 가장 최적의 방법으로 푸는 걸 우선시해 왔고 지금껏 그로 인한 문제는 없었다. 그런데 이제 와 어째서 이리도 흔들리고 있는 것인가.

"……어쩌고 있지?"

멀리서 조용히 자리를 지키던 시종 하나가 고개를 숙였다. 누구라고 말하지 않아도 시종은 베히다트가 누구에 대해 묻고 있는 건지 알아차렸다.

"그저 방에 계신다고 했습니다."

"자고 있진 않다던가?"

"예."

그나마 다행이었다. 평온하게 잠들어 있다는 소리를 들었다면 피가 거꾸로 솟아서 당장 자리를 뛰쳐나갔을 테니까. 자신을 이렇게 만들어 놓고 편하게 잘 수 있을 정도로 속 편한 여자는 아니었다. 그래, 적어도 자신이 본 아시나는 그랬다. 그 판단을 신뢰할 수 있을지도 지금은 미지수였지만.

당장 달려가 윽박지르고 싶었다. 한 번도 이렇게까지 울화가 치민 적이 없었다. 무엇이든 잡히는 대로 부수고 싶다는 파괴적인 욕망이 이런 처참한 기분에서 비롯되는 것인가?

"정말 대단하군."

아시나가 남대륙의 그 어떤 것과도 접점이 없다고 믿었다. 하지만 만에 하나, 바레인이 밀접한 관계를 맺고 있는 크라차 쪽과 아시나가 연관되어 있다면 이야기는 달라졌다. 그런 식으로 싱섬다리처럼 연관되어 있는 것이라면 차라리 지금이라도 알아낸 것이 다행이었다.

시종의 대답을 마지막으로 방 안엔 다시 정적이 맴돌았다. 베히다트는 쓴웃음을 지었다. 그런 여자한테 휘둘리는 자신이 한심하게 느껴졌다. 조용히 집무실의 문이 열렸다. 연회에서 자리를 비우고 온 것인지 이만이 조용히 뒤에 섰다.

"안 가 보실 겁니까?"

"일부러 그런 건가?"

두서없는 질문이 예리하게 박혔다. 베히다트는 뒤돌아보지 않았다. 그렇게 명확한 증거를 그냥 얻었을 리는 없었다. 그렇다고 시하드 궁의 보안이 허술할 리도 없었다. 이만이 미끼를 던져 준 것이 아니라면 불가능했다. 이만은 잠시 입을 다물었다. 짧은 고민 끝에 그가 대꾸했다.

"숨겨도 소용없겠지요. 예, 일부러 그랬습니다. 설마 진짜 덜미를 잡게 될 줄은 몰랐지만요."

그의 말에 베히다트의 반응은 없었다. 오히려 그가 잠잠하자 이만은 괜히 불안해졌다.

"……괜찮으십니까?"

"괜찮지 않을 이유가 무엇이지?"

평소와 다름없는 목소리에 흐릿하나마 노기가 섞여 있었다. 이만은 솔직하게 감탄했다. 이 정도로 감정을 제어하는 건 아무나 할 수 없는 일이다. 하지만 그와 동시에 씁쓸했다.

이렇게 흐트러질 정도로 마음을 허락하신 것인가.

"제 눈엔 괜찮아 보이지 않으십니다."

실제로도 괜찮지 않았다. 그러나 베히다트는 인정하고 싶지 않았다.

"내가?"

그가 뒤를 돌아보았다. 이만이 서 있는 게 베히다트의 시야에 들어왔다.

"웃기는군."

냉소적인 뇌까림에 이만이 한숨을 삼켰다. 베히다트의 눈이 살벌하게 번뜩였다.

"무슨 말이 하고 싶은 거지?"

물러나야 했다. 이만은 본능적으로 더 건드리면 안 된다고 생각했다. 지금껏 자신이 섬겨 온 주군의 모습이 아니었다. 이렇게 번민하고 괴로워하는 주군을 본 적이 있었던가. 그에겐 망설임이라는 것이 없었다. 이미 정한 것에 후회 한 점 보이지 않는 그런 강한 남자였다.

이것이 나시르가 우려한 것이었나. 나시르는 이제 모르겠다며 물러났지만 이만은 그냥 물러나기 힘들었다. 명백한 증거 앞에서도 베히다트는 망설이고 있었다.

"시하드께서 그 여인에게 집착하는 이유를 모르겠습니다."

"집착?"

그가 비웃었다.

"그런 게 아니다."

칼같이 부정하는 눈빛은 단호했다. 옆에서 지켜보는 입장에서 이만은 그냥 안타까웠다. 그래서 말없이 한 걸음 물러났다. 한 치 앞도 모르는 것이 인생이고 삶이지만 어쩐지 이만은 이 앞에 벌어질 불행을 조금은 알 것 같았다. 그리고 그 불행이 무엇이 되었든 단순히 알 페시안만의 문제는 아닐 거라 생각했다. 하나 그건 아직 일어나지 않은 일. 이만은 이제 확실히 일어날 일부터 보고했다.

"나흘쯤 뒤 자키야 양이 알 페시안을 떠날 겁니다."

"이유는?"

이미 정해져 있는 것이다. 이만이 옅게 웃었다.

"자세히는 모르겠습니다만 게디크가 피신시키는 것이라 생각합니다."

무엇 때문에 피신을 시키는지는 굳이 말하지 않아도 되었다. 베히다트가 읊조렸다.

"때가 되었군."

시간이 흐를수록 피가 말랐다. 그리고 피가 말라 가는 기분은 끔찍했다.

"왜 이렇게 잠잠한 거지?"

아시나는 오히려 베히다트가 아무런 반응도 보이지 않는 게 견디기 힘들었다. 차라리 와서 뭐라도 하면 좀 나을 텐데. 아무것도 한 게 없는데 시간만 무심하게 지나갔다. 아시나는 새삼 갇혀 있는 삶이 답답하다고 생각했다. 밖을 돌아다닐 땐 언제나 하루하루를 어떻게 쓸까 고민하느라 바빴는데, 이렇게 쓸모없고 의미 없이 시간을 보내다니. 한심한 건 둘째 치고 참 오랜만이었다. 뛰쳐나가고 싶다. 머릿속의 또 다른 아시나가 읊조렸다.

자키야의 제안. 머리는 한결 편해졌는데 심경은 어제보다 더 복잡해졌다. 자키야가 한 말은 오히려 불난 집에 부은 기름이 되어 버렸다.

"방해물……."

자신이 있어서 베히다트에게 이로울 건 하나도 없다. 알고 있다. 하지만 애초에 이곳에 가둬 둔 것은 베히다트이지 않은가. 억울한 마음이 솟구쳤지만 동시에 자신의 존재가 그렇게 거슬리는 것인가 하는 서글픈 마음도 들었다. 한 번도 남의 인생에 이렇게 노골적으로 걸림돌인 적은 없었는데. 그게 하필 좋아하는 사람에게 그렇다니, 충격인 동시에 타격이었다.

역시 자키야의 손을 잡고 도망칠까?

냉정하게 머리를 비우고 아무리 고민해 봐도 그게 제일 나은 길이었다. 그녀에게 대답을 바로 주진 않았지만 자키야는 아시나가 자신이 내민 손을 잡을 거라 확신했다. 그렇게 생각할 정도로 아시나에겐 길이 없었다. 물론 아시나도 자키야의 뒤에 바레인이 없다면 당연히 그럴 생각이었다. 핵심은 그것이다. 바레인이 이걸 아는가 모르는가.

"알 것 같은데."

자키야는 자신의 단독 행동이라고 못 박았다. 아시나도 굳이 자키야가 자신을 속일 이유는 없다고 생각했다. 무엇보다 자키야는 남을 속이기엔 너무나 정직하고 올곧은 여성이었다. 그것에 대한 신뢰는 확고했다. 그러나 은연중에 자키야가 내비친 바레인에 대한 두려움은 어찌할 것인가. 거기에 어쨌거나 둘은 연적이었다. 결코 손을 내민다고 덥석 잡을 만큼 안전한 상대가 아니었다.

바레인이 무척이나 뛰어난 인물이라는 것도 있지만 '그런 인간이 원하는 것은 무엇인가.'에 대해 두려운 마음이 일기도 했다.

다시 맞이한 아침에 상쾌하지 못한 기분을 느끼며 일어난 아시나는 제게 오는 시녀를 바라보았다. 시녀는 평소와 다른 기색으로 그녀에게 고했다.

"오늘 자키야 님은 오지 못하신다고 합니다."

"아, 그래?"

뭐가 되었든 아시나에겐 다행이었다. 신경을 곤두세우지 않을 수 있어서. 왜 오지 않는 건지 궁금하고 의심스러웠지만 아시나는 자신이 편해졌다는 사실이 제일 좋았다. 며칠 잠을 제대로 자지 못해 정신이 멍해서 대답도 제대로 하기 힘들었다. 소식을 듣자마자 다시 침대로 기어 들어가는 아시나를 보며 시녀가 걱정스런 표정을 지었다. 정말 남이 봐도 심각한 상태인 모양이었다. 뭘 해도 관심 없던 시녀가 그런 표정을 다 짓고.

"괜찮으십니까?"

"괜찮아. 가 봐."

어차피 자진 못하겠지만 그냥 잠이 오지 않아도 눈을 감고 누워 있고 싶었다. 차려입은 옷이 조금 거슬렸지만 따로 벗는 것도 귀찮을 정도로 피곤했다.

이틀 뒤 밤, 자키야가 일러 준 시간이었다. 고민할 수 있는 시간이 얼마 없었다. 두 개밖에 없는 선택지 중 하나를 그 기간 안에 선택해야 했다. 아시나는 그 와중에 불만스러운 얼굴을 했다.

"이 망할 나라에 와서 제대로 풀리는 게 하나도 없네."

여기 땅하고 나랑 안 맞는 건가. 아무래도 그런 것 같았다. 물은 물갈이 한 번 안 했을 정도로 자신과 맞았는데 아무래도 이 땅의 기운이 자신과 맞지 않는 모양이었다. 항상 생각보다 몸이 먼저 움직였는데 이곳에선 그랬다가 낭패를 본 기억들이 너무 쓰라려서인지 고민만 더 많아졌다.

문제는 아시나가 유적지 같은 곳의 미로를 푸는 데 머리 쓰는 건 좋아하는 반면 이런 정치적인 상황에서 머리 쓰는 건 별로 좋아하지 않는다는 것이다. 썩을 바레인 놈이 한 말은 진짜였다.

이젠 아시나가 진짜 누구든 상관없었다. 여기서 진짜 정체를 밝힌다고 해도 그건 그것대로 완전히 매장되는 길이었다. 차라리 바레인이랑 약혼할 예정이라고 할까. 그래서 보러 왔다고…….

"그러면 최소 그 자식 물 먹일 수는 있을 텐데."

하지만 그 이후의 여파가 어떨지 감도 안 잡혔다. 아, 내가 진짜 힘들긴 힘든 모양이구나. 오래 잠들지 못해서인지 눈이 뻑뻑했다. 눈 뜨고 있으려니 눈이 따가워서 막 눈을 감았을 때였다. 작은 기척이 옆에 다가왔다. 시녀였다.

"손님이 오셨습니다."

"손님?"

아시나가 눈을 비비며 무심결에 방문을 허락하자 흐릿해진 시야로 익숙한 얼굴이 들어왔다.

"오랜만에 뵙습니다."

나시르.

안도와 실망이 동시에 느껴졌다. 이런 복잡한 기분, 처음인데. 오랜만에 나시르를 보는 건 반가웠지만 베히다트가 아니라는 사실은 조금…… 서운했다. 아니, 물론 그분이 왔어도 문제였지만. 어떤 말을 어떻게 해야 할지 아직도 정하지 못했나. 아니, 변명이나 할 수 있을까. 그가 짓는 실망스러운 표정 하나로도 마음이 무너질 텐데. 상상만으로도 가슴이 아팠다.

손님을 앞에 두고 침대에 있는 건 실례인지라 아시나는 자리에서 일어났다. 옷차림은 문제가 되지 않는다는 게 그나마 다행이라고 해야 할까.

"베히 님이 보내셨군요."

단정한 아시나의 목소리에 나시르가 웃었다. 그 말대로였다.

"예, 아시나 양께 몇 가지 여쭐 것이 있습니다."

"물어보세요."

아시나는 마음의 준비를 했다. 보나마나 바레인에 관련되어 있을 거라 생각했다. 그러나 막상 나시르가 물은 것은 다른 것이다.

"전엔 왜 도망치신 겁니까?"

이걸 도대체 왜 묻는 거지? 의아했으나 아시나는 충실히 대답했다.

"당연히 집으로 돌아가기 위해서죠."

"정말이십니까?"

"확답이 굳이 필요할까요?"

그걸 왜 캐묻느냐는 태도에 나시르가 입을 다물었다. 아시나가 굳은 얼굴로 되물었다.

"어차피 내가 무슨 말을 해도 믿지 않을 거잖아요?"

이런 건 정말 넌덜머리가 날 정도로 많이 겪었다. 이런 말을 하면 '해 보지도 않고 너무 부정적으로 생각하는 게 아니냐.' 하는 사람들이 많았다. 하지만 그래도 결국 아시나가 말한 대로 흘러갔다. 부정적인 게 아니라 지나치게 현실적인 것이었다.

이방인은 언제나 배척의 대상이었고 상대적으로 언제나 약자였다. 게다가 진실을 이야기해도 대개 사람들은 보고 싶은 것만 보려는 성향이 있어서 결국 무슨 말을 해도 믿어 주지 않았다.

이 모든 걸 감수하면서도 다니는 여행이었지만 그래도 가끔은 진저리 치게 지겨웠다. 노골적인 적의에 나시르는 아닌 척하고 있었지만 속으로는 꽤 놀랐다. 이런 표정도 지을 줄 아는 사람이었던가. 항상 싱글벙글 웃고 있어서 은연중에 아무렇지 않을 거라 생각했다. 선입견이었구나. 나시르는 애써 부드럽게 웃었다.

"꽤 가시 돋친 말이네요."

"이런 경험이 한두 번은 아니니까요."

아시나에게 여행을 가르쳐 준 리안 삼촌은 어쩔 수 없다고 했다. 나름 자신들의 규칙과 생활을 지키려고 보이는 방어기제 중에 하나라고 속상해하는 아시나를 위로했다. 아시나도 알고는 있지만 그래도 가끔은 그 사실을 참을 수가 없었다.

"형식적인 이야기는 그만두죠."

아시나는 그동안 자신이 할 만큼 했다고 생각했다. 상대 쪽에선 그렇지 않아 보일지 몰라도 아시나 입장에선 충분히 최선을 다했다. 아무래도 잠을 자지 못해 신경이 곤두서 있는 게 큰 듯했다. 아시나는 괜히 노기를 보이고 나서 저 혼자 미안했다. 이 정도로 신경질 부릴 건 아니었는데. 미안해서 입을 다문 아시나를 보며 나시르가 조심스럽게 입을 열었다.

"제가 불쾌하게 만든 게 있나면 그게 무엇이든 사과드립니다."

"그런 건 아니에요."

나시르 역시 자신이 할 수 있는 최대한 이 상황을 잘 풀어 가려고 하는 것일 텐데. 기분이 좀 복잡했다. 입을 다문 채 숨을 고르며 생각에 잠긴 아시나를 지켜보던 나시르는 괜히 신기했다. 동요하고 있는 건 자신의 주군뿐만이 아니었단 말인가.

"미안해요, 신경질 내서. 나시르가 미워서 한 말은 아니었어요. 그냥 내가 좀……."

아시나는 무어라 말을 하려다 포기했다.

"정말 미안해요."

"저는 괜찮습니다."

그런 부족한 모습이 오히려 인간적으로 느껴져서 나시르는 빙그레 웃었다. 솔직히 꽤 귀여웠다. 아시나가 듣는다면 이 와중에 그게 무슨 소리냐고 어이없어 할 테지만 나시르의 기분은 그랬다. 그가 기분 좋게 웃으며 아시나를 내려다보았다.

"한 가지 더 물어봐도 됩니까?"

"예, 당연히 돼요."

순순히 대꾸하는 아시나를 내려 보며 나시르는 잠시 헛된 감상에 빠졌다. 이런 여자가 바레인과 연관이 되어 있다는 말인가. 어떤 관계로든 상상이 가지 않았다. 이만은 확실하다고 말했지만 나시르에겐 어딘가 허술하게 느껴졌다.

"아시나 양이 왜 그렇게 시하드께 비협조적인 건지 궁금합니다. 단순히 시하드께서 독단적이신 분이라 그런 건 아닌 듯합니다만."

아시나가 조금 황당해져서 되물었다.

"내가 비협조적이라고요?"

"그럼 아닙니까?"

확실히 협조적이진 않았다. 아시나도 그 부분은 인정했다. 하지만 그렇다고 비협조적이지도 않았던 것 같은데. 찬찬히 자신의 모습을 되짚어 보다 아시나는 의미 모를 한숨을 내쉬었다.

겁에 질린 토끼같이 굴었구나. 자신이 참 한심하게 느껴졌으나 어쩔 수 없었다. 그렇게 끌리고 있었는데 넘어가지 않으려고 발악하는 건 어찌 보면 당연한 조건반사가 아니던가. 지금 역시 그러했다. 이미 마음 한 자락까지 빼앗겨 버린 상태에서 그녀가 할 수 있는 게 뭐가 있을까.

"베히 님은 좋아요. 좋은 분이라고 생각해요. 멋지고 잘생기고 솔직히 말해서 뭐 하나 빠지는 거 없다고 생각해요."

나시르가 눈살을 찌푸렸다. 아시나는 착잡한 표정으로 시선을 내렸다.

"하지만 그분이 나를 이유도 없이 감금한 것도 사실이죠. 그리고……."

좋아한다. 좋아한다는 걸 깨달은 순간부터 끝장이라고 느꼈을 정도로 좋아했다. 얼마나 좋아하는 거냐 물어보면 설명할 수 없을 정도로 좋아한다. 지금 이 순간마저도 보고 싶었다. 그러나 그것과 별개로 다른 문제들이 상충했다.

믿을 수 있는가, 함께할 수 있는가, 그도 나를 좋아하는가.

냉정하게, 힘든 관계가 아니던가.

"우린 어떤 식으로든 엮이면 안 되는 사람들이거든요."

아시나의 단언에 나시르가 참지 않고 반문했다.

"어째서죠?"

"……."

그녀가 입을 다물었다. 길고 긴 침묵이 지속되었다.

"말하지 못한 것에 그 이유가 숨어 있는 건가요?"

좋이힌다.

첫사랑이라고 말하기엔 아직 부끄럽고 인정하고 싶지 않았지만 그래도 좋아한다. 함께 있다는 것 자체로도 그렇게 달콤한 기분을 느끼게 하는 사람을 다시 만나기 어렵다는 것도 인지하고 있었다. 그래도, 그래도.

아시나는 눈을 감았다.

"이 이상 마음을 열고 싶지 않아요."

이미 충분히 매력적인데, 이미 반해 버렸는데 여기서 더 마음을 열어 버리면 어쩌지? 이대로 같이 있고 싶은 마음이 더 커지면 어쩌지? 그러다가 정말 어떤 희생이 있어도 상관없다고 생각하게 되어 버리면 어쩌지?

무서웠다.

"난 그게 무서워요."

물기 어린 목소리가 고백했다.

"정말로 내가 아무것도 상관없이 베히 님 옆에 있을 수만 있으면 다 괜찮다고 생각하게 될까 봐."

이젠 정말 멈춰야 하는데.

알현실로 들어서는 바레인의 시선은 처음부터 한곳을 향해 있었다. 오랜만에 오는 기분이었지만 따지고 보면 그리 오래된 것도 아니었다. 가장 상석에서 오만하게 앉아 있는 남자는 이 땅에서 유일하게 자신이 마음대로 할 수 없는 자였다. 소리 없이 다가가 적당한 거리에서 멈췄다. 거짓을 숨길 수 없는 강렬한 시선이 꽂히자 바레인이 부드럽게 웃었다.

"샤르자의 대리인이 페시안의 주인께 인사 올립니다."

고개를 숙이는 바레인을 샅샅이 훑어보며 베히다트가 입꼬리를 비틀었다.

"꽤 오랜만에 보는 기분이 드는군."

"연회에 통 모습을 보이지 않으셔서 걱정했습니다."

"걱정스러울 정도였단 말인가."

가볍게 오가는 말에 가시가 박혀 있었다. 애초에 그가 걱정스러울 정도로 자리를 비우진 않았다. 연회엔 항상 이만이 있었고 어차피 관료들이 즐기기 위해 벌인 자리였으니까. 그래도 거슬리는 것은 사실. 베히다트가 몸을 일으켰다. 바레인이 부채를 잡은 손을 꽉 쥐었다.

"왜 부른지는 알고 있는가?"

올 것이 왔다고 생각했지만 긴장되는 것은 어쩔 수 없었다. 그는 태연하게 웃었다. 그 웃음이 어떤 의미이건 베히다트는 마음에 들지 않았다. 이리 불러내면서도 그는 덜미를 잡았다고 생각하지 않았다. 애초에 잡을 생각도 없었지만.

나시르는 바레인이 샤르자의 독립을 원한다고 생각했다. 실제로도 그런 행보를 밟고 있었고 우마르의 의견 역시 비슷했다. 하지만 베히다트는 고작 그 정도로 바레인이 만족할 거라 생각하지 않았다. 분명 다른 무언가가 있다. 그리고 그걸 지지하는 보이지 않는 누군가도 존재했다.

아마도 크라차에, 아마도 북쪽에도.

그리고 그 가운네에 자신이 원하는 3왕지의 진실이 숨어 있는 것이겠지. 북에까지 생각이 닿자 자연스레 떠오르는 하얀 얼굴 때문에 베히다트는 저도 모르게 이맛살을 찌푸렸다. 잊고 싶은데 불쑥 튀어나오는 생각들 때문에 기분은 점점 바닥으로 치달았다.

"따로 항변할 기회를 주겠다. 이 시간 이후로는 묻지 않을 터이니 신중하게 답하도록."

침묵을 음미하던 바레인이 부드럽게 웃었다. 그는 애석하다는 듯 이마를 찡그렸다.

"아니요, 시하드시여. 장로들의 독단으로 벌어진 참사이지만 이미 벌어진 일. 이 일에 관한 책임을 저 역시 피해 갈 수 없습니다. 제게 기회를 주시지요. 일단 실종된 크롬웰의 사신을 전력을 다해 찾아 시하드의 앞에 데려오겠습니다. 그 이후엔 어떤 처분이라도 달게 받겠습니다. 관습대로 처벌하여 주시옵소서."

"관습대로?"

베히다트가 반문했다. 그의 입꼬리가 비릿하게 올라갔다.

"이미 샤르자로 라움즈들이 출발했다. 내 수사관들이 움직였는데, 그대를 샤르자로 돌려보낼 필요는 없지. 장로들의 파면은 피할 수 없을 것이다."

"그것이 무엇이든 기꺼이 달게 받겠습니다."

바레인의 태도가 너무 태연했다. 적어도 변명은 할 줄 알았는데. 베히다트는 거슬린다는 느낌을 지울 수 없었다. 일부러 의도한 것인가. 언뜻 이해되지 않았다.

각 일족의 장로들은 대족장이 가진 힘이자 권력의 핵심이었다.

대족장이 자치구 전체를 다스리지만 각각의 일족 문제에 자세히 참견하는 것은 금기시되는 일이었고 따라서 장로들을 통해 각 일족에 영향력을 행사해야 했다. 각각의 일족을 이끄는 건 족장들의 몫이었지만 일족의 존경을 받는 장로들을 함부로 대할 수 없었고, 또한 장로들은 자신들의 권위를 보장해 주는 대족장에게 약할 수밖에 없었다. 장로는 각 일족의 족장들이 대족장에게 쉬이 반발할 수 없는 가장 큰 이유 중 하나였다.

이 때문에 장로들이 힘을 잃으면 대족장 역시 어쩔 수 없이 힘이 약해졌다. 그런데 지금 바레인의 태도는 마치 그걸 원하는 듯한 행동이었다.

아니다. 아직은 놔둬야 한다. 오래 기다린 과실이 손안에 들어오기 일보 직전이었다. 설익은 과실에 괜히 손이라도 대었다간 영영 얻지 못할 수도 있었다. 잡생각이 너무 많았다. 베히다트는 숨을 크게 들이마셨다. 어느 정도 머리를 비워야 했다.

"그대는 이 사실을 미리 알고 있었나?"

"아니요."

거짓말.

태연히 웃는 바레인을 보며 베히다트가 따라 웃었다. 바레인이 비통하게 읊조렸다.

"저 역시 이런 비극이 일어날 줄 미리 알았다면 어떤 방법을 써서라도 막았을 겁니다."

아무렇지 않게 거짓을 속삭인 바레인이 서글프다는 듯 시선을 내렸다. 다른 자들은 이게 진심으로 보이겠지만 베히다트의 눈엔 아니었다. 훌륭하군. 혼자 보기 아까울 정도였다.

"그렇군."

문득 어릴 적의 바레인이 생각났다. 궁정으로 불려와 혼자 남은 어린 왕자로서 온 관심과 기대와 압박을 받으며 수업을 받을 때 간혹 마주쳤던 궁정의 시동이었다.

페시안의 궁정은 나라의 미래를 책임질 재능 있는 아이들을 선발해 교육시키는 교육 기관의 면모도 있었다. 대재상의 아들은 특별히 어릴 때부터 궁정으로 들어와 미래의 권력자가 될 교육을 받았다. 특히 군관인 카프쿨루는 어릴 적부터 적합한 아이들을 데려와 온갖 교육을 시켜 키워 낸다. 그 산물이 바로 카림이었다. 그리고 간혹 뛰어난 카프쿨루는 쿤의 시중을 드는 시종이 되곤 하는데 그때 사 쿤의 어린 시종이 바레인이었다.

그때까지만 해도 베히다트는 바레인이 자신의 인생에 걸림돌이 될 것이라 예상치 못했다. 그저 있으나 마나 한 인간들 중 하나라고 여겼을 뿐.

"그대의 충성을 의심해서 미안하군."

"시하드께서 의심을 품게 된 일 역시 전부 소신의 불찰입니다."

미꾸라지. 베히다트는 바레인에게 꽂힌 시선을 거두며 속으로 중얼거렸다. 아마 그때 바레인이 시종을 그만두지 않았다면 지금 카림의 자리에 그가 있을지도 몰랐다.

"처분은 사신이 돌아온 후로 미루겠다."

바레인이 고개를 들었다. 의외였다. 놀란 시선이 베히다트에게 닿았으나 그가 알아차리기 전에 바레인이 먼저 고개를 숙였다.

"뜻에 따르겠나이다."

인사를 마치고 바레인이 일어났다. 부드러운 미소가 그의 입가에 걸렸다.

"그럼 이만 물러가 보아도 괜찮을까요?"

그리하라는 턱짓과 함께 바레인이 뒤로 한 걸음 물러났다. 그때였다. 베히다트가 나지막이 입을 열었다.

"요즘."

발걸음을 멈춘 바레인이 베히다트를 올려다보았다. 어느새 어좌에 앉은 베히다트가 턱을 괸 채 그를 내려 보고 있었다.

"밤바람이 차더군."

그것이 무엇을 암시하는지 알아차리지 못할 바레인이 아니었다. 둘의 시선이 허공에서 부딪혔다. 강렬한 불꽃이 튀었다. 먼저 시선을 돌린 건 바레인이었다. 아직 발톱을 드러낼 때가 아니었다.

"그대 역시 건강에 주의하도록."

베히다트의 입가에 걸린 미소가 더 진해졌다.

"몸은 성해야지, 안 그런가?"

대답 대신 바레인이 허리를 깊숙이 숙였다. 알현실의 문이 닫히는 소리가 공허하게 울렸다. 문이 닫힘과 동시에 바레인의 얼굴에 떠올랐던 표정이 사라졌다. 무표정하게 닫힌 문을 노려보던 바레인이 헛웃음을 지었다.

"몸은 성해야지, 라."

맞는 말이었다. 그 무엇을 이루든 몸이 성하지 않다면 무용지물일 테니. 다만 그가 궁금한 것은 그동안은 어떤 도발에도 모르는 척, 관심 없는 척, 무지한 척 굴던 사내가 왜 갑자기 발끈했냐는 것이었다.

발끈? 잠시 제가 선택한 단어를 곱씹은 바레인이 소리 없이 뇌까렸다. 그래, 발끈.

도발하려던 본래의 목적에 따르자면 이런 베히다트를 보았나는 것만으로 무척이나 가시적인 성과였으나 막상 그걸 이루어 낸 바레인의 기분은 안녕하지 못했다. 거만하게 위에서 짓누르는 시선은 모든 것이 제 것이라는 듯 엄청난 소유욕을 과시했다. 그의 어린 여인마저. 무언가 정체 모를 감정이 울컥 솟았다가 가라앉았다. 조급한 기분에 바레인이 차분히 숨을 골랐다. 문손잡이에 그려진 보름달이 바레인의 기분을 새롭게 만들었다. 만월에 새겨진 진리의 눈. 페시안과 쿤의 문장.

"신이라고 모든 게 완벽한 건 아니지."

틈은 아주 작지만 동시에 가장 치명적인 것이다. 바레인이 빙그레 웃었다.

손을 털고 물러난 바레인이 잠시 텅 빈 복도를 둘러보았다. 아무것도 없어 보이지만 이곳에도 이만의 눈이 숨어 있을 게 분명했다. 손에 들린 부채를 펼치며 유유히 발을 옮기자 곧 모습을 드러낸 중정에서 낯익은 자가 손을 들었다. 잘릴은 바레인을 보자마자 단숨에 달려왔다.

"어땠냐?"

"기다리고 있었나?"

의외였다. 바레인의 반문에 잘릴이 시원하게 웃으며 한껏 비아냥거렸다.

"두근두근하면서 기다리고 있었지. 우리 고매하신 시하드께선 웬만하면 호출하지 않으시잖아?"

"말조심해라."

이런 것에 반발할 베히다트가 아니었지만 궁정은 어디든 라 쿤의 사람들로 가득 차 있었다. 그래서 직접 제 발로 들어온 것이 아니던가. 대족장들이 머무는 건물로 발걸음을 옮기는 바레인의 뒤를 따르며 잘릴은 꽤 불만스러운 표정이었다. 그는 제법 진지하게 바레인의 뒷모습을 응시했다.

"도대체 무슨 생각이야?"

바레인이 흘긋 잘릴을 보곤 대꾸했다.

"알잖아?"

"알긴 하지만……."

그래도 이럴 때면 정체를 알 수 없는 거리감에 괴리가 느껴졌다. 어차피 제 몫만 챙겨 가면 그뿐이었지만 신경 쓰였다. 바레인을 아군으로 둔 모든 자들이 그러하듯.

"……그래도 가끔 네 속마음은 모르겠단 말이지."

능글맞은 웃음과 함께 잘릴이 농담처럼 웃었다. 바레인은 제 목을 감싸는 잘릴의 팔을 내치며 냉소적으로 대꾸했다.

"의심해라, 그럼. 얼마든지 상관없으니까."

"그러면 쓰나, 어찌 되었든 한배를 탔는데."

다른 자들은 잘릴의 이런 가벼운 모습을 싫어했다. 하지만 바레인은 이 가벼움 때문에 잘릴이 마음에 들었다. 애초에 가장 악독한 살인귀들이 날뛰는 지역을 다스리는 대족장이 웬만한 인물일 리가 없었다.

"다라는 어떻지?"

"음."

올라온 보고를 떠올리다 잘릴이 씨익 웃었다.

"평화롭지."

하지만 그는 평화로운 것치곤 꽤 의미심장한 분위기를 풍겼다.

"평화로운 건가?"

"그래, 곧 불꽃놀이 같은 것도 할걸? 하늘이 색색깔 폭죽으로 물들 거야. 엄청 화려하고 예쁘게."

우리가 원하는 대로. 잘릴이 속삭였다. 그 순간 바레인이 차갑게 웃으며 대꾸했다.

"기대되는군."

서늘한 바람과 함께 알 페시안으로 입성한 일단의 무리가 길가에 멈춰 섰다. 비록 도시의 끝자락이었지만 진정한 알 페시안에 도착한 이안의 기분은 남달랐다.

"이곳이군요, 신의 도시가."

옅게 빛나는 푸르른 에메랄드 눈동자가 흥미를 가지고 주변을 돌아보았다. 옆에 선 니젠이 불만스레 얼굴을 찡그렸다. 햇볕이 지나치게 눈부셨다.

"무사히 들어왔네."

"그러게. 꽤 오래 걸릴 줄 알았는데."

돌산을 헤매지 않고 바로 나온 게 가장 유효했다. 큰 마을을 발견한 후로 쭉 말을 타고 직진이었던지라 예상 시간보다 더 빨리 도착할 수 있었다. 최소한의 휴식만 하고 온 터라 몸은 너덜너덜했지만 나쁜 상태는 아니었다.

"그래도 꽤 헤맬 줄 알았는데."

"뭐, 안내가 좋았으니까."

이안은 깔끔하게 사실을 인정했다. 하지만 막상 이곳에 가장 오고 싶어 했던 다우드는 계속 어두운 표정이었다. 니젠이 주변을 둘러보다 이안을 돌아보았다.

"곧장 궁으로 가면 되나? 저기가 궁인가?"

니젠의 말에 따라 이안도 움직이려고 했을 때였다.

"잠시."

그 사이를 끼어든 다우드가 제법 심각한 표정으로 이안을 보았다. 심상치 않은 기색에 이안은 일단 가려던 발걸음을 멈추었다.

"왜 그러시죠?"

"바로 궁으로 들어가시면 오히려 위험할 수도 있습니다. 아직 습격자가 누구인지 밝혀지지 않았을 수도 있으니까요."

일리 있는 의견이었다. 이안이 숨도 쉬지 않고 물었다.

"그래서, 의견은?"

"제가 먼저 비밀리에 지인과 접촉해 대충 어떤 분위기인지 파악하고 안내하겠습니다. 저희는 되도록 밤에 입성하는 것이 좋습니다."

이안은 잠시 말없이 다우드를 쳐다보았다. 졸지에 소외된 니젠은 이게 무슨 상황인지 몰라 두 눈을 깜빡였으나 정작 이안은 태연했다. 판단은 빨랐다.

"그러도록 하죠."

깔끔하게 납득한 이안이 몸을 돌렸다. 개중에 가장 눈에 띄는 여관 건물을 가리키며 이안이 말했다.

"그럼 저쪽 여관에서 기다리겠습니다. 볼일이 끝나면 찾아오시길."

다우드는 대답 대신 무언가를 건넸다. 처음 보는 동판에 이안이 의문을 표했다.

"뭐죠, 이건?"

"무스카트 인장입니다. 이걸 보여 주면 여관에서 알아서 잘 모실 겁니다."

그렇군. 알았다는 의미로 고개를 끄덕이자 같이 고개를 끄덕인 다우드가 재빨리 길을 떠났다. 니젠은 졸지에 다우드가 놓고 간 말을 떠맡으며 인상을 찡그렸다. 아무리 생각해도 니젠은 빨리 궁전에 들어가는 게 나아 보였다.

"저 남자를 믿어?"

동판을 뒤집어 살펴보며 이안이 가볍게 대꾸했다.

"믿든 믿지 않든 쓸모 있는 자다. 유용하면 이용해 줘야지."

얌전히 듣던 니젠이 가만히 뇌까렸다.

"난 가끔 네 가치관을 이해 못 하겠어."

"나도 네가 이해 안 가."

보관하라는 듯 넘기는 동판을 받아 든 니젠이 인상을 썼다. 이안은 그러거나 말거나 상관없다는 듯 제 시야에 들어오는 도시의 전경을 구경했다.

"꽤 예스러운 도시군."

"그러네."

정 가운데의 거대한 성을 에워싼 원추형으로 생긴 마을과 시장이 꽤나 번듯했다. 정렬된 건물들도 그러했지만 역시나 같은 듯 다른 이국의 집들이 일렬로 늘어서 있는 모습은 인상적이었다. 크롬웰과 전혀 다른 풍경. 페시안의 거리에서 풍기는 생동감 넘치는 향취가 이안에게도 그리 나쁘지 않았다. 역시 이런 장면을 보면 자연스럽게 누군가가 떠올랐다. 이안의 입꼬리가 부드럽게 호선을 그렸다.

"우리 꼬맹이가 좋아하겠군."

이안이 입은 로브 자락이 바람에 흩날렸다. 험한 길을 헤쳐 나오느라 쌓인 모래가 바람에 날아갔다. 크게 펄럭이는 로브의 끝자락에 익숙한 문양이 새겨져 있었다. 큰 초승달 안에 작은 초승달, 서로 마주 보고 있는 다른 크기의 초승달 문장이.

아시나는 초조하게 발을 동동 굴렀다.

내일 밤, 드디어 내일 밤이었다.

어제 나시르가 다녀가고 오늘 낮에도 누가 올 것 같았는데, 예상을 깨고 카림이 묘한 시선을 보낸 것이 전부였다. 아시나는 카림이 보내는 적의가 가슴 아프진 않았지만 그가 묘하게 슬픈 기색을 보이는 건 가슴 아팠다. 오해라고 말하고 싶은데 그런 사소한 행동마저 바레인의 의도와 맞물릴까 봐 겁먹어서 하지 못했다. 썩을 바레인.

"그 자식한테 나중에 이 빚 꼭 갚아 준다."

다짐에 다짐을 거듭하며 아시나는 초조하게 손을 쥐었다. 마음은 싱숭생숭했는데 머리는 결정을 내렸다. 일단 자키야를 따라 궁 밖에만 나가면 혼자 도망칠 생각이었다. 도망쳐서 어디든 아무도 찾지 못할 곳으로 숨은 뒤에는 데리러 오라고 체른을 부를 생각이었다. 그럼 안전하게 집으로 돌아갈 수 있겠지.

"……다시."

만나지 못하겠지.

그런 생각을 하는 것 자체로도 심장이 갈기갈기 뜯기는 심정이었다. 숨이 안 쉬어져서 크게 숨을 들이마시다 아시나는 눈을 감았다. 해가 지고 있었다.

이상하지. 일 분, 한 시간, 하루는 더디게만 흘러갔는데 막상 자키야가 말한 나흘은 순식간에 다가왔다. 무슨 이유에서인지 더 이상 자키야와 만날 수 없다는 건 유감이었지만 자키야는 그날 미리 아시나에게 모든 계획을 말해 주었다. 아시나가 무엇을 해야 하는지까지도. 솔직히 그땐 신뢰할 수 없어서 왜 이렇게 조급하게 구는 건지 이해할 수 없었는데…….

"이런 이유였군."

그렇게 똑똑하고 올곧은 여자가 고작 염탐하는 데에 쓰이다니 통탄할 노릇이었다. 페시안은 인재를 몰라보는군. 아니, 오히려 똑똑하고 눈치가 있으니까 염탐하는 곳에라도 쓰인 건가. 어느 쪽이든 오호통재였다. 크롬웰이나 페시안이나 여자 취급은 거기서 거기였다. 오늘도 우리 부모님 밑에서 태어난 것에 감사합니다, 신이시여. 역시 신님은 날 좀 사랑하는 것 같아요. 그렇죠?

"……끙."

그래도 역시 도망치는 건 뭔가 내키지 않았다. 갑자기 그동안 애타게 원했던 기회가 찾아오니 얼떨떨하기도 했고 무엇보다…….
우울해진 아시나는 시선을 떨구었다.

베히다트가 보고 싶었다.

"나도 참 못 말린다."

저물고 있는 해를 보며 아시나는 헛된 감상에 빠졌다. 이렇게 예쁜 하늘 아래서 살고 있는데 부질없는 남의 나라 권력 다툼에 휘말려서 목숨의 위협이나 받고 있는 자신이 한심했다. 거기에 하나 더 얹어서 그 권력 다툼의 핵심인 남자를 좋아해 버린 것도 어이없다. 이러라고 우리 엄마가 날 키운 건 아닐 텐데.

"아시나 님."

잠시 엄마 생각에 잠겨 있던 아시나가 고개를 들었다. 시녀의 엷은 목소리는 언제 들어도 적응되지 않았다. 시녀는 불러놓고서 아무 말도 하지 않고 물러났다. 아시나는 머리를 쓸어 올리며 인상을 썼다. 뭐야, 저럴 거면 날 왜 부른 거야?

문이 열려 있었다.

고개를 돌린 순간 보인 장면에 아시나는 의아했다. 왜 열려 있는 거지?

"……뭐지."

얼떨떨해하면서도 천천히 열린 문 밖으로 나오니 회랑 끄트머리, 저 멀리 누군가의 모습이 아릿하게 박혀 왔다. 아시나는 그대로 멈춰 서 하염없이 그 옆모습을 지켜보았다. 멀리 있어도 알았다.

베히다트, 그렇게 보고 싶었던 그 남자였다.

그는 그리던 모습 그대로였다. 그를 보니 아무 생각도 나지 않았다. 아까까지만 해도 제 자신이 한심하다고 비웃은 주제에 지금은 어리석다 말해도 좋다고 생각하고 있었다. 이건 대체 무슨 감각이지? 벅차오르는 눈물이 코끝을 찡하게 만들었다. 먼발치에서라도 볼 수 있다는 사실 하나로 혼자 방을 지키는 동안 켜켜이 쌓였던 외로움과 서러움이 봄눈 녹듯 사그라졌다.

"못 잔 건가?"

어느새 다가온 베히다트가 약간의 거리를 남겨 두고 섰다. 아시나는 벅차오르는 숨을 몰아쉬며 대답했다.

"……어서 와요."

"수척해졌군."

"기분 탓이겠죠."

잠을 설쳐 꼴이 말이 아니긴 했다. 아시나는 조금 속상했다. 이렇게 올 줄 알았으면 시녀한테 화장이라도 해 달라고 할걸. 하든 안 하든 몰골은 말이 아니었을 테지만 그래도 이것보단 나을 것이 아니던가. 이런 순간에도 예뻐 보이고 싶은 여심을 홀로 비웃으며 아시나는 애써 술렁이는 가슴을 짓눌렀다.

베히다트를 보면 그가 무슨 소리를 할까 무서워 한편으로는 보고 싶지 않기도 했다. 하지만 이렇게 막상 눈앞에 두고 보고 있으려니 참을 수 없이 좋았다. 벅차는 기쁨과 잔잔히 떨리는 손끝이 행복이 무엇인지 맛보게 했다. 지난 며칠이 힘들었던 만큼 행복했다. 이 순간뿐이었지만 그래도 좋았다. 보고 싶었다. 지금도 보고 있지만 지금보다 더 보고 싶었다. 평생 이리 볼 수 있었으면 좋겠는데 이제 정말 그 끝이 다가올 때가 되니 너무 보고 싶어서 죽을 것 같았다.

이 마음을 접어야 하는데, 그만둬야 하는데, 도저히 그럴 수가 없었다.

나 벌받는 걸까? 엄마 뜻대로 하지 않고 내 맘대로 하고 산 벌? 부모님 속 썩인 죄로 지금 이렇게 벌을 받고 있는 걸까?

"일, 많았어요?"

"항상."

아무렇지 않게 대꾸하는 모습을 단지 보고 있기만 하는데도 설레는 마음 때문에 뒤숭숭했다. 품에 안기고 싶었다. 달려들고 싶었다. 안아 달라고 조르고 웃으면서 팔짱도 끼고 싶었다. 내가 당신을 얼마나 좋아하고 좋아하는지 말해 주고 싶었다. 하지만 그 모든 게 다 이루어질 수 없는 꿈이었다. 벽, 절대 넘을 수 없는 투명한 벽이 둘 사이에 있었다.

하늘도 무심하시지. 나름 첫사랑인데 어떻게 고르고 골라 이런 남자를 눈앞에 데려온 걸까. 겨우 반한 남자가 적국의 왕이라는 건 꽤 낭만적이었으나 동시에 웃겼다.

"기다렸나?"

"아니요."

짐짓 힘을 주어 냉큼 대답하는 아시나를 보며 베히다트가 옅게 미소 지었다.

"솔직하지 못하군."

더 다가가고 싶은데 갈 수 없었다. 그는 이 이상 다가갔다가는 자신이 어떻게 움직일지 확신할 수 없었기에 멈출 수밖에 없었다.

대체 이 여자가 무엇이기에 자신을 이리도 지옥에 처넣을 수 있는 것인가. 아시나가 도망쳤다는 사실을 알았을 때보다 더 비참했다. 그땐 잡아 오기만 하면 된다는 어떤 목적이라도 있었으나 지금은 아무것도 없었다.

"……왜 그래요?"

무언가 서늘한 기운을 감지한 듯 아시나가 몸을 흠칫 떨었다. 베히다트의 붉은 눈동자가 어둡게 술렁였다. 그냥 이 여자 목을 조르면 되나? 차라리 죽여 버리면, 그러면 편할까?

하지만 희미하게 생각한 것 이상으로 숨이 막혔다. 보드랍게 닿는 살결에 온기가 사라지고 발그레한 뺨이 색을 잃어 창백하게 변한다는 상상만으로 견딜 수 없었다. 저 눈동자에 생기가 사라지면 지금 이상으로 참을 수 없는 지옥이 닥칠 것만 같았다.

"나한테 뭐 할 말 없나?"

집착. 아니, 이만이 틀렸다.

이런 게 고작 집착일 리가 없었다. 집착보다 더 끈질기고 질척였다. 이렇게 어둡고 음습한 감정, 이런 게 고작 집착일 리가 없었다.

대체 무슨 의도로 묻는 거지?

아시나는 입을 다물었다. 할 말이라. 아주 많았다. 하지만 그 어떤 말도 베히다트에게 할 수 있는 게 없었다. 이대로 모든 걸 맡겨버리고 털어 내고 싶었다. 그러나 그럴 수 없었다. 슬프게도 아시나는 자신이 누구인지에 대한 자각을 뼈아프도록 하고 있었으니까.

"……."

아시나의 망설임이 길어질수록 베히다트는 나락으로 떨어졌다. 경계를 풀고 마음을 열었다고 생각한 건 착각이었나? 상태가 중증이었다. 그런데 무엇이 자신을 몰아붙이는지 알 수 없었다. 이 여자의 무엇이 자신을 이리도 화나게 만드는 것인가.

마지막 기회였다. 이대로 아시나가 뭐라고 말이라도 하면 설령 그게 아무리 터무니없는 것이라고 해도 믿을 수 있을 것 같았다. 바레인과 아무 관계도 아니라고, 자신은 정말 여행자일 뿐이라고 주장한다 해도 정말 모든 걸 용서하고 잊을 수 있었다.

제발, 뭐라도 좋으니까.

제발.

"없어요."

아시나는 베히다트의 눈을 피해 시선을 내리깔았다. 베히다트는 조용히 눈을 감았다. 제 안에서 무언가가 툭 끊어졌다. 이미 잦아든 숨소리가 거칠었다.

"……그렇군."

더 이상 이 자리를 지키고 서 있을 수가 없었다. 조금이라도 더 이곳에 있다간 이 여자를 어떻게 해 버릴 것 같았다. 그건 베히다트 자신이 원하지 않았다. 한 번도 제 감정을 다스리는 데 어려움을 겪어 보지 못했다. 그래서 더 이 상황을 견디기 힘들었다.

"그럼 나도 더 이상 할 말이 없다."

그대로 돌아서는 베히다트의 뒷모습을 보며 아시나는 저도 모르게 손을 뻗었다.

"베히—."

—님.

끝내지 못한 말이 혀끝에 머무른 채 나가지 못했다. 매몰차게 돌아선 뒷모습을 뼈아프게 지켜보던 아시나가 손을 내렸다. 상상 이상으로 비참했다. 흡사 이 버려진 기분은 무엇이란 말인가.

다시 방 안으로 들어가야 한다는 걸 알지만 아시나는 그 자리에 못 박힌 듯 한참을 서 있었다. 저 뒷모습을 다시 볼 수 없을 것 같다는 생각이 들었다. 그런 절박함이 도무지 자리를 뜰 수 없게 만들었다. 울컥 눈물이 치밀었다. 아시나는 그대로 제 입술을 가리며 흐느꼈다.

어떡해.

체스 판 위에 놓인 백의 형세는 꽤 불리했다. 백을 놓고 있는 엘바가 꽤 오래 끙끙대며 다음 수를 고뇌했다. 그에 비해 흑을 잡은 이즈미르는 거침없이 다음 수를 놓았다. 백으로 유리하게 시작한 것인데도 지게 될 판국이라 엘바는 조바심에 머리가 터질 것 같았다.

"체크메이트."

이즈미르가 건조하게 외쳤다.

"으악!"

체스 판을 그대로 뒤엎은 엘바가 좌절했다. 또 졌어! 날아가는 체스 판을 안타깝게 바라보며 이즈미르가 혀를 찼다. 엘바가 믿을 수 없다는 듯 외쳤다.

"자네, 누구에게 과외라도 받는 건가?! 어떻게 매번 이렇게 이기는 거야!"

"이걸로 49전 49패로군, 엘바."

"……."

엘바가 불만스럽게 인상을 구겼다.

"그거, 일일이 그렇게 세지 말게나, 이즈미르."

"이게 내 즐거움일세, 엘바."

껄껄 웃는 이즈미르를 노려보다 엘바가 제 머리를 두 손으로 감쌌다.

"난 틀렸어. 꿈도 희망도 없어."

"허허, 그 나이에 무슨 꿈과 희망을 찾나?"

찻주전자를 기울이며 이즈미르가 웃었다. 엘바는 불만스레 팔짱을 꼈다.

"아, 몰라. 그만두세, 이딴 재미대가리도 없는 게임."

"자기가 하자고 할 땐 언제고."

이즈미르가 건네 준 찻잔을 받아 들며 엘바는 창가로 향했다. 큰 창을 통해 들어오는 태양의 햇살이 꽤 따사로웠다. 더워 죽어야 마땅할 날씨이거늘, 라 쿤이 머무르는 성지라 그런 건지 몰라도 알 페시안의 기온은 언제나 적당했다. 엘바는 그래서 더 니즈와로 돌아가고 싶지 않았다.

돌아가면 분명 더워 죽을 거야…….

"그나저나 이즈미르 자네, 그거 아는가?"

"뭐 말이지?"

엘바가 조심스럽게 목소리를 낮춰 말했다.

"최근 궁정 말일세. 분위기가 이상해."

비단 자신만 느끼고 있는 것이 아니었다. 모르긴 몰라도 이만은 이미 움직이고 있을 터였다. 이제 막 알 페시안에 도착해 여독을 풀고 있는 이즈미르도 자세히는 모르는 눈치였다. 엘바는 그런 그에게 무언가를 알려 줘야 한다고 생각했다.

"뭔가 있는 건가."

이즈미르가 엘바의 눈치를 보며 운을 뗐다.

"다우드가 실종되어 그런 것이 아니던가."

"뭐, 그것도 있네만 그것 말고도 다른 것들이 참 마음에 걸린단 말이야. 자네는 이제 와서 모르겠지만 궁정에 쭉 있었던 나는 잘 알고 있네."

엘바가 짐짓 아는 척을 하며 손을 들었다.

"잘릴과 바레인은 원래 몇 안 되는 젊은 대족장인지라 전부터 친목을 다졌으니 말할 것도 없네만. 그러고 보니 최근 바레인이 자넬 찾지 않았던가?"

"큰 문제는 아니었네."

"뭐였는데?"

엘바가 두 눈을 반짝였다. 이즈미르는 약간 난감했다.

"샤르자와 마안 국경 부근에서 일어난 자잘한 분쟁에 관한 것이었네. 들어 보겠나? 조언을 해 주겠다면 말해 주겠네."

"아니, 되었네."

듣기만 해도 머리가 아픈지 엘바가 손사래를 쳤다. 엘바가 물러나 다행이라고 생각하며 이즈미르는 웃었다.

"자네는 그래도 미츠하르가 있어 좋겠구먼."

엘바는 그 소리를 듣자마자 인상을 찡그렸다.

"쓸모도 없는 자식 놈의 새끼."

"왜? 또 미츠하르와 싸웠는가?"

싸웠다마다. 아니, 그보다 더 심한 전쟁을 치렀다. 엘바가 투덜거렸다.

"글쎄, 그놈이 대족장을 잇기 싫다지 않나. 이 자리가 아무나 앉는 건 줄 아나. 나 원 참."

"아제미 일에 꽤 만족하고 있으니 그럴 수도 있지. 잘 구슬려 보게."

이즈미르의 타이르는 말에 엘바는 조금 화를 풀었다. 그래도 이즈미르가 와서 다행이었다. 이만을 비롯한 궁정 관료들은 낮이면 일을 해야 해서 바빴고 잘릴은 밤이든 낮이든 여자랑 노느라 바쁘고 바레인은 무슨 생각을 하는지 모르겠고 시하드는 더더욱 불편했으니 매일 적적하고 심심해서 괜히 미츠하르를 들들 볶고 있었다. 이즈미르가 엘바의 말 상대가 되어 준 덕분에 미츠하르가 한숨 돌릴 수 있게 되어 부자 간의 사이가 약간이나마 회복되고 있었다.

엘바가 시무룩하게 물었다.

"정말 아무 일도 없는 겐가?"

이즈미르가 웃음기 어린 반문을 했다.

"자네는 무슨 일이라도 있었으면 좋겠나?"

"어허, 당연히 아니지."

하지만 그래도 역시…….

"뭐랄까, 시하드도 그렇고 궁정 분위기도 그렇고……. 묘하게 날 따돌리는 것 같아 슬프단 말일세. 나도 뭔진 모르지만 끼고 싶다고……."

우울해 보이는 엘바를 보며 이즈미르가 호탕하게 웃었다. 엘바는 난데없이 웃기 시작하는 이즈미르를 보고 식겁했다.

"갑자기 왜 웃나?"

"자네가 웃겨서."

"……."

엘바가 불만스레 인상을 찡그렸다. 그러다가 또 시무룩하게 찻잔을 만지작거렸다.

"뭐, 이해는 해. 니즈와는 자랑거리가 없는 게 자랑거리니까. 분명 날 끼워 주고 싶지 않은 거겠지."

이즈미르는 그건 아니라고 생각했다. 모르긴 몰라도 니즈와를 같은 편으로 끌어들인다면 어느 쪽이든 편할 테니까. 유지되고 있던 힘의 균형이 무너지는 건 순식간이었다. 그러나 굳이 그를 끌어들이지 않는 건, 아마도 엘바 개인의 문제라기보다 이미 확고하게 다져진 이해관계 때문일 확률이 컸다. 니즈와의 평화는 그들의 큰 욕심 없는 성품에서 기인한 것이니까.

"그렇다기보단 음, 내 생각엔 다른 문제 같은데……."

"그래?"

되물어 보던 엘바는 곧 그 주제에 흥미를 잃은 건지 밖을 보며 다른 말을 꺼냈다.

"그나저나 비가께선 오는 데 정말 오래 걸리시는군."

"싫어하면서도 잘도 찾는군."

이즈미르의 타박에 엘바가 얼굴을 붉히며 항변했다.

"개인적인 감정과 이건 다르지."

싫다고, 노친네라고 무시하면서도 또 없으니 서운한 모양이었다. 기운이 없는 엘바를 지켜보며 이즈미르는 무거운 표정을 지었다. 지금 이 평화가 살얼음 위에 겨우 유지되고 있는 형세라는 걸 그는 누구보다도 잘 알고 있었다.

부디 깨지지 않길. 그렇게 원하며 찻잔에 입을 가져갔을 때였다.

"설마 바레인이……."

엘바가 상체를 일으켰다. 이즈미르가 놀란 표정을 지었다. 알아차린 것인가? 이즈미르가 심각한 표정으로 그를 주시했다. 엘바 역시 자못 심각하게 물었다.

"시하드께 세금을 내지 않겠다고 한 것인가?"

"……."

바로 한심한 표정을 짓는 이즈미르를 보며 엘바는 조용히 꼬리를 말았다.

"뭐, 아니면 말고."

급하게 호위 일을 다른 타무라에게 부탁한 카림이 향한 곳은 제4중정에 있는 전사들의 관저였다. 타무라들이 모이는 관저로 들어선 그는 거침없이 손님 응접실 쪽으로 발을 옮겼다. 익숙한 건물 안의 풍경과 모습이 지나가고 곧이어 응접실 문이 나왔다. 문을 박차고 들어선 카림은 응접실 안에 자리 잡고 앉아 있는 남자를 보고 숨을 삼켰다.

"……아버님."

다부진 중년 남자가 그제야 미소했다.

"오랜만이구나, 카림."

행방불명으로 생사조차 알 수 없던 다우드가 그곳에 있었다. 바로 달려가 다우드를 끌어안은 카림이 눈물을 삼켰다. 다 큰 아들자식이 처음 보이는 반응에 다우드는 잠시 어찌할 바를 모르다 조용히 카림의 등을 토닥거리며 위로했다.

"속절없이 돌아가신 줄만 알았습니다."

물론 그럴 거라 믿진 않았지만, 행방불명의 시간이 길어질수록 초조함과 더불어 불길한 예감이 커져 갔다.

어쩌면 진짜 죽었을 수도 있다는 생각이 든 순간 나타난 아버지의 모습에 카림은 쉽게 말을 잇지 못했다. 다른 자들도 물론 기뻐하겠지만 이 순간 가장 기쁜 건 단연 카림이었다. 쉽게 볼 수 없는 아들의 모습에 다우드가 짐짓 웃음을 지었다.

"네가 이 아버지를 단단히 저평가한 모양이구나?"

"그런 것이 아니오라……. 워낙 그 협곡의 지형이 험하지 않습니까……."

카림이 다급하게 말을 덧붙였다. 다우드가 호탕하게 웃으며 고개를 끄덕였다.

"요행히 운이 좋아 살아남을 수 있었다. 시하드를 뵙고 싶은데, 지금 뵐 수 있을까?"

어색하게 다우드에게서 떨어진 카림이 제 옷매무새를 다듬었다.
"나시르와 동행하면 가능할 겁니다."
"그렇군."
다우드가 잠깐 창문 너머로 시선을 돌렸다가 다시 카림을 돌아보았다. 마주 보는 두 사람은 부정할 수 없을 정도로 꼭 닮아 있었다. 카림이 나중에 늙으면 이렇게 되겠구나 싶을 정도로 강건하고 심지 굳은 다우드는 긴장한 기색을 숨기지 않았다.
"가능한 빨리 뵐 수 있으면 좋겠는데."
카림이 의아한 표정을 지었다.
"서두르셔야 할 이유라도 있으십니까?"
"당연히."
다우드가 고개를 끄덕였다.
"내가 이곳에 도착했다는 걸 몰랐으면 하는 자들이 있으니까."
그게 누구인지까지는 굳이 언급하지 않아도 되었다. 카림도 그게 누구인지는 알고 있었으니까.
알현은 순식간에 이루어졌다. 다우드는 얼굴을 가리고 최대한 눈에 띄지 않게 카림과 동행해서 서기관저까지 갔다. 나시르가 가진 권한으로 어느 때든지 시하드를 찾아뵐 수 있어, 라 칸을 알현하기 위한 복잡한 절차는 순식간에 뛰어넘었다.
3년 만에 보는 무스카트 대족장의 모습은 예전 그대로였다.
"살아 있었군, 다우드."
베히다트의 말에 다우드가 고개를 푹 수그렸다.
"소신이 불충하여 이제 찾아뵌 것을 용서하여 주시옵소서."
"살아 있다면 그걸로 되었다. 그대가 무사하다는 걸 안 것만으로 마음이 놓이는군.”

이로써 걱정 하나는 던 셈이었다. 무슨 일이 있었는지 듣고 싶은 마음이 없진 않았으나 그보다 베히다트는 다른 것에 관심을 쏟았다. 그것은 다우드가 굳이 직접 알 페시안으로 오겠다고 한 이유였다. 다우드가 오는 도중 받은 습격도 결국 그것과 연관이 있을 게 뻔했다.

“그래서 하고 싶은 말이 뭐지?”

“다름이 아니라, 시하드시여.”

다우드가 잠시 주변 사람들을 살폈다. 집무실 안에 있는 자는 베히다트와 다우드 외엔 카림과 나시르밖에 없었다. 나시르는 잠시 제게 닿는 시선에 당황했으나 다우드가 따로 언급하지 않았기에 그저 가만히 있었다. 뭔가 눈치를 살피는 듯 주변을 둘러보던 다우드가 다시 베히다트를 올려보았다.

“이곳은 안전하다. 말하도록.”

고개를 끄덕인 다우드가 심각하게 입을 열었다.

“다라가 크라차로부터 무기를 대량으로 밀반입했습니다. 이미 다라와 무스카트 경계 지역은 전쟁터를 방불케 변해 버렸습니다. 이건 차라리 침공이라 표현하는 것이 옳겠습니다. 이미 서西고비 지역은 완전히 초토화가 된 상태입니다. 다행이라 해야 할지 아직 그 피해가 경계 지역뿐이지만……. 아직 다라로부터 공식적인 선전포고는 없으나 그것 또한 시간문제입니다.”

“무기?”

베히다트가 나시르를 돌아보았다. 나시르는 당황했다.

“무기가 밀반입되었다는 정보는 없었습니다. 크라차에서 다라로 간 것은 식량……."

발을 마치넌 나시르가 아차 하는 표징으로 입술을 깨물었다. 미처 우마르도 신경 쓰지 못한 일이었다. 실은 그것이 식량이 아니라 무기였단 말인가. 나시르는 곤혹스러운 표정을 지었다. 해답을 바라는 듯 다우드를 쳐다보았지만 다우드 역시 고개를 가로저었다.

"저 역시 자세한 밀반입 과정은 모릅니다. 하오나 다라가 무엇을 원하는지는 알고 있습니다."

"무엇이지?"

다우드는 숨도 쉬지 않고 대꾸했다.

"무스카트의 멸절."

나시르가 한숨을 흘렸다. 카림은 주먹을 꽉 쥐었고 다우드는 다부진 표정으로 고개를 숙였다. 페시안의 역사가 시작되기 훨씬 전부터 다라와 무스카트는 앙숙이었다. 언제부터 시작된 앙금인진 모르나 그것이 페시안으로 편입된 후에도 지속되었다는 걸 모르는 페시안인은 없었다. 어차피 다라가 원하는 건 모든 일족이 먹고살 수 있을 정도의 곡물이 나는 비옥한 땅일 터.

그런 의미에서 가장 약한 무력을 가진 니즈와가 목표가 되지 않는 건 어차피 무스카트를 무너뜨리면 니즈와는 당연히 넘어오기 때문이다. 순식간에 잘릴이 원하는 걸 짐작해 낸 나시르가 인상을 찌푸렸다.

"잘릴이 단단히 마음을 먹었군요."

잘릴이 원하는 것은 다라의 영토 확장이었다. 그건 이 자리의 모두가 이미 알고 있는 바였다. 과연 그가 가장 먼저 알 페시안에 도착한 이유가 있었다. 나시르는 미간을 좁혔다. 단순한 우연이라고 생각하진 않았는데, 그건 이 모든 혐의에서 최대한 벗어나기 위한 수작 중 하나였다. 다우드가 오지 못한다는 소식을 받았을 때부터 염두에 두고 있긴 했다. 하지만 수법이 잘릴답지 않게 교묘했다.

사소하면서도 복잡한 혼인 문제로 다우드의 발목을 잡아 두고 자신이 자리를 비운 사이에 각 일족들끼리의 문제인 척 일을 일으켰다라. 이렇게 복잡하고 번거로운 수를 잘릴이 쓸 리 없었다. 무기 밀반입부터 시작해서 일련의 사태를 두고 보았을 때 분명 이건 바레인의 짓이었다. 섣부른 단정이라고 할 수 있겠지만 나시르는 그보다 다른 것이 더 신경 쓰였다.

"과연 이것이 그들이 그렇게 숨죽이며 준비한 전부인 걸까요? 대족장들끼리의 전쟁은 끼어들지 않는다는 게 알 페시안의 원칙이지만 그게 한쪽의 일방적인 학살이라면 말이 달라집니다. 게다가 무기까지 밀반입하고, 대체 무슨 생각일까요? 잘릴이 그 정도도 모를 멍청이는 아닌데."

"아마 이것도 준비한 것들 중 하나겠지."

이 정도는 예상한 범위 내의 일이었다. 이에 대한 대비조차 없이 방관한 것은 아니니까. 베히다트는 다우드를 찬찬히 살펴보았다. 습격당했을 때 입은 상처는 겨우 피만 멈춘 상태였다. 아마 깊은 상처를 찬찬히 치료할 시간도 갖지 못했으리라.

"내궁에 따로 거처를 마련할 테니 아직 모습을 드러내진 말도록. 그대의 말이 사실이라면 그대의 안전이 위험할 터, 더 상황을 파악하고 난 뒤 움직이도록 하지."

"명을 받듭니다."

다라가 무스카트를 삼키고 니즈와마저 먹는다면 그다음 칼이 어디로 향할지는 뻔했다. 분명 알 페시안이겠지.

다라의 실인귀들은 만족을 몰랐다. 무언가를 얻기 위해 노력하기보단 그걸 가진 남의 것을 빼앗는 방식에 익숙했다. 그렇기에 그렇게 넓은 땅을 갖고도 만족하지 못하고 항상 결핍에 시달리는 거겠지. 다라인들은 단순히 땅 자체의 문제라고 생각했지만 그렇게 광활한 땅이 대부분 황폐하게 변한 데엔 분명 다라 일족들의 책임도 존재했다.

페시안이 세워질 때부터 다라는 항상 문젯거리였다. 많은 쿤들이 꺼리고 배척하는 동안 서서히 쌓인 다라의 묵은 감정이 이제 와 폭발된다고 해도 전혀 이상하지 않았다.

만약 다라가 무스카트를 무너뜨리기라도 한다면 혼란은 걷잡을 수 없어지리라. 그렇게 되지 않으려면 무스카트를 살려 놔야 했다. 그리고 무스카트를 살리려면 무스카트의 정신, 대족장인 다우드가 살아남아야 했다.

그래, 잘릴이 원하는 것이야 이미 오래전부터 알고 있던 바. 그럼 이 일을 도우며 바레인이 얻는 것은 무엇인가.

"그리고 한 가지 더 드릴 말씀이 있습니다."

이제 끝났다고 생각했는데 다우드가 꺼낸 또 다른 말에 모두의 시선이 그를 향했다.

"뭐지?"

"크롬웰 사신에 관한 이야기입니다."

여유가 없는 목소리였다. 나시르가 놀라 두 눈을 동그랗게 떴다.

"다우드 대족장께선 크롬웰에서 사신이 오는 걸 어떻게 알고 계십니까?"

다우드는 나시르의 의문을 해소해 주는 대신, 베히다트를 올려 보았다. 그가 자못 심각하게 입을 열었다.

"소신이 소하르에서 알 페시안으로 오던 도중 정체불명의 괴인들에게 습격을 당했습니다. 급한 대로 지형이 험한 샤르자 협곡으로 몸을 숨겼으나 어떻게 된 것인지 쉽게 추적을 해 오더군요. 그렇게 헤매다 크롬웰의 사신을 만났습니다. 제 목숨을 살려 준 은인이십니다."

카림이 놀라 물었다.

"사신이 살아 있었습니까?"

"멀쩡하더구나."

오히려 목숨을 걱정해야 하는 건 다우드 자신이었다.

지난 며칠 함께 동행하며 다우드는 뼈저리게 느꼈다. 서둘러 알 페시안으로 가고 싶은 마음은 같았지만 두 남자는 다우드의 상태에 대한 배려가 없었다. 아니, 있긴 했지만 다친 다우드가 조금이라도 처지기 시작하면 버려두거나 쉬는 게 아니라 니젠이 들쳐 업고 가는 걸로 합의를 보았다. 졸지에 외간 남자에게 꼴사나운 모습으로 업히게 된 무스카트 대족장의 긍지는 누구도 배려해 주지 않았다. 그 때문에 조금이라도 더 체력을 비축하며 열심히 걷게 되었지만 두 사람은 그 이유를 아직도 모르는 눈치였다. 다행히 말을 타고 나서는 많이 괜찮았지만 협곡을 빠져 나올 때 겪은 과정은 정말 누구에게도 말하고 싶지 않았다. 가만히 이야기를 다 들은 베히다트가 무겁게 입을 열었다.

"그래서 그들은 지금 어디 있지?"

"일 페시안 성, 동쪽 끝사락에 있는 여관에 있을 겁니다."

순식간에 앓던 이가 전부 빠진 것을 환영해야 할까, 아니면 이것 또한 무언가의 함정인 것인가. 어찌 되었든 사신이 죽지 않고 살아 있다는 건 반가워할 만했다.

카림이 검을 쥔 손을 달싹이며 물었다.

"당장 데려올까요?"

"아니."

베히다트가 고개를 가로저었다.

"일단 무스카트의 일이 우선이다."

정확히 어떤 무기를 밀반입했는지 파악하는 것이 우선이었다.

"카림."

"예."

"그대는 다우드를 데리고 사신에게 먼저 가 보도록. 그쪽 상황이 어떤지 대략적인 이야기를 듣고 비밀리에 입궁시키는 것이 좋겠다."

이야기를 경청하던 나시르가 서둘러 말했다.

"그럼 저는 우마르께 전해 사신의 호위들을 알 페시안으로 데려오도록 하겠습니다."

대답 대신 베히다트가 고개를 끄덕였다. 다우드와 함께 카림이 먼저 집무실을 나섰다. 둘이 나서는 장면을 지켜보다 나시르가 베히다트를 돌아보았다.

"그동안 기다린 게 헛되진 않았습니다."

"그래도 모르지."

싸늘히 대꾸한 베히다트가 망설임 없이 비웃었다.

"그밖에 뭐가 더 도사리고 있을지는."

날이 저물기만을 하루 종일 기다렸다. 아시나는 크게 숨을 들이켰다. 이제부터 시작이었다. 오늘은 찾아올 사람도 찾아온 사람도 없었다. 아시나는 오늘 처음으로 자리에서 일어났다. 어차피 아무도 오지 않는다는 걸 알고 있었다. 그래도 그녀를 감시하는 눈과 귀는 여전히 촘촘했다. 시녀들은 여전히 인형처럼 아무 표정 없이 그저 서 있었다. 아시나는 일부러 하품을 했다.

"이제 자야 할 것 같네요."

"벌써 졸리십니까?"

하루 종일 침대에 앉아서 멍하니 창밖만 보고 있던 사람이 할 대사는 아니었다.

"그러게요. 한 것도 없는데."

아시나는 헛웃음을 지었다. 알싸한 공기가 덧없이 내려앉았다. 애써 어제 기억을 지우려 고개를 흔든 아시나가 다시 시녀들을 돌아보았다.

"오지 않으시겠죠?"

"……."

시녀들은 시선을 피하는 것으로 대답을 대신했다. 잠시 잠자리를 준비하는 시녀들의 몸짓으로 방 안이 꽤나 부산스러웠다. 아시나는 조용히 그녀들을 지켜보았다.

"편안하게 주무시길."

다른 때는 고개만 숙이고 물러나는 게 고작이었으나 오늘은 어째서인지 인사가 나왔다. 아시나는 빙그레 웃는 걸로 대답을 대신했다. 시녀들이 방 안에서 모두 나가자 그녀는 잠시 제가 누워야 할 침대를 돌아보았다. 아늑하고 푹신하고 편한 잠자리. 이곳에서 잠드는 마음은 편치 못하겠지만 환경만은 최상이었다.

"너무 쉽게 속네."

약간의 의심은 있을 거라 생각했는데 너무 손쉬워서 오히려 맥이 빠졌다. 뭐, 원래 시녀들이 아시나에 대해 그리 관심이 깊은 편은 아니었지만.

채 30분도 지나지 않아 노을 진 하늘은 금세 바닷빛으로 가라앉았다. 금장으로 막힌 창문 너머로 진하고 푸른 하늘을 올려다본 아시나는 뒤를 돌아보았다. 시하드의 궁은 일반적인 방법으로는 절대 도망칠 수 없었다. 특히 안에서 갇혀 있는 상황이라면 더더욱. 자키야는 궁내에 있는 자기 사람들을 움직여 아시나를 돕겠다고 했다. 어차피 축제 때문에 일하는 관료들이 별로 없어서 비는 궁도 많고…….

맞는 말이었다. 하지만 자신의 호위를 맡은 카림은 어떻게 할 거냐는 아시나의 질문에 자키야는 쉽게 대답하지 못했다. 그런데 무슨 이유에서인지 카림이 오전부터 자리를 비웠다. 단순한 우연의 일치일 뿐이었지만 아시나는 참 복잡한 기분이 들었다. 신이 돕는다고 좋아해야 하나.

일단 도망칠 준비를 해야 했다. 아시나는 그동안 잘 숨겨 놓았던 주머니를 꺼냈다. 주머니를 꺼낸 아시나는 새삼스러운 기분에 사로잡혔다.

"이게 다 너 때문에 일어난 일이었어. 알아?"

주머니가 살아 있기라도 한 듯 말을 붙여 보다 아시나는 제 자신이 한심해서 한숨을 내쉬었다. 그래, 주머니가 무슨 죄이겠는가? 다 제 탓이지. 혹시 몰라 침대 위에 베개로 사람 모형을 만들어 놓은 아시나는 주머니에서 오랜만에 옷을 꺼내 갈아입었다. 승마복을 더 가볍게 변형한 바지에 간편한 셔츠를 입고 그 위에 로브를 껴입었다. 여행을 다닐 때 더없이 편한 복장. 로브의 후크를 채우며 아시나는 제 몸을 내려다보았다. 뭔가 느낌이 색달랐다. 오랜만에 입으니 불편하다고 해야 하나. 원래는 이게 익숙해야 당연할 텐데 맞지 않는 옷을 입은 듯 거추장스러웠다.

"그동안 살이 찐 건가."

모르긴 몰라도 그럴 수도 있었다. 요새 한 거라곤 놀고먹은 것밖에 없지 않은가. 기분 나쁜 생각을 하다 아시나는 한숨을 내쉬었다. 아니야, 그런 건 아닐 거야.

애써 마음을 다잡으며 일어났다. 오늘따라 창밖에서 들이치는 달빛까지 고요했다. 사람 하나 없는 적막한 방. 그게 당연한 풍경인데 어째서인지 당연하게 느껴지지 않았다. 그래, 이 방 가득 자신의 존재감을 채우던 누군가가 있었다. 그가 없으니 방은 마치 마른 나뭇가지처럼 비추어졌다. 이 광경도 이젠 마지막이었다.

아시나는 가만히 손을 뻗었다. 손 위로 반짝반짝 달빛이 흔들렸다. 처음 이 방에 들어왔을 때만 해도 무서웠는데. 어느새 그렇게, 자신도 모르게 이 공간이 익숙해진 모양이었다. 손을 가만히 쥐니 달빛이 곱게 쥔 손가락 위로 흩어졌다. 아시나는 그 장면을 한참이나 서서 바라보고 있었다. 하염없이.

시간이 얼마나 지나간 것인가. 그런 의문이 서서히 고개를 들 때였다. 찰칵, 조심스레 문이 흔들리는 소리가 들렸다. 주의해서 듣지 않았으면 몰랐을 정도로 작은 소리. 아시나가 문 쪽을 돌아보자 거기엔 처음 보는 낯선 자가 서 있었다. 얼굴과 몸을 가린 검은 복장이 눈에 띄었다. 살짝 긴장한 채 그 남자를 응시하니 그가 고개를 숙였다.

"자키야 님께서 기다리고 계십니다."

'이래도 되는가.' 하는 확신은 없었지만 아시나는 서둘러 그 뒤를 따라갔다. 이 문 안으로 들어설 땐 그렇게 막막했는데 막상 나서는 건 너무 쉬웠다. 낯익은 길과 낯선 공간. 푸른 어둠과 희미한 달빛만이 머무는 궁정에 얽힌 수많은 기억들이 수면 위로 떠올랐다. 동시에 습격해 오는 기억들이 다리를 붙잡고 어깨를 붙잡았다. 그리고 자신을 옭아맸다. 점점 발을 내딛는 게 힘겨웠다. 망설임이 길어졌다.

"이쪽으로."

도망가는 길은 생각 이상으로 수월했다. 궁정 자체의 문제도 축제 때문에 생기는 병력의 빈틈도 아니었다. 이건 누군가가 준비해 놓은 길이었다. 자키야의 힘인 건가, 아니면 게디크의 혹은 바레인의 능력인 것인가. 그 셋의 그림자는 아시나가 구분해 내기엔 너무 닮아 있었다. 어디로 가는지도 모르게 걸으며 아시나는 자신을 끌고 가는 남자의 등을 바라보았다. 그래도 안내자가 있으니 훨씬 편했다.

"잠시."

멀리서 속삭거리는 목소리가 들려왔다. 경비를 서는 병사들의 목소리였다. 지나가길 숨죽이고 기다리던 아시나는 문득 처음 도망쳤을 때가 떠올랐다. 그때는 무슨 기분으로 도망쳤지? 지금 이건 또 무슨 기분이지?

"오십시오."

짤막한 말에 따르며 걸어가다 아시나는 고개를 가로저었다. 어째 점점 더 수렁에 빠지는 느낌을 지울 수 없었다. 자신이 스스로 늪으로 걸어가는 것만 같았다.

그런 기분과 상반되게도 아시나는 금세 자키야를 만날 수 있었다. 두 사람을 기다린 건지 마차 앞에 선 자키야가 초조한 모습으로 서 있었다.

"왔군요."

자키야의 모습을 보자마자 아시나는 안심했다. 이 남자 입에서 나온 자키야란 이름만 믿고 따라오긴 했지만 마음 한편으로는 불안한 마음이 있었다. '혹시 바레인이 보낸 남자는 아닐까.' 하는……. 다행이었다, 바레인이 보낸 사람이 아니라.

자키야에게 다가가며 아시나는 주변을 돌아보았다.

"여긴……."

"관료들이 쉴 수 있게 마련된 관저예요. 지금은 제가 머무르고 있죠."

정확히는 대재상에게 마련된 건물이었다. 궁 안에서 머무르고 있었구나. 어디에서 머무는지 궁금하긴 했는데 이렇게 알게 되니 신기했다. 그렇게 일찍부터 내궁에 드나들 수 있었던 건 다 이유가 있는 법이었다.

"이제 가죠."

자키야가 손을 내밀었다. 무심코 그 손을 잡으려던 아시나는 순간 멈칫했다. 알 수 없는 기분이 엄습했다. 왜인지 무언가를 놓고 온 기분. 어째서 이렇게 텅 빈 것처럼 허전할까? 알 수가 없었다. 놓고 온 건 없었는데. 도망치기 시작한 순간부터 서서히 무거워지던 발은 이젠 완전히 콕 박힌 것처럼 바닥에서 떨어지지 않았다. 아시나는 굳은 표정으로 자신에게 내밀어진 하얀 손을 내려다보았다.

"아시나 양?"

이 손을 잡고 나가면 지금까지 자신을 괴롭혔던 모든 고민에서 해결될 수 있다.

그렇게 원하고 바라던 것이 아니었던가? 도망치고 싶어 했잖아? 이곳을 나가고 싶어 하지 않았나? 그 남자한테서 벗어나고 싶어 했잖아? 머릿속의 목소리가 그렇게 물었다. 하지만 어째서인지 쉽게 대답해 줄 수 없었다. 도망치고 싶었다. 하지만 지금은 아니었다.

문득 어제 해질녘이 떠올랐다. 가차 없이 돌아서던 등, 다시 돌려세울 수 없는 뒷모습. 눈앞에 떨어진 한 점의 검은 먹이 순식간에 퍼져 시야를 온통 어둠으로 물들였다. 숨이 막혔다. 무언가가 강하게 가슴을 쥐어뜯었다. 맹수에게 물려 살점이 뜯기던 상황에서도 이런 기분은 아니었는데. 이렇게 막막하고 처참한 기분은 아니었다고. 눈앞이 까맣게 변해 버렸다.

이제 알았다.

"왜 그러죠?"

자키야가 물었다. 의문을 품은 녹색 눈동자를 바라보며 아시나는 깨달았다. 이런 기분으로 돌아간다고 해도 할 수 있는 게 없다는 걸. 빛 없는 어둠 속을 걷는 것처럼 모든 것이 아득했다. 이대로 돌아간들 마음 편히 부모님 얼굴을 볼 수 있을까? 확신할 수 없었다. 무엇보다 냉정하게 뒤돌아선 등이 너무 아프게 와 박혔다. 헛된 미련이라고, 쓸데없는 망상이라고 그렇게 치부해도 자꾸 눈앞에서 돌아선 그 등이 아른거리며 떠나지 않았다. 그렇게 다정했는데, 그렇게 상냥하게 시선을 맞춰 주던 사람이었는데.

"미안해요."

이렇게 끝낼 순 없었다. 아시나는 한 걸음 물러났다.

"미안해요, 자키야."

"무슨 말이에요?"

자키야가 인상을 찡그렸다. 아시나는 이제 와 이런 결정을 내린 자신이 정말 멍청하다고 생각했지만 어쩔 수 없었다. 고개를 가로저으며 아시나가 물러났다.

"돌아가야 할 것 같아요."

자키야가 이해할 수 없다는 듯 아시나를 쳐다보았다. 아시나도 자기 마음을 제대로 설명해 낼 수 없었다. 하지만 그래도 이것만큼은 알았다.

"헤어지더라도 이대로는 아니에요. 이렇게 헤어질 순 없어요."

다시 만날 수도 없는걸. 아니, 다시 만날 수 있을 리가 없었다. 그 절박함이 아시나의 발을 붙잡았다.

"정말 미안해요."

아시나는 그대로 빠르게 다시 뒤돌아 왔던 길로 가 버렸다. 한 치의 망설임도 없이 돌아선 그 모습을 의아하게 지켜보던 자키야가 이마를 찡그렸다. 그녀가 자신의 손을 잡을 거라는 믿음에 한 치의 의심도 없었다. 당연히 자신의 뜻에 따라 궁 밖으로 나설 거라고 생각했다. 자키야는 입술을 깨물었다. 말없이 서 있는 자키야 옆으로 섬은 사내가 다가와 고개를 숙였다.

"잡아 올까요?"

그녀가 원한다면 사내는 얼마든지 아시나를 이곳으로 다시 데려오리라. 그러나 자키야는 그러고 싶지 않았다.

"……아니."

단순히 그녀를 잡아 온다고 해결될 문제는 아니었다. 자키야는 고개를 가로저었다.

"우린 이대로 길을 떠나요."

어차피 가야 할 길이었다. 자키야는 이미 알고 있었다. 제가 아무리 사모한다고 해도 이 마음이 이루어지는 날은 오지 않는다는 걸. 단순히 자신의 아버지가 베히다트와 각을 세우기 때문이 아니었다. 이미 어린 시절 연모의 마음을 고백할 때마다 단념하라 답을 들었던 마음이었다. 둘 다 성인이 된 이후로는 단 한 번도 이 마음을 드러낸 적 없지만 그래도 그녀는 알고 있었다. 베히다트라는 남자의 마음에 자신이 들어갈 틈이 없다는 것을. 이젠 정말 이 마음을 고백하면 그나마 가진 것조차 빼앗길 수 있다는 것을. 그에게 자신은 끊임없이 상기시키는 존재일 뿐이었다. 사 쿤의 자비와 어리석음, 그리고 그의 어린 시절을.

아시나는 자키야를 그저 자의 없이 휩쓸리는 말에 불과하다고 여기는 눈치였지만 사실 자키야가 먼저 제안한 일이었다. 보고 싶었다, 아이라라는 칭호를 처음 가지게 된 여자를. 확인하고 싶었다, 어떤 여자가 그의 곁에 서게 된 것인지를.

질투하지 않았다고 하면 그 말은 거짓이리라. 이대로 북으로 도망가길 원했지만 베히다트에게 돌아가는 아시나가 부러운 것 또한 사실이었다. 자키야는 준비된 마차에 오르며 씁쓸하게 웃었다.

"아시나 양은 내가 생각한 것 이상으로 용감하군요."

왔던 길을 되돌아가는 건 어렵지 않았다.

복잡한 길이었지만 차분히 기억을 더듬으면 금세 기억이 났다. 아까 이 길을 지나올 땐 머리가 어지러워 미처 몰랐는데 궁 안이 정말 조용했다. 쥐 죽은 듯한 이 고요함. 축제라 연회가 열리는 건물로 사람들이 다 몰렸다고 해도 이 정도까지 조용할 이유는 없었다. 자키야가 마련해 놓은 거라고 해도 이상했다. 어찌 되었건 아시나는 가는 길에 거슬릴 것 없어 좋았다. 이대로 돌아가면 아무도 없겠지. 그럼 도망친 것도 없는 일이 될 것이다. 그러면 된 거야.

자신이 지금 엄청 멍청한 짓을 한다는 것도 알고 있었다. 평생을 두고두고 후회할 짓을 저지르는 걸지도 모른다는 생각도 했다. 그런데도, 정말 그런데도 멈출 수 없었다. 도저히 이 마음을 접을 수가 없었다.

"……멍청이 아시나."

이렇게 가득 흘러넘치는 마음을 가지고 집에 돌아간들 대체 무슨 일을 할 수 있을까. 베히다트가 위험하다는 걸 알고 있으면서 외면한 채로 돌아가면 후회할 게 분명했다. 혼자 무사히 집에 돌아간다고 해도 대체 어떻게 웃을 수 있을까. 아무것도 못 해도 상관없다. 아무런 도움이 되지 않는다고 해도, 그래도 옆에 있고 싶었다.

욕심, 그래, 이기적이라고 욕해도 상관없다. 그냥 곁에 있고 싶어. 날 봐 주지 않는다고 해도 괜찮다. 아니, 조금이라도 봐 줬으면

하지만…….

“그래도 그렇게 매몰차게 돌아서는 게 어디 있어.”

자신도 모르게 푸념을 늘어놓으며 아시나는 금세 시하드 궁으로 돌아왔다. 도망칠 때와 달리 정말 빨리 돌아온 느낌이었다. 그게 단지 이미 한 번 간 길을 되돌아오느라 그런 건지 마음이 급해서 그런 건지는 알 수 없었다. 문 앞을 지키고 있는 사람이 없는 건 불안했으나 그러려니 넘기며 막 방문을 열었을 때였다.

적막한 공간에 울리는 자그마한 소음. 방 안에 들어서자마자 느껴지는 서늘한 공기와 함께 검은 방 안에 그림처럼 서 있는 한 남자의 인영. 아시나는 발을 멈춰 섰다. 겉에 걸친 로브 자락이 무겁게 바닥에 끌렸다.

아시나는 문 앞에서 어찌할 바를 모르고 멈춰 섰다. 그 기척을 느끼기라도 한 것인지 천천히 그가 돌아섰다. 까맣게 타오르는 붉은 시선이 무섭게 쏟아졌다.

둘 사이의 간극을 메우는 것은 오로지 무거운 침묵뿐이었다.

“떠난 게 아니었나?”

새삼 꽉 쥔 손가락의 끝이 지나치게 차가웠다.

“가려고 했어요.”

재판을 받는 죄인의 심정으로 선 아시나는 저도 모르게 고개를 떨구었다. 그 위로 비난 같은 한마디가 날아왔다.

“왜 도망치지 않았지?”

제 자신도 묻고 싶은 질문이었다. 답을 구해 보려다 아시나는 다시 시선을 내렸다.

“……나도 모르겠어요.”

처음 느끼는 혼란만 가득했다. 길을 잃은 미아가 된 심정. 아시나는 비로소 이해했다. 길을 잃는다는 것이 이렇게 막막하고 답답하며 자신이 아무것도 아니라는 걸 알게 되는 기분이라는 걸.

"그런데 어째서인지 발이 떨어지지 않더라고요."

달을 등진 역광이 지나치게 까맸다. 아시나는 그에게 가까이 다가가고 싶었다. 하지만 그에게서 뿜어져 나오는 무시무시한 기세 때문에 그럴 수가 없었다.

"내가 왜 이러죠?"

의문 어린 목소리가 혼란스러웠다. 따져 묻는 어조가 아니었다. 큰 인영이 조금씩 가까이 다가왔다. 아시나는 두 눈을 감았다.

"내가 아는 나 자신이 아닌 것 같아요."

이미 제 안에서 사라진 과거의 자신에게 물어 봤자 돌아오는 대답은 질문의 메아리일 뿐. 어느새 다가온 베히다트가 아시나의 앞에 섰다. 그가 뱉은 깊은 한숨이 마치 단말마처럼 느껴졌다.

"괜찮아."

베히다트가 손을 뻗었다. 허리에서 느껴지는 거세게 끌어안는 감각과 으스러지는 것이 아닐까 우려될 정도로 힘을 주는 팔이 마치 네가 이 세상 어디로도 도망칠 수 없다고 말하는 것처럼 느껴졌다.

"여기 이렇게 네가 있으니까."

아시나가 사라졌다는 걸 알아차리는 데엔 그리 오랜 시간이 걸리지 않았다. 잇따라 궁정 곳곳에서 일어난 작은 소요 사태가 하필 불미스러운 시기와 맞물린지라 그에 지나치게 관심을 쏟아부은 것이 화근이었다. 어딘가의 인력이 조금 비었다는 걸 깨달았을 땐 이미 늦은 뒤였다.

짧은 틈이었을진대, 늦었다. 누구인지는 몰라도 궁내의 사정을 훤히 꿰뚫고 있는 자였다. 황급히 돌아와 비어 버린 침대를 목도했을 때 그는 두 가지 상반된 감정을 느꼈다.

씻을 수 없는 절망과 차라리 잘되었다는 안도.

당장 붙잡아 와 어디에다 묶어 두고 싶다는 격렬한 분노가 이성까지 마비시키려고 할 때 함께 찾아 든 것은 그렇게까지 해서 얻는 게 무엇이냐는 나지막한 의문이었다.

설령 다시 붙잡아 온다고 해도 네가 도대체 어쩔 거지?

"웃기는군."

혹시 첩자일까 봐 붙잡는다는 변명은 이미 말라 비틀어 낙엽처럼 부서진 지 오래였다. 바레인과 연관이 있다 해도 그가 그녀를 그렇게 애써서 붙잡아 놓을 이유는 그 어디에도 없었다. 하지만 그래도, 그렇다고 해도 베히다트는 그녀가 자신의 곁을 떠나는 걸 도무지 용납할 수 없었다. 어떤 이유를 붙이더라도, 옆에 잡아 두고 싶었다.

텅 빈방 안에서 마주한 시체처럼 싸늘한 진실이 온 몸과 마음을 얼어붙게 만들었다. 놓아주자, 그렇게 생각한 순간 끈적끈적한 팔이 바닥에서 나와 발목을 붙잡고 그대로 심연으로 끌어당겼다. 무저갱으로 치닫는 참혹한 감각이 심장 언저리를 싸늘하게 만들었다.

미쳤다. 정상이 아니라는 건 알고 있었지만 이 정도로 미쳐 있었던가. 자신의 어리석음에 무어라 할 말이 없었다. 차가운 얼음을 뒤집어쓴 듯 정신이 번쩍 들었다. 그러나, 그런데도 그 여자를 포기할 수 없었다.

이 궁전이, 이 방이, 이 침대가 비어 있다는 그 황량한 공허가 어쩔 수 없을 만큼 거대하게 밀어닥쳤다. 있던 것이 완전히 사라진 부재로부터 도리어 이곳을 채우고 있던 온기가 얼마나 소중한 것이었나를 깨달았다.

길들여진 건 자신이었다. 길들이고 있다 착각하며 저도 모르게 흘려버린 마음이 비수가 되어 돌아왔다.

"……아, 시나."

이젠 그녀가 누구인지는 더 이상 중요하지 않았다.

이미 오래전부터 중요하지 않았던 듯했다. 어리석었다. 먼 곳에서 벌어지는 일들은 그렇게 여유롭게 대처하면서 막상 자신에게 벌어진 이변에는 아둔하게 굴었다. 그녀가 누구인지 알아보려면 알아볼 수 있었으리라. 그녀가 눈에 띄는 미모를 가졌으니 북으로 사람 몇 명만 보낸다면 알아내는 것은 시간문제일 뿐이었다. 다만 그가 그렇게까지 하지 않은 이유는 단 한 가지, 그녀가 먼저 말해주길 바랐기 때문이었다.

이전에 그녀가 도망쳤을 땐 생각을 할 필요가 없었다. 붙잡아 온다는 목표만이 머릿속에 가득해서 다시 제 품으로 가져오기만 하면 된다고 생각했다. 그렇게만 한다면 이런 처참한 기분이 사라질 거라 굳게 믿을 수 있었다. 그래, 그렇게 믿었었다. 하지만 이젠 알고 있다. 그녀를 다시 데려온다고 해도 이런 기분이 완전히 사라지지는 않는다는 것을.

전부를 갖다 놔야 했다. 몸뿐만이 아니라 그 이상을. 그래야 제대로 숨을 내뱉을 수 있을 것 같았다.

서늘하게 빛나는 깊은 깨달음이 자신이 해야 할 일을 성해 주었다. 그녀를 되찾아오는 것. 아직 페시안 안이라면 가능했다. 이게 설사 자신의 발목을 붙잡는 일이 된다고 해도 후회는 없었다. 그런 굳은 결심이 제 안에서 꿈틀거렸을 때였다.

"떠난 게 아니었나?"

문밖 회랑으로부터 들이친 달빛이 은은하게 그녀의 뺨을 비추었다. 가녀린 선이 시야에 아프게 와 박혔다. 아시나는 색이 죽은 표정을 하고 있었다. 이렇게 생기가 없는 얼굴은 처음이었다. 방금까지만 해도 목을 졸라 죽일 수 있을 정도로 극렬히 분노했는데 이젠 금방이라도 부서질 것 같은 아시나를 위로하고 싶었다. 이렇게까지 극과 극을 달리는 감정을 한 인간이 동시에 느끼는 것이 가능한 것인가. 신이 있다면 묻고 싶었다.

"가려고 했어요."

목소리가 부서질 듯 떨려 왔다.

"왜 도망치지 않았지?"

그녀가 이곳으로 다시 돌아올 이유가 없었다. 그래서 미련 없이 떠난 것이 아니었는가.

"……나도 모르겠어요."

아시나의 시선이 허공을 헛돌았다. 그녀가 울먹였다.

"그런데 어째서인지 발이 떨어지지 않더라고요."

낯선 두려움이 전해졌다. 그녀가 느끼고 있을 어떤 감정. 눈물을 머금고 흔들리는 붉은 눈동자가 참을 수 없을 만큼 예뻤다. 한 치 앞도 보이지 않는 길을 오로지 홀로 더듬더듬 걸어가는 막연함. 그것은 그가 느끼던 두려움과 같은 것이었다.

"내가 왜 이러죠?"

되묻는 그녀에게 천천히 그가 다가갔다. 보고 있는데, 한시도 시선을 떼지 않는데도 곧 어디론가 사라질 것 같았다. 신기루처럼 어그러질지도 몰라 그녀에게 다가가는 발걸음이 현기증이 날 정도로 느릿했다.

"내가 아는 나 자신이 아닌 것 같아요."

아시나의 뺨을 타고 투명한 눈물이 흘러내렸다. 하얗게 빛나는 눈물을 훔치며 베히다트는 가만히 그녀를 내려다보았다.

"괜찮아."

괜찮다. 이곳이 지옥이라도 괜찮다. 이거면 되었다. 이 눈동자가 자신을 올려다본다면 그걸로 족했다. 처음 본 순간부터 어째서인지 사로잡혀 놓지 못했던 이 눈동자가 자기만 바라보고 있다면 아무것도 문제 삼고 싶지 않았다.

가만히 손을 뻗었다. 언제나 쉽게 잡을 수 있었던, 하나 절대 완전히 잡히지는 않던 그녀가 순순히 그의 품에 안겼다.

숨통이 트인다. 이제껏 꽉 막혀 있던 무언가가 터졌다. 베히다트는 눈을 감았다. 이 품 안에 이 온기만 존재한다면 그게 무엇이라도 괜찮았다. 처음 느껴보는 환희가 밀어닥쳤다. 동시에 너무나도 안타까워 울부짖고 싶은 기분이 숨통을 조였다. 보고 있어도 보고 싶고 곁에 있어도 그걸 실감하고 싶다. 더 온전히 완벽하게 절실히 느끼고 싶다.

전부 의미 없는 발악이었다. 더 이상 그녀를 놓아줄 수 없다. 그게 어떤 이유가 되었든. 베히다트는 마침내 인정했다. 그리고,

"여기 이렇게 네가 있으니까."

기꺼이 나락으로 떨이졌다.

카림은 가만히 제가 왜 이곳에 와 있는가를 생각했다. 분명 급하고 아주 중요한 일 때문에 온 것이었는데 어째서인지 그는 같이 온 다우드와 함께 느긋하게 저녁을 먹고 여관 측에서 마련해 준 과일까지 먹고 있었다.

이래도 되는 걸까? 카림은 심히 혼란스러웠다. 하지만 카림을 이렇게 만든 크롬웰 측 사신은 아무렇지 않게 납작복숭아를 집어 먹었다. 그 모습이 워낙 여유로운지라 카림은 제가 서두르는 게 도리어 이상하게 느껴졌다. 어쨌든 그는 말하고 싶은 화제를 꺼내는 데에 어찌어찌 성공했다.

"……저희 측의 실수로 이런 고초를 겪게 만들어서 죄송합니다."

"알면 됐습니다."

싱그럽게 웃는 이안을 보며 카림은 잠시 무슨 말을 해야 할지 고민했다. 사람이 잘못 온 듯했다. 이 자리에는 자신보단 나시르가 필요했다.

크롬웰의 사신이라 말한 남자는 젊었다. 적어도 제 아버지 연배는 되었을 거라 예상했는데, 막상 마주한 사신은 아직 소년처럼 보일 정도였다. 외모로만 따지자면 아무리 높게 쳐준다 해도 자기 또래 정도였다. 그 평가에 검이라곤 모를 법한 곱상한 외모가 한몫했다는 건 부정할 수 없었다.

"이거 진짜 맛있다."

"알면 좀 얌전히 먹어."

이안이 핍박했으나 니젠은 개의치 않았다. 아예 거덜이라도 낼 작정인지 니젠은 쉴 새 없이 납작복숭아를 먹어 치웠다. 납작복숭아는 크롬웰에서 나는 천도와 그다지 다를 바 없는데 누가 깔고 앉아 버린 것처럼 눌린 모양이었다. 생긴 거와 달리 맛은 일품이었다. 특히 크롬웰 것보다 더 달고 물기가 많았다. 무엇보다 작아서 먹기 편했다.

카림이 여관에 도착한 시각이 어쩌다 식사 시간과 겹쳐 함께 밥을 먹으면서도 이안은 꾸준히 카림을 살피고 있었다. 그는 전형적인 전사였다.

"곧 크롬웰의 호위 기사들이 알 페시안에 도착할 겁니다. 때맞춰서 같이 입궁하십시오."

"걔네 살아 있어?"

여태껏 어떤 말이 오가건 신경조차 쓰지 않았던 니젠이 끼어들었다. 이안이 짐짓 인상을 썼다. 그러거나 말거나 니젠은 마지막 남은 납작복숭아를 한 입 베어 물며 감탄했다.

"다 죽은 줄 알았는데."

"그럼 내가 돈을 헛부은 꼴이었겠지."

냉정하게 대꾸한 이안이 텅 빈 과일 접시를 니젠 쪽으로 밀었다. 텅 비어 가볍게 튀어 오르는 접시를 낚아챈 니젠이 빙그레 웃었다.

"녹기사들은 다 살았겠지. 우리 기사들만 죽었으려나?"

자기 기사인데 관심도 없는지 이안은 본격적으로 라 쿤이 자신에게 보낸 남자를 보았다. 탐색은 애당초 끝났다.

"아마도 라 쿤의 타무라겠죠?"

그냥 전사라고 소개했는데 어떻게 알아차린 것인가. 그렇게 티가 났나 후회하면서 카림은 무어라 대답해야 할지 생각했다. 하지만 카림은 거짓말을 못했다.

"예."

"역시 그렇군."

이안이 납득하며 고개를 끄덕이자 니젠이 불만스럽게 인상을 찡그렸다.

"그냥 때려 맞춘 거냐?"

"다년간의 경험과 뛰어난 지식으로 추리했다고 곱게 표현해라."

"그러니까 때려 맞춘 거잖아."

대꾸할 가치를 못 느꼈다. 이안은 골치 아프다는 듯 머리를 짚었다. 숨을 들이키는 이안을 놔두고 니젠은 바로 카림에게 화살을 돌렸다. 부담스럽게 반짝반짝한 시선이 그에게 꽂혔다.

"타무라라. 골격이 좋아 보이는데…… 나중에 대련 한번 신청해도 될까?"

"대련…… 말입니까?"

"응, 대련."

니젠이 고개를 끄덕였다. 카림은 난감해서 아버지를 돌아보았으나 다우드는 방관할 뿐이었다. 이미 그는 지난 며칠의 동행으로 저 두 사람이 얼마나 답이 없는지 충분히 겪어 보았다. 모르긴 몰라도 만약 북인이 다 저 꼴이라면 다우드는 북과의 교류는 개한테나 주라고 나설지도 몰랐다.

"아서라. 그러다가 죽이기라도 하면 귀찮아져."

"안 죽여! 나도 그 정도는 조절할 수 있어!"

이안의 일침에 니젠이 발끈했다. 둘의 말싸움을 구경하며 카림은 잠깐 제가 들었던 이야기를 상기했다. 듣기로 사신 곁에 붙어 있는 기사, 이 남자는 인간이 아니었다. 하지만 겉으로 보기엔 전혀 다를 바가 없었다. 생긴 건 평범한 인간인데.

"그냥 문젯거리를 만들지 말라고."

"솔직히 말해, 안아. 내가 재미 보는 게 싫은 거지?"

"헛소리할 거면 꺼져."

니젠이 볼멘소리를 하자 이안은 단호하게 접시나 가져다주고 오라는 몸짓을 취했다. 불만스러운 표정이긴 했지만 그 명령을 거부할 니젠이 아니었다. 니젠이 방을 나가자 이안은 평화로움에 만족했다. 하지만 얼마 지나지 않아 문밖에서 시끄러운 기색이 다시 느껴졌다.

"일단 임시로 저를 포함한 몇몇의 타무라가 이 여관에서 같이 묵으며 사신님을 호위할 예정입니다. 내일 일행분들과 만나고 나면 궁정까지 안내하겠습니다."

"그렇군."

그새 뭘 또 주워 온 건지 니젠의 손엔 과일이 한가득했다. 이안이 한심하다는 듯 니젠을 보았다. 니젠이 하나 먹을 거냐는 듯 손을 내밀었으나 이안은 바로 고개를 가로저었다.

"우리를 습격한 상대가 누구인지 물어도 됩니까?"

"예, 그 정도는 괜찮습니다."

"누구죠?"

카림이 고민할 것도 없이 단호하게 답했다.

"라 군께 대항하는 무리들입니나."

"너무 모호한데."

이안이 원하는 답은 구체적인 것이었다. 그래야 복수할 내상을 확정하지 않겠는가. 어찌 되었든 페시안의 권력 구조가 예상한 것보다 더 복잡하게 돌아가고 있다는 건 실감할 수 있었다. 잠시 고민하던 그가 시선을 돌렸다. 카림은 자신에게 꽂히는 시선에 몸을 움찔했다.

"그럼 눈앞의 전사님은 라 쿤을 따르는 무리에 속합니까?"

"페시안의 모든 자가 시하드를 따를 겁니다."

"그런데 왜 걔넨 안 그럽니까? 말이 맞지 않는군요."

"……."

이안이 뭔가를 캐내려 하자 카림이 입을 조개처럼 꽉 다물었다. 이 남자를 상대로는 더 알아낼 게 없었다. 재미없군. 이안이 몸을 일으켰다.

"그래서, 우리 기사들은 언제 도착합니까?"

"내일 모레쯤 도착한다고 합니다."

내일 모래. 이안이 차갑게 웃었다.

"그거 참 늦네요."

눈을 뜨자마자 보이는 익숙한 천장에 아시나는 정신을 차렸다. 잠을 푹 자서인지 머리가 맑아졌다. 밤새 온기를 나누던 무게는 없었다. 손을 뻗어 그 빈자리를 확인한 아시나는 나지막이 한숨을 내쉬었다. 창으로 들이치는 아침 햇살이 유난히 밝았다. 찰나뿐이었지만 평온했다. 그래, 지나칠 정도로.

자신이 어제 얼마나 어리석은 선택을 했는지 알았지만 이상하게 응당 뒤따라야 할 후회는 없었다. 이상했다. 아직 그 어떤 문제도 해결되지 않았는데.

"……부모님이 아시면 뒷목을 잡으실 거야."

엄만 화내고 아빤 울겠지. 이럴 줄 알았으면 처음 잡혔을 때부터 오해를 풀려고 했으면 좋았을 텐데. 그냥 튀면 끝나는 일이라고 안일하게 굴었던 게 이제 와서 부메랑으로 돌아왔다.

아시나는 한숨을 내쉬며 상체를 일으켰다. 이상하게도 방 안에 시녀들이 없었다. 기상해야 할 시간은 이미 한참 지나간 것 같았는데. 순간 몸을 일으키려고 힘을 준 팔 쪽에서 뭔가 덜그럭거리는 느낌이 들었다. 아시나가 고개를 갸웃하며 제 팔을 들어 보았다. 팔목에 이상한 게 달려 있었다.

"뭐지?"

팔찌? 스스로 한 기억은 없었다. 무엇보다 잦은 여행으로 타지를 돌아다니는 처지에 돈 많다고 자랑할 일도 아니고 이렇게 눈에 띄는 장신구를 할 이유가 없었다. 누가 이런 걸 한 거지? 정황으로 따져 보면 한 사람밖에 없었다. 단지 그 남자와 이 팔찌가 어울리지 않아 혼란스러울 뿐.

"……진짜 베히 님이 해 놓은 건가."

백금으로 만들어진 가는 줄에 푸른 보석이 박혀 있었다.

"왜 이래 놓은 거지?"

누구 것인지는 모르겠지만 투명하게 빛나는 보석은 꽤 값어치가 나가 보였다. 볼래 팔면 어디 성 같은 집을 짓고 살 수 있어 보일 정도로. 특히 달 모양으로 빚어진 것이 마음에 들었다. 계속 보고 있으면 홀릴 것 같이 아름다웠다. 뜬금없이 생긴 패물에 아시나는 고개를 갸웃했다.

"모르겠다."

어찌 되었든 다시 하루가 시작되었다.

카림은 복잡한 표정으로 서 있었다. 다우드는 이미 애당초 이 상황에서 손을 놓아 버린 지 오래였고 심지어 이곳엔 있지도 않았다. 혼자 감당할 수 없는 상대를 맡고 있는 카림은 그냥 누구든 빨리 와 줬으면 하는 심정이었다.

그게 누구든!

카림의 시선 끝에 선 이안은 정작 아무 생각 없이 궁전의 내부를 살펴보고 있었다. 그걸 속 타는 마음으로 지켜보던 카림은 아무도 눈치채지 못하게 한숨을 내쉬었다. 겨우 제멋대로인 여자한테서 벗어났더니 이번엔 더 제멋대로인 귀족이었다. 어쩌다 자신이 이런 처지가 된 걸까 그는 깊은 회의감이 들었다. 그러니까 그건 바야흐로 오늘 아침의 일이었다.

"라 쿤을 뵈어야겠습니다."

아무렇지 않게 일어나 아침까지 잘 챙겨 먹은 이안이 갑자기 로브를 입으며 한 말이었다. 카림은 당황했고 다우드가 말렸으나 그는 단호했다.

"내가 이곳에 온 건 크롬웰과 페시안의 관계 때문이지 페시안 내부 문제 때문이 아닙니다."

그래도 안전을 생각해 하루만이라도 더 머무르는 것이 좋다는 다우드와 카림의 설득에 이안이 단호하게 못 박았다.

"호위의 수가 중요한 게 아니죠."

그건 다시 말해 질이 중요하다는 것. 니젠 하나만 있으면 된다는 이안의 자신감이었으나, 칭찬에 어깨를 으쓱이는 니젠과 달리 카림과 다우드는 영 못 미더웠다. 물론 그렇다고 남의 나라 귀족의 발을 묶어 놓을 방법이 둘에게 있는 것도 아니었다. 무엇보다 둘 다 워낙 강직한 성미이다 보니 이안을 유연하게 상대할 수가 없었다. 상대가 차분하게 논리와 원칙으로 밀어붙이는 터라 할 수 있는 설득은 금세 동이 나 버리고 말았다. 설득할 말이 떨어지자 이안은 결국 막겠다면 혼자 힘으로라도 가겠다고 선언했다.

"늦는군."

카림의 안내로 궁정 안 응접실에 도착한 지 20분이 지나가고 있었다. 옆에서 조마조마해하는 카림과 달리 이안은 가만히 궁정의 내부에 시선을 두었다.

백색의 건물은 웅장하고 고요했다. 전체적으로 둥그렇고 모난 데가 없는 건물의 형태가 마음에 들었다. 무엇보다 그렇게 둥글둥글

한데도 침입자가 빠져나가기 어렵게 지어진 구조가 인상적이었다. 같은 돌로 만들어진 건물인데 환경과 문화와 생활이 다르다고 이렇게 다른 건물이 지어질 수 있는 건가 하는 감상마저 들었다.

"재미있어?"

이안이 궁정을 둘러보는 게 신기한지 니젠이 물었다. 그는 전혀 흥미가 없는 듯 하품만 했다. 이안은 대답 대신 어깨를 으쓱였다.

"나 배고픈데 여기 사람들은 왜 이렇게 느리지?"

"난들 아냐."

아침에 그렇게 주워 먹고도 배가 고픈지 니젠이 힘없이 어깨를 늘어뜨렸다. 알 페시안으로 오는 내내 거의 굶거나 적게 먹은 걸 보상받기라도 하려는 양 끊임없이 먹어 대는 니젠의 식성에 여관 사람들은 이미 그를 괴물로 취급했다. 뭐, 인간은 아니니 따지고 보면 맞는 말이겠지만.

이안은 생각에 잠겼다.

사실 국교 문제를 논하러 온 사신인 이안은 페시안의 내부 상황을 고려해야만 했다. 그도 지금 자신이 무리하게 밀어붙이고 있다는 걸 알고 있었다. 그렇다고 마냥 막무가내는 아닌 것이 거기엔 자신이 휘말린 일 때문에 페시안 측에서 자신의 무례를 따질 수 없다는 계산도 깔려 있었다. 신변에 큰일을 당했기 때문에 더 안전에 주의해야 한다는 카림과 다우드의 주장이 틀린 것은 아니었다. 그럼에도 그가 고작 사흘조차 기다리지 않고 궁전으로 들이닥친 건, 기분이 더러웠기 때문이었다.

"……그래."

마치 누군가가 원하는 대로 움직이는 체스 판 위의 말이라도 된 기분. 이안의 에메랄드 눈동자가 싸늘하게 식어 갔다. 이런 기분을 전에도 느껴 봤기 때문인가 유난히 더 민감하게 반응할 수밖에 없었다. 특히 이안은 아스타테아 가주가 된 이후로 단 한 번도 누구의 뜻대로 움직여 본 역사가 없었다.

아니지, 그의 인생 통틀어서 그를 마음대로 휘둘렀던 건 딱 한 사람밖에 없었다. 아버지, 검은 재상 로스만을 떠올리자마자 이안의 표정이 처참하게 구겨졌다. 그것 또한 가주 계승 때 이야기일 뿐, 그 이후로 이안은 설령 아버지라도 자신의 인생을 멋대로 휘두르는 걸 허락하지 않았다. 그래서 전대 가주에 대한 예우와 아버지로서의 대우를 제외하고 모든 걸 빼앗아 오지 않았던가. 그렇다고 해도 검은 재상이라 불리며 크롬웰의 실세로 오랜 시간 군림했던 로스만의 그늘에서 벗어나는 것은 요원한 일이었다. 이안은 아직 자신이 제 아버지 급이 되지 못한다는 걸 알고 있었다. 물론 그처럼 될 생각도 없었지만.

"페시안……."

관심도 없던 이국의 땅에 새삼스레 호기심이 든 건 아니었다. 우연찮게도 그가 페시안에 이목을 쏟게 된 것은 전혀 다른 이유 때문이었다. 신정일치神政一致로 누구도 거부할 수 없는 절대 권력자가 거의 모든 분야에 영향력을 끼치는 데도 이리 정세가 복잡한 건 분명 특별한 문제가 있기 때문일 것이다. 바로 몇십 년 전만 해도 페시안은 이렇지 않았다. 내부적으로 내재된 갈등은 존재할지언정 그게 라 쿤의 이름에 묻히는 구조였는데, 어느 순간부터 몇몇 문제가 드러나기 시작하더니 급격히 정세가 복잡해졌다. 그리고 이안은 그 시점을 정확히 알고 있었다.

"분명 망할 꼰대가 무슨 수작을 부렸겠지."

교묘하게도 검은 재상이 아스타테아 가주이자 크롬웰의 실세로 한창 이름을 날리던 시기와 겹쳐 있었다. 단언할 수는 없지만 이안은 대충 페시안의 지금 상황에 자신의 아버지가 엮여 있을 거라 생각했다. 하지만 어떻게 엮여 있는지, 도대체 무슨 수작을 부린 건지 그 부분이 모호했다. 크롬웰에 틀어박혀서는 절대로 알 수 없는 부분이라, 이렇게 자리를 박차고 이국땅까지 오게 된 것이다. 애초부터 그의 목표는 친선이 아니었다.

"언제쯤 오려나."

지루한지 니젠이 몸을 뒤틀었다. 이안은 시간을 확인했다. 느리다고 불평하기엔 아직 이른 시간이었다.

"나야 모르지."

"심심해."

그사이, 이안은 자신들을 습격한 자들의 의도를 생각해 보았다. 돌산을 헤맬 때부터 생각해 봤지만 아무리 머리를 굴려도 자신을 습격한 상대의 의중을 파악할 수 없었다.

처음엔 누군가 자신을 죽일 목적으로 습격한 것이라 가정했는데 지금은 그 전제조차 흔들리고 있었다. 죽일 요량이 아니었다면 겁을 줘서 돌아가게 만들 심산이었단 말인가. 그럼 좀 더 다른 방법을 써야 하지 않았을까? 자신을 너무 얕잡아 본 계산이었다. 이 때문에 이안은 이 일을 벌인 자가 아버지는 아니라고 보았다. 그 배후에 있을지언정 말이지.

"재밌네."

머리를 쓸어 올리는 이안의 시선이 감동 없이 건물 내부를 훑었다.

그때였다. 니젠이 휘파람을 불었다. 멀찍이서 일단의 무리를 이끌고 한 남자가 이곳으로 걸어왔다. 그저 자리를 지키기만 할 뿐 아무 말도 못 하던 카림은 이만을 보자마자 눈에 띄게 안심했다. 카림에게 눈인사를 한 이만이 사람 좋은 미소를 지으며 이안에게 다가섰다.

"기다리고 있었습니다, 크롬웰의 사신이시여. 오시는 데 불편함은 없으셨습니까?"

28분. 그가 오기까지 걸린 시간이었다. 시간을 확인하며 이안이 빙그레 웃었다. 늦지도 빠르지도 않은 등장이었다.

"오자마자 환영 인사가 너무 거칠어서 혼 좀 났습니다. 그게 페시안의 전통적인 인사인가요?"

뼈 있는 인사말에 이만의 웃음이 살짝 흐트러졌다. 머리가 돌로 만들어져 있지 않다면 저 말이 무엇을 의미하는지 모를 리가 없을 터.

"그 일에 대해서는 면목이 없습니다."

제 역할을 마친 카림이 자리를 뜨자 이만은 자신이 상대해야 할 남자를 응시했다. 딸린 일행도 없고 험한 여정으로 인해 차림새 또한 남루했음에도 기백 하나로 부족한 모든 걸 상쇄했다. 그건 무척이나 인상적이었다. 주눅이 들 법도 한 상황이었는데 상대는 주눅은커녕 불편한 심경을 은근하고 세련되게 내비치고 있었다. 만만한 상대가 아니로군. 이만은 더욱 환한 미소를 지었다.

"이제부터는 제가 안내하겠습니다. 저는 시종장 이만이라고 합니다. 이 궁정 내부의 일은 모두 전적으로 제 지휘하에 처리되고 있답니다."

이만이 웃음으로 속내를 감추며 상대를 살피기에 여념이 없는 동안 이안 또한 이만을 살펴보았다. 페시안 측에서 본다면 확실히 갑작스러운 등장이었다. 그럼에도 자신을 맞이하러 나오는 데 30분밖에 걸리지 않았다. 빨라도 한 시간, 늦으면 세 시간 정도라 예상했던 만큼 놀라울 정도로 빠른 대응이었다. 관료들이 일을 제대로 하고 있군. 좀 굼뜰 거라 생각했는데, 페시안에 대해 갖고 있던 몇몇 편견이나 인상들이 빠르게 수정되었다.

남자의 인상은 부드러웠다. 온화하고 사람 좋아 보이는 인상에 이안은 옅게 미소 지었다.

"이안이라고 합니다. 지금은 황제 폐하의 대리인 자격으로 이곳에 있지만 크롬웰에선 재무대신으로 있습니다."

"오호, 정말 힘든 자리에 계시는군요. 매년 연말 정산과 예산 책정 때마다 난리가 나지 않습니까?"

이만이 아는 척을 했다. 이안이 옅게 웃었다.

"난리뿐이겠습니까, 전쟁 통이 따로 없죠."

"하하, 제 친우가 관련 일을 하고 있어 조금 알고 있습니다. 크롬웰도 페시안과 마찬가지군요."

"사람 사는 곳인데 똑같겠죠."

"하하, 그런 거군요. 다른 나라를 가 본 적이 없어 말만 들어도 신기합니다."

시종장의 너스레에 이안이 메마르게 웃었다. 넉살이 좋은 자로군. 전의 두 사람에 비해 너무 유연한 자라 이안은 오히려 말을 많이 섞고 싶지 않았다. 원래도 말을 많이 하는 편은 아니었지만.

"계시는 동안 모자란 것 없이 지내시도록 도와드리겠습니다."

"감사합니다. 한데 저는 일단 페시안의 주인께 인사부터 드리고 싶은데 말입니다."

기다렸다는 듯 이만이 고개를 끄덕였다.

"예, 시하드께서 기다리고 계십니다. 따라오십시오."

자연스럽게 움직이는 시종장의 뒤를 따르며 이안이 주변을 눈으로 훑었다. 같은 회랑인데 각 기둥의 문양이나 아치의 조각이 전혀 다른 기하학적인 패턴으로 새겨져 있어 시선을 빼앗았다. 시종장은 웃는 얼굴로 이안을 안내했다. 불필요한 말을 삼가려는 건 그쪽도 마찬가지인 기색이라 이안은 너무 경직되고 있는 분위기를 풀어야겠다고 생각했다.

"부득이하게 제 기사단과 떨어지게 되어 혼자 오게 된 건 유감입니다."

"아니요, 좀 더 안전에 신경 써 드리지 못한 점은 저희 역시 유감입니다."

이안은 말없이 웃었다. 반응은 그렇게 했지만 안전에 신경을 썼다고 해도 습격은 똑같이 일어났을 게 뻔했다. 미리 막으려 한 습격이 아니었으니까. 습격은 나름대로 철저히 준비된 것이었다. 여러 가지 변수 때문에 실패하긴 했지만 그 변수만 없었다면 기사단은 전멸당하고 자신만 살아남은 꼴이 되지 않았을까 생각했다. 첫 번째 변수는 사신을 구하기 위해 나타난 의문의 무리들이었고 두 번째 변수는 자신의 호위였다. 니젠만 아니었다면 자신을 죽이는 것이 가능했을지도 모른다. 안타깝게도 자신이 누구의 호위를 받고 있는지 적들은 모르는 모양이었다. 그렇게 유명한 사실을 모른다니, 그런 면에서는 허술하다고 생각했다. 아니면 니젠이 인간이 아니라는 소문을 듣고도 성공하리라 확신한 것인가?

"이곳입니다."

길고 넓은 회랑을 여러 번 지나 도착한 문은 압도적이었다. 거다란 문이 열리자 인상적인 알현실이 이안의 앞에 펼쳐졌다. 기가 질릴 법도 한데 이안은 성큼 발을 내디뎠다. 뒤에 따라올 사람이 니젠밖에 없어 거의 혼자인 셈이었는데도 그는 망설임이 없었다.

어느 정도 표정이 보일 거리에 서자 이안이 크롬웰의 예의대로 허리를 굽혔다.

"그대가 크롬웰의 사신이군."

"처음 뵙습니다. 크롬웰을 다스리시는 영명하신 황제 폐하의 명을 받아 그 대리인으로 페시안의 주인을 뵈러 온 이안 시리운 데 아스타테아입니다."

그 이상의 자기소개는 없었다. 깔끔하고 단정한 인사에 베히다트가 입술 끝을 비틀어 웃었다.

"환영한다. 먼 길이 순탄치 않았을 터인데 무사히 도착했군."

"천운이 제게 있어 살아서 인사드릴 수 있음에 감사드립니다. 하마터면 사막의 재가 되어 버릴 뻔했습니다."

"그것 참 다행이군."

이안이 빙그레 웃었다. 예쁜 미소였지만 싸늘해서, 순간 알현실 안에 미묘한 공기가 흘렀다.

"저의 주군인 황제 폐하께서 라 쿤께 선물로 보내신 보물들이 있었으나 오는 도중 괴한을 만나 목숨부터 구하느라 미처 챙기질 못하였습니다. 아마 샤르자와 알 페시안 경계 지역에 버려졌거나 저희를 습격한 자들 손에 들어가 있을 겁니다. 어찌 되었든 영광스러운 첫 대면을 빈손으로 뵙게 된 점 양해를 구합니다."

이안이 언급한 보물들은 우마르가 사신 호위단과 함께 알 페시안으로 가지고 오는 중이었다. 그보다 베히다트는 다른 것에 신경이 쓰였다. 이렇게 여리고 섬세한 외모를 한 남자가 크롬웰의 숨어 있는 실세라는 게 믿기 힘들었다. 대면하기 전이라면 모를까 대면하게 되어서인지 흥미로웠다. 뭐, 그 이유야 차차 알아보면 되겠지.

"우선 푹 쉬고 머무는 동안 천천히 이야기하도록 하지."

"배려에 감사드립니다."

베히다트가 웃었다. 순간 고개를 든 이안의 시선과 베히다트의 시선이 허공에서 부딪혔다.

페시안 측에서 크롬웰의 사신에게 내준 곳은 국내외의 귀빈들이 머무는 영빈관이었다. 파시나 크라차의 사신들이 올 때 내주던 건물보다 한층 더 격식을 차린 곳이었는데 안타깝게도 이안은 그 사실을 알지 못했다. 크롬웰과 페시안의 공식적인 교류가 약 72년 전으로 끝이라 비교할 자료도 별로 없었다고 하는 게 옳았다. 하지만 사람이라면 응당 눈치라는 게 있는 법. 이안은 대충 눈대중으로도 페시안에서 최선을 다해 자신을 대우하고 있다는 걸 알 수 있었다. 무엇보다 이렇게 좋은 건물에 모셔다 놓은 건 국빈이라는 이유도 있지만 안전이라는 이유 역시 중요하게 작용했을 게 뻔했다.

과연 아무 일 없이 기사단과 같이 들어왔으면 어떤 건물을 줬을지가 궁금해지는군. 혼잣말을 중얼거리다 이안이 나지막이 한숨을 내쉬었다. 그런 이안의 옆모습을 빤히 바라보던 니젠이 이마를 찡그렸다.

"대체 어쩔 생각이야?"

"몰라."

기껏 사람이 마음의 준비를 하고 물어봤거늘 돌아온 대답은 성의가 없었다. 니젠은 잔뜩 불만 어린 시선으로 대놓고 이안을 흘겨보았다.

"아무 생각 없이 일단 저지르고 본 거야?"

"어."

"우와."

니젠은 대놓고 감탄했다. 이안이 그를 돌아보았다.

"왜?"

"아니, 제대로 막나간다 싶어서."

니젠이 빰이 눌릴 정도로 세게 턱을 괴며 툴툴거렸다. 이대로 페시안에 밉보여서 목이라도 잘리는 게 아닌가 걱정하는 니젠을 보며 이안이 피식 웃었다.

"괜찮아. 큰일 날 정도는 아니니까."

내키는 대로 행동하긴 했지만 생각 없이 저지른 일은 아니었다. 이안은 잠시 접어 두었던 생각을 다시 꺼내 들었다.

자신을 습격한 자들이 바라는 게 무엇인가?

그 부분이 제일 마음에 걸렸다. 습격을 받아 상처 입은 채로 돌아가길 원했나. 진짜 자신의 죽음을 원한 것이라면 두 나라의 관계가 틀어지는 걸 바라는 것인가. 그럼 두 나라 간의 긴장을 높이고 적대감을 세워 얻는 게 뭐지? 전쟁인가? 전쟁을 일으켜서 얻는 것이 무엇일까.

뭐가 어찌 되었든 크롬웰과 페시안이 친해지는 걸 원하지 않는 쪽의 짓일 게 뻔했다. 그럼 이제부터 어떻게 움직일 것인가를 정해야 했다. 가장 첫 번째 일은 상대의 실체부터 파악하는 것이었다. 그러나 지금 가장 신경 쓰이는 건 다른 것이었다. 라 쿤을 떠올리다 이안은 이마를 찡그렸다.

보통 인물은 아니었어.

이안이 생각에 잠겨 있는 동안 앞으로 지내게 될 건물 구경을 끝낸 니젠이 거실에 마련된 의자에 아무렇게나 주저앉았다. 그의 시선 끝에 섬세하게 장식된 아라베스크 문양이 정교하게 새겨져 있었다.

"여기 괜찮네. 이런 제국이 남대륙에 버티고 있으니 그렇게 크롬웰 귀족들이 맨날 페시안을 들먹이며 겁에 질렸던 거구만?"

"설마."

이안 역시 아무렇게나 구겨 앉았다. 계속 신경을 곤두세웠더니 피곤이 몰려왔다.

"크롬웰에 진짜 페시안에 관심이라는 걸 가지고 있는 건 나랑 폐하밖에 없어. 다들 페시안 핑계로 자기들 정적이나 제거하려고 나대는 거겠지. 사이베리아의 판족을 그렇게 괴롭히고도 뿌리를 뽑아야 한다고 주장하는 치들이잖아? 가끔은 머리에 뇌가 들어 있는지도 의심스러워."

"안 들어 있으면 그건 그것대로 재미있겠다."

니젠이 히죽 웃으며 대꾸했다. 이안이 바로 한심하다는 듯 쏘아보았으나 니젠은 반성의 기미는커녕 아무 생각도 없는 듯 앞으로 며칠 혹은 몇 주 정도 지낼 곳을 살폈다. 대충 훑는다고 생각할 만한 시선이었지만 그러면서도 이 장소가 얼마나 안전할까 나름대로 착실하게 고뇌하고 있었다. 자신이 무엇을 해야 하나 고민하는 니젠을 지켜보다 이안이 소파 등받이에 몸을 누였다.

"그래서, 어땠어?"

"뭐?"

"라 쿤."

뜬금없는 질문이었지만 니젠은 충분히 앞뒤 문맥을 알아들었다.

"음."

고민하는 듯 니젠이 손으로 턱을 짚었다. 하지만 대답은 의외로 오래 걸리지 않았다.

"그냥 인간이던데?"

니젠이 어깨를 으쓱이자 이안의 표정이 저절로 굳어졌다.

"확실해?"

"응."

믿기 힘든지 이안이 이맛살을 찌푸렸다.

"너네랑 연관되어 있다거나 그런 걸로 보이진 않아?"

이종족이 아니냐는 뉘앙스의 질문에 니젠이 진지하게 고민에 잠겼다.

"글쎄, 그건 잘 모르겠는데. 그래도 우리 일족은 아닐 거야. 물론 베르딘도."

"눈이 붉던데……."

단언하는 말에는 확신이 담겨 있었지만 이안은 쉬이 믿기지 않았다. 받은 인상은 강렬했다. 지난 역사 속에서 아스타테아가 왜 끊임없이 남대륙을 견제하고 크롬웰이 페시안을 남대륙의 주인으로 인정했는지 단숨에 납득할 만한 기세였다. 그렇게 압도적인 존재감이라니. 차라리 인간이 아니라고 하는 편이 더 안심될 듯했다.

"눈이 붉다고 다 신의 일족인 줄 아냐? 그게 그렇게 간단했으면 베르딘들이 왜 경외받겠어?"

니젠이 투덜거렸다. 이안은 가볍게 그를 응대했다.

"애초에 네 눈썰미를 못 믿어서 그래."

"이게 근데. 이씨, 그럼 나한테 왜 물어본 거야?"

"물어볼 게 너밖에 없어서."

화를 내야 하는 건지 욕을 해야 하는 건지 구별이 안 가서 어쩔까 망설이는 니젠에게 이안은 기회를 주지 않았다. 짜증스럽게 머리를 쓸어 올리며 그가 가만히 읊조렸다.

"……뭐가 이렇게 거슬리는 거지, 대체."

하나하나 거슬리지 않는 부분이 없었다. 방문한 순간부터 시작해서 크라차나 샤르자 자치구에서 받은 습격, 그리고 이곳의 분위기. 너무 미묘하게 느껴지는 삐걱거림이라 대체 뭐가 어긋나는 건지 그 주체를 파악할 수 없었다. 마치 누군가가 자신의 눈과 귀를 가리고 있는 기분. 인상을 구긴 채로 펼 생각을 하지 않는 이안을 보며 니젠이 콧잔등에 주름을 잡았다.

"평화 의논하러 온 거 아니야?"

"아니야."

"그럼 여기까지 왜 왔어?"

"몰라."

"……."

니젠이 잠시 침묵했다. 그가 웬일로 진지하게 이안을 불렀다.

"안아."

"왜?"

"나, 너 한 대 쳐도 돼?"

"아니."

이안은 갑갑하게 제 목을 죄고 있는 옷부터 풀었다. 그나마 다행인 건 조용하게 생각이라는 걸 할 수 있게 녹기사들이 없다는 점이었다. 이 자유도 오늘 내일뿐이겠지만 이안은 누릴 수 있을 때 만끽하기로 했다.

"지금 페시안과 크롬웰의 관계는 더 이상 손 볼 곳 없이 양호해. 괜찮아. 이 정도의 거리감에 이 정도의 경계면 더 바랄 것이 없지. 괜히 친선이다 뭐다 교류가 오가기 시작하면 양국에 예상하지 못한 혼란이 생길 거야. 지금 양측 권력자들 모두 그걸 원하지 않아. 너무 이르기도 하고. 내가 여기 온 건 그냥 겉치레야. 이 정도는 해야 우리 폐하께서 납득하실 테지. 라 쿤도 지금쯤이면 눈치챘을 걸?"

"그래?"

"그렇지 않았다면 내가 인사를 그따위로 하진 않았겠지."

좀 더 온건하게 굴 수 있었다. 아마 라 쿤이 호락호락해 보였다면 괜히 경계하게 만들 필요 없으니 더 온순하게 굴었을지도 몰랐다. 아직 어릴 텐데. 스물일곱, 그 정도의 나이라고 알고 있었다. 그저 한 사람을 성인으로 보기에 충분한 나이일지 몰라도 한 나라를 이끄는 지도자로서는 어렸다. 자신보다도 어렸으니까. 서면과 보고로만 전해 들었을 때도 만만찮은 인물이었지만 실물은 기대 이상이었다. 게다가 이안은 아직 라 쿤 측에서 습격한 것일 수도 있다는 의심을 지우지 않았다.

"근데 라페니히 황제는 왜 굳이 페시안과 관계 개선을 하려고 하는 거지?"

니젠이 새삼 궁금해진 건지 고개를 갸웃했다. 이안은 고저 없는 목소리로 건조하게 대답했다.

"그 깊은 속을 내가 어찌 알겠냐만 크롬웰의 오래된 문제 중 하나니까 관심을 가지신 거겠지. 당장 관계 개선은 힘들 테니 교두보라도 마련하려고 애쓰시는 걸 테지. 조만간 남부 녀석들이 치고 박고 싸우면 관심도 흐려질걸."

"그런가."

전대 사 쿤과 그 전대 사 쿤이 워낙 무난해서 대대로 페시안의 쿤들은 멍청하다고 생각했는데 이번 대의 쿤은 달랐다. 하긴, 그래서 라 쿤인 건가. 자신들이 신이라 칭하는 군주의 칭호를 나눠 부르는 것이 웃겼지만 이안은 나름대로 긴장하고 있었다. 페시안의 오랜 역사에서 항상 무언가 큰 변화가 있을 때에는 언제나 라 쿤이 군림하고 있었다.

"아, 그러고 보니."

니젠이 느닷없이 고개를 들었다. 생각에 잠겨 있다 깨어난 이안이 그를 돌아보았다.

"그 라 쿤, 마법 쓸 수 있는 모양이더라."

"마법?"

이안이 놀라 인상을 찡그렸다. 니젠이 고개를 끄덕이며 꽤나 신중하게 말을 덧붙였다.

"멀어서 완전히 파악해 내진 못했는데 물 냄새가 났어. 그것도 아주 진하게. 분명 물과 관련해서 뭔가 능력이 있을 거야. 희미하게 땅 냄새랑 바람 냄새도 났고."

좀 더 가까이 갈 수 있었다면 자세히 알 수 있었겠지만 아쉽게도 짧은 만남에서 알아낸 건 그것밖에 없었다. 니젠이 끙끙대며 덧붙였다.

"그리고 남대륙에 들어설 때부터 느꼈던 거지만 여기 땅 좀 이상해. 누가 인위적으로 만든 느낌이 나. 뭔가 알 수 없는 힘이 이 땅을 억지로 유지시키고 있다고 해야 되나. 뭐, 그런 부자연스러운 기운이야."

니젠의 혼잣말은 흘려 넘기고 이안이 물었다.

"마법을 쓸 수 있다고?"

"어, 근데 마법사랑은 달라. 아, 뭐라고 설명해야 하지."

"인간이라며?"

"어, 인간이야. 근데 물려받은 거라 해야 되나. 선천적이긴 한데 원래 본인의 능력은 아니야. 뭐랄까, 뭔가를 대가로 약속받은 능력인 거지."

니젠이 제법 고뇌하며 포부도 당당하게 고개를 끄덕였다. 당연히 뭘 대가로 얻은 능력인지는 몰랐다. 예민한 감각으로 알아낸 건 그게 전부였다. 느닷없는 새로운 정보에 생각이 복잡해졌는지 이안이 인상을 구겼다.

"그래서 신이라 부르는 건가."

니젠이 어깨를 으쓱였다.

"나야 모르지. 근데 웬만하면 엮이고 싶진 않다. 좀 무서워."

깊은 바다 같은 물 냄새와 인간이 지니기엔 지나치게 거대한 하늘을 닮은 기운이 함께 있었다. 니젠이 가장 무서운 건, 능력의 한계가 가늠이 되지 않는다는 사실이었다. 니젠이 솔직하게 두려움을 표현하자 이안이 앓는 소리를 냈다.

"그런데 그런 왕을 상대로 뭔가를 꾸미고 있다, 이거지?"

"누가?"

"누구긴 누구겠어."

자리에서 일어나며 이안이 비릿하게 대꾸했다.

"라 쿤이 사라지면 가장 먼저 전권을 틀어쥘 사람들이지."

어리둥절한 니젠의 얼굴에 대고 이안이 낮게 읊조렸다.

여기 오길 잘했군.

깊은 침묵을 거두고 베히다트가 운을 떼었다.

"어떻게 생각하지?"

나시르는 시선을 내렸다.

"만만치 않아 보입니다. 큰일을 당한 참이니 안전을 위해서라도 우리의 뜻을 따라 주지 않을까 했는데……."

오히려 사신은 습격당한 일 자체에 대한 응어리는 없어 보였다. 실상은 어떤지 모르지만 적어도 겉으로 보인 모습은 그러했다. 이 정도는 예상했다는 듯한 태도에 혹여 노발대발하며 곤란하게 나오지 않을까 싶었던 걱정은 사라졌지만 오히려 그 담담한 태도가 거슬렸다. 조용히 넘어가는 거면 좋겠지만 그게 아니라면…….

"어땠지?"

베히다트의 시선을 받은 카림이 침묵했다. 다우드를 내궁에 안내하고 돌아온 카림은 여전히 외출할 때의 옷차림 그대로였다. 그는 조금 생각하다 고개를 가로저었다.

"질 모르겠습니다. 둘 나 서에센 벅찬 상대였습니다."

잠시 뜸을 들이다 그가 마저 이어 말했다.

"그 공작이라는 자는 지나치게 냉성하고 기사라는 자는 지나치게 아무 생각이 없습니다."

"다우드는 뭐라 말했나?"

"둘 다 제멋대로라고 했습니다. 그래도 아예 말이 안 통하는 작자들은 아니라고 합니다."

나시르가 생각에 잠겨 있다 고개를 들었다.

"태도가 묘했습니다. 고압적인 것 같으면서도 묘하게 유한 게 뭔가 평화를 논하러 온 사람처럼 보이진 않았습니다."

"크롬웰의 황제는 몰라도 그 공작은 관계 개선을 바라지 않는 모양이더군."

그렇다고 관계가 불편해지는 걸 원하는 기색도 아니었다. 같은 난제로 고민하던 나시르가 한숨을 푹 쉬었다.

"어쩌시겠습니까? 다른 때면 모르겠지만 이런 상황에 사신 습격 사건까지 얽혀 위험해질 수도 있습니다. 자칫하면 페시안과 크롬웰 사이에 전쟁이 날 수도 있습니다."

"아직 확정된 건 아무것도 없다. 사신 접대에 미흡한 점이 없도록."

어차피 지금 가장 중요한 건 크롬웰과의 관계가 아니었다. 다라의 움직임을 어떻게 다뤄야 할지, 그것이 가장 시급한 문제였다. 알 페시안에서 쉽게 개입할 수는 없었다. 아무리 전무후무한 권력을 가진 라 쿤이라 해도 오랜 세월 유지된 관례를 무시하는 것은 옳지 못했다. 지금 당장은 괜찮을지 몰라도 대족장끼리의 분란에 라 쿤이 대놓고 나서게 된다면 이후에도 잡음이 심해질 수밖에 없었다. 자치구들 간의 대립과 갈등은 대족장 선에서 해결되는 게 가장 이상적이었다.

"시하드시여."

나시르가 조심스레 그를 불렀다. 붉은 시선이 나시르에게 향하자 그가 살짝 긴장한 기색으로 입을 열었다.

"오늘 연회에 아시나 양을 데리고 나오시는 건 어떻습니까?"

"무슨 의미지?"

미미하게 구겨진 인상이 그가 이 제안을 기꺼워하지 않는다는 걸 알려 주었으나 나시르는 물러서지 않았다. 그는 나름대로 확신이 있었다.

"이만 님께서 아시나 양이 바레인 측의 첩자라고 밝히셨다고 하나 아직 확인된 사실은 아닙니다. 지금 아시나 양이 첩자인지에 관한 확실한 증거는 없습니다. 혹시 그녀가 크롬웰과 관련된 중요 인사라면 사신이 그녀를 알아볼 수도 있는 것 아니겠습니까?"

솔직히 도박에 가까운 시도였다. 베히다트는 침묵했다. 알아본다고 해도 문제지만 그것 외에도 그냥 내보이는 것 자체도 난제였다. 공식적으로 쿤의 여자라 선보이는 것. 그것이 무엇을 의미하는 것인지 모를 나시르가 아니다.

베히다트의 시선이 가라앉았다.

"나시르, 그대는 사신이 그녀를 알 거라 생각하나?"

"그건 아닙니다만, 시도 자체는 나쁘지 않다고 생각합니다. 무엇보다 바레인에게 경고를 줄 수도 있죠."

그는 무엇을 위한 경고인지는 설명하지 않았다. 베히다트의 목소리가 무겁게 가라앉았다.

"……고려해 보도록 하지."

아시나는 남몰래 신음을 삼키며 턱을 괴었다. 기분이 이상했다. 자키야는 없었지만 그녀는 지금 산책을 나와 있었다. 그래서인지 조금 불안하기도 했다. 이 산책은 대체 무슨 심산인지 시녀들이 먼저 권한 것이었다. 방에 처박혀 있어 봤자 답 안 나오는 상황에 기분만 더 처질 것 같아, 웬일인가 싶어 나왔는데 막상 나와도 별로 달라지는 건 없었다.

무사히 잘 떠난 걸까.

내뱉을 수 없는 궁금증을 끌어안고 아시나는 시선을 내렸다. 발치에 곱게 자란 꽃들이 아시나의 시선을 빼앗았다.

그런데 자키야는 왜 떠난 걸까? 막상 떠난다고 할 땐 궁금하지도 않았는데 바로 앞의 문제가 사라지니 문득 그런 의문이 들었다. 꼭 떠나야 할 이유가 있었나? 자키야가 많은 것을 말해 준 것은 아니지만 불편해하는 기색에서 그녀가 떠나고 싶지 않아 하는 마음 정도는 읽을 수 있었다.

"관련이 있는 건가."

지금 이 상황과…….

설령 있다고 해도 아시나에게 이로울 일은 없을 게 불 보듯 뻔했다. 바레인, 다시금 떠오른 이름에 아시나는 머리가 지끈거렸다. 없던 두통도 만들어 내는 위대함에 뭐라 할 말이 없네. 불현듯 튀어나온 생소한 인간이 안 그래도 복잡한 관계를 더 어그러뜨려 놓았다. 헝클어질 대로 헝클어진 이 관계를 도대체 어디서부터 붙잡아 가야 하는 것인가. 그런 고민에 휩싸여 있을 때였다.

아시나는 순간 시야에 들어온 사람 때문에 몸을 흠칫 떨었다. 원래 회랑엔 지나가는 사람이 많았다. 그게 대부분 궁인이라는 점이 평소의 상황이었다면 오늘은 달랐다. 절대 마주치고 싶지 않은 사람 때문에 아시나는 그 자리에서 멈춰 섰다. 피하고 싶었지만 이미 시선이 마주친 터라 뒤로 돌 수도 없었다. 지금 등을 보이면 그대로 사냥당할 것 같은 위협마저 느껴졌다. 게다가 보는 눈이 많았다.

"……망할."

썩을 바레인. 아시나의 표정이 굳는 것과는 상반되게 마치 기다리기라도 한 듯 바레인이 사람 좋은 미소를 지었다. 선량해 보이는 미소에 아시나는 속으로 치를 떨었다. 개인적으로 그녀는 이런 사람은 얼굴에 사기꾼이라는 글씨를 써 붙이고 다녀야 한다고 생각했다.

"도망치실 줄 알았습니다."

인사 대신 건네 온 말에 아시나는 저도 모르게 입술을 앙다물었다.

"알고 있었나요?"

"아니요."

거짓말.

바레인은 정말 아무것도 모른다는 듯 웃었지만 깨끗한 미소와 별개로 아시나는 그와 상종도 하고 싶지 않았다. 하지만 대놓고 무시해 버리기엔 후환이 두려웠으므로 하릴없이 지지부진하게 상대하게 됐다. 또 무슨 짓을 할지 알 수가 있어야지. 입을 꽉 다물어 버리는 아시나의 얼굴을 살펴보다 바레인이 살포시 웃었다.

"많이 수척해지셨군요."

그런가. 걱정 어린 목소리에 아시나가 무슨 의도인지 알기 위해 바레인을 올려 보았다. 바레인은 손을 뻗고 싶은 충동을 억제하며 더듬더듬 그녀의 얼굴을 훑어보았다. 생기를 잃어버려 야위었음에도 아름다웠다. 처연하게 빛나는 선명한 눈동자를 갖고 싶다고 말하면 너무 큰 욕심인 것인가.

"저 때문입니까?"

그 붉은 눈동자에 자신이 비추고 있다는 사실이 만족스러워 바레인은 웃었다. 아시나가 날카롭게 물었다.

"그러면 좀 봐줄 건가요?"

"제가요?"

글쎄. 바레인이 작게 대답하며 한 걸음 다가섰다.

"그러면 제게 협력해 주실 겁니까?"

"아니요."

"가차 없으시군요."

단숨에 내뱉은 대꾸에 바레인이 씁쓸하게 고개를 숙였다.

"그러면 그럴수록 제가 더 자극받는다는 걸 아십니까?"

언뜻 바레인의 푸른 눈동자가 어둡게 빛났다. 짙푸른 눈동자가 유난히 까맣게 느껴졌다. 찰나 그 안에서 언뜻 아시나는 검고 날카로운 무언가를 보았다고 생각했다. 하지만 그게 무엇인지 파악하기 전에 바레인이 먼저 입을 열었다.

"대체 왜 남으신 겁니까?"

"대답이 필요한가요?"

"제가 알기로 당신이 여기 남을 이유는 하나도 없습니다."

기분 나쁠 정도로 엄격한 단언. 하지만 사실이었다. 그녀가 굳이 남을 이유는 없다. 아니, 없었다.

"그걸 어떻게 확신하죠?"

"그럼 정말 라 쿤의 아이라라도 되십니까?"

"……."

바레인이 비릿하게 웃었다. 명백한 비웃음. 아시나는 왜 이 남자가 이런 감정을 제게 보이고 있는 건지 이해할 수 없었다.

"시하드는 제가 제일 잘 알고 있습니다. 모든 걸 손에 넣을 수 있는 지고한 자가 과연 여자 하나에 만족할 수 있을까요?"

갑자기 나온 베히다트에 대한 이야기에 아시나는 인상을 찡그렸다.

"대체 무슨 저의로 그런 말을 하는 건지 모르겠어요."

"사실을 말하자면 저는 당신이 도망쳤으면 했습니다."

이건 좀 이상한데.

아시나는 뭔가 잘못되었다고 생각했다. 지금까지 파악한 바레인이라는 자와 지금 행동은 어울리지 않는다. 그는 항상 한 발자국 멀리 떨어져서 관망하며 추이를 자기가 원하는 대로 끌고 가는 사람이었다. 이런 식으로 직접 도발을 하는 건 다른 자에게 맡기고 일말의 관련도 없다는 듯 물러나 있는 게 마땅했다. 그런 그가 대놓고 드러내는 거센 감정에 아시나는 숨을 죽였다.

"그럼 괜찮아질 줄 알았는데."

까맣게 가라앉은 시선. 짙푸른 눈동자에 드러난 노골적인 검은 욕망. 그가 원하는 게 무엇인지 잡힐 듯 말 듯 애매하게 흩어졌다.

"날 이용한다고 해도 당신이 얻을 건 없어요."

"과연 그럴까요?"

서늘한 비웃음에 아시나가 짜증을 냈다.

"대체 나한테 바라는 게 뭐죠?"

"말하면 들어주실 겁니까?"

"아니요."

"그럼 말하지 않겠습니다."

"……."

놀리는 건가.

아시나가 인상을 구겼다.

"지금 나랑 장난하자는 거예요?"

"아니요. 진심으로 대화하는 중입니다."

즐거운지 바레인이 활짝 웃었다.

"저는 제가 당신과 대화하는 걸 누가 봐 줬으면 하거든요."

"……."

이 인간 진짜 무슨 생각이지?

목 안으로 신음을 삼키며 아시나는 크게 숨을 들이마셨다. 기분 나쁜 감각만 가득한 가운데 쉽게 입을 열 수 없었다. 아시나가 아무 대꾸 없이 시간을 끌자 바레인이 유감이라는 듯 덧붙여 말했다.

"그렇게 겁먹은 표정 짓지 마시길."

바레인의 시선이 어느새 꽉 쥔 아시나의 손을 향했다. 분명 떨고 있는 것 같은데 어째서인지 눈앞의 여인이 조금도 나약하게 느껴지지 않았다. 아무리 몰아붙여도 물러섬 없는 저 눈동자 때문인가. 바레인의 기분이 조금 가라앉았다.

고작 여자 하나 때문에 이렇게…….

처음에는 단지 망막에 남은 잔상이 너무 강해 다시 한 번 확인하고 싶을 뿐이었다. 오로지 그뿐.

그날 보았던 요정 같은 신비로움은 남아 있지 않았다. 희한한 건 그런데도 이끌리고 있다는 사실이다. 어째서일까. 처음 가져 보는 감상에 바레인은 어찌 해야 할지 감도 잡히지 않았다.

좋지 않은데.

씁쓸하게 웃으며 바레인이 물러섰다. 어차피 모든 건 그가 원하는 대로 흘러가고 있었다.

"겁먹게 만든 것 같아 죄송하니 한 가지 정보를 알려드리겠습니다."

뜬금없는 바레인의 말에 아시나가 절로 긴장했다. 대체 무슨 말을 하려고.

"안 알려 줘도 돼요."

"아시고 계시는 게 좋을 겁니다."

알고 싶지 않았지만 안타깝게도 멋대로 지껄이는 바레인의 말을 막을 힘이 아시나에겐 없었다.

"오늘 저녁에 사신을 맞이하는 연회가 열릴 겁니다."

"연회야 항상 열리던 것 아니었나요?"

"아니요."

단정하듯 그가 고개를 가로저었다.

"이번 건 다릅니다."

무엇이 다르냐고 묻는 눈빛에 대고 그가 의미심장하게 속삭였다.

"그 사신이 크롬웰에서 왔거든요."

"……."

아시나의 표정이 딱딱하게 굳어졌다. 아시나의 반응을 면밀히 살피며 바레인이 달게 속삭였다.

"혹시 레이디께서 아는 사람일 수도 있지 않겠습니까?"

레이디라는 말이 이렇게 거슬리는 건 처음이었나. 북에서 온 크롬웰의 사신. 예상치 못한 상황이라 아시나는 당황했다. 어떤 말을 해도 동요하지 말자 다짐했는데 바레인은 그 다짐을 깨부수기라도 하듯 여유롭게 그녀를 갖고 놀았다.

연회가 열린다는 말은 곧 크롬웰의 사신이 지금 이 궁정 안에 있다는 소리였다. 대체 누가? 아시나는 마음이 다급해졌다. 사신이 누구인지 알고 싶었다. 막 그걸 물어보려는 찰나, 등 뒤에서 낮은 목소리가 그녀의 이름을 불렀다.

"아시나."

지나치도록 위협적으로 울리는 낮은 목소리. 놀라 뒤를 돌아봤다가 아시나는 낭패를 보았다. 베히다트, 언제 온 건지 모를 그가 거기 서 있었다.

"베히 님."

새된 목소리로 그를 불러 봤지만 살벌한 분위기를 풍기는 그에게서 대꾸는 없었다. 무슨 생각을 하는 건지 읽을 수 없는 표정으로 베히다트가 성큼 다가왔다. 곧바로 아시나의 허리를 낚아챈 베히다트가 바레인을 노골적으로 노려보았다. 당황스러울 법도 한데 바레인은 그저 사람 좋은 미소를 지으며 물러났다.

"시하드를 뵙습니다."

아무 문제없다는 듯 바레인이 생글생글 웃었다. 반면 그 유연한 미소를 노려보는 베히다트에게선 사람 하나는 가볍게 짓누를 수 있는 기세가 뿜어져 나오고 있었다. 둘 사이에 낀 아시나는 난감했다. 이 상황이 그에게 어떻게 보였을지 대충 짐작이 갔다. 아니, 이건!

입을 떼고 싶었지만, 오해라고 말해도 전혀 먹혀들 분위기가 아니었다. 아시나는 괜히 바레인을 노려보았다. 저 망할 놈이 이걸 노리고 온 거였어!

"그럼 전 이만."

볼일은 다 끝낸 건지 바레인이 여유롭게 물러났다. 아시나는 황당했다.

야, 상황을 이렇게 만들어 놓고 가 버리는 게 어디 있어!

당장 바레인을 붙잡아 사실 우리가 우연히 만났는데 어떤 작당을 하려고 만난 게 아니라 얘가 나를 협박하고 있었다 해명하고 싶었지만 무시무시한 기세 때문에 입이 떨어지지 않았다. 바레인이 그대로 가 버리자 아시나는 괜히 베히다트를 따르는 시종들을 돌아보았다. 마치 도움을 바라는 표정이었는데 그녀를 바라보는 모두가 시선을 외면했다. 아직 베히다트를 보기엔 마음의 준비가 덜 되었다. 그런 기색을 느낀 것인지 바레인이 시야에서 사라지자마자 베히다트가 아시나를 놓아주었다.

"베히 님, 저기—."

아시나의 말은 이어지지 못했다. 베히다트가 얼굴도 보지 않고 고개를 돌렸다.

"돌아가라."

무어라 항변하고 싶었지만 지금까지 끼어들지도 않고 그림처럼 서 있기만 하던 아시나의 시녀들이 그녀를 붙잡았다.

썩을 바레인! 망할 바레인!

방으로 돌아오자마자 아시나가 제일 먼저 한 것은 애꿎은 베개를 패는 일이었다. 그렇게라도 하지 않으면 이 기분이 풀리지 않을 것 같아서 아시나는 열심히 베개를 때렸다. 인생에 도움이 되는 게 하나도 없어! 바레인, 나쁜 놈! 아시나가 그러거나 말거나 시녀들은 방을 돌아다니며 이것저것 분주하게 움직였다. 아시나는 괜히 누르가 돌봐 주던 때가 그리워졌다.

지금 나한테 필요한 건 애정과 관심이라고…….

"산 넘어 산이구나, 정말."

한숨을 내쉬며 아까까지만 해도 열심히 때리던 베개를 끌어안으며 아시나는 깊은 시름에 잠겼다. 그 시름은 그리 오래가지 못했다. 별안간 시녀들이 무언가를 가져오더니 아시나를 침대에 눕혀 버렸다. 그리고 그대로 얼굴과 팔 다리에 이상한 반죽을 바르기 시작했다. 움직이지 못하게 당부하며 마사지까지 하는 시녀들을 지켜보며 아시나는 무언가 불길한 기분에 휩싸였다.

이거 어디서 많이 당해 본 패턴인데. 괜히 흠칫하며 아시나가 시녀들을 돌아보았다.

"지금 뭐하는 거예요?"

베개 가지고 씨름하느라 신경을 덜 써서 이제 알았는데 이미 방안이 뭔가 많이 달라져 있었다. 처음 보는 화려한 옷에 어디서 가져온 건지 출처 모를 여러 장신구들까지. 얌전히 마사지를 받으면서도 아시나는 의아했다. 그녀가 이곳에 와서 처음 맞이하는 풍경이었다. 다행히 시녀들은 아시나의 질문을 무시하진 않았다.

"시하드께서 명하신 일입니다. 오후에 있을 연회에 아이라님을 부르셨습니다."

"연회?"

뭔가 불길한 기분이 엄습했다. 뭔가 안 좋은 일이 일어날 것 같은 느낌. 웬만하면 가고 싶지 않았지만, 안타깝게도 아시나에게 거부권이라는 건 없었다.

오지 않았으면 하는 시간은 너무 금방 다가왔다.

시녀들에게 이끌려 연회장으로 향하며 아시나는 남몰래 한숨을 내쉬었다. 자신을 부른 의도가 무엇인지 파악할 수 없어서 속이 까맣게 타 들어갔다.

그것과 별개로 지금 아시나는 누가 봐도 반할 미모를 가감 없이 뽐내고 있었다. 마사지를 받은 피부는 유난히 희고 보드라웠다. 거기에 화장까지 하고 나니 더 이상의 설명이 필요 없었다. 발을 내디딜 때마다 얇은 천이 다리에 부드럽게 감겼다. 옷감이 얼마나 좋은지 옷을 입은 느낌이 안 들 정도로 가벼웠다. 바닥을 끌 정도로 온몸을 감싼 옷인데 입은 느낌이 들지 않는다니 웃기는 소리였지만 사실이었다. 그래도 손목과 목, 귀와 머리를 장식하는 보석들의 무게 덕에 아무것도 입지 않았다는 느낌은 없었다. 찰랑거리는 느낌에 제 손목을 내려다보다 아시나는 의미 모를 표정을 지었다. 맹세컨대 태어나서 이렇게 보석을 몸에 휘두른 건 오늘이 처음이었다. 대단한 점은 보석을 되는 대로 다 갖다 쓴 것 같은데 전혀 천박하거나 촌스러워 보이지 않고 자연스러웠다는 것이다.

걱정도 잠시, 아시나는 연회장 앞에서 자신을 이곳으로 부른 남자와 마주쳤다. 항상 간편하게 입은 모습만 봐서 그런지 제대로 차려 입은 베히다트를 보고 있자니 조금 낯설었다. 낮에 그렇게 헤어지고 나서인지 아시나는 뭐라 말을 꺼내야 할지 몰라 말을 골랐다.

'오랜만이네요.'는 아까 낮에 봤는데 무슨 오랜만일까. '잘 어울리네요.'는 너무 진부하고……. '날씨가 좋죠?'는 해가 이미 져 버려서 무의미했다.

"어울리는군."

베히다트의 시선이 잠시 아시나에게 머물렀다. 자신도 모르게 긴장한 상태였다는 걸 깨달은 아시나가 헛기침을 했다. 딱히 칭찬을 바라고 꾸민 건 아니지만 그래도 기분이 좋았다.

"많이 예쁘죠? 새삼 반할 것 같지 않나요?"

"글쎄."

유려하게 입꼬리를 올리며 그가 속삭였다. 진득한 시선이 아시나의 눈동자에 닿았다. 어울릴 거라 예상은 했지만 막상 눈으로 보니 그 이상이었다. 이대로 어딘가에 데려가 숨겨 버리고 싶다는 생각이 든 것과 동시에 자신의 이런 감정이 생소해서 놀랐다. 애써 충동을 억누르고 있는 와중에 아시나가 불만스럽게 인상을 썼다. 반응이 마음에 들지 않는다는 솔직한 표현에 베히다트는 저도 모르게 웃어 버렸다. 이런 모습이 귀여워서 더 괴롭히고 싶다는 걸 본인은 아는 걸까.

문득 낮에 보았던 장면이 겹쳐졌다. 바레인과 함께 있는 모습을 직접 본 건 처음이었다. 이미 둘 사이에 무언가가 있다는 걸 알고 있었으면서도 용납할 수 없었다. 무엇보다 그의 신경을 제일 거슬리게 만들었던 건 바로 아시나를 바라보는 바레인의 시선이었다.

그 시선 안에 담긴 감정이 무엇인지 베히다트는 알고 있었다. 저조한 기분이 그의 표정을 어둡게 만들었다.

"이만 들어갈까?"

베히다트가 손을 내밀었다. 그가 내미는 손 위에 조심스레 자신의 손을 겹치며 아시나는 크게 숨을 들이마셨다. 낯선 두려움이 일었다. 처음 느껴 보는 두려움. 레이디로서 처음 사교계에 데뷔할 때도 이렇게까지 떨리지 않았다. 타인의 시선이 익숙한 사람들이 으레 그러하듯 그녀는 많은 사람 앞에 서는 데 거부감이 없었다. 아마 이곳에 갇힌 지 얼마 안 되었을 때 이런 자리에 나온 거라면 아무렇지 않았을 수도 있다.

이 옆에 서는 자신이 조금이라도 부족해 보이지 않았으면 하는 욕심이 아시나를 긴장하게 만들었다. 혼자 연회장에 들어갔다면 이렇게까지 긴장되지 않았을 텐데.

"긴장할 것 없다. 내 앞에선 아무도 널 흉볼 수 없어."

"그것 때문에 긴장한 게 아니에요."

"그럼 왜지?"

아시나는 곤혹스러웠다. 이걸 어떻게 설명하지? 그대로 침묵하는 아시나를 내려다보며 베히다트는 무어라 알 수 없는 기분에 빠졌다. 베히다트는 말없이 아시나를 이끌었다. 그녀는 초조한 표정을 한 채 연회장 안으로 들어섰다. 지난 몇 주간 계속 연회가 열리던 장소였고 앞으로도 몇 주간은 더 연회가 열릴 장소에 들어선 아시나는 기분이 묘해졌다. 여긴 들어와 볼 수 없을 거라 생각했는데. 그게 불과 몇 주 전의 일이었다.

"으음."

연회가 열리는 중인 홀은 정말 거대했다. 사람이 지은 게 맞을까 의심스러울 정도로 넓었다. 둥근 천장과 섬세한 무늬가 장식된 기둥 그리고 사람들. 가장 상석인 라 쿤의 지리 옆이 아시나에게 주어진 자리였다. 자리에 앉은 아시나는 마음 졸이며 고개를 들었다.

상식과 가장 가까운 자리는 당연히 높은 지위를 가진 자들의 것이었다. 대족장과 기타 고위 관료들, 그리고 크롬웰에서 온 사신 역시 거기 있었다.

서늘한 녹색 눈동자와 시선이 마주쳤다. 야슈마크가 얼굴을 가리고 있는데도 아시나는 헛숨을 삼켰다.

"이안……."

입에만 겨우 맴돌 정도로 작은 부름. 들리지 않았을 텐데, 마치 그걸 알아차리기라도 한 듯 이안의 표정이 달라졌다.

자국의 파티조차 달가워하지 않는 남자에게 남의 나라에서 열리는 연회가 재미있을 턱이 없었다. 떠들썩하게 즐기는 분위기와 동떨어져서 페시안 내부 사정이나 파악하기 위해 관료들과 말을 섞던 이안은 라 쿤이 왜 이제 등장했는지 의아하지도 않았다. 베일 같은 걸 쓰고 있었지만 붉은 눈동자와 시선이 마주치자마자 알 수 있었다. 동요했으나 그 동요를 있는 대로 드러낼 만큼 이안은 어리석지 않았다.

"쉬는 데엔 불편한 점이 없었는가?"

베히다트의 음성에 정신을 차린 이안이 부드럽게 웃었다.

"배려해 주신 덕에 푹 쉬었습니다."

"그렇다면 다행이군. 친선도 친선이지만 무엇보다 이왕 방문한 것이니 지내는 동안 좋은 일만 있었으면 한다."

"저도 그러길 바랍니다."

그건 진심이었다. 이미 좋은 일이 아닌 무언가가 생긴 것 같지만. 자신을 쳐다보는 홍안이 유난히 애절해서 내키진 않았지만 잠자코 넘어갔다. 고개를 숙이는 이안을 유심히 주시하다 베히다트가 시선을 내렸다.

"오늘만큼은 그대를 위한 연회이니 마음껏 즐기도록 하라."

"기꺼이 그러겠습니다."

웃으며 대꾸했지만 속은 이미 불타오르고 있었다. 이 상황을 제게 친절히 설명해 줄 누군가가 필요했다. 그렇다고 베히다트에게 따지고 물을 수는 없는 노릇이었다. 그래, 그녀가 왜 저 자리에 있는 건지 본인에게 물어보는 것도 안 되겠지.

강렬한 시선이 잠시 아시나에게 박혔으나 곧 스치듯 자연스럽게 떨어졌다. 비틀린 조소를 지으며 이안이 다른 자들에게 시선을 돌렸다. 시종장 이만의 배려 덕에 주요 관료들과는 어느 정도 안면을 텄지만 대족장들과는 아직이었다. 그나마 무스카트의 대족장만은 알고 있었는데 그는 무슨 이유에서인지 연회에 나오지 않았다. 그 이유도 궁금했지만 다른 무엇보다 아시나가 신경 쓰였다.

도대체 쟤가 왜, 저기에 있는 거지?

"연회는 즐거우십니까?"

생각에 잠겨 있던 이안이 낯선 음성에 정신을 차렸다. 부드러운 미소를 짓는 남자는 대족장들 중에서도 젊은 편에 속하는 남자였다. 빠르게 훑어본 결과 인상은 좋았으나 반대로 느낌은 전혀 좋지 못했다. 어딘지 모르게 풍겨 오는 음습함이 거슬렸다.

"저는 샤르자의 대족장, 바레인입니다."

"아스타테아 공작입니다."

이안의 간난한 소개에 모욕받았나고 생각하며 불쾌해할 수도 있을 텐데 바레인은 웃었다. 의미를 모를 호의에 이안은 더 그를 경계했다.

“꽤나 낯익은 이름이군요. 남대륙 상단에서 자주 들었던 이름입니다.”

“그럴 겁니다. 남대륙과의 무역은 대부분 제 소유 상단에서 주도하고 있으니까요.”

다른 가문의 상단이 없는 건 아니었으나 상업에서 아스타테아가 갖는 영향력은 지대했다. 무엇보다 원래 정계를 틀어쥐고 있는 가문이니만큼 법이나 정보와 관련해서 제일 발 빠르게 움직일 수밖에 없었다. 대대로 아스타테아의 권력은 막대한 부와 빠른 정보력 그리고 뛰어난 인재들로부터 나왔다.

그나저나 샤르자라. 이안이 관심을 환기했다. 자신이 습격받은 장소가 바로 샤르자와 알 페시안 경계 지역이었다. 가벼운 탐색이 끝나고 이안이 빙그레 웃었다. 다른 때면 성심성의를 다해 대화를 해 보겠지만 지금은 곤란했다.

“어라, 이미 대화를 하고 계시는군요. 제가 소개시켜 드리려고 했는데.”

막 이안이 말을 하려던 참에 끼어든 시종장이 사람 좋은 미소를 지었다. 아는 얼굴의 등장에 이안은 잠깐 안심했다. 어딜 갔었나 했는데 사람을 내팽개치고 사라지진 않은 모양이었다. 당장 원하는 걸 따져 묻고 싶었지만, 바레인이 끼어 있는 상태에서는 마음 편하게 아시나에 대해 물어볼 수 없었다.

“크롬웰은 항상 관심이 가는 주제니까요.”

부드러운 바레인의 말에 이만이 어깨를 으쓱였다.

"다른 대족장분들과는 대화를 해 보셨습니까?"

"아니요, 아직입니다."

"그럼 소개시켜 드리겠습니다."

어쩐지 시종장이 바레인과의 대화를 막는다는 느낌을 받았으나 이안은 잠자코 넘어갔다. 바레인이 자연스럽게 물러서자 이안은 다른 대족장을 소개시켜 주겠다고 난리인 이만을 붙잡았다.

"그보다 묻고 싶은 게 있습니다."

"예? 아, 무엇이죠? 말씀하십시오."

"저건 누구죠?"

이만이 의아한 기색으로 이안이 가리키는 곳으로 고개를 돌렸다. 그 끝엔 억지로 자리에 끌려 나온 아시나가 존재했다.

"아, 아이라십니다."

"아이라?"

모르는 단어에 이안이 거침없이 얼굴을 구겼다. 이만이 고개를 끄덕였다.

"음, 라 쿤께서 아끼시는 총희라는 설명이 더 이해가 빠르겠군요."

지금 내가 뭐라 들은 거지?

"총희?"

대충 그럴 거라 짐작은 하고 있었지만 막상 설명을 들으니 기가 찼다. 이안이 인상을 찡그렸다. 그는 지금 전혀 예상치도 못한 곳에서 벼락을 맞아 무척이나 당혹스러웠다. 이안이 저도 모르게 되묻자 이만이 왜 그러냐는 듯 고개를 갸웃했다.

"아, 아이라께선 북인이셨죠. 혹시 아는 분이십니까?"

"아니요, 페시인에 같은 북인이 있다니 그냥 놀라서 물은 것뿐입니다."

"그렇군요. 하긴, 저희도 라 쿤께서 아이라를 데려오셨을 때 놀랐으니까요."

이해한다는 듯 이만이 웃으며 고개를 끄덕였지만 이안의 표정은 좀처럼 펴질 줄을 몰랐다.

"총희라고?"

궁금증을 해결한 이안은 그대로 주변을 살펴보았다. 대족장들을 소개시켜 주겠다는 이만의 제안을 피곤하다는 이유로 거절하고 자신의 자리로 돌아간 이안은 무언가를 할 의욕을 완전히 상실했다.

남쪽의 상황을 대략적으로나마 알아내고자 참석한 연회였는데 아시나를 보자마자 완전히 상황이 뒤바뀌었다. 눈이 이상해진 게 아니었다. 아무리 봐도 아시나였다. 자신이 알고 있는 그 아시나. 어떻게 못 알아보겠는가, 저렇게 명백한데.

다시 쳐다보았더니 아시나는 필사적으로 시선을 피하고 있었다. 의식하고 있다는 게 이 거리에서도 느껴지는데 하물며 바로 옆에 있는 자가 모를 리가 없었다. 이안은 새삼 라 쿤을 주시하다가 다시 한 번 인상을 구겼다.

저런 머리색에 저런 눈동자를 가진 여자가 이 세상에 또 있을 리가 없었다. 얼굴을 가리는 한 장의 천으로 못 알아볼 거라 생각했다면 오산이었다. 이안이 생각에 잠겨 있다 한창 먹기 바쁜 니젠의 어깨를 쳤다. 니젠은 연회에서 제공되는 모든 음식을 먹어 치우기라도 할 작정인지 아까부터 계속 먹느라 정신이 없었다.

"응? 왜?"

갑자기 식사를 방해받자 의아한 건지 니젠이 고개를 들었다. 이안은 말없이 턱짓으로 상석을 가리켰다. 니젠이 뭐냐는 표정으로 돌아봤다가 표정을 굳혔다. 그리고 눈을 비비더니 입을 크게 벌렸다. 니젠이 보이는 일련의 반응을 지켜본 이안은 만족스럽게 고개를 끄덕였다. 놀란 니젠이 재빨리 이안을 돌아보았다.

"저거…… 저거……!"

"그래."

"내가 잘못 본 거 아니지?"

확신이 필요한 모양이었다. 이미 알아차렸으면서도 재차 묻는 니젠에게 고개를 끄덕여 주며 이안이 표정을 굳혔다.

니젠에게서 나오는 반응으로 그는 자신이 미쳤거나 자신의 눈이 이상해졌거나 망상이 아니라는 걸 확인받았다. 대체 어찌한다. 마음 같아선 지금 당장 아는 척을 하고 싶었지만, 아시나가 어떤 상황에 처해 있는지 모르는 상황에서 그러는 건 위험했다. 게다가 여긴 아스타테아의 영향력이 쩌렁쩌렁한 북대륙도 아니었다. 특히 필사적으로 모른 척하는 아시나의 반응을 보니 더 조심스러워졌다.

"재가 왜 저기 있지?"

"내가 아냐?"

대충 대꾸하며 이안이 머리를 쓸어 올렸다.

"어쩔 거야?"

놀라긴 놀란 건지 니젠이 먹던 음식까지 내려놓으며 물었다. 표정을 보니 입맛이 뚝 떨어진 모양이었다. 이안은 생각에 잠긴 채로 한숨을 내쉬었다.

"이제부터 알아봐야지."

결국 아시나는 연회가 끝날 때까지 마음 편히 앉아 있지 못했다. 가시방석에라도 앉은 기분이있다.

아시나가 연회에서 한 건 베히다트의 눈치를 본 것과 이안이 왜 저기 있는가 하며 놀란 것, 멀찍이 보이는 바레인을 욕한 것밖에 없었다. 그리고 침소로 돌아와서 발만 동동 구르다가 누웠는데, 침대가 너무 편한 나머지 푹 자 버리고 말았다. 아침에 일어나 산행도 가능할 정도의 개운함을 느끼며 아시나는 한탄했다.

나도 참 나구나.

"그래, 인생이 뭐가 있어. 잘 먹고 잘 놀고 잘 살면 되지."

크롬웰에서 사신을 보냈다는 것도 의외였지만 그 사신이 이안이라는 점이 제일 충격이었다. 왜 하필 이안이? 크롬웰에 널리고 깔린 게 귀족인데 어찌하여 이안이 왔단 말인가. 하늘이 날 돕지 않는구나.

어제 일이 있어서 그런지 시녀들은 더 꿀 먹은 벙어리가 되어 버렸다.

꿀꿀해지는 기분을 다잡으며 아시나는 긍정적으로 생각하려고 애썼다. 그래도 가문과 적대하는 사람이 오지 않은 게 어디인가.

"으음……."

하지만 이안이 가만있을 리가 없을 텐데.

아무리 심각한 상황이라 해도 아시나는 절대 가문과 엮이는 일이 벌어지는 건 원치 않았다. 그 와중에 바레인의 협박에서 벗어나 숨통이 조금 트인 게 불행 중 다행이라면 다행일까?

과연 바레인이 크롬웰 귀족들에 대해 어느 정도 알고 있는 건지는 의문이었지만 아시나는 그가 자신과 이안의 관계를 모른다는 가징에 한 표를 던졌다. 만약 알았다면 누가 오는지 알려 주지 않았겠지.

너무 생각을 열심히 했더니 골이 당겼다. 목 뒤를 주무르며 아시나는 어두운 표정을 지었다. 딱히 뾰족한 수가 떠오르지 않았다. 그리고 일이 이렇게 꼬일수록 욕을 먹는 건 바레인이었다.

“확 망해 버려라!”

아시나의 말에 시녀들이 돌아보았다. 그러거나 말거나 시녀들이 우려 준 차이홍차를 마시던 아시나는 아무렇지 않게 우아한 자세로 찻잔을 놓았다.

부디 이안이 아무것도 안 했으면 좋겠는데. 이왕이면 모른 척해 주는 게 가장 좋았다. 바레인한테 약점이 잡힌 상황에서 이안이 끼어드는 건 기회일 수도 있었지만 동시에 위기였다. 천하의 이안이라 해도 페시안 내에서 바레인을 당해 내기는 힘들 것이다. 지력의 문제가 아니라 정보력의 한계 때문에 불가피했다. 깊은 고민도 잠시, 아시나는 문득 창밖에서 어른거리는 희미한 그림자를 보았다.

방금, 뭐지?

놀라 고개를 드니 흐릿한 그림자가 아른아른 움직였다. 창밖은 바로 호수여서 아무도 서 있을 수가 없었다. 그럼 저건 대체…….

“아, 안 되겠다.”

아시나는 자리에서 일어났다. 밖으로 나가려고 했지만 예상대로 아시나가 문 앞에 서자마자 시녀들이 제지했다.

“안 됩니다.”

어떤 이유를 대도 길을 내주지 않겠다는 의지가 확고한 한마디였다. 아시나가 인상을 찡그렸다.

"정원도 안 돼요?"

"인 됩니다."

앵무새처럼 '안 됩니다'만 반복하는 시녀들이 싫었으나 어쩔 도리가 없었다. 그래, 나가는 건 안 된다 이거지? 불편한 표정을 지으며 아시나가 시녀들을 노려보았다.

"그럼 나가 있어요. 혼자 있고 싶으니까."

실제로는 아니라고 해도 어찌 되었든 아이라라는 명분을 가지고 있는 한 아시나 그녀는 시녀들보다 윗사람이었다. 시녀들이 고민하는 기색이 아시나의 피부에 와 닿을 정도로 느껴졌다. 밖으로 내보낼 수는 없지만 그렇다고 혼자 둘 수도 없는 노릇. 아마 베히다트가 아니라고 해도 시종장이 철저히 교육을 시켜 놓았겠지. 중간에서 이리 휘둘리고 저리 휘둘리는 시녀들의 고충은 알고 있지만 지금의 아시나에겐 그들을 배려할 만한 여유가 없었다.

"안 된다면 나가야겠어요."

아시나는 팔짱을 끼고 고압적으로 시녀들을 노려보았다. 강경한 태도에 시녀들이 난감한지 서로 눈빛을 교환하며 눈치만 보고 있었다. 침묵이 지속되었다. 아시나는 여차하면 나가겠다는 강한 의지를 내비쳤다. 미안한 일이긴 했지만, 이런 식의 대치가 계속되면 결국 지는 건 힘이 없는 시녀들 쪽이었다. 역시나 이번에도 마찬가지였다. 약한 자들을 핍박하는 건 옳지 못했으나 아시나는 제 일이 더 급했다.

"……그럼 무슨 일이 있으면 불러 주십시오."

어쩔 수 없다는 듯 시녀 하나가 말했다. 그대로 시녀들이 방을 빠져나가고 아시나는 가만히 서서 방 밖에서 들리는 소음을 살폈다. 문 앞에 전사들이 자리를 지키고 있을 터였지만 거기에 카림이 없다는 건 고무적이었다.

무엇 때문인지 이유는 모르지만, 카림은 근래 계속 자리를 비워두고 있는 상태였다. 궁금했지만 아시나는 지금 일에 열중하기로 했다. 어느 정도 방 밖에서 기척이 사라지자 아시나는 그대로 방 안을 살펴보았다. 대충 의자나 작은 가구들을 가져와서 어느 정도 문을 막아 놓고 그대로 쪼르르 창으로 달려갔다. 유리와 금장으로 막힌 창이었지만 밖에 있는 사람과 어느 정도 대화는 가능했다.

"거기 누구 있지?"

창문에 붙어서 부르니 바로 그림자가 나왔다. 시원하게 빠진 눈매와 녹을 것 같은 금색 눈동자. 그리고 마치 꿀이라도 바른 듯한 금빛 머리. 아는 얼굴이었다.

"니젠 오빠!"

바로 반색하며 흡사 안길 기세로 달려드는 아시나를 보며 니젠이 인상을 찌푸렸다. 둘 사이가 창문과 금장으로 막혀 있어서 다행이었다.

"누가 네 오빠냐?"

"반가워!"

관저에서 맨날 마주쳤을 땐 놀리기 바빴는데 타지에서 만나니 반갑기 그지없었다. 아시나는 창문과 금장이 막고 있지만 않았다면 당장 품에 안겨 들었을 태세였다. 난간 턱에 발을 디딘 상태로 니젠이 창에 붙은 아시나를 내려다보았다. 멀리서 보았을 때도 아시나였지만 이렇게 확인하니 정말 아시나였다. 어쨌든 니젠은 만족했다.

"가자, 안이 기다린다."

"응? 무슨 소리야? 이거 막힌 거 안 보여?"

"그게 문제야?"

아시나가 불안하게 니젠을 쳐다보았다. 니젠이 별거 아니라는 듯 손을 대자 순간 금장이 툭 하고 부러졌다. 너무 아무렇지 않게 금장을 부수고 창문까지 부술 기세가 되니 아시나가 기겁했다.

"잠깐 물러나 있어 봐."

"뭐하려고?"

우선 불안해져서 니젠의 말대로 물러나긴 했지만 아시나는 그게 무엇이든 하지 말았으면 했다. 아시나의 질문에 니젠은 대답 대신 행동으로 보여 줬다. 말리기도 전에 유리까지 완전히 박살 낸 니젠이 태연하게 손을 내밀었다. 놀라운 건 그렇게 막 부셨는데 그리 큰 소리가 나지 않았다는 점이었다. 큼직하게 부서진 유리는 그대로 바닥에 나뒹굴었다. 이런 짓을 한두 번 해 본 솜씨가 아니었다.

"무식한 건 알았지만……."

"뭐?"

아무것도 아니라는 듯 아시나가 고개를 가로저었다. 니젠은 찝찝했지만 따지고 들진 않았다. 니젠이 창문 너머에서 손을 내밀었다.

"이제 가자."

참 간단하게 말하는 니젠이 이 순간 가장 부러웠다. 그게 그렇게 쉬웠으면 정말 좋겠다. 아시나는 큰 숨을 내쉬었다.

"안 돼."

"뭐? 왜?"

아시나는 다시 한 번 단호하게 고개를 가로저었다. 이해가 안 간다는 표정의 니젠을 설득시키려면 아마 한나절은 걸려야 가능할 터였다. 아시나가 슬픈 표정을 지었다.

"이안한테 나 혹시라도 보면 아는 척하지 말라고 전해 줘. 만나서 정말 반가운데, 절대로 아는 척하지 말라고. 알았지? 니젠 오빠, 응?"

"안이 화낸다."

니젠은 자기가 납득이 가지 않는 것보다 아시나를 데려가지 않았을 때 이안이 난리를 칠 게 걱정되었다. 얌전한 귀공자처럼 보여도 한 번 지랄하면 감당하기 힘들었다.

"알지? 안이 화나면 무서운 거. 다들 설설 기잖아."

나름대로 니젠이 협박을 했으나 그게 통할 아시나가 아니었다.

"그래도 내 부탁이라면 들어줄 거야. 이런 데서 니젠 오빠 보니까 그 인상 쓴 얼굴도 반갑다. 이 인상 쓴 얼굴이 그리울 정도였다니. 반가워."

"……어쭈?"

니젠이 인상을 썼다. 아시나는 두 사람이 혹시 이상한 일을 벌이지 않을까 불안했는데 막상 이렇게 자신의 말을 전할 수 있게 되니 마음이 한결 편해졌다. 아시나가 창밖을 살피며 말했다.

"이제 빨리 가. 다른 사람이 보기 전에."

석연치 않은 표정으로 니젠이 아시나를 바라보았다. 영 무언가가 마음에 들지 않은 모양이었지만 자신이 아시나를 설득할 수 없다는 걸 깨달은 듯 한숨을 내쉬었다. 니젠이 가지고 온 무언가를 꺼냈다. 한 짝밖에 없는 귀고리가 니젠의 손바닥 위에 있었다.

"그럼 이거 가지고 있어."

아시나의 표정이 변했다. 내키지 않는 표정이었지만 니젠이 그것만큼은 양보할 수 없는지 억지로 아시나의 손을 펴서 그 위에 올려주었다.

"안이가 전해 달랬다. 난 분명 전했어."

특징이 없는 작은 링 모양의 귀걸이. 아시나는 그게 무엇인지 단숨에 알아보았다. 아스타테아 가주만이 가질 수 있는 가보, 가주의 상징. 쉽게 받을 수 없는 물건이었지만 니젠의 완강한 태도를 보건대 거절할 수도 없었다. 하릴없이 귀걸이를 받아 들며 고개를 끄덕였다.

"응, 고마워."

니젠은 그걸로 만족한 건지 그대로 가 버렸다. 아시나는 묘한 표정으로 제 손 위에서 굴러다니는 귀걸이를 내려다보았다. 이안이 이걸 준 의미는 뻔했다. 착잡한 표정으로 잠시 귀걸이를 손 위에서 굴리던 아시나는 그걸 귀에 꼈다. 어차피 작고 볼품없어서 크게 티가 나지 않는 장신구였다.

니젠이 서 있던 자리에서부터 선선한 바람이 불어왔다. 호수 때문인지 물 냄새도 조금 났다.

"아이라님!"

안에서 소리가 들려서인지 밖에서 아시나를 부르는 소리가 들렸다. 금방 문을 열고 들어올 테세였으나 아시나가 쌓아 둔 물건들 때문에 문이 쉽게 열리진 않았다. 그래도 오래 버틸 순 없겠지. 어쩌고 있을까 고민하고 있을 때였다. 별안간 큰 소리와 함께 와르르 물건들이 쏟아졌다. 문을 열고 들어온 전사들의 시선이 아시나의 옆으로 향했다. 깨진 창문과 부서진 금장, 그리고 아무 일 없다는 듯 서 있는 아시나.

"대체 이게 무슨……."

이해되지 않는 표정을 짓는 시녀와 전사들에게 아시나는 그냥 빙그레 웃어 주었다.

"뭐?"

쓰고 있던 안경을 벗으며 이안이 인상을 찌푸렸다.

"아시나가 그런 말을 했다고?"

대꾸를 하는 대신 니젠은 고개를 한 번 끄덕이고 이안이 준비해 둔 간식으로 향했다. 페시안이 자랑하는 당도 높은 과일들과 간편한 디저트들이 푸짐하게 마련되어 있었다. 행복에 차 바로 먹기 시작한 니젠을 지켜보며 이안이 골똘히 생각에 잠겼다.

"하, 못 본 새에 또 무슨 짓을 저지른 거지?"

아시나의 평소 행실로 미루어 보았을 때 절대 좋은 일이 아니라는 건 알 수 있었다. 다만 이안이 궁금한 건 어쩌다 적국의 왕하고 엮였냐는 것이다. 엮이지 않는 게 더 쉬울 것 같은데.

골치가 아파 왔다. 짜증이 치밀었지만, 이안은 일단 차분히 상황 정리부터 시작했다.

첫째, 습격으로 죽은 기사는 별로 없었다. 중상은 꽤 많았으나 경상 정도의 미미한 피해만 입은 기사들이 더 많았다. 황실에서 붙여 준 녹의 기사단은 모두가 멀쩡했다. 그들은 내일쯤 궁에 입성할 것이다.

둘째, 페시안 내부 문제가 외부에서 전해 들은 것보다 심각했다. 분명 샤르자와 크라차이 짓이겠지.

샤르자의 대족장, 바레인의 존재는 알고 있었지만 직접 마주한 건 처음이었다. 서면으로 접한 것과는 확실히 달랐다. 그가 저지른 일을 보고로 들었을 땐 다시없이 음흉하고 교활하다 생각했는데 막상 마주친 사람은 선해 보이기 그지없었다. 역시 인상과 실체는 다르다는 것인가.

“아마 무희 보느라 정신없던 젊은 족장이 다라의 대족장 잘릴이겠지.”

샤르자와 크라차 간의 은밀한 관계는 이안 역시 알고 있었다. 무엇보다 페시안의 30% 이상의 부를 차지하고 있는 샤르자가 매번 더 많은 권력을 쥐기 위해 고군분투하는 것 역시 나름대로 유명했다. 아마도 자치구 독립이 그들의 꿈이겠지. 그런 샤르자를 경계하고 막아 내는 게 소하르, 그리고 둘의 무력 충돌을 중간에서 막고 있는 게 마안. 여러모로 극동東페시안의 이해관계는 흥미진진했다.

그럼 이번 습격은 샤르자 측의 짓이란 말인가.

“이상한데.”

이안이 인상을 찌푸렸다. 바레인이 꾸몄다는 것치곤 이상하게 허술하다고 생각했다. 바레인이라면 니젠에 대한 정보를 몰랐다고 해도, 아예 그들이 알 페시안에 도착할 수 없게 고립시켜 놓을 정도의 능력은 되는 남자라고 판단했다. 그 정도의 변수를 고려하지 못할 자처럼 보이진 않았다. 그럼 샤르자 쪽은 맞는데 바레인은 아니란 말인가.

크라차에서도 이 습격에 대한 걸 알고 있었다. 그렇지 않았다면 수르트에서 알 페시안으로 가는 걸 그렇게 격렬하게 말리진 않았겠지. 그럼 크라차가 동의한 건 아닐 테고, 샤르자의 독단적인 선택일 텐데……. 이안은 다른 것이 더 마음에 걸렸다. 그 습격에 대한 걸 알고 있음에도 경계만 할 뿐 처음부터 무산시킬 생각이 아니었다면 라 쿤은 대체 무슨 생각을 하고 있는 중이란 말인가? 이 습격으로 얻을 수 있는 게 대체 뭐지?

낯선 난제에 봉착한 이안이 신음을 삼켰다. 아무리 머리를 굴려도 습격받았다는 사실 하나로 이득을 보는 건 자신밖에 없었다. 알페시안에서 샤르자를 공식적으로 추궁할 수 있는 계기가 되겠지만 샤르자에서 큰 보상금을 지불하는 정도로 끝날 게 뻔했다. 그렇다면 모든 것은 다시 원점으로 돌아간다.

"샤르자와 크라차, 그리고 라 쿤."

거기에 검은 재상이 끼어 있었다. 바레인을 보기 전까진 확신할 수 없었는데 이안은 이제 단언할 수 있었다. 확실하게 지금 돌아가고 있는 정체불명의 사건에 자신의 아버지가 끼어 있다는 사실을. 엇갈리고 교차되는 개개의 움직임이 이안의 판단을 방해했지만 다년간 정치판에서 굴러먹던 예리한 직감마저 방해할 수는 없었다. 은퇴한 뒤로 완전히 유유자적 모든 것에서 손을 뗀 줄 알았는데 그건 이안의 착각이었다. 몇십 년 전부터 남대륙에 손을 뻗치고 있다는 건 알았지만 그게 지금까지 이어지고 있을 줄이야.

니젠이 그새 다 먹어 치운 건지 고개를 들었다.

"어떻게 할 거야?"

"……."

니젠이 묻는 건 아시나에 관한 것이다. 새롭게 튀어나온 다른 문제가 이안의 머릿속을 환기시켰다.

"이찌긴."

이안이 일어났다.

그래, 쉬운 문제부터 풀어야지. 그가 유려하게 입꼬리를 말아 올렸다.

"이유는 들어 봐야지."

제8장第八章

풀 수 없는 매듭

풀 수 없는 매듭

“침소에 누가 침입했다고?”

이만이 전해 온 소식에 베히다트의 표정이 무섭게 굳었다.

“침입 여부는 알아내지 못했으나 흔적으로 알아낸 정황상 외부에서 누군가가 들어오려 한 것으로 보입니다.”

“그래서 어떻게 했지?”

이만이 예의바르게 고개를 숙였다.

“일단 아이라님은 하렘으로 모셨습니다. 아무리 침소가 더 안전하다고 해도 창이 깨진 곳에 모시기는 조금 부적합한 것 같아서 말입니다. 창문도 금장도 깨끗하게 부서져 있었습니다. 누구 짓인지는 아직 알아내지 못했습니다.”

하필 이런 시기에 생긴 일이라 민감하게 반응할 수밖에 없었다. 누군가 침입하려 했단 말인가. 그것도 시하드의 침소를. 비록 불발로 끝났다고 하지만 이상했다. 요 몇 달 궁정 내부의 치안 상태가 해이해졌다고 생각은 했지만 이런 일이 생긴 것은 충격이었다.

"아시나는 뭐라고 했지?"

"바람이 불더니 저절로 깨졌다고 하셨습니다."

이만은 거기까지만 이야기하고 웃으며 잠시 물러났다. 한구석에서 이야기를 경청하고 있던 나시르가 조심스럽게 입을 열었다.

"설마 바레인의 짓인 걸까요?"

"굳이 그렇게 티를 낼 필요가 있나?"

게다가 아시나와 바레인이 한패라면 그쪽에선 오히려 이런 일이 벌어지지 않는 편이 좋았다. 무엇을 위한 연합인지는 모르나 둘 사이에 관계가 있다면 연합하여 자신에게 대적하는 쪽일 테니 괜한 의심을 살 필요는 없을 터. 도대체 이 침입의 의미는 무엇인가 곱씹던 베히다트가 카림에게로 시선을 옮겼다. 요 며칠 카림은 다우드에게 붙어 있었다.

"다우드의 상태는 괜찮은가?"

"응급처치를 잘한 덕인지 크게 신경 쓰지 않아도 잘 아물었습니다."

"이제부터가 문제로군."

나시르가 무거운 표정을 지었다.

"사신의 등장이 너무 빨라서 걱정입니다. 이대로 또 표적이 되는 건 아닌가 싶은……."

"알 페시안 안이다. 섣불리 움직이진 않을 거야."

"다라 일은 어찌하실 겁니까?"

웬일로 카림이 먼저 입을 열었다.

"허락만 하신다면 제가 무스카트로 잠시 다녀오고 싶습니다."

카림의 요청을 들으며 베히다트는 가만히 생각했다. 다라에 들어간 신무기, 그리고 지금까지 벌어진 전쟁에 대한 다라와 무스카트의 전적. 무스카트 일족들을 폄하하는 것은 아니지만 승기는 다라 쪽으로 기울었다. 무스카트에 더 뛰어난 전사들이 많다고 해도 전사들의 수는 다라가 훨씬 우세했다.

"힘들 테지."

"다우드 대족장을 못 믿는 건 아니지만 지금의 다라를 상대로라면 저 역시 힘들 거라 예상합니다."

나시르도 동의했다. 베히다트는 가볍게 결론을 내렸다.

"경계의 의미로 타무라를 보내도록 하지."

"전사들이 알 페시안을 비우는 건 위험합니다."

가만히 있던 이만이 반대했다. 그는 강경한 태도로 말을 덧붙였다.

"이미 라음즈들이 사신 습격에 대한 진상을 규명하기 위해 샤르자로 떠났습니다. 알 페시안에 남은 부대는 이제 여섯. 여기에 타무라까지 자리를 비우면 남은 부대는 다섯뿐입니다."

"그 정도로는 알 페시안을 수호할 수 없다는 소리인가?"

"아니요, 이 이상 무슨 일이 터졌을 때 운용할 수 있는 병력이 부족하다는 소리입니다."

그것은 어떤 대답이 나올지 답을 알면서도 물은 것이다. 이만이 꽤 난감한 얼굴로 한숨을 내쉬었다.

"어딘가엔 빈틈이 생길 겁니다."

"그걸 노리고 저지른 짓이겠지."

베히다트가 가볍게 받아 쳤다.

"보내는 건 불가피하다. 무스카트를 이렇게 무너뜨릴 수는 없어. 무스카트가 무너져서 결국 곤란해지는 건 페시안 전체라는 걸 기억하도록.”

이미 무스카트는 몇백 년에 걸친 다리 일족의 교묘한 압박으로 점점 영토를 빼앗겨 초기보다 훨씬 작아진 상황이었다. 만약 영토를 더 뺏기기라도 한다면 극서페시안을 유지하던 힘의 균형이 무너져 상황이 어떻게 변할지 알 수 없었다.

지금은 다우드의 역량으로 겨우 무마하고 있지만 이미 무스카트 일족 내에선 다라 때문에 쫓겨난 일족들에게 다시 땅을 주고 재원을 나누는 일로 여러모로 좋지 않은 갈등이 생기고 있었다. 무스카트가 그렇게 무너지는 건 페시안 전체에도 좋지 못한 일이었다. 한 번 균형이 무너지면 어디서 어떤 문제들이 쏟아져 나올지 알 수 없었다.

“나시르, 그대의 의견은?”

“확실히, 이건 다라로 시하드의 직속 부대 하나를 보내기 위한 작전인 듯싶습니다. 보낸다고 해도 막아 내는 게 고작이겠죠. 그래도 밀릴 겁니다. 잘릴 대족장의 능력은 그래 봬도 무척이나 출중하니까요. 다라를 완전히 제압할 목적이라면 적어도 두 개 이상의 부대는 보내야 합니다.”

“그건 안 되겠지.”

“무스카트는 버티기만 해도 됩니다.”

나시르의 대꾸에 베히다트는 솔직하게 감탄했다.

“정교하군.”

하나하나 벌어질 상황과 사건들을 세세하게 예상하고 계산한 움직임이었다. 이건 똑똑하다고 해도 누구나 능히 해낼 수 있는 능력이 아니었다. 이번 수는 예상했지만 다음 수를 알 수 없다. 나시르는 머리를 감싸 쥐었다.

"……여전히 바레인이 뭘 원하는지 모르겠습니다."

바레인이 움직이는 것 하나하나는 보이는데, 심지어 그 의도까지 알겠는데 도무지 그 발걸음들이 모여 도착할 목적지가 보이지 않았다. 최종 목적. 문득 떠오른 생각에 나시르는 설마 하며 베히다트를 올려다보았다. 생각을 알 수 없는 또 다른 자가 거기 있었다. 그의 주군은 여전히 무언가 생각에 잠겨 있었다.

"비가는 여전히 오는 중인가?"

"이제 알 페시안에 들어왔습니다. 외곽 지역이니 곧 도착하지 않을까 합니다."

"드디어 오시는군요."

사신의 호위들을 끌고 우마르가 도착하는 것도 그 비슷했다. 이만이 웃으며 자리를 비웠다. 궁내의 일로 바쁜 그에게 우마르가 맡던 업무까지는 무리였다. 이만의 빈자리를 내려다본 나시르가 베히다트에게로 시선을 돌렸다. 그는 원래도 인간 같아 보이지 않았지만 오늘따라 그 괴리감이 더 심하게 다가왔다. 결국 나시르는 참지 못하고 입을 열었다.

"시하드시여, 무슨 생각을 그리하십니까?"

"글쎄."

대답은 쉽게 나왔다. 베히다트가 숨을 몰아쉬었다.

"내가 어딜 향해 가는 건가를 생각해 보았다. 모호하군."

쓰게 웃는 베히다트를 보며 나시르가 안타까운 표정을 지었다. 그것도 잠시였다. 언제 흔들렸냐는 듯 강한 시선으로 베히다트가 입을 열었다.

"그럼 다시 처음 이야기로 돌아가야겠군."

카림과 나시르 둘 다 붉은 시선을 받으며 숨을 삼켰다.

"사신과 아시나, 연관 있어 보이던가?"

나시르는 사신을 살펴보았다. 색소가 부족해 보이는 백금발에 에메랄드를 옮게 펴 바른 듯한 투명한 눈동자, 언뜻 연약해 보이기까지 하는 섬세한 외모는 차라리 여자라고 하는 게 더 어울릴 법했다. 페시안의 기준으로만 보면 무시당해도 할 말 없을 법한 생김새였다.

이걸 알고 크롬웰 측에서 일부러 이 남자를 보낸 건가? 의도한 게 아니라고 해도 의심할 수밖에 없었다.

"재무대신이라 들었습니다."

이안은 잠시 자신에게 접근해 온 남자를 차분히 살펴보았다. 시선이 닿자 나시르가 사람 좋은 얼굴로 미소했다.

"아, 저는 서기관 나시르입니다."

"만나서 반갑습니다."

자연스레 악수를 주고받은 뒤 이안이 먼저 부드럽게 말을 이었다.

"예, 크롬웰에선 재무대신입니다. 폐하께 돈 이야기로 공포를 심어 주는 역할을 맡고 있죠."

"하하, 그거 참 무섭겠네요."

"저는 좋습니다. 모든 부서에서 벌벌 떨거든요."

유쾌한 대꾸에 생각보다 유한 인상을 받으며 나시르가 웃었다.

"어라, 저조차 듣기만 해도 벌벌 떨게 되는군요."

"특히 예산 신청서를 제출하는 10월부터 절정을 이룹니다."

"예산 삭감을 아주 꼼꼼히 하시는 모양이시죠?"

"그러면서 욕을 먹는 대악마 역할이죠."

쉴 틈 없이 말을 주고받는 사이 나시르의 표정은 어느새 풀려 있었다.

"좋은 일 하십니다. 낭비되는 돈은 없어야 하죠."

"뭘 좀 아시는군요."

이안 역시 상대에 대해 좋게 평가했다. 말이 통하는군. 페시안인은 어딘가 다 꽉 막힌 이미지였는데 편견이 깨졌다. 어차피 거절하기 모호한 연회인 바, 이안은 철저하게 원하는 것을 알아내고자 했다. 원래 계획은 어제부터였지만 예상치 못한 충격이 있어서 좀 미뤄졌다. 쓰게 웃은 이안이 바로 표정을 바꿨다.

"짧은 지식이지만 제가 알기로 대족장은 각 자치구에서 라 쿤의 대리인 자격으로 자치구를 다스린다고 알았는데 이렇게 알 페시안에 한데 모여 계시는 걸 보니 신기하군요. 설마 제가 와서 대족장분들도 모인 것은 아닐 테고."

이안이 묻는 의도를 모르지 않았다. 나시르는 선선히 대답해 주었다.

"예, 라 쿤께서 아슈마에 순례를 무사히 마치고 돌아오셔서 때마침 축제가 열리던 참이었습니다."

"순례?"

문득 페시안의 라 쿤이 몇 년에 한 번씩 어딘가로 간다는 것을 떠올렸다. 자세한 건 알 수 없었지만 분명 좋은 어감은 아니었다. 그 때문에 아시나를 만난 것인가. 확신할 수는 없었지만 왠지 모르게 그럴 거라는 생각이 문득 들었다. 순례에 대해 묻고 싶었지만 이안은 일단 웃었다. 캐묻는다는 인상을 줄 수는 없었다. 당연히 아시나에 대한 직접적인 질문도 곤란했다. 니젠이 설명한 바에 따르면 결코 좋은 상황은 아닌 듯한데…….

일단 시급하게 해결해야 하는 건 자신을 향한 시선이었다. 아니라곤 하지만 감시의 시선이 달라붙고 있을 텐데 이걸 어떻게 떼어낸담. 이안은 잠시 고뇌했다. 그사이 언제 다가온 건지 모를 중년의 사내가 이안을 에워쌌다.

"이런 곳에 우리 사신님께서 계셨구먼."

생각도 오래하지 못하는 게 연회와 파티의 단점이라고 생각하며 이안은 기계처럼 미소했다.

"안녕하십니까? 아스타테아 공작, 이안입니다."

"나는 니즈와의 대족장, 엘바라고 하오. 이쪽은 말이지."

"마안의 대족장, 이즈미르입니다. 크롬웰 사람을 직접 보니 신기하기 그지없군요."

중년의 사내들은 어제부터 계속 따갑게 시선을 주던 자들이었다. 이안은 어렵지 않게 둘이 다스리는 자치구의 위치를 기억해 냈다. 대족장들은 따지고 보면 페시안의 공후작 같은 존재들이었기에 대할 때 꽤 신경을 써야 했다. 입조심해야겠군. 새삼 누가 오든 신경도 쓰지 않고 제 옆에서 음식을 먹느라 바쁜 니젠을 흘깃 보며 이안이 부드럽게 웃었다. 예쁘장한 외모와 맞물려 가히 천사라고 할 수 있을 듯한 선한 미소였다.

"북인은 처음 보시는 겁니까?"

"아니요, 보기는 간혹 봤습니다. 하지만 마안은 그다지 상업이 활발하지 않은 동네이니까 대화를 해 보는 북인은 사신님이 처음

입니다.”

“이안이라 불러 주십시오.”

이즈미르와 이안이 대화하는 걸 지켜보다 엘바가 슬쩍 끼어들었다.

“호오, 아주 젊어 보이십니다. 실례지만 나이가 어떻게 되시는지……?”

방금까지만 해도 하오체를 쓰던 남자가 말투를 바꿨다. 이즈미르를 의식한 모양인지 존대하는 엘바를 눈여겨보며 이안이 빙그레 웃었다.

“스물 넘고서 나이를 세는 걸 잊었는데 대충 서른은 넘었습니다. 아직 마흔은 안 될 겁니다.”

“아주 젊군.”

“그렇습니까?”

“겉으로는 전혀 서른 넘은 걸로 보이지 않는데…….”

“그런 소리 자주 듣습니다.”

간혹 인맥이 어둡고 막 사교계에 데뷔한 영식들이 자기 또래의 친구인 줄 알고 말을 붙이는 경우도 있었다. 너무 흔하게 벌어지는 일이라 굳이 신경 쓰지 않았지만 어려 보이는 외모 덕에 무게감이 없다는 혹평은 너무 자주 들어 지긋지긋했다. 그래 놓고 이안이 정색하며 입을 다물면 그 누구도 함부로 입을 열지 못했다. 미소하는 이안을 무척이나 진중한 시선으로 지켜보고 있던 이즈미르가 대뜸 입을 열었다.

“크롬웰은 진정 저희와 평화를 원하는 겁니까?”

“……이즈미르 대족장께서는 평화를 원하시지 않습니까?”

누군가 이렇게 도발적인 질문을 할 기란 생각은 했지만 그게 산

전수전 다 겪은 전사의 인상을 풍기는 자일 거라는 건 미처 예상 못 했다. 힌 박자 느리게 말을 받아친 이안이 꽤 진지하게 덧붙였다.

"어떤 의미의 평화인지가 중요하겠죠. 불필요한 전쟁은 저도 원하지 않습니다."

"그렇군."

이즈미르가 납득한 건지 고개를 끄덕였다.

"나 역시 전쟁이 일어나지 않았으면 하는 쪽입니다."

엘바가 잔뜩 호기심 어린 시선으로 이안을 바라보았다.

"크롬웰은 아주 평화로운 나라라고 알고 있는데 진짜로 그럽니까?"

"하하, 사람 사는 동네는 다 똑같죠."

"역시 그런 겁니까?"

"다만 크롬웰 그 자체라 볼 수 있는 황가와 그 기둥인 두 공작가가 매우 안정이 되어 있기 때문에 정치적으로는 매우 평화롭습니다. 역사적으로도 나라 전체가 혼란스러워질 일이 별로 없었죠."

이안의 대답에 이제까지 가만히 있던 나시르가 노골적으로 흥미를 내비쳤다.

"놀랍군요. 어떻게 그게 가능한 건지 궁금합니다."

이안이 어깨를 으쓱였다. 크롬웰의 복잡한 권력 구도를 설명하려면 일주일도 더 필요했다. 그냥 미소로 넘어가려 환하게 웃었을 때 갑자기 옆에서 한 남자가 다가왔다. 어제도 본 그 남자였다.

"저 역시 궁금하군요."

바레인의 등장에 순간 이안을 중심으로 한 구성원들 사이에 미묘한 공기가 맴돌았다. 이즈미르가 그다지 달갑지 않은 표정으로 대꾸했다.

“바레인까지 왔군.”

“재미있어 보이는데 끼어도 괜찮습니까?”

때를 놓치고 싶지 않은지 끼어든 건장한 남자를 보며 이번에는 엘바가 반겼다.

“잘릴도 환영이지.”

졸지에 4명의 대족장과 말을 섞게 된 이안이 목구멍까지 올라온 욕설을 삼켰다.

아닌 척 하면서도 다 듣고 있었던 거냐.

뒷짐 지고 멀리 거리를 두고 있었지만 아무래도 모두 여기에 관심을 두고 있었던 모양이었다. 이들 전부를 한꺼번에 상대해야 하는 상황이 닥치니 짜증 났다. 이안은 표정을 숨기고 각각의 대족장들을 살펴보았다. 들었던 것과 직접 보는 것에는 차이가 있었다. 특이한 건 젊은 대족장 둘이었다.

니젠과 맞먹을 정도로 큰 덩치의 잘릴은 인상 자체가 강렬했다. 어렴풋이 피 냄새가 느껴지는 게 이건 완전히 전쟁터를 전전하며 얻은 기세였다. 이안은 그런 남자를 알고 있는지라 쉽게 그 살기를 읽었다. 반면 바레인은 다분히 남자다운 생김새였지만 뭔가 책 냄새를 풍기는 남자였다. 물론 이안은 그가 마냥 책만 읽고 살 거라고 생각하지 않았다.

“드물지 않은가, 잘릴이 이런 대화에 흥미를 보이는 건?”

그들을 반기며 대화에 끼워 준 건 먼저 다가온 중년의 대족장들이었다. 엘바가 웃으며 환영하자 잘릴이 찔리는 건지 약간 어색한 웃음을 흘렸다. 둘의 대도로 미루어 보건대 친한 사이는 아니었다.

"하하, 저도 북에 대해서라면 좀 궁금합니다. 워낙 멀리 있는 나라이지 않습니까? 막상 가 보려면 수르드를 통해서 가야 하고."

"하긴. 나도 한번 가 보고 싶긴 한데. 우린 아무래도 극서페시안이라 그런지 수르트와 영 친하지가 않아. 그렇지?"

라 쿤의 직할 도시인 수르트가 아무래도 북동해안이기 때문인지 서쪽에 있는 두 사람은 마냥 어색한 모양이었다. 이안은 잠시 관자놀이를 짓누르고 싶은 충동에 사로잡혔다. 가볍게 원하는 것들만 알아내서 조용히 가려고 했는데 너무 과도한 관심을 받고 있었다. 그럼에도 이안의 태도는 조금도 흐트러지지 않았다.

"언제 한번 방문해 주시면 제 이름으로 편안하게 모시겠습니다. 숲이 많아서 그렇지, 크롬웰은 대부분 다 절경이거든요."

"호오, 그 말 정말이신가?"

"진심입니다. 남에서 손님이 오시는 건 저희 쪽에서도 반길 일이니까요."

이안이 상냥하게 웃었다. 무엇보다 누구라도 와 주면, 라페니히 황제가 달달 들볶는 걸 막을 방패막이가 되어 줄 게 뻔했다. 거기에 공식적인 방문이 아니라 개인적인 방문이라면 두 나라의 관계에 교두보 역할을 할 수 있다고 여론 몰이를 도모할 수도 있다. 이안이 선량하게 미소 짓고 있는데 어제 보았던 바레인이 부드럽게 인사했다.

"다시 한 번 인사드립니다. 샤르자의 대족장 바레인입니다."

그가 내민 손을 붙잡으며 이안이 웃었다. 무슨 인사를 해야 하는 걸까 고민하며 입을 열려는 찰나 바레인이 한발 앞서 말을 덧붙였다.

"이런 말씀 드리긴 송구하지만, 샤르자에서 일어난 일에 대해서는 사죄드립니다."

재빠른 사죄와 함께 바레인이 얼굴을 굳히며 고개를 숙였다. 노골적인 저자세에 이안은 잠깐 골치가 아파 왔다. 이건 또 뭐지. 하지만 답을 찾아내기도 전에 엘바가 놀라 두 눈을 크게 떴다.

"샤르자에서 일어난 일?"

"아, 샤르자에서 사신께서 습격을 당하셨습니다. 엘바께서는 모르고 계셨군요."

잘릴이 아는 척을 하자 이즈미르마저 놀라 이안을 돌아보았다.

"호오, 그런 일이 있었나?"

이안은 괜히 머쓱해졌다. 이게 이렇게 언급되고 무마될 일이 아닐 텐데. 이렇게 미리 언질을 하면 나중에 공식적으로 말이 오고 갈 때 어쩔 수 없이 분노를 줄여야 했다. 어차피 대놓고 드러내지 않을 분노라고 해도 남에 의해 억지로 줄어드는 건 또 달랐다.

한 방 먹었군.

"몸은 괜찮으십니까?"

"걱정해 주셔서 감사합니다. 저는 괜찮습니다. 요행히 제 호위들이 저를 탈출시켜 주어 몸 성히 이곳으로 도착할 수 있었습니다."

"그것 참 다행이군요."

엘바가 눈에 띄게 안심했다. 이안이 어색하게 웃었다.

"하지만 습격 당시 페시안 측에서 보내 준 안내인을 잃게 되어……."

"아……."

다들 숙연해졌다. 이안이 애써 웃으며 말을 흐렸다.

"그건 유감입니다. 그 부분은 제가 라 쿤께 용서를 구해야 하는 거겠죠."

이안의 씁쓸한 말에 엘바가 바로 고개를 저었다. 노린 반응이었지만 그 몸짓이 어찌나 단호하던지 이안조차 속으로 놀랄 정도였다.

"아니요, 다들 그런 위급 상황에선 어찌할 도리가……."

"다친 곳은 없으셨습니까?"

진중한 이즈미르가 심각하게 물어 왔다. 이안이 조금 주저하는 기색을 보이다 일부러 창백하게 입을 열었다.

"머리를 조금 다쳤습니다만 괜찮습니다."

"저런."

엘바가 호들갑을 떨었다.

"그럼 빨리 들어가 쉬셔야 하지 않습니까?"

"아, 그래도 될까요?"

이안이 조심스러운 듯 되묻자 이즈미르가 마치 기다렸다는 듯 고개를 끄덕였다. 그는 정말 심각하게 이안을 걱정하고 있었다.

"당연히 되고 말고요. 우리가 그렇게 매정한 사람들로 보이십니까?"

"음, 아무래도 낯선 땅이니 조심스러워서 말이지요."

괜히 수척한 척을 하며 이안이 대꾸했다. 엘바가 그 대답을 듣더니 아예 대놓고 이안의 등을 떠밀었다.

"어서 들어가 보십시오. 건강보다 중요한 건 없습니다. 제가 이 나이 먹어 보니까 알게 된 건데……."

"푹 쉬십시오."

길어질 엘바의 답을 끊으며 이즈미르가 엘바의 어깨를 잡았다. 이안은 흔쾌히 고개를 끄덕였다. 감사하다는 표정으로 그가 말했다.

"그럼 모두의 배려를 감사히 받도록 하겠습니다."

흠 잡을 데 없는 완벽한 예절을 갖춘 작별 인사에 모두가 한 마디씩 쉬라는 말을 남겼다. 인사를 모두 받고 난 뒤 이안은 그대로 호위인 니젠을 데리고 연회장을 빠져 나왔다. 그때까지도 열심히 먹고 있던 니젠은 갑자기 체한 듯 자기 가슴을 열심히 두들겼다.

머리를 다쳤다니! 그런 말도 안 되는!

이안의 머리부터 발끝까지 다친 곳 하나 없이 완벽하게 자신이 지켜 냈다. 그런데 그런 자신 앞에서 그렇게나 태연한 거짓말이라니! 복도에 들어선 이안이 저건 또 왜 저러나 니젠을 바라보았다. 니젠이 잔뜩 꼬인 표정으로 이안을 바라보았다.

"연기력 대단하던데?"

"뭘 새삼."

이안이 웃었다. 겨우 얹혔던 음식을 다 삼켜 낸 니젠은 새삼 자기가 함께하고 있는 놈이 어떤 인간인지 깨달았다.

저 못된 놈.

"어땠어?"

잘릴이 문을 닫으며 물었다. 구트라를 벗으며 바레인이 감정 없이 웃었다.

"아카가 그렇게 강조해서 경고할 만한 인물이더군."

"난 잘 모르겠던데."

바레인을 지나쳐 소파에 가 앉으며 잘릴이 심각하게 말했다.

"남자치곤 너무 야리야리하던걸."

머리만 길면 여자가 아닌가 의심도 해 봤을 법한 외모였다. 북인이라 그런지 몰라도 섬세한 외모가 호리호리한 몸매와 겹쳐져서 더 연약하다는 인상을 풍겼다.

"전장에서 마주치면 그냥 한 번 툭 쳐도 죽을 것 같이 생겼던걸."

"전쟁터에서 그 남자를 만날 일은 없을걸."

바레인이 망설임 없이 비웃었다.

"아마 네 뒤에서 널 죽일 기사들을 내보내고 있을 테니까."

섬뜩하긴 했지만 무섭지는 않았다. 잘릴이 씩 웃었다.

"그건 네 얘기 아닌가?"

"내 얘긴 아니지."

단언하며 바레인이 손가락을 튕겼다.

"전쟁이 일어나도 그 장소가 샤르자는 아닐 테니."

고개를 끄덕이며 잘릴은 생각에 잠겼다. 마주한 건 짧은 시간에 불과했지만 그래도 잘릴의 눈엔 이안이 그리 특별해 보이지 않았다. 굳이 경계를 해야 한다면 그 남자 옆에서 끊임없이 무언가를 먹고 있던 기사 쪽이었다.

"흐음."

한번 검을 겨뤄 보고 싶다는 생각을 하고 있을 때 바레인이 겉옷을 벗으며 말했다.

"정원에서 그자를 만나도 되도록 이야기는 하지 말도록 해. 어차피 그럴 시간도 별로 없을 테지만."

"이야기하면 안 되나?"

"방심할 수 없으니까."

아카가 경고하지 않았어도 바레인은 이안이 쉬운 인간이라 생각하지 않았을 것이다. 크라차의 근본을 뒤흔들 정도로 간교한 손을 쓰는 게 북대륙의 상단들이었다.

처음 북대륙의 상단이 들어설 때만 해도 북인들이 남대륙에서 아무것도 할 수 없을 거라 예상했다. 하지만 지금 크라차가 어떻던가. 지배층들은 약속된 부에 절어 백성들을 외면했다. 백성들 역시 가난에 허덕이다 상단들이 주는 풍요에 취해 맹목적으로 크롬웰을 신뢰했다.

그 모든 게 운만으로 이뤄질 수 없는 현상이었다. 의도한 현상이 아니라고 해도 결국 그렇게 만든 것은 모조리 상단 소유주의 능력. 대부분의 상단이 아스타테아 소속임을 상기한다면 그곳이 얼마나 무서운지 충분히 실감할 수 있었다.

"그래 봬도 크롬웰을 한 손에 쥐고 흔드는 남자다."

"호오, 그래?"

"크롬웰의 권력 구조가 몇천 년이라는 시간 동안 안정적으로 유지되는 건 각 가문끼리의 뛰어난 견제 때문이지. 그런데도 그 정도의 권력을 쥐고 흔들 수 있다는 것 자체가 놀랍지 않은가?"

"엄청 무서운 남자였군."

크롬웰에 있는 수많은 귀족들을 분류하자면 단연 왕당파와 귀족파로 나뉠 것이다. 왕당파의 수장이 황실의 어른이라면 귀족파의 수장은 당연히 아스타테아일 것이다. 하지만 아스타테아에겐 한 가지 특별한 점이 있었는데 그건 딱히 황실을 대적하지 않는다는 것이다. 그렇다고 완전히 황실과 결탁을 한 건 아니었다. 언제나 중립. 그래서 당쟁이 불어 닥칠 때면 크롬웰의 정계는 가장 수가 많은 중립파를 사이에 두고 왕당파와 귀족파로 갈리졌다. 비레인은 크롬웰에 대해 알아볼 때, 그 점이 언제나 흥미로웠다.

"그런데 용케 공작이라는 자리에 만족하네?"

"또 모르지. 어떤 속셈이 있는지는."

"그렇게 대단한 남자가 고작 재무대신이라니, 어떤 의미로는 놀라운걸."

"전 가주는 재상이었어. 크롬웰의 검은 재상."

"아, 나 그 이름 들어 본 적 있어."

잘릴이 아는 척을 했다. 이십여 년 전, 돌연 은퇴를 해서 모두를 놀라게 했던 인물이었다. 사실 페시안이 크롬웰을 심각하게 경계하게 된 건 사 쿤 때에 있었던 크롬웰과의 외교적인 열세 때문이다. 그 열세를 만든 게 검은 재상이라 불리는 남자라는 걸 모르는 사람은 없었다.

"네 취향이군. 내 취향은 아니야."

"확실히 내 취향이지."

바레인은 부정하지 않았다. 잘릴이 구트라를 만지작거리며 되물었다.

"그래서 결론은 네가 상대하기 어렵다는 뜻으로 해석하면 되는 건가?"

"아니, 어렵진 않아."

책상 위에 올려진 하얀 파피루스를 들어 올려 안에 써진 내용을 훑으며 그가 비릿하게 웃었다.

"조금 까다로운 것뿐이지."

다 훑은 파피루스는 곧 잘릴에게 넘겨졌다.

"다우드가 궁내에 도착해 있다."

"드디어 내가 나설 차례로군."

다음 날, 아침부터 올라온 잘릴의 알현 요청에 베히다트는 올 것이 왔다고 생각했다. 나시르는 연신 불안해했지만 어차피 언제고 벌어질 일이었다. 베히다트는 자신을 알현하러 온 남자를 지그시 내려다보았다. 그 시선이 꽤 부담스러웠는지 얼마 지나지 않아 잘릴이 웃었다.

"오랜만에 뵙는 느낌입니다. 시하드를 뵈러 온 것인데 정작 제대로 환담도 나누지 못하고 가는 느낌이 듭니다."

"일이 밀려 그대와 시간을 보내지 못한 게 아쉽군. 돌아가려는 것인가?"

"예, 다라에 큰일이 생겨 이만 돌아가 보려 합니다."

그 큰일이 무엇인지는 굳이 언급하지 않았다. 베히다트는 부러 그 점을 꼬집었다.

"무슨 일인지, 내가 물어도 되나?"

"당연히."

잘릴이 황송하다는 표정으로 고개를 끄덕였다. 그리고 해맑게 덧붙여 말했다.

"힐프 일족이 습격을 받아 유혈 사태가 벌어진 모양입니다. 무스카트와의 경계 지역에서 벌어진 일이라 가만 놔두면 큰 문제로 번질 것 같아 미리 내려가 해결책을 마련하려 합니다."

"큰일이군."

감정 없이 대꾸하고 있었지만 베히다트는 그게 '정확히' 어떤 일인지 이미 보고를 받아 알고 있었다. 힐프 일족이 먼저 무스카트의 마시라 일족을 도발했고 도발의 대가로 전사 둘을 잃었다. 그리하여 두 일족 사이에 전면전이 발발한 것이다. 물론 그 전면전에서 승리한 건 힐프 일족이었다. 마시라 일족은 이미 서고비 지역에서 쫓겨나 간신히 숨만 붙어 있는 상태였다. 사정을 알고 있다 해도 드러낼 순 없었다. 그때, 알현실의 문이 열리며 다우드가 안으로 들어왔다.

"그 전에 나와 먼저 이야기를 해야 할 것이다, 잘릴."

굳은 표정으로 노려보는 다우드를 보며 잘릴이 여유롭게 미소 지었다.

"오랜만에 뵙습니다, 다우드."

방 안에 차가운 공기가 맴돌았다. 다우드는 이글거리는 눈동자로 잘릴을 대놓고 노려보았다. 그 시선을 한 몸에 받고 있는데도 잘릴은 입가에 미소를 지우지 않았다. 알현실 안으로 들어선 다우드가 천천히 걸어 잘릴의 옆에 섰다. 아무리 급해도 일단 해야 할 일이 있었다. 그는 고개를 돌려 일단 이 공간의 주인인 베히다트를 향해 찬찬히 몸을 숙였다.

"불쑥 들어와서 대화를 방해한 점, 송구합니다."

"신경 쓰지 않는다."

베히다트가 몸을 뒤로 기댔다. 느릿하게 시선을 내린 그가 입을 열었다.

"그래, 그대가 내게 할 이야기는 무엇이지?"

다우드가 고개를 더 숙였다.

"다라에서 불법으로 무기를 들여 무스카트를 침공했습니다. 이에 대한 라 쿤의 제재를 요청합니다."

듣고 있던 잘릴이 얼굴을 찌푸렸다.

"어허, 무슨 말도 안 되는 소리입니까? 다라에 불법으로 무기가 들어왔다니요?"

"사실이 명명백백한데 발뺌을 할 셈인가?"

"명명백백하다? 그 증거가 대체 어디 있죠?"

억울하다는 듯 잘릴이 따져 물었다. 다우드가 불편한 심기를 억누르고 윽박지르듯 대꾸했다.

"그것 때문에 이미 서고비 지역이 완전히 초토화가 되었다. 이래도 발뺌을 할 셈이냐!"

유감이라는 듯 잘릴이 어깨를 으쓱였다.

"다우드껜 죄송한 이야기지만 저는 이미 약 한 달 전부터 이곳에 와 있었습니다. 다라의 피야덴 일족에게 기쁜 일이 있어 보고를 드릴 겸 와 있었는데, 제가 없을 때 다라와 무스카트 사이에 벌어진 일을 어찌 알겠습니까?"

"거짓을 말할 셈인가?"

"사실을 말하고 있습니다만?"

다우드가 씩씩거리는 소리가 먼발치에 있는 베히다트에게도 들릴 정도였다. 바로 검이라도 뽑아 들 듯 날카로운 기운을 뿜으며 다우드가 잘릴을 노려보았다. 잘릴은 짐짓 심각한 표정을 지으며 고개를 가로저었다. 그리고 그대로 베히다트 앞에 고개를 숙였다.

"진상 규명을 원합니다, 시하드시여. 저는 정말로 억울하기 그지없습니다."

그에 질세라 다우드 역시 베히다트에게 호소했다.

"서고비 지역에 살고 있던 마시라 일족은 궤멸 직전 상태로 간신히 여자와 아이만 호데이다 일족의 영지로 피신을 가 있습니다. 멋대로 남의 영토를 침공한 힐프 일족에게 우선적으로 벌을 내려야 합니다."

"힐프 일족과 마시라 일족은 이전부터 사이가 좋지 않았습니다. 몇천 년은 거슬러 올라가야 하는 이야기죠. 저는 이 문제를 지역 분쟁으로까지 비화시키고 싶지 않습니다."

"지금 이걸 단순한 일족끼리의 싸움이라 생각하는 건가!"

발끈한 다우드의 일갈에 잘릴이 단번에 비웃었다.

"그게 아니라면 내가 모를 리가 있겠습니까, 다우드 대족장님?"

고개를 옆으로 숙이며 어깨를 으쓱이는 잘릴을 보며 다우드가 머리끝까지 열이 오른 모양이었다. 순식간에 시뻘개진 얼굴로 그가 소리쳤다.

"잘릴! 발뺌을 하는구나!"

"발뺌이라니요. 지금 전사의 긍지를 무시하는 겁니까?"

"긍지를 가지고 있는 자가 이런 식으로 비겁한 습격을 한단 말인가!"

"습격이라니요, 일족끼리의 사소한 다툼에 일일이 대응할 수 없다는 건 같은 대족장인 다우드께서도 잘 아는 사실이 아닙니까?"

"서고비 지역이 완전히 초토화되었는데 이걸 사소한 다툼이라 말할 수 있는 건가!"

"하, 마시라 일족이 약해 그리된 것을 왜 저희 힐프 일족에게 뭐라 하시는 겁니까?"

"뭐야?!"

조용히 둘의 언쟁을 지켜보던 베히다트기 기만히 머리를 짚었다. 다우드가 너무 크게 밀리고 있었다. 잘릴이 대놓고 다우드를 도발했다.

"약하면 죽어야죠. 살아남지 못한다면 죽어야 마땅하지 않겠습니까? 그게 이 땅을 몇천 년이나 지배하고 있는 제일의 율법이었습니다."

화를 참느라 다우드의 얼굴이 시뻘겠다. 그가 이를 악물다 대꾸했다. 감정을 억누르느라 잇새로 흘러나오는 소리가 음산하게 들렸다.

"그래서 지금 기어코 칼을 뽑아 들겠다는 건가?"

"이미 칼을 뽑고 계시는 건 다우드 대족장 같으십니다만."

표정을 굳힌 잘릴이 허리에 찬 칼로 손을 뻗었다. 화려한 장식이 아로새겨진 칼집에서 칼을 꺼내 그대로 다우드 앞에 던졌다. 의장용이었지만 의도는 충분히 전해졌다. 대족장끼리 전쟁을 선언할 때만 취하는 행동이었다. 모욕을 받은 것처럼 다우드가 분노했다. 잘릴이 입꼬리를 비틀어 웃었다.

"언제나 자기 일족을 싸고돌기만 하는 무스카트는 볼 때마다 항상 재수 없었습니다. 스스로 독을 끌어안은 꼴이라니. 한심하긴."

"그래서 필요 없는 건 모조리 도려내 버리고 빼앗아 갖는 잔악무도한 다라의 방식이 옳다고 말하는 건가?"

"살아남는 게 이기는 겁니다, 다우드."

"혼자 살아남아도 승리하는 건가?"

"살아남은 자가 전부를 가지는 건 당연한 거니까요."

다우드기 한 자 한 자 씹어 뱉듯 말했다.

"네 녀석의 그 배워 먹지 못한 사상을 반드시 꺾어 주지."

"다음에 뵐 땐 밀이 아닌 길로 하시길 바랍니다."

잘릴이 대놓고 비웃었다.

"과연 가르침을 주실 수 있을지는 모르겠지만."

다우드가 씩씩거렸다. 그가 뭐라 반박할 시간도 주지 않고 잘릴이 베히다트를 돌아보았다. 라 쿤의 면전에서 대놓고 언쟁을 한 것도 모자라 먼저 선전포고까지 했지만 그는 별로 개의치 않는 듯했다. 물론 이제껏 전쟁 선포 역사를 반추해 봤을 때에도 크게 예의에 어긋나는 행동은 딱히 없었다. 잘릴이 빙그레 웃으며 고개를 숙였다.

"흉한 모습을 보여 죄송합니다, 시하드시여. 축제 도중 빠지는 불상사를 일으켜 죄송하지만 저는 이만 다라로 돌아가야 할 것 같습니다."

"허가한다."

더 이상 거칠 것이 없는지 자신만만한 표정을 지으며 잘릴이 그대로 물러났다. 어차피 이리될 줄 알고 다우드를 부른 것이지만 막상 둘의 언쟁이 이어지는 추이를 지켜본 베히다트는 다우드로는 잘릴을 이길 수 없다고 판단했다. 카림이었다면 또 달라졌겠지만 아직 무스카트의 대족장은 다우드였다. 남은 다우드가 애써 화를 가라앉히며 고개를 숙였다.

"시하드시여."

자신 역시 돌아간다는 요청을 하기 위해 입을 연 다우드를 내려보며 그보다 먼저 베히다트가 말했다.

"다우드, 네게 타무라를 붙이겠다."

티무리는 베히다트가 가진 라 쿤의 7대 단위 부대 중 가장 전투력이 뛰어난 집단이었다. 전쟁이 일어난다면 아마 가장 쓸모 있을 터였다. 다른 부대도 뛰어났지만 난전이 일어날 확률이 높은 대족장들끼리의 국지전엔 사막에 특화된 아제미나 타무라가 제격이었다. 베히다트의 명령에 다우드가 복잡한 표정을 지었다.

"저를 믿지 못하시는 겁니까?"

베히다트가 고개를 가로저었다.

"다라 뒤에 있는 것이 샤르자라면 너 혼자 힘으로 버틸 순 없을 거다. 다라가 어떤 수를 쓸지 모르겠지만 타무라라면 충분히 막는 데 도움을 줄 수 있을 것이다."

자존심이 허락하지 않는 모양이지만 다우드는 크게 반발하진 않았다. 무언가를 생각하는 듯 말이 없던 다우드가 한참 후에야 그 입을 열었다.

"카림도 저를 따라오는 겁니까?"

"바라는가?"

무언가를 가늠하는 듯 말을 끊은 다우드가 이내 고개를 가로저었다.

"바라지 않습니다."

그리고 이어 요청했다. 다우드의 굳은 눈빛이 베히다트를 향했다.

"카림은 시하드 곁에 있게 해 주십시오."

"……알겠다."

우마르가 데려온 녹의 기사단과 라첸 기사단은 이안을 다시 만나자마자 태연하게 휘파람부터 불었다.

"역시 살아 계셨군요!"

어디서 잘 먹고 잘 지낸 건지 안 본 새에 피부가 더 탱탱해진 기사들을 보며 이안이 대놓고 혀를 찼다.

"호위할 대상을 잃어버리고도 태평한 건 네놈들밖에 없을 거다."

이안이 한심해하건 말건 기사들의 관심사는 오로지 이국적인 페시안의 궁이었다. 궁정 내부를 돌아보며 얼빠진 얼굴로 구경하던 기사들이 잔뜩 들떠서 떠들어 댔다.

"이야, 드디어 왔구나! 남쪽의 파라다이스, 페시안!"

"우리가 머물던 곳도 페시안이었어."

"그래도 진정한 의미의 페시안은 여기잖아!"

이안은 아예 포기했다. 질타를 하는데도 들어먹지 않으니 하는 의미가 없었다. 그래, 이런 놈들인 걸 알면서 데려온 자신의 잘못이 제일 크다고 생각했다. 돌아가면 라첸 기사 놈들은 전부를 갈아치울 작정이었고 녹의 기사단은 폐하에게 쓸모가 없었다고, 있으나 마나 한 호위였다고 후기를 남길 작정이었다. 그럼 그 태평한 폐하라도 한 번쯤은 기사단을 갈구겠지.

돌아가서 가장 먼저 실행할 계획을 세우던 이안은 자신을 초롱초롱한 시선으로 바라보는 녹기사단장을 내려다보았다. 녹의 기사단장 미카엘이 불만스레 인상을 찌푸렸다.

"그런데, 혼자만 오셔서 이 꿀을 빨고 계신 겁니까?"

"꿀을 빨아? 언동을 그따위로밖에 못 하는 건가?"

"에이!"

"에이?"

미카엘이 서운하다는 듯 시무룩해했다. 이안은 골치가 아파 머리를 짚었다.

"미치겠군. 도대체 녹의 기사들 예의범절은 누가 가르친 거야?"

문제는 그들이 크롬웰 내에서도 그리 예의 있는 기사들은 아니었다는 점이다. 그래도 적기사들보단 낫지만, 녹기사의 자유분방함은 이미 정평이 나 있었다. 이안의 혼잣말을 들은 기사들이 자기들끼리 시선을 교환했다. 다쳐서 못 움직이는 놈들은 아예 알 페시안 외곽 지역에 있는 여관에 버리고 왔다고 당당하게 말하는 배신의 기사들이 입을 모아 대답했다.

"아마도 술?"

"키야, 역시 술님이시지."

"그래, 술 마시고 싶다!"

녹기사들이 한데 모여 술타령을 하자 라첸 기사들이 지겹다는 듯 불평했다.

"어제도 그렇게 마셨으면서 또 마셔요?"

라첸 기사들의 야유를 들으면서도 녹기사들은 전혀 움츠러들지 않았다. 술만이 인간을 만든다고 주장하는 술고래 녹기사들은 그 정도에 기가 죽을 인물들이 아니었다. 이안이 인상을 썼다.

"돌아가면 일단 항의부터 해야겠다. 이딴 술주정뱅이들을 붙여 놓고 잘 다녀오길 바라다니, 우리 폐하께서 정말 양심이 없으시군."

녹기사들이 항의했다.

"어허, 술주정뱅이라니요! 술이 얼마나 놀랍고도 위대한 발명품인데!"

"맞아!"

가만히 듣고만 있던 니젠이 어이가 없어 물었다.

"대체 어떤 의미에서 놀랍고도 위대한 발명품이라는 거야?"

"새 생명을 잉태하게 만들죠."

태평하게 대꾸한 미카엘이 사신의 수하들을 돌아보았다. 나른 기사들이 "옳소! 옳소!" 외치며 고개를 끄덕였다.

"거럼거럼."

"여자들도 훨씬 더 예뻐 보이게 만들고."

"기분도 좋게 만들어 주고!"

거기에 이안이 한마디를 덧붙였다.

"그래서 범죄가 늘어나고 말이지."

"에이!"

순식간에 쏟아지는 야유에도 이안은 굴하지 않았다.

"오늘 술은 없다."

이안의 선언에 녹기사들의 항의가 순식간에 빗발쳤다.

"허, 말도 안 돼! 왜죠? 이건 부당하다! 부당한 처사다!"

"부당해! 부당해!"

"각하께서 우릴 핍박하신다! 그래도 녹의 기사의 긍지는 죽지 않아!"

"그런 데에 긍지를 갖지 말라고! 멍청이들아!"

니젠이 윽박질렀으나 녹기사들은 한마음 한뜻으로 한데 뭉쳐 항거했다. 반발이 거셌지만 이안 역시 흔들리지 않았다.

"가서 너네가 얼마나 한심하고 멍청했는지를 깨달으며 반성이나 해라."

"우우, 잔인해!"

이안은 기사들을 안내하기 위해 기다리고 있던 시종들에게 망할 자식들을 넘기고 매정하게 뒤돌았다. 여전히 야유가 쏟아졌지만 상관없었다. 기사들이 도착해서 그런가, 궁정 내의 분위기가 이상하게 느껴졌다.
"오늘 묘하게 궁정이 소란스러운데."
"내가 알아볼까?"
몸을 움직이지 않으니 영 근질근질한지 니젠이 먼저 자원했다. 힐끔 그를 쳐다보던 이안이 고개를 가로저었다.
"아니, 네가 움직이지 않아도 알아볼 방법은 많아."
이젠 라첸 기사들도 돌아 왔겠다, 굳이 니젠을 보낼 이유가 없었다. 녹의 기사들을 수족처럼 다루긴 어려웠지만 아스타테아 가문의 기사들은 사정이 달랐다. 주변에 의식할 것이 특별히 있는가 시선을 돌리다 이안이 조심스레 목소리를 낮춰 물었다.
"아시나가 어디 있는지 찾았나?"
"응! 근데 전에 봤던 곳과 다른 곳에 있던데?"
"알았으면 됐어."
장소는 상관없었다. 이안은 생각에 잠겼다. 냉정하게 우선순위를 매겨 봤지만 역시 아시나가 최우선이었다. 말이 없는 이안을 흘긋 쳐다본 니젠이 머리를 긁었다.
"오늘 갈 거야?"
"나 대신 연회에 보낼 멍청이들이 왔으니까."
"음, 별로 좋은 생각은 아닌 것 같은데."
그 멍청이가 녹기사들이라는 걸 아는 니젠이 떨떠름하게 대꾸했다. 그가 웬일로 진지하게 반론을 제기했다.
"그럴 거면 녹기사들 말고 백기사들 데려오는 게 더 낫지 않았을까?"
이안은 그 의견을 바로 기각하지 않았다.
"확실히 백기사들이 더 허우대가 멀쩡하긴 하지. 근데 녹기사 데려온 건 다른 이유가 있어."

"뭔데?"

호기심으로 니젠의 눈동자가 반짝였다. 부담스럽게 초롱초롱한 시선을 바라보며 이안이 단언했다.

"적어도 술 마시고 실수는 안 할 테니까."

"오호."

오랜만에 온 하렘은 낯선 기분이 들게 만들었다. 분명히 아는 공간인데도 아시나는 기이한 느낌에 사로잡혔다. 가장 먼저 떠오른 것은 처음으로 저를 이곳에 끌고 왔던 베히다트였다. 이곳에 있을 때만 해도 이렇게까지 될 줄은 예상도 못했는데.

한때 가볍게 넘겼던 페시안의 상황까지 새록새록 떠올랐다. 더불어 적막한 공간을 파묻는 침묵 때문인가, 해가 지고 밤이 되자 이십여 년 전 이곳에서 일어났을 그 사건이 신경 쓰였다.

전에 아시나를 살펴 주던 누르와 달리 지금 시녀들은 거리감이 있어서 더 그런 기분이 들었다. 하렘의 모두가 죽은 사건. 너무 오래된 일이라 그런가, 핏자국같이 그날의 참사를 직접적으로 시사하는 건 그 어디에도 남아 있지 않았다. 사람이 살지 않는 곳 특유의 허전한 공기는 어쩔 수 없었지만 그래도 기분이 이상했다.

"어째서 그 왕자는 하렘의 모든 여자와 아이를 죽인 걸까?"

그 이유가 무엇일지 미묘하게 신경 쓰여서 마음 편히 늘어지지도 못했다. 괜히 주인 없는 하렘의 방들을 훑어보던 아시나는 자신의 방으로 돌아왔다. 쿤이 된 아들을 낳은 어머니가 머물렀다는 방이라 그런지 하렘의 방 중에서도 이 방이 제일 좋았다. 창문도 크고.

"오늘도 달이 밝네."

괜히 창에 비친 달을 보며 감상에 젖어 들었을 때였다. 문득 자신 외에 다른 자가 같은 공간에 있는 듯한 기분이 들었다. 아시나는 뒤를 돌아보았지만 불을 밝혀 놓아서 환한 방 안에 다른 자는 보이지 않았다.

잘못 느낀 것인가, 안도하면서도 기이해서 아시나는 인상을 썼다. 설마 하렘 입구에서 철통같이 지키고 있는 전사들의 기척은 아닐 테고. 이제 와 돌아온 시녀들의 기척 역시 아닐 터였다. 그렇다면 누구지?

사소했지만 아시나는 분명 누군가 있다고 생각했다. 그 감은 절대 착각이 아니리라. 시하드의 침소에서 하렘으로 장소를 옮길 때 치마 안쪽으로 숨긴 주머니를 만지작거리며 아시나는 숨을 죽였다. 그리고 천천히 조심스레 입구를 향해 걸었다. 문이 아니라 발이 내려진 아치로 되어 있는 입구를 쳐다보며 아시나가 조심스럽게 접근했다. 그때였다. 뒤에서 기척이 느껴졌다. 깜짝 놀란 아시나가 두 눈을 동그랗게 떴다.

"이안……!"

창으로 모습을 드러낸 건 이안이었다. 아무렇지 않게 니젠과 함께 이안이 창을 넘어 방 안으로 들어왔다. 놀람과 두려움도 잠시, 아시나의 표정이 단번에 풀어졌다. 빈가움에 달려가 안기는 아시나를 받아 주며 이안이 한숨과 함께 이맛살을 찌푸렸다.

"이 말괄량이, 여기까지 와서 대체."

"이안! 이안이다!"

오랜만에 보는 이안이 너무 반가워서일까, 아시나는 두서없이 이안을 반겼다. 그러고 나서 뒤늦게 자신이 엊그제 니젠을 통해 전한 말을 떠올리고 칭얼거렸다.

"아는 척하지 말라니까!"

이안이 어깨를 으쓱였다.

"괜찮아, 몰래 빠져나온 거니까."

"그래도!"

"내가 그렇게 허술하게 보여?"

"……아니."

더 이상의 반론은 허용치 않겠다는 듯 이안이 단호하게 끊었다. 아시나는 더 이상 따지지 않았다. 아시나가 얌전히 입을 다물자 이안이 그제야 표정을 풀고 손가락을 튕겼다.

"자, 우리 레이디가 왜 날 피하는 건지 이유 좀 들어 볼까?"

이안이 유려하게 입꼬리를 말아 올렸다.

"왜 못 본 새 적국의 왕이 아끼는 총희가 되어 있는 거지? 응?"

"그게, 그러니까……."

아시나가 스리슬쩍 자신에게 꽂히는 시선을 피했다.

"말하려면 길어!"

대충 얼버무리며 빠져나가려고 했지만 그걸 허락할 이안이 아니었다.

"요약해서 말해."

"요약이 안 돼."
"그럼 결론만 말해."
"잘못 걸렸어."
"……."
짧은 한숨과 함께 이안이 관자놀이를 짚었다. 머리가 지끈거릴 때 하는 이안의 버릇이었다. 자기 기준에서 해답이 없다고 생각할 때마다 하는 행동이었는데 아시나는 괜히 미안해졌다. 그녀가 어색하게 웃었다. 그 미소를 노려보며 이안이 한숨을 내쉬었다.
"그래서 평생 이러고 살 생각이었어?"
"아니, 그런 게 아니라……."
무언가 변명을 하려다 아시나가 입을 다물었다. 이안은 관자놀이를 짚던 손을 내리고 팔짱을 꼈다. 그의 레이디는 어째 안 본 사이에 무언가 달라져 있었다. 아시나는 매번 달라진 모습으로 나타나긴 했지만 그와 마찬가지로 언제나 변하지 않는 녀석이었다. 이안은 찬찬히 아시나를 훑으며 도대체 어디가 달라진 것인지 알아내고자 했다.
분위기인가? 아니, 분위기는 비슷했지만 그보다 더 근본적인 게 변했다. 그게 무엇일까 고뇌하는 시선이 아시나의 얼굴에 닿았다. 그녀가 착잡한 표정을 짓다 고개를 가로저었다.
"아무튼 이안, 빨리 돌아가. 나 아는 척할 생각은 절대 하지 말고! 난 내 나름대로 이유가 있어서 머물고 있는 거니까. 응? 알았지?"
아시나가 이안의 등을 밀었다.
"그러니까 그 이유가 뭔데. 날 납득시켜야 물러나지."
"말할 수 없어서 그래."

이안이 느릿하게 반문했다.

"내가 들으면 반대할 이유야?"

"응."

그럼 그렇지. 그녀가 숨기는 이유는 단 하나였다. 이안이 다시 한 번 관자놀이를 짚었다. 아시나가 침착하게 당부했다.

"뭐 때문에 온 건진 모르겠지만 일단 반드시 나 모른 척하고, 돌아가더라도 아빠한테 절대 말하면 안 돼. 당연히 엄마한테도 알리면 안 되고. 알았지? 이제 빨리 돌아가."

"아시나……."

창으로 억지로 밀어 넣으며 아시나가 보챘다.

"들키면 곤란하단 말이야. 빨리!"

"꼬맹아."

이래 봤자 소용없다고 막 이안이 입을 열려던 순간이었다. 낮고 굵은 목소리가 먼저 음산하게 깔렸다.

"아시나."

숨이 멎었다. 허공에서 손이 딱 멈췄다.

망했다. 절로 식은땀이 흘렀다. 아시나는 살얼음판을 걷는 기분이 무엇인지 실감했다. 절대 뒤돌아보고 싶지 않았지만 뒤에서 뿜어져 나오는 냉기가 너무 강렬하게 자신의 존재감을 주장해서 뒤를 돌아보지 않을 수가 없었다.

천천히 고개가 돌아갔다. 목에서 쇳소리가 나는 건 아닐까 싶을 정도로 무척이나 느릿느릿하게 고개를 다 돌렸을 때, 그 시선이 닿은 끝에 서 있는 것은 한 사람이었다.

무슨 말이 필요할까. 아시나는 아무 말도 하지 못했다. 눈에서 불이 뿜어져 나온다는 게 가능한 것인가? 그런 표현을 써 놓고도 아시나는 떨떠름했다. 마주친 눈에 델 것만 같았다.

"……."

순식간에 방 안을 빠르게 메우는 정적 사이로 혹시 시간이 멈춘 것은 아닌가 하는 착각이 일었다.

어쩌지, 어째야 하지, 어떻게 해야 하지?!

무언가를 들켰을 때의 기억을 빠르게 훑었으나 머릿속의 경험은 전부 상대가 아빠, 엄마, 이안이었을 때뿐이었다. 등에서 식은땀이 흘렀다. 대체 어떻게 해야 할지 갈피를 못 잡고 있을 때 그가 먼저 움직였다. 다가온 베히다트가 이안을 밀치려다 멈춘 아시나의 팔을 붙잡았다.

"어, 어……."

그대로 끌려가면서 아시나는 어떤 항의도 할 수 없었다. 넋을 놓은 채 그저 끌려가는 대로 갈 뿐이었다. 아시나를 붙잡은 베히다트는 그대로 하렘의 더 깊은 곳으로 들어갔다. 아시나는 이미 여러 번 산책해서 아는 그 길을 떨면서 걸었다. 두려움이 엄습했다. 이대로 뭘 하려고 하는 걸까, 머릿속이 혼란해졌다. 하지만 답을 얻지 못하고 더 깊은 곳, 마침내 달빛조차 닿지 않는 곳에 도착했을 때 베히다트가 아시나를 벽으로 밀쳤다.

짧은 신음이 흘러나왔다. 힘 조절을 못 해 부딪힌 등이 아팠다. 하지만 아픔을 호소하기도 전에 자신의 양옆을 막은 팔이 마치 감옥의 철창처럼 그녀를 포위했다.

어쩔 수 없이 벽처럼 그림자를 드리우고 있는 베히다트와 마주했다. 차마 시선을 들 수 없어 아시나의 시선이 베히다트의 가슴 언저리를 맴돌았다. 거칠어진 숨을 날것 그대로 내쉬며 그가 애써 끓어오르는 감정을 억눌렀다.

“내 예상을, 훨씬 뛰어넘는군.”

반사적으로 아시나의 시선이 올라갔다. 그녀의 눈동자가 마침내 자신을 담자 날뛰던 기분이 조금 가라앉았다.

“대체 넌 누구지?”

덮고 싶었다. 그 질문을 다시는 입에 담고 싶지 않았다. 하지만 이안과 함께 있는 아시나를 본 순간, 이 말을 꺼내지 않고는 배길 수 없었다.

붙어 있는 두 사람은 지나치게 잘 어울렸다. 마치 연인을 대하듯 친근한 아시나의 모습도 아프도록 와 박혔다. 당장 거기서 아시나의 팔이 닿은 이안의 몸을 잘라 버리고 싶을 만큼 강렬하고 난폭한 충동이 일었다. 거친 숨을 고르며 그가 아시나를 주시했다. 그 시선을 피하며 그녀가 옅은 입술을 겨우 뗐다.

“말할 수 없어요.”

전에도 그러했듯 단호한 대꾸였다.

도저히 어찌할 수 없을 정도로 기분이 완전히 가라앉았다.

누군가에게 무언가를 바란다는 것은 참 오랜만에 느껴 본 감정이었다. 하지만 그 바람을 입 밖으로 꺼낼 수 없는 상황은 처음이었다. 그리고 그 바람이 완전히 뭉개져 버린 것 또한.

“무슨 일이 있어도?”

“네.”

이번만큼은 아시나도 시선을 피하지 않았다. 무언가 굳게 결심한 듯한 눈빛을 마주하자 참 이상한 마음이 제 안에서 고개를 들었다.

이 의지를 꺾고 싶은 욕구와 절대 물러서고 싶지 않은 아집. 부러뜨려서라도 제 뜻대로 만들고 싶은 의지가 활활 타올랐다. 여태 억누르고 있던 제 본성이 그대로 수면 위로 떠올랐다.

"네가 죽는다고 해도 말인가?"

"설령 내가 죽는다 해도."

서늘한 쇳소리와 함께 허리에 차고 있던 칼집에서 칼이 뽑혀 나왔다. 얇은 검신이 섬뜩하게 빛났다.

겁을 먹은 듯 아시나가 잠시 놀라 제 목 언저리에 닿은 칼을 내려다보았다. 경직된 표정과 몸이 그녀가 어떤 상태에 놓여 있는지 적나라하게 보여 주었다. 그럼에도 아시나는 물러서지 않았다.

"죽어도 말 안 할 거예요."

이런 걸로는 자신의 입을 열게 할 수 없다는 듯 아시나가 강하게 대꾸했다. 하지만 그건 오히려 베히다트를 더 자극할 뿐이었다.

"정말 죽고 싶은 건가."

바싹 칼을 겨누며 그가 으르렁거렸다.

"죽여요."

이젠 좀 꺾였으면 했는데 아시나는 오히려 기다렸다는 듯 이를 악물었다. 붉은 눈동자에 단호한 빛이 떠오른 순간, 제 안에서 무언가가 끊어졌다.

"난 죽는 거 안 무서우니까—."

아시나의 말은 끝까지 이어지지 못했다. '스르릉' 하는 소리와 함께 숨을 들이켜는 순간 칼이 지나갔다. 등골이 오싹했다.

자신도 모르게 눈을 감았지만 따끔한 감각 외에 덴 듯한 고통은 느껴지지 않았다. 칼이 지나가고 아시나는 숨을 멈췄다. 차마 도해

낼 수 없어 참아 냈는데 그다지 오래 버티진 못했다. 삼킨 숨을 뱉어 내며 아시나가 눈을 떴다. 예리한 칼끝에 베인 몇 가닥의 머리카락만이 바닥에 어지럽게 흩어졌다.

목에 난 작은 생채기. 가느다란 실이 이내 붉어지고 피가 서늘하게 흘러내렸다. 베히다트는 그 붉은색이 자신의 피를 차갑게 빼내는 기분을 느꼈다. 베어 버리고 싶었다. 저 가느다란 목을 부러뜨리면 이 기분에서 해방될 수 있을 거라 확신했다. 하지만 결국 베지 못했다.

“이 조그마한 머리통이 무슨 생각을 하고 있을지 궁금하군. 꺼내서 파헤치고 나면 이 기분이 가실까?”

이렇게 떨고 있으면서, 그런데도 대들다니. 도대체 이 고집은 어떻게 꺾어야 하는 걸까.

“너만큼 날 열 받게 하는 여자는 없었어.”

“마찬가지거든요?”

죽다 살아난 기분이라는 건 엄청났다. 처음 경험해 보는 것도 아닌데 아시나는 뭔가 형용할 수 없는 기분을 느꼈다. 거기에 분노도 함께 타올랐다. 분명 좋아하는 남자고 이 남자 옆에 남겠다고 한 건 자신이지만 이런 취급은 사양이었다.

한편 베히다트는 손에 쥔 칼을 늘어뜨리며 머리를 쓸어 올렸다. 머리로 피가 쏠려 현기증마저 일었다. 도대체 어떻게 해야 이 기분이 풀릴 수 있을까, 도대체 어떻게 해야! 그 와중에 들려온 아시나의 목소리가 이성을 흐트러뜨렸다.

“진짜 죽여 버리기 전에 입 다물어.”

“싫다면요?!”

"이런 상황에서도 날 도발하고 싶은가?"

베히다트가 조용히 윽박질렀다. 아시나는 움찔했으나 기가 죽진 않았다. 오히려 그동안 참았던 걸 더 이상 참지 않겠다는 듯 눈을 가늘게 떴다.

"칼에 베이기까지 했는데 여기서 더 최악인 상황이 있을까요?"

"입 다물어."

"할 말 없으니까 내 입 막으려고 하는 거죠, 지금?"

"스스로 다물 의지는 없는 건가?"

"내가 왜 다물어야 하죠?"

그 순간 베히다트의 눈동자가 섬뜩하게 빛났다. 반사적으로 아시나가 움찔했다. 뭔가 좋지 않은 예감이 들었을 때 그가 뇌까렸다.

"그럼 내가 다물게 만들어 주지."

바닥에 떨어져 흔들리는 칼 소리가 고막을 때렸다. 하지만 아시나는 칼이 떨어졌는지 확인할 수 없었다. 목덜미를 잡은 커다란 손의 서늘한 기운과 입술 위를 덮는 뜨거운 숨결이 온몸을 뻣뻣하게 만들었다. 젖은 혀가 단숨에 깊게 파고들었다. 예상치 못한 순간 들어온 낯선 숨에 아시나가 목을 젖혔으나 이미 퇴로는 막혀 있었다. 벽에 밀쳐진 채 꼼짝 없이 들이닥치는 젖은 숨을 그대로 들이마셔야 했다. 뜨겁고 말캉한 혀가 유연하게 그녀의 혀를 옭아맸다. 예민하게 자극해 오는 혀의 움직임에 아시나의 몸이 움찔했다. 베히다트의 손이 아시나의 손을 찾았다. 금세 찾은 작고 말랑한 손에 깍지를 끼고 그대로 위로 들어올렸다. 억누르는 손 때문에 발버둥 치던 아시나의 몸짓이 잦아들었다. 이대로 숨이 끊어지는 게 아닐까 싶을 정도로 깊숙하고 아득했다. 이낀 피하려고 발버둥 쳤다면 이번엔 숨이 막혀 발버둥 쳤다. 코로 숨을 쉬는 게 불가능할 정도로 조급했다. 그 순간 베히다드가 살짝 물러났다. 그가 주는 숨을 삼킨 아시나는 지금 자신을 미치도록 몰아붙이는 남자가 미웠다.

단순히 입술을 맞대고 혀가 닿을 뿐일진대 그가 토해 내는 감정이 날것 그대로 전해져 오는 느낌이었다. 대체 무엇을 말하려고 이러는 걸까. 화가 나면서도 안쓰러웠다. 동시에 끌어안아 주고 싶은 정체 모를 기분도 고개를 들었다. 그러는 순간 어느새 거칠게 시작했던 키스가 부드러워졌다. 마치 달래듯, 새삼스레 양해를 구하기라도 하는 듯한 정중한 키스.

처음엔 분명 격렬히 치밀어 오른 감정을 억누르지 못해 시작한 키스였다. 그러나 베히다트는 더욱 깊이 탐할수록 꾸역꾸역 누그러지는 자신을 발견했다. 전에는 알 수 없었던 이 달콤함이 흘러넘칠 정도로 유혹적이었다. 물러나야 한다, 이성이 경고했다. 도망친 그녀를 다시 붙잡고 난 뒤, 손끝 하나 대지 못했다. 애써 정체도 알 수 없는 여자를 건드릴 수 없다는 명분을 내세웠지만 자기 자신만은 진짜 이유를 알고 있었다. 분명 키스를 하게 되면 거기서 멈출 수 없으리라. 그래서 의도적으로 피하고 있었다. 지금까지도.

입술을 덮치자마자 마음 한편에서 역시나 후회의 목소리가 울렸다. 하지만 아시나의 혀가 너무 달아서 '잠깐'이라는 생각이 그대로 녹아내렸다. 이성을 마비시킬 정도로 강렬한 욕망에 정신이 아찔했다.

조금만, 조금만 더.

떨어져야 한다고 강하게 의식할수록 도리어 파고들어 버리고 만다. 어느새 내려가 허리를 감은 손이 그대로 여린 몸을 끌어당겼다. 품에 쏙 안기는 가녀린 몸이 과도하게 따뜻했다. 너무나 갖고 싶었다. 무언가를 원한다는 게 이렇게 간절한 것이었단 말인가. 돌아 버릴지도 모른다는 판단을 내렸을 때였다.

먼발치에서 들려온 낯선 목소리들이 베히다트의 이성을 억지로 붙잡았다. 이런 곳에서 갑자기 아시나를 안을 수는 없었다. 무엇보다 이렇게 급하게 안는 건 그의 자존심이 허락하지 않았다. 폭주하고 싶은 열망을 간신히 억누른 그가 거칠게 입술을 떼었다. 마치 도망치기라도 하듯 물러난 그가 숨을 골랐다. 아직 진정되지 않은 숨결은 쉽게 잡히지 않았다. 그건 아시나 역시 마찬가지였다. 입을 가린 채 숨을 들이키는 그녀의 얼굴에 헝클어진 머리카락이 흘러내렸다. 달아오른 뺨과 진한 키스로 부은 입술이 시선을 강제로 빼앗았다.

바깥에서 소란이 느껴졌다. '안 됩니다', '감히 여기가 어디라고!' 흐릿한 말소리가 안개처럼 피어올랐다가 사라졌다. 두 사람은 마주 본 채로 서로에게서 시선을 떼지 못했다. 숨소리만이 두 사람이 그 자리에 있다는 걸 증명했다.

찾아든 침묵과 함께 두 사람을 덮쳤던 흥분도 마른 기포처럼 터져 사라졌다. 자신을 몰아붙이던 거대한 존재감이 가시니 아시나는 어째 조금 춥다고 생각했다. 반사적으로 어깨가 떨렸다. 그 떨림에 베히다트의 시선이 고정되어 있을 때였다.

"그만하시죠."

그 순간, 공간 안으로 누군가가 들어왔다. 고운 미성에 베히다트가 천천히 아시나에게 가 있던 시선을 돌렸다. 그가 뜨거운 머리를 달래기 위해 숨을 들이켠 순간 아시나가 먼저 반응했다.

"이안!"

여긴 어떻게 온 거냐고 항의하는 시선을 받으며 이안은 이 공간 안의 미묘한 공기를 읽어 냈다. 그로서도 조금 난감했지만, 여기서 물러설 생각은 없었다. 이어 베히다트의 시선이 꽂혔다.

"여기가 어디라고 들어온 거지?"

당장이라도 찢어발길 것처럼 인상을 쓴 베히다트가 으르렁댔다. 이런 식으로 맞서게 될 줄은 몰랐는데. 난감했지만 이대로 물러날 수는 없었다.

"들어와야 한다고 판단했기 때문에 들어왔습니다."

"이안!"

불길한 예감이 엄습했다. 아시나가 이안을 애절하게 바라보았다.

"그만."

항의하는 아시나를 간단히 막아 낸 이안이 차갑게 뇌까렸다.

"아시나, 너도 그만해라."

밖의 호위는 니젠 한 명이 막고 있었다. 전사 여럿이 니젠 하나를 막지 못해 이안을 끌어낼 수 없었다. 베히다트는 도대체 이 남자가 무엇을 하려는지 지켜보았다. 조용히 걸어온 이안이 베히다트와 아시나 사이에 섰다. 그가 아시나를 돌아보았다.

"말해."

"싫어."

"그럼 내가 말할까?"

"이안!"

질겁을 하며 아시나가 젖은 시선으로 필사적으로 호소했다. 어째서인지 저자세인 아시나를 지켜보다 베히다트가 인상을 찌푸렸다.

"그대가 뭔데 나서는 거지?"

베히다트의 힐난에도 이안은 물러나지 않았다.

"여기 서 있는 아이가 제 조카거든요."

아시나가 이안을 돌아보았다. 순식간에 공기가 얼어붙었다. 그와 동시에 이안이 운을 뗐다.

"아시나 리세아 데 웰든."

나지막한 목소리에 아시나는 몸을 굳혔다. 오랜만에 듣는 제 이름이 낯설었다. 한숨과 함께 이안이 한마디를 덧붙였다.

"웰든 대공가의 하나밖에 없는 금지옥엽."

짓이기듯 입술을 깨문 탓에 그녀의 입술이 붉게 물들었다. 니젠이 막고 있는 전사들조차 놀라 아시나를 돌아보았다. 베히다트의 시선 역시. 모두의 시선이 그녀에게 꽂혔다. 무겁게 이어진 정적. 아시나는 부정하지 않았다. 방금 제가 들은 말이 사실이냐고 묻는 시선들이 따가웠다. 아시나가 숨을 흘렸다.

"그래요, 내가—."

마른침을 삼킨 아시나가 시선을 들었다. 붉은 눈동자가 아프도록 인상적이었다.

"카르디안 대공의 하나뿐인 딸, 아시나예요."

크롬웰 제국 내에서도 단둘뿐인 대공, 그중에서도 웰든이란 성을 하사받아 웰든 대공으로도 불리는 남자가 바로 아시나의 아버지였다. 크롬웰 제국의 전前 2황자로, 황제 라페니히의 이복동생이며 제국 제일의 기사이자 적기사 출신의 총기사단장.

아시나는 팔짱을 낀 채로 인상을 쓰고 있었다. 대놓고 노려보고 있는데도 이안은 태평하게 차이를 들이켰다. 보호자리며 억지로 자신이 머무는 장소로 아시나를 끌다시피 데려온 이안은 방금 일어난 일이 무엇인지 신경조차 쓰지 않는 기색이었다.

“이안, 지금 나한테 너무하다고 생각하지 않아?”

아시나가 뺨을 부풀리며 투정부리듯 말했으나 이안은 담담하게 대꾸할 뿐이었다.

“어쩔 수 없어.”

“진짜 너무해!”

진심을 담아 외쳐 봤지만 정작 이안은 전혀 타격을 받지 않은 기색이었다. 아스타테아가 남자 특유의 에메랄드빛 눈동자가 아시나를 응시했다. 아스타테아 레이디인 엄마의 나이 차이 많이 나는 동생이자 아시나의 외삼촌. 하지만 함께 자랐기 때문일까 늘 오빠 같은 이안이 단호하게 못을 박았다.

“난 네 보호자 중 하나야. 누구 덕에 그동안 평안하게 여행을 할 수 있다고 생각한 거지, 꼬맹아?”

“다 큰 레이디에게 꼬맹이라는 칭호는 너무하다고 생각하지 않으십니까, 각하?”

“모르겠는데.”

이안은 평온하게 대꾸하며 웃었다. 아시나는 신경질을 부려 봤자 통할 상대가 아닌지라 팔짱을 풀었다. 밤이 깊어 가고 있었다. 보통 때였다면 들어가서 잠부터 자라고 권유했을 테지만 이안은 다른 말을 내뱉었다.

“어떻게 된 일인지 설명해.”

“…….”

익숙한 반응에 찻잔을 입술에 댄 채로 그가 부드럽게 말했다.

“입 다문다고 해결될 일이 아니라는 걸 우리 똑똑한 조카님께선 아주 잘 알고 계실 테니 이 이상의 입씨름은 하지 않는 게 좋겠지?”

아시나가 불만스레 노려보았지만 다물어진 입은 바로 열렸다.

“크라차를 여행하려고 상단의 배를 빌려 탔어.”

“그건 알아. 그 깐깐한 선장을 네가 어떻게 구워삶았는지는 모르겠지만 분명 지금껏 그래 왔듯 잘 구워삶았겠지. 잠깐, 크라차?”

“응, 수르트에 도착했을 때만 해도 크라차로 가려고 했어.”

“그런데 왜 알 페시안에 와 있는 거지?”

인상을 쓴 이안의 눈치를 보다 아시나가 모기만 한 목소리로 중얼거렸다.

“사막이 보고 싶었어.”

“…….”

말없이 이안이 숨을 내쉬었다. 골치가 아픈지 천천히 관자놀이를 짚었다.

“설마…….”

“응.”

아시나가 고개를 끄덕였다. 이안이 생각한 그것이 맞았다.

“거기서 길을 잃어버렸는데.”

“당연히 길 잃어버리지. 너 바보냐?!”

“바보라니, 어떻게 알았지?”

차라리 발끈했으면 윽박이라도 지를 텐데 인정을 해 버리니 의욕을 잃었다. 이안은 나이 차이 많이 나는 동생을 바라보는 눈으로 자신의 조카를 바라보며 들고 있던 찻잔을 내려놓았다.

“아무튼 길을 잃어버려서 누가 지나가지 않을까 하고 멍 때리고 있었는데 사막이 덥고 춥고 아무튼 살기엔 꽝이더라고. 그래서 어디로든 가자 해서 일단 행운 점을 쳤지. 행운의 숫자는 5, 행운의 색깔은 빨강, 행운의 방향은 남……."

"그래서?"

아시나가 하는 세세한 이야기는 어찌 되었든 상관없었다. 윽박지르듯 결론만 말하라는 무언의 시선에 아시나가 어깨를 으쓱였다.

"다행히 하늘은 바뀌지 않아서 방향감각은 여전하더라. 그래서 남쪽만 바라보고 무작정 걸었는데 물도 얼마 안 남고, 길은 안 보이고 죽는 게 이런 거구나 생각하고 있다가 멀리 걷고 있는 한 남자를 만났어."

아시나는 거기서 잠시 말을 끊었다.

"누구였게?"

지체 없이 이안이 답했다.

"라 쿤."

"정답!"

쉽게 맞힐 줄은 알았지만 너무 쉽게 맞혀 버리니까 할 말이 없었다. 입맛을 다시던 아시나는 이안을 올려보았다. 이안은 심각한 표정을 짓고 있었다.

"길 좀 물어보자고 말 좀 걸었는데 단박에 날 포박하더니 그대로 감옥에 집어 넣더라? 페시안 남자들은 그렇게 다 우악스러운가? 내 미모를 보고도 꼼짝하지 않다니! 정말 서러워서 혼났다고. 심지어 날 보고 예쁘지도 않다고 했다니까? 내 미모가 우스워?! 크롬웰을 휘어잡고 있는 내 미모가!"

아시나가 분해하건 말건 그건 이안의 관심사가 아니었다.

"그게 정상이지, 이 말괄량이야. 너라면 호수에서 돌아다니고 있는 남인을 보고 '와, 관광객이구나!' 이럴 거냐?"

"왜? 관광도 좀 할 수 있는 거지."

"못 말리겠군."

더 이상 입씨름을 하고 싶지 않았다. 이안이 깊은 한숨을 내쉬었다.

"그래서 이 지경이 된 거다?"

"응."

얌전하게 고개를 끄덕이는 아시나를 쳐다보며 이안이 턱을 괴었다.

"그냥 정체를 밝히지 그랬어?"

"알잖아. 내 삼 원칙."

"그런 건 무시할 줄도 알아야 훌륭한 어른이 되는 거야."

"아직 애라 그런다, 됐냐?"

말은 그렇게 했지만 이안도 알고 있었다. 섣불리 정체를 밝혔다가 오히려 더 최악의 상황이 될 수도 있었다. 괜히 정치적으로 이용당할 여지도 있었고. 무엇보다 가족과 남편 외의 남자를 평생 보지도 못하고 지내는 여자들이 사는 페시안에서 여자가 혼자 여행을 다닌다는 걸 곱게 볼 리가 없었다. 이안의 시선이 아시나를 훑었다. 입고 있는 페시안의 옷이 과하게 잘 어울려서 위화감이 들었다.

"체른은?"

"작년부터 헤어져서 다녔다는 거 알잖아."

"그래도 네가 이런 상황이라는 걸 알면 당연히 구하러 올 텐데. 부를 시도조차 못 한 거냐?"

정곡을 콕 찔린 터라 아시나는 입을 다물었다. 처음엔 혼자서 얼마든지 빠져나갈 수 있다고 자신했던 터라 이렇게 상황이 위급하고 심각하게 치달을 줄은 예상치 못했다.

아무 내꾸를 못 하는 아시나를 내려 보며 이안이 깊은 한숨을 내쉬었다. 이럴 때 아시나를 잘 돌보라고 붙여 놓은 자식인데 정말 쓸모가 없었다. 이왕 이렇게 된 거 그렇게 잘 붙어 다니던 둘이 갈라서게 된 이유가 궁금해졌다. 이 상황과 어울리지 않는 이야기였지만 말이다.

"도대체 둘이 왜 싸운 거야?"

아시나가 대번 인상을 구겼다.

"아니, 글쎄. 걔가 계란은 완숙이라잖아. 말이 돼?! 계란은 무조건 반숙이지!"

"고작 그런 걸로 싸운 거냐?"

한두 번 그런 것도 아니었지만 이젠 좀 아시나가 대단하게 느껴졌다. 이안의 시큰둥한 반응에 아시나가 좀처럼 짓지 않는 심오한 표정을 지었다.

"고작이라니! 그게 얼마나 중요한 건데!"

"너한테만 중요하겠지."

"아니야! 계란은 반숙이라고. 설마 이안도 완숙파야?"

아시나가 어떻게 그럴 수 있냐는 실망 가득한 시선으로 이안을 바라보았다. 옆에서 열심히 과일을 먹어 치우던 니젠이 조용히 둘의 대화에 끼어들었다.

"난 반숙!"

"아, 역시 니젠 오빠야. 배우신 분은 좀 다르네."

니젠과 아시나가 서로 주먹을 마주 대며 공감대를 형성하는 걸 지켜보다 이안이 턱을 괴었다.

"나한테 뭐 할 말 없냐, 조카님?"

"어……."

말끝을 늘인 아시나가 곤혹스러운 표정으로 반문했다.

"만나서 반가워?"

"그거 말고."

"살려 주세요?"

"그거 말고."

"용돈 좀 줘."

"그거 말고!"

대체 뭘 말해야 하는 걸까. 난데없는 수수께끼에 난감함을 표출하던 아시나는 이내 자신이 무슨 말을 하지 않았는지 깨달았다.

"미안해."

정말 여러 가지 의미가 함축된 한마디. 이안의 표정이 바로 풀어졌다.

"알면 됐다."

그걸로 모든 걸 용서한 셈인지 이안의 표정이 평소대로 돌아왔다. 니젠이 굳은 인상을 지으며 이안을 돌아보았다.

"복잡해진 거 아니냐?"

"복잡…… 정도가 아닐걸?"

"어쩌냐?"

앞으로 뭘 해야 하는 건지, 생각만 해도 아찔하다는 듯 니젠이 인상을 찌푸렸다. 이안이 웃었다.

"어쩌긴."

답은 이미 정해져 있었다.

"이런 날을 위해 내가 권력을 잡고 있는 거 아니었나?"

베히다트는 태평하게 제 앞에서 카흐아를 마시는 남자를 지그시 내려다보았다.

어제 모두가 넋이 나간 상태에서도 제 볼일을 깔끔하게 마친 이안은 오늘 역시 여유로워 보였다. 여린 외모는 아직 그가 이십 대 초반의 청년처럼 보이게 했으나 올해 그의 나이는 서른다섯이었다. 외모에선 티가 나지 않았지만 노련한 태도에선 어느 정도 연륜이 묻어났다. 확실히 열여섯부터 중앙 정계에서 구른 경험은 어떤 상황에서도 냉정함을 유지하는 데 많은 도움이 되었다. 이안은 복잡한 머리를 굳이 정리하려 애쓰지 않았다. 이 침묵을 깨는 것 역시 별로 망설이지 않았다.

"어젯밤은 편하게 잠드셨습니까?"

분위기를 환기시키는 겉치레 인사에 베히다트가 눈을 가늘게 떴다. 이안이 부드럽게 웃었다. 이렇게 보니 언뜻 그에게서 아시나가 보였다. 일순 치기로 질투했던 자신이 한심하게 여겨졌다. 인정하고 싶지 않았지만 그 분노는 질투라는 이름으로밖에 이해되지 않았다. 그리고 그것에 생각이 미친 순간 알 수 없는 불쾌감이 치밀었다.

"해명이 필요하군."

많은 설명이 필요했다. 싸늘하게 노려보는 시선에도 이안은 서두르지 않고 빙그레 웃었다.

"크롬웰 대공의 금지옥엽을 충분한 근거 없이 무단 감금한 것은 상당한 외교적 결례이며 자칫 전쟁의 빌미가 될 수도 있다는 사실을 아십니까?"

"그래서, 지금 협박을 하는 건가?"

통하지 않을 거라는 사실은 알고 있었다. 이안은 대뜸 고개를 가로저으며 사과했다.

"아니요, 아시나가 페시안에서 어떤 잘못을 하고 어떤 실례를 했건 그 아이의 보호자로서 대신 사죄드립니다. 어찌 되었든 저희 측의 불찰이니까요."

그가 이곳에 온 이상, 아시나는 그의 책임으로 돌아간 모양새였다. 아스타테아 가주의 조카, 대공의 딸. 이안은 대답 대신 한숨부터 내쉬었다. 참 난해한 문제였다.

"대략적인 상황은 아시나에게 들어 알고 있습니다. 감옥을 탈출해서 갇혀 있다고 하더군요. 첩자 의혹까지 받으면서……."

"잘 알고 있군."

그밖에 도망친 것부터 현재 상황까지 모두 설명해 낸 아시나는 아침이 다 되어서야 잠에 들었다. 같이 밤을 샜지만 이안은 바로 이곳에 와야 했다.

수척해진 조카의 얼굴을 지켜보며 얼마나 안쓰러웠던가.

"웰든가의 여식이 왜 페시안에 온 거지?"

웰든가라고 했지만 사실상 황족. 라페니히 황제의 조카이자 사실상 황위 계승권 서열 1위. 따지고 보면 아시나는 어마어마한 신분을 가진 거물이었다. 황위 계승권 1순위였던 공주 아이세스가 계승권을 포기한 지금 그다음 순위였던 아시나가 다음 대의 황제로 가장 유력했다. 가문은 물론 본인조차도 관심 없는 사안이었지만 이는 크롬웰 내에선 중요한 문제였다.

"여행일 겁니다, 다분히."

"그걸 순순히 믿으란 말인가?"

"말하길, 사막이 보고 싶었다고 하더군요."

언젠가 직접 들었던 이유에 저절로 베히다트의 미간이 좁혀졌다. 그땐 그게 진짜일 거라는 생각을 못 하고 기각했었는데 다른 자의 입에서 그 소리가 나오니 무척이나 설득력 있게 들렸다. 무엇보다 이젠 아시나라는 여자를 웬만큼 알고 있다는 게 한몫했다.

베히다트의 꺼리는 반응에 이안은 속으로 한숨을 내쉬었다. 제가 하겠다고 한 설명이지만 이런 상황에 처하면 언제나 무슨 말부터 꺼내야 할지 알 수 없었다. 아무래도 아시나를 둘러싸고 있는 전부를 이해시켜야 하는데, 벌써부터 난이도가 장난 아니었다. 이것이 아시나가 신분을 밝히는 걸 꺼리는 이유 중 하나이기도 했다. 물론 이안은 그 말도 안 되는 상황을 납득시킬 권력과 권위가 충분했으므로 굳이 피해 가려 하지 않았다.

"압니다. 이해되지 않으시겠죠. 사실 제 입장에서도 이런 상황을 납득시키는 게 꽤나 난해하게 느껴지기도 합니다. 그렇게 높은 신분의 아이가 호위 하나 없이 자기 멋대로 여행 다닌다며 돌아다니고 있다는 게……. 저도 사실 말하면서도 이게 쉽게 믿기 힘들 거라는 걸 잘 알고 있습니다."

심지어 레이디에 대해선 지극히 호의적인 크롬웰 내에서도 받아들여지지 않는 상황인지라, 대외적으로 아시나는 병약해서 저택 밖으로 나오지도 못하는 레이디였다. 아시나의 여행을 막으려고 이안의 누나인 레시아가 기울인 엄청난 노력들을 나열하면 하룻밤도 모자랄 지경이었다. 여전히 누나는 포기하지 않고 있지만 이안은 아시나의 방랑벽을 거의 포기한 상태였다.

"그래 봬도 제 조카는 자기 신분에 대한 자각은 있고 자기 정체를 들키지 않으려고 무던히도 애를 쓰고 있습니다. 그 점 때문에 더 수상하게 여기신 것이겠죠. 물론 그 아이가 그러는 건 단순히 여행 다니는 걸 들키면 집으로 돌아가야 한다는 것보다 자신의 여행으로 가문에 어떤 피해도 주고 싶지 않다는 어리고 귀여운 이유 때문이지만, 저는 꽤 좋아합니다."

아이가 밖으로 나도는 걸 막을 수 없다면 그다음에 할 수 있는 건 최대한 신변을 살펴 주는 것. 지금까진 어렵지 않았다. 북대륙에서는 카르디안 대공의 위엄과 아스타테아가의 권력이라면 그 어떤 크고 작은 문제라도 무마시킬 수 있었으니까. 아시나가 큰 사고를 치고 돌아다니는 것도 아니었기에 이안 입장에선 단순히 신분만 감춰 주면 되는 간단한 문제였다. 문제는 그녀가 남대륙으로 넘어와 더 이상 가문의 보호를 받지 못하게 되었다는 것이다. 어찌 되었든 아시나가 의도한 건 아니었으니 그는 조카를 책망할 생각은 없었다.

"그리고 조카의 여행을 지지하는 편이죠."

대공의 딸로 태어나 어찌 보면 곱게 자라 얌전히 시집가는 선택지밖에 없는 인생이었을 터인데, 아시나는 무서워하지도 두려워하지도 않고 서슴없이 여행길에 올랐다.

"그 집안에선 말리지 않는 건가?"

"지내 보셨으면 이미 아시지 않습니까? 그 녀석이 어떤 녀석인지. 말린다고 들을 녀석이었다면 이미 신부 수업 받고 시집이나 갔을 겁니다."

"꽤 문제가 아닌가. 가문의 여인조차 제대로 다루지 못하다니."

"꼭 모든 레이디가 파티를 즐기고 결혼을 선망하며 아이와 남편을 위해 희생하는 삶을 살아야 할 이유는 없죠."

모든 레이디가 그러하진 않겠지만 거의 대부분이 그런 삶을 살았다. 그게 나쁘다는 건 아니었다. 다만 이안은 결혼도 신분도 권리와 의무도 제쳐 놓고 자신이 원하는 여행을 마음껏 하는 아시나의 삶도 나쁘지 않다고 생각했다. 그 아이가 언제고 그렇게 행복하게 웃을 수만 있다면 족했다. 그걸 지켜봐 주는 게 그리 어려운 일도 아니니까. 이 의견엔 가족 모두가 같은 생각이었다. 누나 한 명만 빼고.

"우리 가족의 바람은 그저 그 아이가 하고 싶은 대로 살아가게 두는 것뿐입니다. 남에게 피해를 입히는 것도 아니고 조용히 한 세상 예쁘게 구경하다가 가겠다는데 굳이 반대할 이유가 어디 있겠습니까?"

자신이 하고 싶은 걸 열망하며 그걸 이뤄 가는 조카의 모습이 대견스럽지 않다고 하면 그건 거짓말. 좋아한 적도 없고 좋아할 마음도 없는 여행이었지만 아시나가 그렇게 좋아하면서 웃는 게 사랑스러워서 자기도 모르게 그 아이가 좋아하는 것들이 같이 좋아지고 말았다. 쉽지 않은 길을 홀로 걷는 동안에도 아시나는 불평 한 번 하지 않았다. 실제로 이전까진 가문에 손 벌린 적도 없었다. 몰래 감시한 적은 있었어도 그가 몰래 도와준 적은 없었다. 여행길에서 만난 모든 어려움은 아시나 혼자 자신이 할 수 있는 방법으로 해결해 왔다.

그런 전적이 있었기 때문에 이런 귀찮은 뒷수습도 아무런 대가 없이 해 주고 있는 것이 아니던가.

"그리고 꽤 예쁘지 않습니까? 좋아하는 걸 마음껏 하며 즐거워하는 모습이."

"그래서 하고 싶은 말이 뭐지?"

오랜 침묵이 지나간 뒤, 베히다트가 입을 열었다.

"아시나가 라 쿤께 한 모든 잘못에 대해 제가 대신 사죄드립니다. 그에 대한 배상 역시 기꺼운 마음으로 하겠습니다. 그러니—."

이안은 도발적인 시선을 보내며 조용히 미소했다.

"없는 일로 해 주시지 않으시겠습니까?"

그것이 어떤 의미인가 가늠하려는 시선이 이안을 탐색했다. 이안 역시 단호하게 권유했다.

"아스타테아와 웰든가는 아시나가 그 어떤 논란의 중심도 되지 않길 바랍니다."

아마 지금 자신이 이러고 있다는 사실을 안다면 아시나는 싫어하겠지만, 알면서도 이안은 가문의 이름을 입에 올렸다. 잠시 말이 없던 베히다트가 입술을 비틀어 웃었다.

"그대는 크롬웰의 사신으로 온 것이 아니던가? 갑자기 사신이 아니라 아스타테아의 가주가 되었군."

"폐하께서도 기꺼이 이해해 주실 겁니다."

시선을 조금 내린 이안이 메마르게 웃었다.

"……아시나는 제 조카이기도 하지만 폐하의 조카이기도 하니까요."

자신을 팔아먹었다는 사실을 알면 라페니히 황제가 꽤 화를 내겠지만 그건 자신이 직접 그 말을 하지 못했다는 것에 대한 분노였지 자신의 이름이 들먹여졌다는 분노는 아닐 것이다. 베히다트는 괴고 있던 손을 내려놓았다. 손끝에 닿은 손잡이를 툭툭 두들기며 무언가를 더 찾아내고자 하는 시선으로 끊임없이 이안을 탐색했다.

"조카딸을 그렇게 싸고도는 이유가 궁금하군. 직계도 아닌데 말이지. 크롬웰의 귀족들이란 권력을 위해선 자기 자식조차 팔아 치울 수 있는 자들이 아니었나?"

공격적이고 신랄한 질문에 이안이 웃었다.

"전 아니거든요."

물론 카르디안 대공도.

주저하지 않고 이안이 덧붙였다. 언뜻 에메랄드 같은 눈동자에 반짝이는 경멸의 조각이 떠올랐으나 순식간에 가라앉았다.

베히다트의 기분이 저 아래로 침잠했다. 이제 겨우 손에 쥘 마음을 굳혔더니 엉뚱한 게 방해를 하는군.

베히다트가 자세를 바로 했다. 자칫 잘못하면 크롬웰 측과 완전히 틀어질 수도 있을 만한 문제였다. 그만큼 이안이 보여 주고 있는 아시나에 대한 보호 의지는 강건했다.

아마 조카와 삼촌 이상의 어떤 유대가 있을 거라 짐작하며 어떻게 구슬리면 좋을지 가늠해 보고 있을 때였다. 갑자기 문 쪽에서 느껴지는 기척에 베히다트의 시선이 강제로 옮겨졌다. 문을 열고 들어온 자는 다름 아닌 이만이었다.

이안이 의아한 기색을 비추었다. 이만의 등장에 베히다트가 알 수 없는 눈빛으로 그를 바라보았다. 다가온 이만이 제법 심각한 표정으로 베히다트의 곁으로 다가왔다.

"시하드시여, 지금 비가께서……."

뒤이어 속삭이는 이야기에 베히다트는 더 이상 그 자리에 앉아 있을 수 없었다. 바로 일어나는 라 균을 보며 이인이 의문 어린 표정을 지었다.

"유감이지만 나중에 다시 이야기하지."

다급하게 자리를 비우는 베히다트와 이만을 보며 혼자 알현실에 남겨진 이안이 미간에 주름을 잡았다.

"도대체 뭐지?"

내궁에서도 관료들이 업무를 편히 볼 수 있도록 마련된 안쪽 궁전 중 하나. 그 건물의 회랑을 걸어가던 게디크는 새삼스러운 표정으로 시하드 궁 쪽을 바라보았다. 게디크 옆에는 척 봐도 수상해 보이는 남자가 하나 붙어 있었다.

"벌써 움직였단 말인가?"

소식을 전해 들은 게디크는 의외로 침착했다. 무언가를 생각하는 듯 말이 없던 그가 꽤 진중하게 입을 열었다.

"시하드께선 지금 뭘 하고 계시지?"

"아마 사신과 있을 겁니다."

"아직 이 사실을 모르시는 건가?"

대답은 없었지만 그게 무엇일지는 짐작할 수 있었다. 게디크의 주름진 입술이 만족스럽게 휘어졌다. 흡사 무언가를 기대하는 듯한 들뜬 시선이 허공을 지나갔다.

"그쪽은 이미 움직인 건가?"

이번에는 남자가 고개를 끄덕였다. 답변이 마음에 든 건지 게디크의 입가에 퍼진 미소가 더 진해졌다. 턱을 쓸던 그가 살짝 제 주변을 돌아보았다. 지나가는 관료들은 많았으나 오히려 너무 많은 인파 탓에 게디크의 모습이 두드러지게 느껴지지 않았다.

"나도 슬슬 준비를 해야겠군."

시원하게 웃으며 게디크가 발을 옮겼다. 남자 역시 빠르게 사라졌다.

"이제 축제가 끝날 겁니다."

이안에게 붙들려 밤새도록 모든 걸 설명해야 했던 아시나는 동이 터 오고 나서야 그 손아귀에서 벗어났다. 가장 안쪽 방에서 해가 중천에 떴는데도 늘어져라 자고 있던 아시나가 문득 눈을 떴다. 더 자고 싶은 마음은 굴뚝같았지만 어쩐지 눈을 뜨고 나니 더 잠에 들 수 없었다. 무엇보다 아직 술렁이는 마음 때문에 제대로 자지 못했다. 아깐 졸음에 잠시 밀렸지만 마음이 너무도 무거웠다.

"……베히 님은."

지금 어쩌고 있을까?

미처 말이 되지 못한 말이 목구멍으로 넘어갔다. 아시나는 깊은 한숨을 내쉬었다. 뭘 해도 나아지는 건 없었다. 몰아내려고 해도 자꾸 불쑥 생각난다. 지우려고 해도 다시 덧씌워지고 잊으려고 해봐도 더 선명해질 뿐, 아무 소용이 없었다.

"싫어하겠지?"

그렇게 속였는데 또 말하지 않은 게 있다는 것에 질려 할지도 몰랐다.

이 관계는 안 된다고 스스로 단언한 주제에 그 사실에 절망하고 있는 게 한심했지만 그래도 마음이 무너지는 걸 막을 도리가 없었다. 굳이 어쩌고 싶은 건 아니었다. 그래도 미움받는 건 조금, 아니, 아주 많이 싫었다.

침대 위에서 홀로 무릎을 품에 끌어안고 앉아 있던 아시나가 문득 고개를 들었다. 자신의 생각에 무겁게 젖어 알아차리지 못했는데, 근처에 사람의 기척이 없는 게 의아했다. 여긴 시하드 궁이나 하렘이 아니니 시녀나 시동이 가까이에 없는 건 알겠지만 그래도 너무 조용했다. 심지어 이안이나 니젠조차 없는 기색이었다. 요행히 하렘으로 옮긴 그대로 끌려와서 주머니도 몸에 지니고 있었지만 안심이 되지 않았다.

맨발로 바닥을 디디니 아찔할 정도로 서늘한 기운이 발바닥을 타고 올라왔다.

"아무도 없나?"

텅 빈 내부를 한 바퀴 돌고 나자 정말 건물엔 아무도 없다는 걸 알 수 있었다. 이안은 어디 간 모양이었다. 그럼 올 때까지 모처럼 레이디답게 기다리고 있을까? 아시나가 막 방 안으로 돌아가려 발길을 돌렸다. 갑자기 등 뒤를 싹 훑고 내려가는 오싹한 기분. 방금까지만 해도 아무렇지 않았는데 갑자기 이 공간에 있다는 게 두려움으로 다가왔다.

이런 정적, 언젠가 느껴 본 적 있어. 이 찝찝하고 눅눅한 기분도. 더 이상 이곳에 있으면 안 된다는 경각심이 들었다. 아무런 전조도 없는 게 불길했다. 숨어 있을까? 재빨리 주변을 돌아보았으나 마땅히 숨을 장소가 없었다. 그럼 일단 도망쳐야지. 사람이 많은 곳으로 가면 좀 안전하리라. 아시나는 재빨리 어디로든 나가려고 했다. 아무도 없는 곳에 혼자 있으면 안 될 것 같았다. 어디로 도망치려는지도 모른 채 단순히 나가려는 의지 하나로 문 앞에 섰을 때였다. 순간 문이 열렸다. 그리고 열린 문 사이, 서 있는 남자를 보고 아시나는 경악했다.

소하르의 대족장이 습격받았다는 소식을 제일 먼저 전한 건 우마르였다. 녹의 기사단 인솔을 끝내고 다른 일거리를 처리하러 가기 전, 인사라도 할 겸 근처에 묵고 있다는 자신의 대족장을 뵈러 간 것이 어찌 보면 다행이었다. 습격 자체를 막진 못했지만 요행히 비가가 바로 죽는 것은 막아 낼 수 있었다.

여차여차 목숨은 건졌으나 상황이 좋지 못했다. 비가가 흘린 피가 너무 많았다는 것이 가장 큰 문제였다. 거기에 너무 노쇠하여 회복이 쉽지 않았다. 먼 길을 오느라 지쳐 있었던 것도 상태가 악화되는 데 한몫하고 있었다.

소식을 듣고 제일 먼저 달려온 나시르는 어찌할 바를 모르고 비가를 내려다보았다. 비가는 겨우 가는 숨만 붙들고 간신히 의식을 유지하는 중이었다. 무슨 치료를 하고 싶어도 떨어진 체력 때문에 오히려 더 악화될 수가 있어서 섣불리 건드리지도 못했다.

"대체 누가 습격한 것입니까?"

"아직은 모른다. 잡힌 자들이 전부 자살해서 추궁도 제대로 못했다. 조사해 봐야 알겠지만 우리가 의심하는 쪽인 듯해. 이와 비슷한 수법을 전에도 본 적 있거든."

"비가께서는……."

침음을 삼킨 나시르는 애써 불길한 생각을 몰아내려 애썼다. 비가의 자리가 비워지면 그건 소하르의 지옥이요, 페시안 전체의 혼란이었다. 20여 년 전 소하르의 후계 싸움과 맞물려 일어났던 쿤 계승권을 건 내전이 어떤 결과를 초래했는지 이미 경험하지 않았던가. 그때 우마르가 목소리를 낮춰 말했다.

"습격한 자들의 목적이 비가 님의 죽음 말고도 다른 게 더 있는 것 같았다."

"네?"

우마르의 말에 나시르가 두 눈을 동그랗게 떴다. 우마르가 목소리를 낮춰 말했다.

"비가 님께서 보관하시던 무언가를 빼앗기셨다고 했다."

"그게 뭡니까, 대체?"

우마르는 대답 대신 고개를 가로저었다. 나시르의 이마에 깊은 골이 패였다. 비가가 보관하던 무언가라. 언질조차 없었던지라 그게 무엇일지 짐작하기 힘들었다. 소하르에 어떤 식으로든 문제를 일으킬 것이라 예상하긴 했지만 설마 비가에게 직접 손을 댈 줄은 몰랐다. 이런 식의 과격한 수법은 쓰지 않을 거라 생각했는데. 비가를 노린 자들에 대한 분노가 일었다. 그와 동시에 비가에게서 그들이 빼앗아 간 무언가가 마음에 걸렸다. 그것은 대체 어떤 것일까. 재차 비가에게 물어봤으나 그는 대답해 주지 않았다. 비가의 침묵이 의심스러웠지만 그를 다그칠 순 없었다. 니시르가 고뇌하는 사이 베히다트가 도착했다. 이만과 함께 도착한 베히다트는 비가의 상태를 보자마자 분노했다.

"대체 널 누가 이리 만든 거지?"

간신히 눈을 뜬 비가가 흐릿하게 웃었다.

"다행히…… 시하드는 뵙고, 갈 수 있겠군요……."

"그런 나약한 소리는 하지 마라. 목숨은 그리 쉽게 포기하는 것이 아니다."

베히다트가 종용했으나 비가는 이미 제 생명의 끝을 예감하고 있었다. 그래도 그는 숨이 끊어지기 전에 베히다트를 볼 수 있어서 다행이라 생각했다. 말을 할수록 가슴에 입은 상처가 다시 벌어지며 꾸역꾸역 피를 토해 냈다. 그래도 비가는 입을 다물지 않았다. 세월이 마르게 한 주름진 얼굴이 고통으로 일그러졌다.

"시하, 드시여…… 3왕자의, 망령에…… 휘, 둘리시면 안 됩니다."

그가 힘겹게 숨을 토해 냈다.

"그 그늘에, 갇히시면…… 절, 대로 안 됩니다."

고통을 인내하는 목소리가 처절하게 와 박혔다. 비가는 이미 베히다트가 무엇을 하려는지 알고 있는 모양이었다. 모를 거라 생각하진 않았지만 죽어 가면서조차 자신을 만류할 줄은 몰랐다. 베히다트는 죽어 가는 자신의 늙은 신하에게 그 어떤 말도 해 줄 수 없었다.

벌어진 상처가 좀처럼 아물지 않아 의원이 뒤쪽을 향해 소리를 질렀다. 급박한 치료가 이어졌다. 이미 피를 많이 흘린 상태라 비가의 손은 처연하게 떨리고 있었다.

"모두 잊으십시오."

단언하는 비가의 목소리가 귓가에서 크게 울렸다.

"그들의 도발에, 응하시면 안 됩니다……."

고르지 못한 거친 숨소리와 함께 그의 간절한 시선이 베히다트에게 와 닿았다.

"이 늙은 종의 마지막 청이옵니다."

그 말을 토해 내는 걸 마지막으로 비가는 눈을 감았다. 편안하게 숨을 들이켜는 걸 마지막으로 비가의 가슴은 그대로 멈췄다. 달라붙어 있던 의사들이 무어라 웅성거렸으나 베히다트의 귀엔 들어오지 않았다. 물러선 베히다트가 심각한 표정으로 서 있었다. 나시르도 우마르도 감히 그를 부를 수 없었다. 소리 없이 지켜보던 이만이 눈물을 삼키며 방을 나가고 뒤이어 엘바와 이즈미르가 문 앞에 섰다.

"비가 님……."

이즈미르가 크게 눈을 뜬 채로 멈춰 섰다. 평소 비가를 꺼리던 엘바조차 할 말을 잃고 굳은 표정으로 섰다. 나시르는 북받치는 감정에 더 이상 자리를 지키고 설 수 없었다. 조용히 물러난 나시르와 달리 우마르는 고요하고 차분하게 비가가 가는 길에 기도를 올렸다.

"이게 대체 무슨……."

"비가 님……."

이즈미르의 몸이 휘청거렸다. 엘바가 그를 붙잡아 주었으나 넋이 나간 이즈미르는 좀처럼 진정될 기미가 보이지 않았다. 한 번 눈을 감은 비가는 의사들이 무슨 짓을 해도 다시 눈을 뜨지 못했다. 힌 참을 이리저리 무언가를 시도해 보던 의사들이 이내 손을 멈추고 가만히 서서 고개를 숙였다. 묵념. 차갑고 서늘한 공기가 모두의 심장 언저리를 얼어붙게 만들었다.

베히다트는 그 앞에 서서 숨소리조차 내지 않고 비가를 내려다보았다. 쿠사다니 사 쿤이 다스리던 시절부터 약 3대에 걸쳐 쿤을 섬긴 늙은 신하가 오늘에서야 안식을 얻었다. 온기를 잃은 바짝 마른 손이 그의 시선 끝에 오래 맴돌았다.

알현실에서 돌아온 이안은 건물에 들면서부터 느껴지는 불길한 기운에 미간을 찌푸렸다. 니젠도 마찬가지였다. 이안을 혼자 남겨 놓는 건 불안하니 그를 끌고 방 안 이곳저곳을 둘러보던 니젠이 고개를 가로저었다. 녹의 기사단은커녕 남겨 놓고 갔던 라첸 기사단의 흔적도 보이지 않았다.

물론 아시나도.

"왜 이 건물이 텅 비어 있는 거지?"

"나야 모르지."

"……."

녹기사들이야 술을 마시겠다며 자리를 비웠을 확률이 컸다. 하지만 라첸 기사단까지 자리에 없는 건 말이 되지 않았다. 이안이 머릿속에 떠오른 불길한 생각을 애써 외면하고 있을 때 돌연 니젠이 표정을 굳혔다. 빠르게 움직이는 니젠을 보며 이안이 머리를 쓸어올렸다. 멀지 않은 다른 건물로 간 니젠이 잠시 후, 부상을 입은 녹기사 몇 명을 둘러메고 돌아왔다.

"녹기사 전부가 자리를 비운 건 아닌가 봐."

부상이라 했지만 심각한 건 아니었다. 이제 정신을 차린 건지 숨을 몰아쉬며 녹기사들이 무릎을 꿇었다.

"다친 건가?"

"응, 시동들을 불러야 할까?"

"빨리 불러 와."

그래도 이안 혼자 두는 건 안심이 되지 않는지 니젠이 머뭇댔다. 그럴 시간에 다녀오라는 듯 이안의 시선을 주자 니젠이 움직였다. 그가 가고 나서야 이안은 이제 정신을 차린 것처럼 머리를 흔드는 기사를 내려다보았다.

"습격이 있었습니다."

"나도 그건 알아. 그래서? 어떻게 되었지?"

"갑자기 침입한 검은 인영들이 레이디를 데려갔습니다."

"……."

여기 있을 레이디라면 하나밖에 없었다. 아시나. 신음을 삼키며 이안이 크게 숨을 들이마셨다. 여기서 흐트러지면 아시나를 되찾아올 수 없었다. 뜨거워지는 피를 간신히 차갑게 만든 이안이 눅눅한 분노를 흘렸다.

"그거 하나 막아 내지 못한 건가?"

"죄송합니다."

기사가 고개를 숙였다. 분노하긴 했지만 그들을 처분할 생각은 없었다. 기사들은 이제 여기에 온 셈이었고 무엇보다 아직 습격의 후유증과 여독을 제대로 풀지도 못한 상태였다. 그런 와중에 적들은 작정하고 노리고 있었을 테니, 막아 냈다면 그게 나름 기적이었을 테지. 이안이 머리를 굴렸다. 목적이 무엇인가. 아시나를 데려간 이유가 무엇일까?

그 아이를 노릴 이유가 없었다. 북대륙에서나 중요 인물이지 남대륙에서 아시나는 그다지…….

아, 설마.

생각을 이어 나가던 이안이 표정을 굳혔다.

"철저히 준비한 기색이었습니다. 무슨 일인지 저희에 대한 파악도 완전히 한 느낌이었습니다. 무엇보다 저희 측의 숫자가 적었던 지라……."

깊은 신음을 목안으로 삼키며 그가 물었다.

"나머지는 어디 갔지?"

"이쪽 병력의 수준을 알아보시겠다며 오전에 미카엘 님이 기사 몇 명을 끌고 나가셨습니다."

그건 자신이 지시해 놓은 일이었다. 많이 끌고 나가라고 하지도 않았고 금방 돌아오라고 덧붙여 놓았는데. 시간대를 가늠해 본 이안이 한숨을 내쉬었다.

"누구인지는 짐작이 가는가?"

"잘 모르겠습니다. 그렇지만……."

"말해."

망설이던 기사가 용기를 얻어 입을 열었다.

"이전에 저흴 습격한 자들과 같은 복장이었습니다."

결과적으로 같은 놈에게 두 번 당했다는 소리에 이안이 대놓고 인상을 찡그렸다. 시동에게 의사를 데려오라는 지시를 마치고 돌아온 니젠이 괜히 움찔했다.

"왜 그래?"

"따라와."

누가 남아 있을 것 같진 않았지만 이안은 안으로 향했다. 서늘한 공기가 머무는 방 안에 들어서자 불쾌한 기분이 엄습했다. 싫은 기분. 나가고 싶은 충동을 억누르며 이안은 차분히 모든 공간을 돌아다녔다. 그리고 아침에 아시나가 잠들어 있던 침대에 도착하자 알 수 없는 기분이 그를 덮쳤다.

비어 있는 자리, 사라진 온기.

머리부터 발끝까지 서늘한 기운이 흘렀다. 차가운 분노가 머리를 더 맑게 만들어 주었다. 이럴 줄 알았으면 수르트에 라첸 기사단의 절반을 놓고 오는 게 아니었다. 부단장이 없다고 이 정도까지 취약해질 줄이야. 천문학적인 손해를 감수하고서라도 모든 상단의 출항을 금지해 놓은 처분을 떠올리자 기분이 가라앉았다. 크롬웰 군함에 남아 자신이 돌아오길 기다리고 있을 흑기사들이 아른거렸다. 그쪽도 습격을 받았다면 완벽한 궤멸이었다.

"시하드 궁이나 하렘보다 이곳이 훨씬 더 보안에 취약하겠지?"

"아무래도 그렇지 않을까?"

"일부러 노린 건가."

자신이 돌아가는 걸 원한 것이 아니었단 말인가. 누구인지 모를 상대를 얕본 건 아닌데, 상대가 준비해 둔 게 훨씬 많았다.

"똑똑한데?"

"감탄할 때냐?"

가볍게 상대할 생각이었는데 마음이 완전히 바뀌었다. 지키지 못한 텅 빈 자리를 노려보며 이안이 차갑게 웃었다. 니젠이 핍박을 했으니 이인은 별다른 대꾸를 하지 않았다.

"다시 알현을 하러 가야겠군."

엘바는 충격에서 쉬이 헤어 나올 수 없었다. 어제까지만 해도 연회에서 향기로운 음식과 오랜만에 찾아온 여유로움을 즐기고 있었는데 하루 만에 모든 것이 뒤바뀌었다.

"비가께서……."

그가 죽는다는 건 상상하지 못할 일이었다. 충격 때문에 엘바는 무슨 말을 할 수가 없었다. 그저 앉은 채 머리를 짚고 한숨만 내쉴 뿐. 머릿속이 복잡해져서 연거푸 한숨만 내뱉고 있는데 돌연 가만히 앉아 있던 이즈미르가 자리에서 벌떡 일어났다. 놀란 엘바가 이즈미르를 올려다보았다.

"뭘 하려는 겐가?"

"시하드를 막아야 하네."

"시하드를? 갑자기 그게 무슨 소리인가?"

고민하다 결론을 낸 이즈미르가 다급히 움직이며 엘바의 손을 뿌리쳤다. 아니, 뿌리치려고 했다.

"이 모든 게 시하드를 노린 걸세. 모르겠나?"

"무슨 소리를……."

엘바가 이해를 못 하고 입을 다물자 이즈미르가 심각한 얼굴로 입을 열었다. 알고 있었지만 모른 척하고 있던 것들이 이제야 수면 위로 하나둘 떠올랐다. 전부 묻혔으면 했는데, 바람대로 되지 않았다.

"시하드께서 왜 순순히 라 쿤의 자리에 오르신 건지 자네는 아나?"

엘바가 얼떨떨하게 말했다.

"그야 살아남으셨으니……."

"아니야."

이즈미르가 단호하게 말을 끊었다.

"3왕자께서 갖고 계셨던 문스톤을 지금 라 쿤께서 가지고 있으시다."

"그거……."

엘바가 입술을 깨물며 복잡한 표정을 지었다. 문스톤, 달의 정령이 잠들어 있다는 쿤가의 오래된 가보. 최초의 신이 자신의 반려 페시아에게 선물했다는 전설이 깃든 보석이었다. 지금은 의미가 변질되어 쿤의 후계자임을 증명하는 증거로 쓰이는 보물.

"그래, 후계자에게 주는 표식이지. 세헬레."

"설마, 3왕자께서……."

두 왕자 사이에 어떤 일이 있었던 것인가.

아무리 둘이 같은 어머니를 둔 친형제라지만, 절대 어떤 연관성도 없다고 생각했는데 순간 소름이 돋았다. 이즈미르가 고개를 가로저었다.

"두 분 사이에 무슨 일이 있는지는 모르겠다만 확실한 건 그게 지금의 시하드가 계시는 데 지대한 영향을 끼쳤다는 거지."

엘바의 손이 떨어졌다. 그가 이즈미르의 어깨에 손을 올리며 고개를 끄덕였다.

"나도 같이 가세."

바레인이 사라졌다는 걸 알아차린 때는 어느 정도 비가의 죽음에 대한 슬픔을 무마하고 난 후였다. 이젠 움직일 거라 생각해 놀랍지 않았지만, 뒤이어 이안이 전해 온 소식엔 놀라지 않을 수 없었다. 믿을 수 없이 직접 아시나가 머물렀나는 방까지 들어가 봤지만 그녀가 거기에 있을 리 없었다.

놀랍게도 비가의 죽음을 목도했을 때보다 더한 분노가 몰아쳤다. 일순 방심한 순간 잃어버린 빈자리 때문에 알 수 없는 냉기가 심장 언저리를 얼어붙게 만들었다. 하지만 다행히도 그는 이게 누구 짓인지 알고 있었다.

바레인.

그 이름을 곱씹으며 베히다트는 생각에 잠겨 있었다.

"그러니까……."

이안은 가만히 앞을 바라보았다.

베히다트는 말이 없었다. 무슨 말을 꺼낼 분위기가 아닌지라 이안은 재촉보다 기다림을 선택했다. 하지만 언제까지고 이럴 수 없었다. 이전 알현과 달리 이번엔 양옆으로 페시안의 관료들이 서 있었다. 언젠가 연회장에서 본 나시르와 기사들을 데려온 우마르, 타무라 전사인 카림 외의 여러 명.

일명 라 쿤의 최측근들.

평소라면 흥미를 가지고 살피겠지만 오늘은 아니었다. 무슨 이야기가 오간 건지는 대충 알 수 있었다. 다들 숨기고 싶어 했지만 이안은 눈치가 빨랐다. 아마도 다른 일이 터진 거겠지. 자세히는 모르겠지만 아시나가 없어진 것과 맞물려 있을 거라는 건 쉽게 예상할 수 있었다.

"페시안의 내정에 간섭하고 싶은 생각은 없습니다. 저는 그저 제 조카에게 무슨 일이 일어난 건지를 알고 싶을 뿐입니다. 이 일에 대해 취해진 조치가 만약 석연치 않다면 단독으로 움직이겠습니다."

이안이 드러내는 은은한 분노에 나시르는 숨을 삼켰다. 복잡한 심정을 얼굴에 그대로 드러냈으나 다행히 알현실 안에 사람이 많아 그를 주목하고 있는 자는 많지 않았다. 이안은 가만히 베히다트가 내놓을 대답을 기다렸다. 한참 동안 말이 없던 그가 마침내 입을 열었다.

"……페시안의 내부 문제다."

아무래도 외부인에게 공개하는 건 꺼려지는 일이었다. 이안도 그 점은 인정했다. 독자적으로 움직일 계획을 세우며 여기서 어떻게 엄포를 놓고 돌아갈지 말을 고를 때였다. 그 말을 꺼내 보기도 전에 베히다트가 먼저 입을 열었다.

"하지만 그대는 조금 관련이 있군."

온건한 대답에 이안은 놀랐다. 페시안 측 관료들의 입에서도 뭔가 의미 불명의 소리가 터져 나오긴 했지만 아무도 나서서 라 쿤을 제지하진 못했다. 새삼 그가 가진 권력의 크기를 실감하며 이안은 더욱더 표정을 굳혔다.

"20년 전쯤 이 땅에서 무슨 일이 일어났는지 혹시 알고 있는가?"

무슨 의도로 묻는 것인지 알 수 없었으나 이안은 알고 있었다.

"후계 분쟁이 불거지지 않았습니까?"

"그래, 그 후계 싸움에서 살아남은 승리자가 바로 나지."

그가 입꼬리를 비틀어 웃었다. 이안은 뭔가 불길한 느낌을 받았다.

"그때 페시안의 3왕자가 돌연 하렘의 모든 아이와 여인을 죽이고 자살하는 사건이 있었다. 아무도 그 이유는 모르지. 내가 알고 싶은 것은 바로 그것이다."

잠시 입을 닫은 베히다트가 잠시 뒤 천천히 한 글자씩 강조했다.

"타리프 왕자가 미친 이유."

라 균이 될 때부터 다짐했던 것이다. 무슨 일이 있어도 그것만큼은 알아낼 것이라고. 비가가 남긴 유언이 목에 가시처럼 걸렸지만 이렇게까지 되어 버린 이상 베히다트는 물러설 생각이 없었다.

지난 몇 년을 이걸 위해 살아왔다. 쉽게 물러날 거라면 애초에 시작조차 하지 않았을 테지.

"그 비밀을 쥐고 있는 자들이 아마 지금 이 일을 벌인 거겠지."

빠르게 이해한 이안이 담담하게 말을 받아쳤다.

"그럼 내 꼬맹이를 데려간 놈들도 그중 하나겠군요."

"그렇다."

"절 습격한 자들도 같은 인물이고요."

베히다트는 대답하지 않았지만 이안은 스스로 납득했다. 상황과 정황이 절묘하게 맞아 떨어졌다. 비어 있던 퍼즐 조각 하나가 제 손안에 들어왔다. 그리고 자신이 해야 할 일도 알 수 있었다.

"좋습니다."

이안이 고개를 끄덕였다.

"그래서, 라 균의 계획은 무엇이십니까?"

당돌한 질문에 신하들이 불편한 기색을 내비쳤다. 모두가 꺼리는 불쾌한 공기가 형성되었지만 정작 베히다트는 재미있었다. 이런 인재가 있다는 걸 알았다면 어쩌면 진작 크롬웰에 관심을 뒀을지도 몰랐다. 비록 지금뿐이더라도 아시나가 그들에게 붙잡혀 있는 동안 이안은 자신들의 편이었다.

"크라차에 그들의 본거지가 있다는 정보가 있으니 직접 가야겠지."

"균께는 7개의 단위 부대가 있다고 알고 있습니다. 수도를 방위

하는 건제 부대를 움직일 수는 없을 테니 직속인 단위 부대를 데려 가시겠지요?"

"그러려고 했는데 일이 있어서 말이지."

소하르에서 일어날 혼란을 대비해 추가로 제베지를 보내야 했다. 비가가 죽은 여파는 예상할 수 없을 만큼 크다. 소하르 내부에서 일어난 혼란은 결국 전국적으로 퍼질 게 자명했다. 아마 이걸 노리고 비가를 습격했겠지. 이미 가 있는 예니센에 새로 보낼 제베지, 먼저 샤르자에 가 있을 라음즈와 무스카트에 간 타무라까지 제외하면 결국 남은 것은 3개 부대. 아제미는 알 페시안을 지켜야 하니 운용할 수 있는 부대는 단 두 개뿐이었다. 그 사정을 모를 게 분명한데 이안은 아무 망설임 없이 말했다.

"제가 돕겠습니다. 라첸 기사단에 대한 명령권을 임시로 드리겠습니다. 폐하의 수호 기사만큼은 아니지만 쓸 만합니다."

뒤에 서 있던 니젠이 놀라서 이안의 뒤통수를 쳐다보았다. 녹기사들이 호위한다고 해도 라첸 기사단이 빠지는 구멍은 컸다. 심지어 끄나풀을 잡으려고 수르트에 라첸 기사단의 반과 흑기사들까지 놓고 오지 않았던가. 아무리 자신을 믿는다고 해도 과도한 믿음은 괜히 불안했다.

파격적인 제안에 사람들이 술렁였다. 물론 베히다트 역시 놀라움을 감출 수 없었다.

"무슨 대가를 원하는 건가?"

지체 없이 이안이 대꾸했다.

"아시나를 무사히 크롬웰로 보내 주십시오."

시선을 내리며 이안이 한숨과도 같이 덧붙여 말했다.

"제가 원하는 건 그것뿐입니다."

언뜻 이해할 수 없는 발인이었다. 니젠은 이해했지만, 납득하지 못하는 건 페시안의 관료들도 마찬가지였다. 이안은 굳이 그들을 이해시키려 하지 않았다. 이건 아무도 이해할 수 없는 거니까. 마저 중한 이야기를 나누라고 자리를 비켜 주려 했을 때였다. 적막한 공간에 작은 손기척 소리가 들리더니 알현실의 문이 열렸다. 그리고 들어온 것은 이안의 라첸 기사였다. 이안이 소리 없이 라쿤께 양해를 구했다. 그리고 이안의 손짓에 다가온 기사가 고개를 숙였다.

"각하."

"무슨 일이지?"

기사가 이안의 귓가에 작은 목소리로 속삭였다. 이제껏 평온하던 이안의 표정이 빠르게 굳었다. 기사가 물러나 니젠의 옆에 섰다. 귀가 밝은 니젠 역시 기사가 가져온 소식에 인상을 찌푸렸다. 이안은 잠시 무언가를 계산하는 듯 머리를 굴리다가 이내 베히다트를 보며 고개를 숙였다.

"……죄송하지만, 저는 이대로 크롬웰에 돌아가 봐야 할 것 같습니다."

범상치 않은 기운이 느껴져 베히다트가 중히 물었다.

"무슨 일이 생겼는가?"

"바쁜 일이 생겼거든요."

이안이 웃으며 고개를 끄덕였다.

"부디 아시나를 무사히 구해서 제 라첸 기사들과 함께 보내 주셨으면 합니다."

마지막으로 당부하는 말에 베히다트가 옅게 웃었다.

"노력하지."

아시나가 눈을 뜬 건 아주 오랜 시간이 흐른 뒤였다.

도대체 자신에게 무슨 짓을 한 건지 알 수 없었다. 다만 문이 열렸고, 그 문 앞에 바레인이 서 있었다는 것만 기억했다. 그다음은 온통 암흑. 기억이 끊겼다. 언뜻 뒤에서 뭔가가 자신을 친 것 같았지만 아시나는 거기까진 신경 쓸 수 없었다.

눈을 뜨자마자 기겁을 하며 주변을 살펴보았지만 알 수 있는 건 없었다. 차가운 돌벽. 딛고 있는 바닥 역시 돌이었다. 냉기가 머무는 공간은 이상하게 낯설지 않았다. 언젠가 와 봤던 것 같은…… 그래, 북에서 자주 다녔던 유적지와 비슷했다. 바로 일어나려고 했지만 다리에 힘이 들어가지 않아서 아시나는 답답한 마음에 얼굴을 구겼다. 도대체 자신에게 무슨 일이 일어난 것인가. 입술을 깨물어 봤지만 이 상황을 타개할 뾰족한 수는 생기지 않았다.

"깨어나셨습니까?"

낯익은 목소리에 저절로 몸이 굳었다. 아시나는 숨을 천천히 들이마시며 고개를 들었다. 거기엔 하얗게 웃고 있는 바레인이 서 있었다.

바레인은 천천히 자신의 시야에 들어오는 아시나를 내려다보았다. 의식을 잃었을 때도 저도 모르게 손을 댈 만큼 아름다웠지만 눈을 뜬 그녀는 비할 바 없이 아름다웠다.

숨을 내쉬며 발그레하게 달아오른 뺨과 생기가 도는 보드라운 피부, 거기에 반짝이는 눈동자까지. 자신을 바라보는 그 시선이 너무나 사랑스러워서 저도 모르게 손에 쥐고 싶었다. 아시나가 고개를 가로젓자 가닥가닥의 은빛 실타래가 부드럽게 굽이졌다. 그것마저도 시선을 강제로 빼앗았다. 하지만 다가가려고 하기도 전에 불쾌한 것이 바레인의 기분을 끌어내렸다. 아시나의 팔목에 채워진 것, 세헬레. 페시안인인 그가 못 알아볼 리가 없는 물건이었다.

"……도대체 이게 뭐하는 짓이죠?"

조금만 더 침묵이 계속되었다면 자신이 무슨 일을 저질렀을지 장담하기 힘들었다. 아시나의 물음에 억지로 충동을 잠재우며 바레인이 메마르게 웃었다.

굳이 그녀를 이곳까지 끌고 온 이유. 목에 가시가 걸린 것처럼 제 안에서 무언가가 따끔거렸다.

"그렇게 살펴보셔도 소용없습니다. 이곳은 알 페시안이 아니니까요."

"……."

불안한 시선이 주변을 둘러보다 바레인에게 머물렀다. 바레인은 자신을 바라보는 시선에 묘한 쾌감마저 느꼈다. 이 눈동자가 자신을 영원히 바라봐 주기만 한다면 뭐라도 바칠 수 있을 것만 같았다. 하지만 그 눈동자가 드러낸 감정은 애정이 아니었다.

"그냥 그대로 사라져 버렸으면 좋았을 것을."

자키야를 따라 궁을 도망쳐 그대로 크롬웰로 돌아가 버렸으면 이렇게 제 마음이 흔들리진 않았을 터였다. 이전부터 세워 놓았던 계획은 원하는 대로 이뤄지고 있지만 그는 아시나의 존재 자체가 마음에 들지 않았다. 아니, 정확히는 베히다트의 옆에 있는 그녀가 마음에 들지 않았다.

왜 하필 그 남자지?

특별히 싫다거나 한 건 아니었다. 증오할 만한 거리도 없는 남자였다. 어쩌다 대적하는 위치에 서게 되었지만 그건 그가 흥미로웠기 때문이었지 다른 이유는 없었다. 실제로 이 계획에는 각자가 원하는 바가 서로 얽혀 있는 와중에 바레인만이 붕 떠 있었다.

샤르자가 원하는 것은 독립, 게디크가 원하는 것은 장로 체제의 권력, 잘릴이 원하는 것은 영토 확장, 크라차가 원하는 것은 페시안의 약화. 바레인이 이 틈에 낀 이유는 오로지 이 계획이 자신의 어쩔 도리 없는 지루함을 날려 보내 줄 거라 여겼기 때문이었다. 그런데 이렇게 열망하는 것이 생길 줄 감히 누가 알았을까.

"뭘 하려는 거죠?"

알 수 없는 두려움을 느낀 아시나가 되물었다. 바레인이 선하게 웃었다.

"글쎄요. 뭘 하려는 걸까요?"

바레인의 푸른 눈동자에 떠오른 감정을 읽어 낼 수가 없었다. 어둡고 끈적한 무언가. 아시나가 아는 감정이 아니었다. 섣불리 건드렸다간 어쩐지 피를 볼 것 같아 아시나는 입을 다물었다. 눈치 빠른 그녀의 얌전한 태도에 바레인이 쓰게 웃었다. 차라리 아무것도 몰랐으면 좋았을 텐데.

"나한테 왜 이래요?"

"글쎄요."

"날 끌고 올 이유가 있나요?"

아시나의 상기된 뺨을 쓰다듬으며 바레인이 쓰게 웃었다.

"당신에게 원한이 있는 건 아닙니다."

아시나는 대놓고 싫어하는 기색을 숨기지 않았다. 그 모습마저 아름다웠지만 한편으로는 이 목을 잡고 그대로 비틀어 버리고 싶은 충동도 같이 일었다.

"너무 싫어하지 마시길. 짜증나거든요."

바레인에게서 무언가를 느낀 건지 아시나가 입을 다물었다. 얌전한 기색은 아니지만 그렇다고 굳이 자극하지도 않는 그녀를 보니 바레인은 처음 그녀를 봤을 때가 떠올랐다. 이 모습에서는 전혀 연상이 되지 않는데도 묘하게 겹쳐졌다.

비틀린 욕망. 무언가에 이렇게 얽매이는 자신은 낯설었다. 하물며 그것에 같이 얽매인 자가 베히다트라는 점이 정말 마음에 들지 않았다. 그 어느 것에도 희미한 관심조차 없었는데.

"차라리 당신을 인형으로 만들어 가지면 마음이 편할까요?"

"그게…… 뭐……."

"팔다리를 부러뜨리고 이 예쁜 눈을 멀게 하고, 당신의 목소리마저 빼앗으면…… 그러면 이 마음이 풀릴까요?"

바레인의 눈동자가 불길하게 빛났다. 넘실거리는 검은 욕망에 아시나는 저도 모르게 숨을 죽였다. 그렇다고 지고 싶진 않았다.

"그런다고 날 완전히 가질 수 있을 것 같아요?"

무섭지 않은 건 아니었다. 하지만 그녀는 상대가 누구든 굽혀 본 적이 없었다.

"난 내 거예요."

붉은 눈동자에 어리는 단호한 빛에 바레인이 물러났다. 그가 비틀린 미소를 지었다.

"그럼 망가뜨려야겠군요."

그게 무슨.

채 반응을 하기도 전에 그가 낮게 속삭였다.

"살려 달라 빌면 살려 드리겠습니다."

"거절하면요?"

"죽어 주세요. 그 남자와 함께."

마치 목을 조르기라도 하려는 듯 그가 손을 뻗어 목 언저리를 붙잡았다.

"제 미련이 사라지게."

그 남자. 그가 누구인지 모를 리가 없었다. 아프도록 입술을 깨물던 아시나가 인상을 구겼다.

"날 미끼로 붙잡는다고 베히 님이 여기 올 것 같아요?"

"당신은 미끼가 아닙니다."

바레인이 단숨에 물러났다. 비웃음이 아프게 와 닿았다. 하지만 그것보다 아시나의 신경을 쏠리게 만드는 건 바레인이 내보인 무언가였다.

"미끼는 이거죠."

"……그게 뭐죠?"

불길함을 느끼며 아시나가 되물었다. 돌돌 말려진 작은 파피루스. 저도 모르게 직감했다. 저게 범상치 않은 물건이란 걸.

"그 남자가 원하는 것."

바레인은 여전히 선하게 웃었다.
"타리프 3왕자의 비밀입니다."

"출발했는가?"
우마르의 질문에 나시르가 조용히 고개를 끄덕였다. 베히다트에게 가는 길에 만난 두 사람은 별다른 말을 하지 않아도 뜻이 통했다. 이안을 돕고 돌아온 나시르는 어쩐지 조금 지친 기색이었다.
사신 일행은 둘로 나뉘어서 행동했다. 이안 공작을 위시한 니젠, 그리고 녹기사 몇. 이안 일행은 곧장 본국으로 돌아가기 위해 최소의 호위로 수르트로 통하는 가장 빠른 사막 길로 향했고 녹기사단장 미카엘을 위시한 녹의 기사단과 병사들은 알 페시안 경계 지역에 놔두고 온 나머지 기사들을 수습한 뒤 본국으로 돌아가는 계획이었다. 녹기사들은 이안과 갈라져 행동한다는 사실에 처음엔 반발했으나 이안이 몇 마디하며 어떤 서신을 넘겨주니 곧바로 입을 다물었다.
"정말 라첸 기사단을 놓고 갔습니다. 심지어 라첸 기사단 측에서 별다른 반발도 없더군요."
"내가 보니 훈련이 잘되어 있는 기사단이었다. 기사들 하나하나가 자신이 무엇을 해야 하는지 알더군. 그렇게 훈련시키기까지 얼마나 많은 자원이 들었겠는가? 대단하다 말만 들었지 직접 겪으니 기분이 남다르군."
우마르가 감탄했으나 나시르는 동조할 기분이 들지 않았다. 길을 가장 잘 아는 아제미 전사를 공작 측에 붙여 주었음에도 안심이 되지 않았다. 그 길은 샤르자와도 맞닿아 있는 길. 혹여 또 다른 습격이 일어나지 않을까 하는 우려가 들었으나 정작 우미르는 별다른 걱정을 하지 않았다.

"그래도 의외로군. 시어머니처럼 일이 끝날 때까지 지켜볼 줄 알았는데."

"아……. 그러게나 말입니다."

나시르가 수긍하며 입을 다물었다. 심지어 아시나의 실종에 별달리 흥분하지도 않았다. 분노하긴 했으나 그보다 차분하게 해야 할 일과 할 수 있는 일을 정했다. 오히려 그 분노가 너무 서늘해서, 나시르는 무서웠다. 그의 분노가 진짜 제 모습을 드러낸다면 그건 과연 어떤 모습일까. 그 일은 일단 제쳐 놓고 나시르는 가장 급한 문제에 대한 화두를 꺼냈다.

"시하드께선 어떻습니까?"

"아, 이미 톱추와 훔바라즈의 출정 준비를 끝내셨네. 아무래도 크라차까진 거리가 걸리니까 서두르시는 것 같은데……."

"크라차……."

크라차에 본거지가 있다는 정보는 확실했다. 크라차 고위 귀족들과 샤르자로 통하는 연결 고리도 어느 정도 밝혀낸 바. 그러나 어째서인지 나시르는 내키지 않았다.

정말 바레인이 크라차로 간 것이란 말인가. 한 번도 의심해 보지 않은 부분이었지만 새삼 의아했다.

잘릴이 다라로 떠난 직후부터 바레인에 대한 감시는 알게 모르게 강화되어 있었다. 그 강화된 감시를 뚫고 도망친 것도 모자라서, 아시나까지 데려갔다는 게 나시르는 언뜻 납득할 수 없었다. 그 모든 것이 과연 게디크의 도움만으로 가능한 것인가.

"그런데 정말 바레인이 크라차에 가 있는 걸까요?"

"바레인은 크라차에 없다고 해도 크라차에 그들의 본거지가 있는 건 확실하지 않은가?"

"왜인지 불길한 느낌이 듭니다."

저번부터 느끼고 있었던 거지만 여전히 바레인의 목적은 오리무중이었다. 나시르의 시선이 흔들렸다. 바레인의 목적이 무엇이든 그것이 샤르자의 오랜 야망인 독립과 연관되어 있을 건 분명하지만, 왜인지 불안했다. 무언가를 놓치고 있는 기분. 이 기분은 꽤 오래전부터 계속 잠재되어 있었다. 도대체 무엇일까, 놓치고 있는 것이……. 나시르가 생각에 잠겨 있을 때였다. 우마르가 나시르의 소맷자락을 잡아챘다.

"어디로 가시는 겁니까, 대족장님들?"

우마르의 중후한 목소리에 생각에서 깨어난 나시르가 앞을 바라보았다. 해가 지고 있는 노을을 배경으로 두 대족장이 나란히 걷고 있었다. 하지만 이곳이 다른 장소도 아니고 시하드 궁이라는 데에 그 의미가 컸다. 엘바는 몰라도 이즈미르는 우마르를 보자마자 표정이 굳었다.

"시하드를 뵈러 가네. 낮엔 뵙지 못해 이제라도 뵐 수 있을까 해서 말이지."

"그래, 낮엔 이만이 우릴 단호하게 막았지."

엘바가 불만스레 덧붙였다. 낮이라는 단어에 그때 있었던 일이 자연스레 떠오르자 나시르의 표정이 저절로 굳었다. 할 일이 있기 때문에 억지로 버티고 있는 것일 뿐, 정신적인 지주를 잃은 나시르 역시 상태가 좋지 못했다. 나시르가 딱딱하게 대꾸했다.

"지금 가셔도 뵐 순 없을 겁니다."
"왜지?"
이즈미르가 인상을 썼다. 우마르가 부드럽게 웃으며 둘 사이에 끼어들었다.
"자세한 건 말씀드릴 수가 없습니다. 죄송합니다. 이제 축제는 끝났습니다. 각 자치구로 돌아가셔서 내정에 힘써 주십시오. 앞으로 어떤 일이 벌어질지 저희 역시 장담할 수 없습니다."
나시르의 말에 엘바는 어느 정도 납득한 듯 보였다. 그런 일이 있었으니 축제가 이어지는 것이 이상하겠지. 그러나 이즈미르는 쉬이 물러서지 않았다.
"설마 시하드께서 비가의 유언을 어기고 바레인을 쫓으러 가시는 건가?"
집요한 질문에 집요한 시선이 따라붙었다. 나시르는 곤란해져 입술을 깨물었다.
"자세한 건 말씀드릴 수가……."
"크라차로 가시는 건가?"
이 질문만큼은 우마르도 대답할 수 없었다. 애매하게 웃는 우마르와 묘하게 시선을 피하는 나시르를 지켜보며 이즈미르가 묵직하게 한마디를 내뱉었다.
"바레인은 거기 없을 걸세."
"그게 무슨 말씀이십니까?"
자신도 모르게 대꾸한 나시르가 이맛살을 찌푸렸다. 이즈미르는 잠시 침묵하다 깊은 시선으로 나시르를 살펴보았다. 도통 속을 모를 모습이었다.

"시하드의 의지는 확고하신 건가?"

"절대 마음을 돌리지 않으실 겁니다."

이번에는 우마르가 대꾸했다. 나시르의 어깨를 가볍게 누르고 우마르가 웃었다. 부드러운 대답에 담긴 단호함에 이즈미르가 속 모를 표정을 드러냈다. 엘바는 그저 그 사이에 껴서 아무 말도 못 하고 셋을 번갈아 쳐다보았다.

"그렇군."

무엇에 대한 수긍인지 모를 말을 내뱉은 이즈미르가 침중한 표정을 지었다. 그가 내뿜는 분위기가 워낙 무거워서 우마르와 나시르는 어떤 말을 해야 할지 가늠하지 못했다.

"뵙고자 해도 뵐 수는 없겠지?"

"……예, 지금 다른 일로 바쁘십니다."

나시르의 대꾸에 이즈미르가 의미 불명의 한숨을 내쉬었다. 그때였다. 이즈미르가 문득 입을 열었다.

"죽음의 사막과 파시 그리고 샤르자가 맞닿은 땅, 하말라."

우마르와 나시르, 두 사람 다 그게 무엇을 의미하는지 몰라 이즈미르를 주시했다. 이즈미르가 심각한 표정으로 뇌까렸다.

"바레인이 간 곳은 그곳일세."

나시르의 표정이 크게 변했다. 놀란 표정으로 이즈미르를 응시하던 그가 얼떨떨하게 되물었다.

"반대하는 것이 아니셨습니까?"

"그렇게 끝을 보고자 하신다면…… 따르는 것이 종의 도리겠지."

체념한 듯 이즈미르가 고개를 끄덕였다. 굳은 표정은 여전히 이 상황이 달갑지 않다는 걸 드러내고 있었다. 우마르와 나시르를 번

갈아 쳐다보던 그가 시선을 내렸다.

"하지만 내가 간섭하는 것은 여기까지일세. 앞으로 무슨 일이 일어나든 나는 마안으로 돌아가서 그저 지켜보겠네."

"대족장님의 속을 모르겠습니다."

우마르가 덧붙인 말에 이즈미르가 옅게 웃었다.

"그렇게 진실이 알고 싶으시다면 아셔야겠지. 나 역시 내 아버님이 죽음으로 지키신 비밀이 무엇인지 사실 궁금하다네. 그것이 불러올 파란도."

아직도 상황 파악을 못 하고 눈치만 보는 엘바를 끌고 이즈미르가 뒤돌아섰다.

"부디 이 땅에 시하드의 가호가 계속되길."

마치 한탄 같은 한마디가 계속 귓가에 맴돌았다. 오래도록.

아시나는 차분히 심호흡을 했다. 살면서 별의별 꼴은 다 봤다고 생각했는데 아직 덜 본 꼴이 남아 있는 모양이었다. 일단 자신의 손과 발에 채워진 수갑을 보며 아시나는 생각했다.

손발이 묶이는 긴 자주 당했던 짓이라 불안하지 않았다. 불행이랄지 다행이랄지 온갖 감옥에 갇히면서 수갑은 익숙했다. 그것보다 불안한 건 자신이 갇힌 방이었다. 냉기가 머무는 방엔 아무것도 없었다. 그렇다고 누군가를 가둬 놓는 용도로 쓰이는 감옥이라 하기엔 어째 느낌이 싸했다. 뭔가 특수한 다른 목적이 있는 것 같은 느낌.

"탈출할 수 있으려나."

수갑 정도는 혼자 풀 수 있었다. 주머니만 잘 뒤져 보면 전에 썼던 도구가 분명 남아 있을 테니 꺼내서 부숴 버리면 되니까. 그 와중에 처음부터 몸에 지니고 있던 주머니와 헤어지지 않았다는 사실이 매우 다행이라 생각하며 아시나는 자신이 갇힌 창문 하나 없는 돌벽을 둘러보았다. 문제는 이곳의 위치, 그리고 어째서인지 힘이 들어가지 않는 몸이었다. 움직이는 것까지는 괜찮은데 손에 힘을 줄 수 없었다. 이상하다. 왜 이러지? 문득 불길한 예감이 엄습했다.

"그렇게 애쓰셔도 소용없을 겁니다."

허공을 가로지른 서늘한 목소리. 아시나는 절로 몸을 움츠렸다. 바레인…….

밥시간인가. 배는 고프지 않았으나 아시나는 담담하게 고개를 돌려 바레인을 바라보았다. 그는 서서히 다가와 아시나 앞에서 자세를 낮춰 시선을 맞춰 주었다. 하지만 그 친절함이 아시나는 달갑지 않았다.

"꽤 얌전하시군요."

"무슨 의미죠?"

"뭐랄까, 좀 더…… 힘들지 않을까 했거든요."

바레인이 빙그레 웃으며 대꾸했다. 아시나는 그가 무슨 말을 하는지 알아들었지만 일부러 모르는 척했다. 반발할 거라 생각했는데 아무 반응도 없으니까 그게 신기할 터였다. 그래, 그거겠지. 납치당한 경험은 없었지만 갇혀 본 경험은 좀 있었다. 아시나는 이렇게 불리할 때일수록 차분히 때를 기다려야 한다는 걸 알고 있었다.

"드시죠."

"나한테 뭘 먹이는 거죠?"

"독은 아닙니다."

독…….

독을 먹어도 괜찮을 테지만 아시나는 그 부분에 대해선 입을 다물었다. 말이 없는 아시나의 굳은 표정을 지켜보며 그가 상큼하게 웃었다.

"먹이고 싶은 생각은 간절하지만…… 이 얼굴을 상하게 할 생각은 없습니다."

도대체 이 남자가 원하는 게 뭘까?

갇혀 있는 동안 생각해 봤지만 답은 나오지 않았다. 자신을 대체 왜 잡아 온 건지도. 자신에게 어떤 감정이 있다고 생각하기엔 태도가 너무 서늘했다.

도대체 뭘까, 이러는 이유가?

꽤 사람을 잘 본다고 자부하는데 이렇게 아무것도 느껴지지 않는 건 또 처음이었다.

"내가 누구인지 알면서 날 죽이려 드는 건가요? 무섭지도 않아요?"

"이곳이 북대륙이라면 조금 무서웠겠으나……."

말끝을 흐리며 바레인이 미소했다. 그 숨겨진 말귀를 알아들은 아시나의 팔에 소름이 돋았다. 전에도 생각했지만 이 인간, 정상이 아니었다.

"날 좋아해요?"

혹시나 하는 마음에 물어본 건데 놀랍게도 바레인이 놀란 반응을 보였다. 그 반응에 더 놀란 건 아시나였다. 두 눈을 깜빡이며 아시나를 바라보는 그 표정에 아시나는 얼떨떨한 기분이었다. 진짜 좋아하는 건가?

그냥 툭 내뱉어 본 말이 놀랍게도 먹혀들자 오히려 그녀가 더 어쩔 줄을 몰라 했다. 바레인이 무언가를 생각해 보다 입을 열었다.

"한 번도 누군가를 좋아해 본 적이 없어서 모르겠습니다. 이게 좋아하는 감정입니까?"

"……."

아시나는 대답하지 않았다. 겁에 질린 듯한 아시나를 내려다보다 그가 문득 웃었다.

"당신을 죽이고 싶다고 생각하긴 해요. 숨도 쉬지 못하게 만들고 싶다가도 가만히 놔두고 싶기도 합니다. 지켜보고 싶기도 한데, 만지고 싶기도 해요. 이런 게 좋아한다는 감정입니까?"

"……나한테 물어도, 난 몰라요."

"모르는 척하는 게 아니라요?"

바레인의 손끝이 아시나의 뺨에 닿았다. 그녀는 조용히 몸을 떨었다. 알 수 없는 두려움이 엄습했다. 진짜로 무서웠다. 말을 꺼낼 수 없을 만큼 공포가 몰려오자 어떤 말을 해야 하는지 알 수 없어졌다. 머릿속이 하얗게 비워졌다.

"날, 대체 왜 데려온 거죠?"

무서워서 떨리는 입술을 겨우 깨물고 아시나가 바레인을 올려다보았다. 눈물이 매달린 그녀의 눈가를 쓸어 보며 바레인이 선하게 웃었다.

"글쎄요. 저도 아직, 제가 당신을 데려온 이유조차 모르겠거든요."

등골이 서늘해졌다. 등에 닿은 벽이 유난히 차갑게 느껴졌다.

"그런데 왜 데려온 거죠?"

"거기 놔두기 싫어서요."

"그럼 나한테 이제 뭘 할 생각이죠?"

"생각해 본 적 없습니다. 그냥 북으로 돌려보낼까도 생각했지만……."

그가 조용히 미소를 머금었다.

"다시 돌아올 것 같더군요."

반박하고 싶은데 입을 여는 것조차 쉽지 않았다. 숨소리마저 잦아들었다. 벽으로 붙고 싶은 마음을 억누르고 아시나는 겨우 바레인을 올려다보았다. 겁에 질려 떨고 있는 와중에도 평정을 잃지 않으려는 아시나를 내려 보며 바레인은 그녀가 날개가 꺾인 새 같다고 생각했다. 피 흘리며 쓰러져서 죽을 시간만을 기다리고 있는 그런 어린 새. 돌봐 주고 싶다고 생각해야 옳겠지만 바레인은 그 질린 표정이 사랑스럽다고 생각했다.

"당신한테 보여 주고 싶은 게 있어요."

낮게 속삭이는 목소리에 아시나가 이마를 좁혔다.

"그 남자가 과연 당신과 그토록 알고 싶어 하던 비밀의 열쇠를 두고 선택에 기로에 섰을 때, 당신을 선택할까요?"

떨리는 손이 차가웠다. 식은 손을 꽉 쥐었으나 떨림이 멈추진 않았다. 숨이 막혀 들이켠 숨소리가 유난히 크게 느껴졌다. 그 사이로 차가운 목소리가 파고들었다.

"궁금하지 않나요?"

그 어떤 대답도 없이 그녀는 바레인을 노려보았다. 자극하면 안 좋다는 걸 알고 있었지만 그게 그녀가 할 수 있는 최선의 반항이었다.

"그게 사실인가?"

이즈미르가 알려온 소식을 보고한 나시르는 곤란하다는 표정으로 말을 아꼈다. 사실 여부는 확인하지 못했다. 그래도 그 말을 꺼낸 상대가 상대인 만큼 나시르는 그 정보를 신뢰했다.

"문제는 크라차와 하말라, 둘 다 갈 수는 없습니다."

"그렇다고 둘 중 하나만 가기에도 요원한 일이지."

크라차에 있는 본거지 습격을 포기할 수는 없었다. 그곳은 쉽게 건드릴 수 없는 곳이었으니까. 그간 기회를 보다 이제야 겨우 들이닥치는 건데 이대로 그냥 넘어갔다간 나중에 어떤 식으로 일이 커질지 알 수 없었다. 그렇다고 바레인을 뒤쫓지 않을 수는 없는 법이었다. 망설일 시간은 없었다. 침묵을 깨고 베히다트가 빠르게 명령했다.

"내가 훔바라즈를 끌고 하말라로 가겠다. 나시르, 우마르는 톱추의 전사들을 이끌고 크라차로 가라. 카림은 나시르를 보호하도록."

"시하드시여!"

반발하는 목소리가 컸으나 베히다트는 명령을 철회하지 않았다.

"위험합니다! 혼자 가실 수는 없습니다!"

"크라차 쪽으로 가는 너희 역시 위험한 건 마찬가지다."

"그렇지만 시하드를 혼자 보내는 건……."

모두의 항의를 끊고 베히다트가 차갑게 말했다.

"명령이다."

지금이 여느 때와 다름없다면 아마 그들의 의견을 조금이라도 수용해 줬을지 몰랐다. 하지만 베히다트는 더는 참을 수 없었다. 그 어느 것도.

"시간이 없다."

한마디로 일축한 베히다트가 몸을 일으켰다. 준비는 끝났다. 알페시안을 비웠을 때 일어날 혹시 모를 일에 관해서도 전부 이만이 처리할 수 있게 해 놓았다. 모든 준비를 끝냈는데 고작 여기서 막힐 순 없었다. 카림 역시 불만 가득한 표정으로 올려다보았지만 그는 흔들리지 않았다. 이제 그렇게 원했던 3왕자의 비밀에 드디어 다가설 수 있었다. 그보다 다른 것이 더 그의 몸과 마음을 흔들고 있지만, 베히다트는 아직 괜찮다고 스스로를 다 잡았다.

"불만은 이 일이 해결된 뒤에 듣겠다."

-월흔 4권에서 계속됩니다.-

BLACK LABEL CLUB 021
월흔 3

1판 1쇄 발행 2015년 10월 30일
1판 3쇄 발행 2017년 8월 1일

지은이 윤슬
펴낸이 신현호
편집부장 김은주
편집 박상희 김수민 조미연 최윤정
편집디자인 한방울
영업·관리 김민원 이주형 조인희
물류 이순우 최준혁 김명일

펴낸곳 ㈜디앤씨미디어
출판등록 2002년 5월 1일 제117-90-51792호
주소 서울시 구로구 디지털로 26길 111 JnK디지털타워 503호
대표전화 (02)333-2513 팩스 (02)333-2514
전자우편 dncbooks@dncmedia.co.kr
디앤씨북스 블로그 http://blog.naver.com/dncbooks
디앤씨북스 로맨스 카페 http://cafe.naver.com/dnc2007
블랙 라벨 클럽 트위터 @blacklabel_c

ISBN 979-11-264-0223-6 (04810)
ISBN 979-11-264-0220-5 (세트)